Über die Autorin:

Kerstin Gier hat als mehr oder weniger arbeitslose Diplompädagogin 1995 mit dem Schreiben von Frauenromanen begonnen. Mit Erfolg: Ihr Erstling *Männer und andere Katastrophen* wurde mit Heike Makatsch in der Hauptrolle verfilmt, und auch die nachfolgenden Romane erfreuen sich großer Beliebteit. *Ein unmoralisches Sonderangebot* wurde mit der »DeLiA« für den besten deutschsprachigen Liebesroman 2005 ausgezeichnet.
Heute lebt Kerstin Gier, Jahrgang 1966, als freie Autorin mit Mann, Sohn, zwei Katzen und drei Hühnern in einem Dorf in der Nähe von Bergisch Gladbach.

KERSTIN GIER

Für jede Lösung ein Problem

ein Problem

ROMAN

BASTEI
LÜBBE

BASTEI LÜBBE TASCHENBUCH
Band 15614

1. + 2. Auflage: Januar 2007
3. Auflage: Februar 2007
4. Auflage: März 2007
5. Auflage: Juni 2007
6. Auflage: August 2007
7. Auflage: September 2007
8. Auflage: November 2007
9. Auflage: Januar 2008
10. Auflage: März 2008
11. Auflage: April 2008

Vollständige Taschenbuchausgabe

Bastei Lübbe Taschenbücher in der Verlagsgruppe Lübbe

Originalausgabe
© 2007 by Verlagsgruppe Lübbe GmbH & Co. KG,
Bergisch Gladbach
Umschlaggestaltung: Bianca Sebastian
Titelabbildung: Brand X Pictures
Satz: hanseatenSatz-bremen, Bremen
Druck und Verarbeitung: Nørhaven Paperback, Viborg
Printed in Denmark
ISBN 978-3-404-15614-6

Sie finden uns im Internet unter
www.luebbe.de
Bitte beachten Sie auch: www.lesejury.de

Der Preis dieses Bandes versteht sich einschließlich
der gesetzlichen Mehrwertsteuer.

Für Renate und Biggi und unsere großen Pläne

Jede Lösung eines Problems ist ein neues Problem.
Johann Wolfgang von Goethe

An die BILD-Zeitung

Sehr geehrte Damen und Herren Redakteure!

Mir ist gerade eingefallen, dass Sie vermutlich über meinen Selbstmord berichten, dabei meine wahren Motive außer Acht lassen und eigene erfinden werden: JEDEN MONAT SCHRIEB SIE ÜBER DIE GROSSE LIEBE. DOCH SIE SELBER DURFTE SIE NICHT ERLEBEN … WARUM IMMER MEHR GUTAUSSEHENDE SINGLES IN DEUTSCHLAND SELBSTMORD BEGEHEN.

Ein Körnchen Wahrheit ist da sogar dran. Außerdem gilt es, das Sommerloch zu füllen. Also schreiben Sie ruhig, was Sie wollen, nur zitieren Sie nicht meine Mutter. Egal, was sie auch sagt, es liegt nicht an der Haarfarbe! Brünette haben genauso viel Spaß im Leben wie Blondinen.

Nur eben ich nicht.

Mit freundlichen Grüßen

Ihre Gerri T.,
die geheimnisvolle Tote aus der Luxussuite.

P. S. Falls Sie Nacktfotos von mir benötigen, um die Story auf Seite 1 zu bringen, empfehle ich Ihnen eine Fotomontage mit meinem Gesicht (s. beiliegende Fotos) und dem Körper von Giselle Bündchen. Die Nacktfotos, die Sie möglicherweise von einem gewissen Ulrich M. angeboten bekommen werden, sind gefälscht und ein armseliger Versuch, sich selber in den Mittelpunkt zu spielen.

Eins

»Gib mir bitte mal die kleine Wunderschüssel aus dem Schrank, Lu ... Ti ... Ri«, sagte meine Mutter. Vom Mittagessen waren eine Kartoffel, eine hauchdünne Scheibe Braten und ein Esslöffel Rotkohl übrig geblieben, zu schade zum Wegwerfen, wie meine Mutter fand. »Genau die richtige Portion für einen allein«, sagte sie.

Ich heiße natürlich *nicht* Lutiri.

Ich habe noch drei ältere Schwestern, und meine Mutter hatte schon immer ein Problem, unsere Namen auf Anhieb richtig zuzuordnen. Wir heißen Tine, Lulu, Rika und Gerri, aber meine Mutter nannte uns eben Lutiri, Geluti, Riluge und so weiter, da gibt es mathematisch ja unendliche Möglichkeiten, auch im viersilbigen Bereich. Ich bin Gerri, die Jüngste. Und die Einzige, die allein lebte und von der daher erwartet wurde, von einer winzigen Kartoffel, einer mickrigen Scheibe Fleisch und einem Löffelchen Rotkohl satt zu werden. Als ob man als Single automatisch weniger Appetit hätte.

»Das ist nicht die Wunderschüssel, das ist Flexi-Twin«, sagte meine Mutter. Ich stellte die Plastikschüssel zurück in den Schrank und reichte ihr eine andere.

Um keine unnötige Aufmerksamkeit zu erregen, war ich zum sonntäglichen Mittagessen bei meinen Eltern erschienen. Mein Plan war jedoch, dass dies die letzte gemeinsame Mahlzeit sein sollte.

»*Das* ist Prima Klima Frische Kick eins Komma sechs«, sagte meine Mutter und sah mich genervt an. »Viel zu groß. Jetzt stell dich doch nicht dümmer an, als du bist.«

Und die nächste bitte.

Meine Mutter seufzte. »Das ist Clarissa, aber die tut es auch, gib schon her.«

Es war schon komisch, dass meine Mutter ihre Kinder nicht beim richtigen Namen nennen konnte, aber bei Tupperschüsseln so überhaupt kein Problem damit hatte. Mal ganz abgesehen davon, dass ich viel, *viel* lieber Clarissa geheißen hätte als Gerda. Aber so ist das: Nicht nur nahezu alle anderen Menschen, nein, auch die Haushaltsgeräte hatten schönere Namen als ich.

Meine Schwestern allerdings waren mit ähnlich unattraktiven Namen behaftet wie ich. Das lag daran, dass wir alle Jungs hatten werden sollen: Tine ein Martin, Rika ein Erik, Lulu ein Ludwig und ich ein Gerd. Der Einfachheit halber hatten meine Eltern nach der Geburt immer nur ein A hinten an den Jungennamen gehängt.

Tine hatte noch am wenigsten über ihren Namen zu meckern, sie bemängelte nur, dass »Martina« so häufig vorkäme. Zu allem Überfluss hatte sie einen Mann namens Frank Meier geheiratet, der ebenfalls mit der Häufigkeit seines Namens unzufrieden war. Die Kinder der beiden hatten daher Namen, die sonst niemand hatte (und wohl auch nicht haben wollte, wenn Sie mich fragen). Sie hießen Chisola, Arsenius und Habakuk.

Chisola, Arsenius und Habakuk Meier.

Chisola war zwölf und sprach nicht viel, was Tine auf Chisolas Zahnspange, ich aber auf Chisolas vier Jahre jüngere Brüder schob. Die beiden waren Zwillinge und machten ununterbrochen Krach und Dreck.

So wie vorhin beim Essen.

Ich hätte mir keine Sorgen darüber machen müssen, ob jemandem auffallen könnte, dass mit mir was nicht stimmte. Die ganze Aufmerksamkeit galt wie immer den Zwillingen. Selbst wenn ich meinen Kopf unter dem Arm getragen hätte, wäre es niemandem aufgefallen.

Habakuk matschte den Rotkohl unter die Kartoffeln und versuchte, den Brei bei geschlossenem Kiefer durch seine Zahnlücke einzusaugen. Arsenius schlug das Besteck auf den Tellerrand und brüllte im Takt »Habakuk! Spuck! Spuck! Spuck!« dazu. Und das tat Habakuk dann auch nach einer Weile: Er spuckte seinen Brei mit würgenden Lauten wieder zurück auf den Teller.

»Habi!«, sagte meine Mutter leise tadelnd. »Was soll denn der Patrick von uns denken?«

»Mir doch egal, was der denkt«, sagte Habakuk und kratzte sich ein Stückchen Rotkohl aus den Zähnen.

Patrick war der neue Freund meiner Schwester Lulu. Als Lulu ihn das erste Mal mitgebracht hatte, war ich aus allen Wolken gefallen: Patrick sah nämlich haargenau aus wie jemand, den ich kannte.

Na ja, kennen wäre vielleicht zu viel gesagt. Er sah aus wie der Typ aus *dating-café.de*, mit dem ich mich einmal getroffen hatte, *hammerhart31*. Ich hatte keine besonders gute Erinnerung an dieses Treffen, deshalb hatte ich Patrick zunächst auch ziemlich entgeistert angestarrt. Aber Patrick hatte keinerlei Zeichen eines Erkennens von sich gegeben. Er war auch nicht zusammengezuckt, als Lulu mich vorstellte und ich ihm mit den Worten »Das ist wirklich hammerhart, dich kennen zu lernen« die Hand schüttelte. Obwohl ich eigentlich ein gutes Gedächtnis für Menschen und ihre Gesichter habe, war ich zu dem Schluss gekommen, dass ich mich irren musste. Patrick sah *hammerhart31* einfach nur zum Verwechseln ähnlich. Bis auf das kleine, spitze Ziegenbärtchen sah er gut aus, und – im Gegensatz zu *hammerhart31* – wirkte er einigermaßen normal. Allerdings machte er ein ziemliches Geheimnis um seinen Job.

»Was machen Sie beruflich?«, hatte mein Vater gefragt, und Patrick hatte lässig geantwortet: »IT.«

Er war jetzt das dritte Mal zu Gast bei meinen Eltern, und sie trauten sich auch diesmal nicht zu fragen, was »IT« denn für ein Beruf war. Ich hatte aber wohl mitbekommen, wie meine Mutter Lulu vorhin beiseite genommen hatte.

»Was *genau* macht der Patrick noch mal beruflich, Schätzchen?«

Und Lulu hatte geantwortet: »IT, Mama, das hat er doch das letzte Mal schon gesagt.«

Jetzt war meine Mutter so klug wie zuvor. Aber ich war mir ziemlich sicher, dass sie ihren Freundinnen erzählte, dass der neue Freund meiner Schwester »ein ganz Netter« sei und als »Eiti« viel Geld verdiente. Und dass es diesmal hoffentlich was Ernstes war.

Es war schwer zu raten, was Patrick von uns dachte. Er hatte einen ziemlich neutralen Gesichtsausdruck aufgesetzt.

»Patrick wird schon wissen, dass Jungs manchmal ein bisschen wild sind«, sagte Tine. »Er war schließlich selber mal so ein kleiner Racker.«

»Bevor er IT wurde«, sagte ich.

»Aber ein gut erzogener kleiner Racker«, sagte meine Schwester Lulu und tätschelte Patricks Arm.

»Allerdings«, sagte Patrick. »Mein Vater hat großen Wert auf Tischmanieren gelegt.«

»Willst du damit andeuten, unsere Kinder wären nicht gut erzogen?«, fragte Tine und tauschte einen erbosten Blick mit Frank, ihrem Mann.

»Kann ich noch was Apfelsaft?«, fragte Arsenius.

»Haben«, ergänzte meine Mutter. »Es heißt: Kann ich noch was Apfelsaft *haben*.«

»Und *bitte*«, sagte ich. »Kann ich *bitte* auch was Apfelsaft haben?«

»Ich will *jetzt* Apfelsaft!«, sagte Arsenius. »Um den fiesen Geschmack runterzuspülen.«

»Ich will bitte auch Saft haben«, flüsterte Chisola.

»Gar nicht erzogen wäre wohl treffender«, sagte Lulu.

»Krieg du erst mal selber Kinder, dann kannst du vielleicht mitreden«, sagte Tine.

»Ich bin promovierte Pädagogin«, sagte Lulu. »Seit über sechs Jahren arbeite ich mit Kindern. Ich denke, zum Thema Erziehung kann ich durchaus *jetzt* schon mitreden.«

»Mädels!« Meine Mutter goss Arsenius und Habakuk Apfelsaft ein und stellte die Flasche wieder auf das Sideboard. »Nicht jeden Sonntag das gleiche Thema. Was soll denn der Patrick von uns denken?«

Patrick hatte immer noch diesen neutralen Gesichtsausdruck aufgesetzt. Er kaute an einem Stück Schweinebraten, während sein Blick auf dem lebensgroßen Porzellanleoparden ruhte, der auf der extra tiefen Marmorfensterbank zwischen Yuccapalmen in gold-weißen Übertöpfen stand. Eingerahmt wurde dieses Ensemble von glänzenden gold-weiß gemusterten Vorhangschals, die von zwei adipösen Engelchen zur Seite gerafft wurden. Wenn Patrick überhaupt etwas dachte, dann wohl: »Das ist die geschmackloseste Esszimmereinrichtung, die mir jemals untergekommen ist.«

Und damit hatte er sicher Recht.

Überall im Raum waren die Vorlieben meiner Mutter für dicke Engelchen und die Farben Weiß und Gold zu erkennen. Und für Leoparden. Diese Raubkatzen hatten es meiner Mutter ganz besonders angetan. Ihr Lieblingsstück war eine Stehlampe, deren Fuß die Gestalt eines Leoparden aufzuweisen hatte.

»Sieht er nicht aus wie echt?«, pflegte sie zu fragen, und sie hatte Recht: Wenn der Leopard keinen gold-weißen Lampenschirm auf den Kopf geschraubt gehabt hätte, wäre man durchaus geneigt gewesen, ihn für echt zu halten, denn er hatte ein richtiges Fell und Schnurrhaare.

Unsere Familie traf sich jeden Sonntag in diesem Raubtierkäfig zum Mittagessen. Nur Rika, meine zweitälteste Schwester, war nicht dabei, sie lebte mit Mann und Tochter in Venezuela. Selbst meine Mutter, die in Geografie eine absolute Niete war, hatte mittlerweile begriffen, dass man von Venezuela nicht mal eben zum Mittagessen zu den Eltern nach Köln-Dellbrück kommen konnte.

»Das Venezuela in Südamerika«, erklärte sie Bekannten gelegentlich. »Nicht das in Italien.«

Wie gesagt, in Geografie war sie eine absolute Niete. Aber ihr Schweinebraten war exzellent. Ich aß drei Scheiben davon, Habakuk sogar vier. Seinen Rotkohl-Kartoffelbrei rührte er nicht mehr an. Aber Tine tauschte wie immer am Schluss den leer gegessenen Teller von Frank mit den Tellern der Kinder, und Frank aß ohne mit der Wimper zu zucken alle Reste auf, auch die, die schon mal gekaut worden waren. Einmal im letzten Jahr hatte Arsenius fürchterlich zu schreien angefangen, weil Frank bei dieser Aktion einen Milchzahn mitgegessen hatte, den Arsenius verloren und auf den Tellerrand gelegt hatte. Mir wurde heute noch schlecht, wenn ich daran dachte.

Die Diskussion um Kindererziehung war verebbt.

»Ist doch wahr«, sagte Tine nur noch. »Haben selber keine Kinder, aber wollen ständig an meinen herumerziehen!«

Ich goss Chisola und mir Apfelsaft ein.

»Danke«, flüsterte Chisola.

»Oma, die Gerri trinkt uns den ganzen Saft weg«, schrie Habakuk.

»Opa holt neuen Saft aus dem Keller«, sagte meine Mutter, bedachte mich aber mit einem bösen Blick. Mein Vater stand auf und verschwand im Keller.

Als er mit dem Apfelsaft wiederkam, reichte er mir einen Briefumschlag. »Post für dich, Gerri«, sagte er und streichelte dabei leicht über meine Wange. »Du siehst heute irgendwie blass aus.«

»Weil sie nie an der frischen Luft ist«, sagte meine Mutter sofort.

»Seit wann bekommt denn ihr meine Post?«, fragte ich. Und geöffnet war der Umschlag zuvorkommenderweise auch schon. Ich sah auf den Absender. »K. Köhler-Koslowski. Kenne ich nicht.«

»Natürlich kennst du den Klaus!«, sagte meine Mutter ärgerlich. »Klaus Köhler. Er möchte dich zum Klassentreffen einladen.«

»Hat der tatsächlich einen Doppelnamen?«

»Das machen moderne Männer eben so«, sagte meine Mutter.

»Aber doch nicht, wenn die Frau Kotzlöffel heißt«, sagte ich.

Arsenius und Habakuk spuckten vor Lachen ihren Apfelsaft auf die Tischdecke.

»Wenn *du* damals mit ihm zum Abschlussball gegangen wärst, dann hieß der Klaus jetzt Köhler-Thaler«, sagte meine Mutter versonnen. Das war eine ihrer Lieblingsfantasien.

»Nein, ich wette, der wollte bloß drei K als Initialen«, sagte Tine. »Was macht er beruflich? Königlich-Kaiserlicher Küchenchef?«

»Korinthen kackender Kraftfahrer«, schlug ich vor. »Das würde passen.«

Die Zwillinge krähten begeistert und steuerten »Komischer Kröten-Kotzer« und »Kleiner Kacke-Kanalreiniger« bei.

»Der Klaus hat einen ganz tollen Posten«, sagte meine Mutter. »Das habe ich euch doch schon oft erzählt. Verdient sich dumm und dämlich. Die Hanna muss nicht arbeiten gehen, die kann zu Hause bleiben und sich um die Kinder kümmern. Die Annemarie ist sehr glücklich mit ihrer Schwiegertochter und den Enkelchen.«

Hanna Koslowski, genannt Kotzlöffel, war auch in unserer Stufe gewesen. Aus Motiven, die mir wohl für immer und ewig unerklärlich bleiben würden, hatte sie nicht nur mit Klaus getanzt, sondern sich auch mit ihm fortgepflanzt.

»Und – gehst du zum Klassentreffen?«, fragte Lulu.

Ich zuckte mit den Schultern. »Mal schauen.« In Wirklichkeit war ich fest entschlossen, auf keinen Fall dort aufzutauchen, es sei denn als Amokläufer. Ich wusste schon seit ein paar Wochen, dass das Klassentreffen stattfinden sollte, weil meine Freundin Charly eine E-Mail von Britt Emke an mich weitergeleitet hatte. *Hallo, liebe ehemalige Mitstreiter! Wie ihr vielleicht wisst, ist es bereits im letzten Jahr zehn Jahre her gewesen, dass wir unser Abitur gemacht haben. Nun haben Klaus Köhler (LK Mathe/Physik) und ich (LK Erziehungswissenschaften/Biologie) als ehemalige Stufensprecher überlegt, dass es doch nett wäre, wenn wir uns zum Elfjährigen alle einmal wiedersehen und über unseren bisherigen Werdegang und alte Zeiten klönen könnten …*

Was denn, mit Britt Emke über alte Zeiten klönen? Weißt du noch, Britt, wie du dich damals im Geschichtsunterricht gemeldet hast? »Herr Müller, wenn Sie der Gerri eine Drei geben, dann ist das aber der Kathrin gegenüber nicht fair. Die Gerri hat doch kaum was gesagt in diesem Halbjahr, und sie hat auch nie was mitgeschrieben, sondern immer nur von der Charlotte die Chemie-Hausaufgaben abgeschrieben oder Schiffe versenken gespielt.«

Ihren »Werdegang« hatte Petze Britt auch schon kurz umrissen, nur für den Fall, dass es jemanden interessierte. »*Nach meinem Sozialpädagogik-Studium habe ich ein Jahr lang mit behinderten Kindern gearbeitet, bevor ich mit meinem Mann, Ferdinand Freiherr von Falkenhain, auf einen großen Gutshof in Niedersachsen zog. Unsere Tochter Luise geht bereits in den Kindergarten, im vergangenen Jahr wurde unser Stammhalter Friedrich geboren. Wir führen ein sehr glückliches Leben. Liebe Grüße an alle, eure Britt Freifrau von Falkenhain.*«

Britts Werdegang, so märchenhaft er auch klingen mochte, war der traurige Beweis dafür, dass wir nicht mehr in den alten Zeiten lebten, wo das Wünschen noch geholfen hatte. Denn wenn es nach meinen und Charlys Wünschen gegangen wäre, würde Britt heute bei Schlecker an der Kasse sitzen und mit einem arbeitslosen Alkoholiker und einem blasenschwachen Kampfhund in einer verschimmelten Souterrain-Sozialwohnung hausen.

Und ich wäre mit Ferdinand Freiherr von Falkenhain verheiratet, wer immer das auch war.

»Ich würde an deiner Stelle nicht hingehen«, sagte Lulu. »Die geben da alle nur an mit ihren tollen Männern, ihren Häusern, ihren Kindern, ihren Super-Jobs, ihren teuren Autos, ihren Reisen und ihren Doktortiteln. Du wirst dich schrecklich fühlen. Du hast ja nicht mal einen Freund!«

»Oh, vielen Dank für den Hinweis«, sagte ich.

»Und zugenommen hast du seit dem Abi auch«, sagte Tine.

»Zwei Kilo«, sagte ich. Höchstens fünf.

»Und blass sieht sie aus«, sagte mein Vater wieder. Ich warf ihm einen erstaunten Blick zu. Sollte hier vielleicht doch jemand merken, dass mit mir was nicht stimmte?

»Das sieht doch keiner«, sagte meine Mutter. »Und *alle* sind noch nicht verheiratet. Vor allem die Männer sind ja auch jetzt erst im richtigen Alter, sich für immer zu binden. Ti … Lu … Gerri könnte ja einfach sagen, dass sie Redakteurin ist. Oder Buchhändlerin.«

»Warum sollte ich das tun?«, fragte ich. »Ich muss mich doch für meinen Job nicht schämen. Im Gegenteil, viele Menschen beneiden mich darum.«

»Was macht sie noch mal beruflich?«, erkundigte sich Patrick bei Lulu.

»Ich bin Schrift …«

»Sie schreibt Groschenromane«, sagte Lulu. »Ärzteromane und Liebesschnulzen, so billige Heftchen halt.«

»Ah! Meine Oma hat die immer gelesen«, sagte Patrick. »Und davon kann man leben?«

»Sicher«, sagte ich. »Im üb…«

»Mehr schlecht als recht«, sagte mein Vater.

»Ich habe mein Auskommen«, sagte ich. Jedenfalls noch bis vor drei Tagen. »Und au…«

»Aber keine vernünftige Altersvorsorge und keinen Mann, der das mal ausgleichen wird«, fiel mir mein Vater wieder ins Wort. Dabei wollte ich dem blöden Patrick nur erklären, dass durchaus auch junge Frauen meine Romane lasen. »Und jetzt bist du auch schon dreißig!«

Warum mussten immer alle auf dieser Zahl herumhacken?

»Dreißig ist doch noch kein Alter«, sagte Lulu. »Ich habe Patrick ja auch erst mit zweiunddreißig kennen gelernt.« Das war vor zwei Monaten gewesen. Ich hatte bisher gar nicht gefragt, wo sie sich kennen gelernt hatten. Aber sicher nicht im Internet, denn als ich Lulu damals von *dating-café.de* erzählt hatte, hatte sie nur verächtlich die Nase gerümpft und gesagt: »Da treiben sich doch nur Spinner rum, die im wirklichen Leben keinen abkriegen.«

Auf *hammerhart31* dürfte das zugetroffen haben.

»Bei dir ist das was anderes«, sagte mein Vater zu Lulu. »Du bist im Schuldienst und hervorragend fürs Alter abgesichert. Du kannst es dir leisten, mit dem Heiraten noch ein bisschen zu warten.«

»Außerdem bist du blond«, sagte meine Mutter. »Aber wie soll Tiluri mit *den* Haaren jemals jemanden kennen lernen, wenn sie zu allem Überfluss auch noch die ganze Zeit in ihrer Wohnung hockt und schreibt?«

»Mama, ich …«

»Sie sollte auf jeden Fall zu dem Klassentreffen gehen, das ist eine gute Gelegenheit, zu sehen, was aus den Männern von damals geworden ist«, sagte meine Mutter und setzte bekümmert hinzu: »Sonst bleibt ihr ja nur noch eine *Kontaktanzeige*.«

»Das hat sie doch schon längst versucht«, sagte Tine. Sie hatte ihren Frank in einem Supermarkt kennen gelernt.

»Was?« Meine Mutter sah ehrlich schockiert aus. »So weit ist es also schon gekommen! Meine Tochter hat eine Kontaktanzeige aufgegeben! Wehe, du verlierst darüber auch nur ein Wort bei Alexas Silberhochzeit! Ich würde vor Scham im Boden versinken.«

»Keine Sorge«, sagte ich. Bei der Silberhochzeit meiner Tante Alexa würde ich genauso wenig auftauchen wie bei dem Klassentreffen.

Netterweise kippte Chisola in diesem Augenblick ihr Apfelsaftglas um und machte dem Gespräch ein Ende. Habakuk bekam vom Saft nasse Hosenbeine und stimmte ein mörderisches Geschrei an, das erst aufhörte, als meine Mutter den Nachtisch servierte.

≡

Nach dem Essen verabschiedeten sich alle, nur ich musste länger bleiben, um die Reste mitzunehmen.

Meine Mutter drückte mir die Schüssel namens Clarissa in die Hand. »Und sei so gut und bring das hier die Tage mal für mich zur Apotheke«, sagte sie und setzte noch einen Schuhkarton obenauf.

»Schuhe? In die Apotheke?«

»Blödsinn«, sagte meine Mutter. »Das sind alte Medikamente, und dein Vater erlaubt mir nicht, sie in den Müll zu werfen. Er sagt, das sei Sondermüll. In der Apotheke sammeln die doch immer für die armen Menschen in der Dritten Welt. Hast du *wirklich* eine Kontaktanzeige aufgegeben?«

»Nein. Aber ich habe auf eine geantwortet.« Ich lüftete vorsichtig den Deckel des Schuhkartons. »In der Dritten Welt brauchen die doch keine Nasentropfen, haltbar bis Juli 2004.«

»Es sind ja auch noch andere Sachen dabei«, sagte meine Mutter. »Einem geschenkten Gaul schaut man nicht ins Maul. Die freuen sich in der Apotheke.« Sie seufzte. »Das hätte ich nie gedacht, dass es eine meiner Töchter mal nötig haben würde, auf eine Kontaktanzeige zu antworten. Aber du warst ja immer schon mein Sorgenkind.«

Ich hatte schon die nächste Schachtel in der Hand. »Dalmadorm. Das sind doch Schlaftabletten.« Jetzt war ich ehrlich verblüfft. Das konnte doch kein Zufall sein. Mein Puls beschleunigte sich ein wenig.

»Die lasse ich mir grundsätzlich in der Vorweihnachtszeit verschreiben«, sagte meine Mutter. »Aber als dein Vater in den Ruhestand ging, da brauchte ich auch ganzjährig welche, für ihn gleich mit.« Sie rollte mit den Augen bei der Erinnerung daran.

»Die Schachtel ist noch zu«, sagte ich. Meine Hände hatten zu zittern begonnen, aber das merkte meine Mutter nicht.

»Natürlich«, sagte sie streng. »Hast du mal gelesen, was solche Mittel für Nebenwirkungen haben? Man kann ganz schnell davon abhängig werden. Ich würde so was *niemals* nehmen, und dein Vater auch nicht.«

»Aber warum habt ihr sie euch dann verschreiben lassen?«, fragte ich.

»Wie meinst du das?«, fragte meine Mutter zurück. »Ich habe es dir doch gerade erklärt: Wir konnten nicht schlafen! Jahrelang konnten wir kein Auge zutun! Die Arbeit, die Kinder, die Rente … Das ist doch kein Zustand. Schlaf ist lebenswichtig, das darf man auf keinen Fall auf die leichte Schulter nehmen.«

»Aber gerade hast du doch gesagt, du würdest so etwas nie nehmen«, sagte ich. O Gott, das waren ja Dutzende von Schachteln, alle noch originalverpackt.

»Man muss ja auch nicht immer alles mit Medikamenten regeln«, sagte meine Mutter. »Und wenn es unbedingt sein muss, dann gibt es immer noch das gute alte Baldrian, da schwöre ich ja drauf.«

»Ja, aber …«, begann ich.

»Warum fängt eigentlich jeder deiner Sätze mit einem *aber* an«, sagte meine Mutter. »Du warst immer schon so, nichts als Widersprüche. Das ist auch der Grund für deine Probleme mit Männern. Machst du dich nun nützlich und bringst du das Zeug zur Apotheke oder nicht?«

Ich gab es auf, das Paradoxon lösen zu wollen. »Von mir aus«, sagte ich. »Aber ich glaube nicht, dass sie in der Dritten Welt scharf auf Schlaftabletten sind.«

»Schon wieder ein *aber*«, seufzte meine Mutter und drückte mir einen Kuss auf die Wange, während sie mich zur Haustür dirigierte. »Ich wünschte *wirklich*, du würdest anfangen, ein bisschen positiver zu denken.« Sie fuhr mir mit der Hand durch die Haare. »Vor Alexas Silberhochzeit gehst du aber noch mal zum Friseur, ja? Ein paar Strähnchen würden dir sicher gut stehen. Sag Tirilu auf Wiedersehen, Schatz«, schrie sie über ihre Schulter.

»Wiedersehen, Gerri«, schrie mein Vater aus dem Wohnzimmer.

»Da wäre ich mir nicht so sicher«, murmelte ich, aber meine Mutter hatte die Tür schon wieder hinter mir geschlossen.

Ich nahm den Schuhkarton mit nach Hause. Mir hätte niemand verboten, das Zeug in der Mülltonne zu entsorgen, nicht mal mein schlechtes Gewissen. Eine Kontaminierung der Müllkippe durch Nasentropfen und Schlaftabletten – was war das schon gegen Gorleben?

Aber ich hatte ja gar nicht vor, die Tabletten zu entsorgen. Sie waren die Antwort auf alle Fragen, die mich in den letzten beiden Tagen bewegt hatten. Es war eine Schicksalsfügung, dass ich diesen Schuhkarton ausgerechnet jetzt in die Finger bekam, wo ich ihn am besten gebrauchen konnte.

Es war so ähnlich wie damals, als ich mir das Notebook kaufen wollte und auf dem Flohmarkt eine signierte Erstausgabe von Thomas Manns »Buddenbrooks« gefunden hatte, für 50 Cents, »weil die Schrift kann ja kein Schwein lesen«, hatte der Verkäufer gesagt. »Und reingekrickelt hat da auch noch wer.«

Ich war nicht besonders scharf auf Thomas Mann, und seitenlange Schachtelsätze in Sütterlin-Schrift las ich nur, wenn es unbedingt sein musste, daher hatte ich das Buch bei eBay eingestellt, und ein Antiquar aus Hamburg hatte es für zweitausendfünfhundert Euro ersteigert. Dem Kauf eines Notebooks hatte nun nichts mehr im Weg gestanden.

Normalerweise habe ich nicht so viel Glück.

Eigentlich nie.

Ich sah Schachtel für Schachtel sorgfältig durch und hatte am Ende nicht weniger als dreizehn zur Seite gelegt. Dreizehn unangetastete Packungen voller Schlaftabletten. Ich stapelte sie zu immer neuen Formationen auf meinem Küchentisch und konnte meinen Blick kaum von ihnen wenden. Sie trugen hübsche Namen wie Noctamid,

Remestan, Rohypnol und Lendormin. Von einigen war noch nicht mal das Haltbarkeitsdatum überschritten.

Es waren so viele Tabletten, dass die einzige Schwierigkeit darin liegen würde, die letzten zu schlucken, bevor die erste wirkte. Aber das traute ich mir durchaus zu: Schnell essen war noch nie ein Problem für mich gewesen, ja, ich würde sogar so weit gehen und behaupten, dass »schnell essen« eine meiner herausragenden Fähigkeiten ist.

Ich merkte, dass ich unter dem Anstarren der Schachteln eine wohlige Gänsehaut bekommen hatte.

Alles hatte ich in den letzten beiden Tagen in Gedanken schon einmal durchgespielt und als unpassend befunden: Das meiste schied schon deshalb aus, weil dafür gewisse logistische und technische Voraussetzungen erforderlich waren – und die fehlten mir. Die Sache mit den Pulsadern kam nicht infrage, weil ich kein Blut sehen konnte und die Pulsadern für Anfänger auch gar nicht so einfach zu finden sind.

Aber das mit den Schlaftabletten würde ich hinkriegen. Das würde ein Kinderspiel werden.

Liebe Mama!

Vielen Dank für die hervorragend sortierte Schlaftablettensammlung, du hast mir damit wirklich viel lästige und möglicherweise illegale Arbeit erspart.

Natürlich hast du völlig Recht: Man muss nicht immer alles mit Medikamenten regeln. Aber es wäre doch zu schade, sie verkommen zu lassen. Es ist auch genau die richtige Portion für einen allein.

Nein, Scherz beiseite: Ich entschuldige mich hiermit für den Ärger, den ich dir mit den Tabletten bereite, aber bevor du deswegen sauer wirst, denk bitte auch an die vielen künftigen Enttäuschungen, die ich dir auf diese Weise erspare.

Es tut mir ja auch ehrlich leid, dass ich dich bis jetzt immer nur enttäuscht habe. Schon bei meiner Geburt, als du merktest, dass ich kein Gerd, sondern eine Gerda war. Und dann, weil ich brünett statt blond war. Aber glaub mir, ich habe mindestens so sehr wie du darunter gelitten, dass Tante Alexa nur blonde Blumenmädchen bei ihrer Hochzeit wollte und dass alle meine Schwestern und Cousinen Blumen streuen durften, nur ich nicht. Ich habe die ganze Feier praktisch unter dem Tisch verbracht. Gut, vielleicht hätte ich die Schnürsenkel von Opa Rodenkirchen nicht an Waldis Halsband festknoten sollen, aber ich konnte doch nicht ahnen, dass ein kleiner Dackel solch eine Zugkraft hat und Opa Rodenkirchen die Tischdecken samt Torten und Oma Rodenkirchens Meißner Porzellan herunterreißen würde.

Ich entschuldige mich auch dafür, dass ich mich geweigert habe, mit Klaus Köhler auf den Abschlussball zu gehen, obwohl er der Sohn deiner lieben Freundin Annemarie ist und du mir versichert hast, dass Pickel, Schweißgeruch und großkotziges Gehabe ganz normale Pubertätserscheinungen seien, die von allein wieder weggingen. Bis heute vergeht ja kaum ein Tag, an dem du mir nicht sagst, was für ein erfolgreicher, gut aussehender Mann aus Klaus geworden ist und wie glücklich Hanna Koslowski sich schätzen darf, dass sie damals an meiner Stelle mit ihm zum Abschlussball gegangen ist.

Glaub mir, es hat tatsächlich schon Tage gegeben, an denen ich meine Weigerung selber bereut habe. Aber ich konnte doch mit fünfzehn nicht ahnen, dass ich mit dreißig mal froh wäre, jemanden wie Klaus abzukriegen. Denn dann hätte ich ganz sicher damals schon angefangen, Schlaftabletten zu sammeln.

Deine Gerri

P. S. Auch wenn ich nicht Lehrerin geworden bin, gibt es keinen Grund, Freunden und Verwandten zu verschweigen, womit ich mein Geld verdiene. Ich habe daher gerade vierzehn Mal »Nachtschwester Claudia unter Verdacht« zusammen mit einem netten Brief an alle geschickt, denen du seit Jahren »Unsere Jüngste hat ein kleines Schreibbüro« erzählst, wenn sie nach meinem Beruf fragen. Auch Klaus' Eltern und Erbtante Hulda haben ein Exemplar bekommen.

P. P. S In Italien gibt es Verona und Venedig, Venezuela ist ein Staat im Norden von Südamerika. Aber weil du mir wahrscheinlich nicht glaubst, vererbe ich dir hiermit meinen Schulatlas, um das alles zu überprüfen.

Zwei

Mein Sternzeichen ist Jungfrau, und wir Jungfrauen sind pragmatische, ordentliche und zuverlässige Menschen. Wenn wir Probleme haben, behalten wir einen kühlen Kopf und gehen die Lösung systematisch an. In der Regel haben wir daher unser Leben viel besser im Griff als sensible Fische, vorsichtige Krebse oder unentschlossene Waagen, um nur ein paar Beispiele zu nennen.

Bevor wir Jungfrauen also »Selbstmord« als die beste Lösung eines Problems ansehen, muss wirklich eine Menge schief laufen in unserem Leben. Damit will ich nur klarstellen, dass wir nicht gleich bei der erstbesten Gelegenheit die Flinte ins Korn schmeißen.

Ich hatte meine Probleme, ordentlich wie ich war, in drei übergeordnete Bereiche unterteilt.

1. Liebesleben
2. Arbeitsleben
3. Sonstiges Leben

Mein Liebesleben war lausig. Genauer gesagt: Es war überhaupt nicht vorhanden. Seit meiner letzten Beziehung waren viereinhalb Jahre vergangen, und obwohl diese Beziehung ein ziemliches Desaster gewesen war – ich hatte mir am Ende angewöhnt, mit Geschirr und anderen Gegenständen um mich zu werfen –, hatte ich keinesfalls vorgehabt, länger als ein paar Monate Single zu bleiben. Deshalb hatte ich mich nach einem Jahr ganz systematisch auf Partnersuche begeben und dabei so gut wie nichts ausgelassen. Ich hatte mich in Flirtlines registrieren lassen, auf Kontaktanzeigen geantwortet und mich mit dem Schulfreund des Mannes einer Freundin verkuppeln lassen. Auf diese Weise habe ich wirklich viele Männer kennen gelernt: Männer wie *hammerhart31*, *meisenfreund007* und *Max, 29, 1,89, NR, schüchtern, aber für jeden Spaß zu haben.*

Insgesamt traf ich mich mit vierundzwanzig Männern. Das war eine ziemlich mickrige Ausbeute, wenn man bedenkt, dass ich über die Flirtlines mit Hunderten von Männern Mails austauschte und mit mindestens drei Dutzend in telefonischen Kontakt trat. Aber es gab wirklich nicht mehr als vierundzwanzig Männer, die unter vierzig, keine Dachdecker, nicht verheiratet und an einer Frau wie mir – über fünfundzwanzig, nicht blond, Körbchengröße A – interessiert waren. Und die der deutschen Sprache einigermaßen mächtig waren und keine Mails schrieben wie: »Bitte schick mögligst balt ein Ganskörperfoto von dir.«

Was aber – wie man merkt, wenn man sich im wirklichen Leben begegnet – nicht die einzigen Kriterien sein sollten, nach denen man sich einen Mann aussucht.

Nehmen wir zum Beispiel *hammerhart31*, den, der ausgesehen hatte wie der neue Freund meiner Schwester. *hammerhart31* wollte mir eigentlich nur so schnell wie möglich zeigen, warum er sich *hammerhart31* genannt hatte. Am liebsten gleich in dem Café, in dem wir saßen, am helllichten Tag. Während ich versuchte herauszufinden, was er von alten Katharine-Hepburn-Filmen hielt und wie er zu Kindern und Haustieren stand, versuchte er, meine Hand zu nehmen und in seinen Schoß zu legen.

»31 ist *nicht* mein Alter«, raunte er. »Wenn du verstehst, was ich meine.«

»Dann vielleicht deine Hausnummer?« Ich versuchte mich dumm zu stellen, während ich meine Hände so weit wie möglich von ihm fern hielt. Am besten über dem Kopf. Die Kellnerin dachte, ich winke ihr und rief: »Ich komme gleich.«

»Kennst du *African Queen*?«, stotterte ich.

»Mein Hammer«, sagte *hammerhart31*. »Mein Hammer ist genau 31 Zentimeter lang. Du darfst ruhig mal fühlen.«

»Ach nein«, sagte ich, inzwischen feuerrot angelaufen. »Da muss ein Missverständnis vorliegen. Ich bin an Werkzeug, egal wie hart oder lang, leider überhaupt nicht interessiert.«

hammerhart31 ließ zischend seine Atemluft entweichen. »Das habe ich mir gleich gedacht, als du hier reinkamst. Frigide Kuh! Die anderen haben sich jedenfalls nicht beschwert. Du weißt ja gar nicht, was du verpasst.« Und dann stand er auf und verließ das Café, ohne seinen Cappuccino zu bezahlen.

»Was darf's denn sein?«, fragte die Kellnerin. Meine Hände fuchtelten nämlich immer noch hilflos in der Luft herum.

»Die Rechnung bitte«, seufzte ich.

Nach dieser Erfahrung war ich ein bisschen vorsichtiger geworden. Ich wählte ein Café mit einer Hintertür aus, durch die ich verschwinden konnte, bevor die Rechnung an mich ging. Wir Jungfrauen sind nämlich auch sparsame Naturen und halten unser Geld gern zusammen. Beim Treffen mit *meisenfreund007* verdrückte ich mich, als ich merkte, dass er unter einem rätselhaften Zwangsverhalten litt. Offenbar musste er mit Zucker Muster auf die Tischdecke gießen, um sie dann mit angefeuchteter Fingerspitze aufzutupfen und abzulecken. Nachdem ich mir das eine Viertelstunde lang angeschaut hatte, wusste ich, dass *meisenfreund007* an seine eigene Meise gedacht hatte, als er sich diesen *nick* gegeben hatte.

Leider war auch *Max, 29, 1,89, NR, schüchtern, aber für jeden Spaß zu haben*, ein absoluter Reinfall. In Wirklichkeit hieß er nämlich Dietmar, war 39 statt 29 und genauso groß wie ich, was bedeutete, er war recht klein. Außerdem war er kein bisschen schüchtern. Er erklärte mir bei unserem ersten Treffen, er habe sich Max genannt, zehn Jahre jünger und zwanzig Zentimeter größer gemacht, weil seiner Erfahrung nach sonst nicht die richtigen Frauen auf seine Anzeige geantwortet hätten. Da hatte er natürlich Recht, ich war das beste Beispiel dafür. Für diesen Spaß war ich aber absolut nicht zu haben und verschwand durch die bereits erprobte Hintertür.

Und in dem Stil ging es jahrelang weiter.

Am nettesten war noch Ole gewesen, mit dem meine Freunde Caroline und Bert mich hatten verkuppeln wollen. Auch wenn ich hellhörig hätte werden sollen, als sie mir sagten, er sei frisch von seiner langjährigen Freundin getrennt. An Ole stimmte auf den ersten Blick einfach alles: Er hatte ein sehr nettes Lachen, helle Haare, die ihm ständig in die Stirn fielen, und keine erkennbare Neurose. Außerdem mochte er dieselben Dinge wie ich: alte Katharine-Hepburn-Filme, italienisches Essen und Tom Waits. Ole war Zahnarzt und gerade dabei, seine erste eigene Praxis in der Stadt zu eröffnen. Wir gingen ein paar Mal zusammen weg, und mit jedem Treffen gefiel er mir besser. Aber gerade als ich begann, mir das einzugestehen, tauchte seine Ex-Freundin wieder auf, und acht Wochen später waren die beiden verheiratet. Ich tat so, als würde ich mich für Ole freuen, aber in Wirklichkeit freute ich mich natürlich kein bisschen.

Ich hatte überhaupt mehr und mehr Probleme damit, mich für andere zu freuen, was mich fast übergangslos zu 3. *Sonstiges Leben* führt.

Ich hatte nie vorgehabt, mit dreißig noch Single zu sein. Eigentlich hatte ich das ganz anders geplant: Mit spätestens achtundzwanzig wollte ich mit dem Mann meiner Träume verheiratet sein, mit neunundzwanzig das erste Kind bekommen und mindestens einen Apfelbaum gepflanzt haben.

Stattdessen heirateten fast alle meine Schwestern, Cousins, Cousinen und Freunde. Sogar Klaus Köhler und Britt Emke. Sie bekamen Kinder, bauten Häuser und pflanzten Apfelbäume, während ich in Cafés durch Hintertüren verschwand. Tine und Frank, Rika und Claudius, Caroline und Bert, Marta und Marius, Charly und Ulrich, Volker und Hilla, Ole und Mia, Lulu und Patrick – wo man hinsah, nur glückliche Paare.

Das so genannte »sonstige Leben« sah als Single unter lauter Paaren ziemlich trostlos aus. Erst recht, seit meine Freunde angefangen hatten, Kinder zu bekommen. Wenn sie überhaupt mal Zeit hatten, dann schliefen sie im Kino ein, rochen nach saurer Milch und redeten nur über Probleme, einen Kindergartenplatz zu ergattern oder eine Schultüte zu basteln.

Trotzdem hätte ich nichts dagegen gehabt, auch so ein Langweiler zu werden. Mit dem richtigen Mann, natürlich.

»Du bist viel zu anspruchsvoll«, sagte Ulrich immer. »Das ist dein

Problem: Du suchst nach einem Mann, den es überhaupt nicht gibt.«

Ulrich war mein Exfreund, der, wegen dem ich unter anderem das Milchkännchen von Oma Thaler an die Badezimmertür gepfeffert hatte. Das einzige Stück, das den familiären Meißner-Porzellan-Super-GAU auf der Hochzeit meiner Tante Alexa überlebt hatte. Es war nicht unbedingt meine Altersversorgung, dieses Milchkännchen, aber ich hätte es niemals durch die Gegend geworfen, wenn ich nicht so wütend gewesen wäre. Ulrich schaffte es immer, mich auf die Palme zu bringen, schon durch seine ganz spezielle Art, einfach nichts zu tun.

Während unserer dreijährigen Beziehung hatte Ulrich eigentlich immer nur herumgelegen, auf dem Teppich, auf dem Sofa, in der Badewanne, im Bett. Und alles, was Ulrich gehörte oder was er benutzte, lag ebenfalls herum. Klamotten, Socken, Unterwäsche, Teller, Besteck, Pizzakartons, Bierflaschen, Hanteln, Papiere, Bücher und Müll. Meine Wohnung war klein, und deshalb störte es mich sehr, auf Schritt und Tritt über Ulrich und seine Sachen zu stolpern. Aber Ulrich meinte, weil er die Hälfte der Miete zahlte, dürfe er auch »er selbst sein«, wie er es nannte. Dazu gehörte, dass er Heilerde-Meersalz-Bäder nahm und danach nie die braune Kruste aus der Wanne entfernte. Dass er alle Jogurts aß, aber niemals neue kaufte. Dass er die Milch aus dem Kühlschrank nahm, sie aber nie zurückstellte. Dass er Bonbons aß und die Verpackung einfach auf den Boden fallen ließ.

Obwohl Ulrich sehr viel Wert auf Körperhygiene legte und selber peinlich sauber und gepflegt war, fing die Wohnung an zu stinken. Nach Ulrichs Socken, seinen Turnschuhen und den Essensresten, die er überall vergammeln ließ. Egal, was ich auch versuchte und wie ich auch argumentierte, Ulrich wollte »er selbst« bleiben und weiter rumliegen und rumliegen lassen.

»Wenn es dich stört, dann räum es halt selber weg«, war seine Standard-Antwort, und so fing ich an, mit Gegenständen nach ihm zu werfen, bevorzugt mit Turnschuhen, Jogurtbechern und Wirtschaftsrecht-Büchern. Das Milchkännchen war ein reines Versehen gewesen.

Irgendwann liebte ich Ulrich nicht mehr, in dem ganzen Chaos waren seine guten Eigenschaften völlig verloren gegangen. Als ich endlich Schluss machte und meine Wohnung wieder für mich hatte, war ich wochenlang einfach nur sehr erleichtert. Ulrich und ich schafften es sogar, Freunde zu bleiben. Es war wieder richtig schön, sich mit ihm zu treffen, ohne ihn anzuschreien oder mit Sachen zu bewerfen. Beinahe hätte ich mich von neuem in ihn verliebt, aber da fing er was mit meiner besten und ältesten Freundin Charly an und zog bei ihr ein.

Es tat schon ein bisschen weh, dass Ulrich nun in Charlys Wohnung herumlag, und ich musste öfter schlucken, wenn Charly bei mir über seine Socken auf dem Couchtisch, die krustigen Heilerde-Meersalz-Ränder in der Badewanne und die leergefutterten Jogurtbecher hinterm Sofa stöhnte. Richtig weh tat es allerdings erst, als Ulrich sein Jura-Studium beendet hatte (im Liegen, herzlichen Glückwunsch!) und schlagartig aufhörte, »er selbst« zu sein. Sein neues Selbst trug einen Anzug und verließ jeden Morgen pünktlich um acht Uhr die Wohnung, um massenhaft Kohle zu scheffeln. Von dieser Kohle bezahlte Ulrich – und das war die Krönung! – eine Putzfrau, die zweimal in der Woche kam. Ab und zu ließ er sicher noch ein Bonbonpapierchen auf den Boden segeln, aber alles in allem war er nicht wiederzuerkennen. Die Wohnung auch nicht. Im letzten Jahr haben Ulrich und Charly geheiratet, und ich war einer der Trauzeugen und musste so tun, als ob ich mich für die beiden freuen würde.

Natürlich habe ich mich schon selber gefragt, ob ich wirklich zu anspruchsvoll bei der Partnersuche war, aber was konnte ich dafür, dass meine Hormone keinen Freudentanz aufführten, wenn sie *hammerhart31* gegenübersaßen?

Es war eine harte Lektion, aber allmählich begriff ich, dass es Dinge gibt, die sich, egal, wie systematisch man das auch angeht, einfach nicht planen lassen.

Letzte Woche, genau drei Tage, bevor meine Mutter mir die Schlaftabletten übergab, rief Charly an, um mir mitzuteilen, dass ich Patentante werden würde. Es dauerte eine ganze Weile, bis ich verstand, was sie meinte.

»Du bist schwanger!«, rief ich dann aus.

»Jaaaa«, jubelte Charly. »Verdammte Scheiße, ist das nicht wunderbar?«

Tja, was für eine Frage! Es war ohne Zweifel wunderbar. Für Charly und für Ulrich. Für mich war es ziemlich furchtbar, ich war selber überrascht, *wie* furchtbar es für mich war.

Ich schaffte es gerade noch, mir einen Glückwunsch abzuringen, bevor ich behauptete, die Milch koche über, und schnell auflegte.

Dann brach ich weinend über dem Küchentisch zusammen und verstand die Welt nicht mehr. Was war aus mir geworden? Ein neidisches, missgünstiges Monster, dass sich noch nicht mal über die schönste Sache der Welt freuen konnte: Meine beste Freundin bekam ein Kind, und ich, ich wollte am liebsten sterben.

Ja wirklich. Am liebsten wäre ich tot gewesen.

Als mir das klar wurde, hörte ich vor Schreck auf zu weinen und überlegte – typisch Jungfrau eben –, was ich dagegen tun konnte. Zuerst schaute ich im Internet unter »Selbstmordgedanken« nach und diagnostizierte mir selber Depressionen.

Es gab massenhaft Websites zu diesem Thema. Und offenbar haufenweise Menschen, die Depressionen hatten. Da musste ich mir gar nicht so seltsam vorkommen. Wir Depressiven bildeten die Basis für einen sehr lukrativen Wirtschaftszweig.

Man unterschied zwei Gruppen, nämlich endogene und reaktive Depressionen. Endogen Depressive waren von innen heraus schwermütig, reaktiv Depressive reagierten auf äußere Umstände. Ein wenig erleichtert, dass ich nicht völlig grundlos verrückt geworden war, teilte ich mich der zweiten Gruppe zu.

Auf einer anderen Seite fand ich eine Unterteilung der Depressionen in neurotische, psychotische, somatogene und zyklothyme Störungen, und nach gründlichem Studium der Symptome entschied ich mich – wenn auch schweren Herzens – für die neurotischen Depressionen.

Ich war, das muss ich wohl nicht noch extra betonen, alles andere als glücklich mit dieser Diagnose. Das würde doch die Partnersuche noch um einiges erschweren.

»Hallo, mein Name ist Gerri Thaler, und ich bin neurotisch. Reaktiv neurotisch depressiv.«

Erst wenn man sich entschlossen hat, die Konsequenzen aus der Neurose zu ziehen, kann es einem egal sein, was die Leute von einem denken. Aber so weit war ich zu diesem Zeitpunkt noch nicht. *Noch* war ich fest entschlossen, etwas dagegen zu unternehmen. Systematisch.

Als das Telefon klingelte, zuckte ich zusammen. Sicher war das wieder Charly, die sich wunderte, dass ich nicht zurückrief, nachdem ich meine erfundene Milch gerettet hatte.

Aber es war eine fremde Frauenstimme. »Spreche ich mit Gerda Thaler?«

»Ja«, sagte ich zögerlich. Fast erwartete ich, dass die fremde Frau sagen würde: »Schämen Sie sich denn gar nicht, wegen der Schwangerschaft Ihrer besten Freundin Depressionen zu bekommen?«

Aber sie sagte etwas ganz anderes. Sie sagte: »Herzlichen Glückwunsch, Sie haben gewonnen.«

Ich seufzte erleichtert auf. Noch vor kurzem musste ich zu zeitaufwändigen Methoden greifen, um diese »Sie haben gewonnen«-Leute wieder loszuwerden. Keine Ahnung, wo die immer meine Telefonnummer herhatten, aber es rief fast jede Woche jemand an, der behauptete, dass ich gewonnen hätte, na ja, jedenfalls beinahe und so gut wie gewonnen. Man musste nur noch ein Dauerlos für irgendeine Lotterie kaufen, und schon war man Millionär, jedenfalls beinahe und so gut wie. Wenn man nicht mitmachen wollte, dann fragten sie immer das Gleiche: »Was? Wollen Sie denn nicht Millionär werden?« Wahrscheinlich hatten sie alle dasselbe Telefonmarketing-Seminar besucht, bei dem man vor allem eins lernte: *Lassen Sie sich nicht abwimmeln, nicht mal, wenn bei Ihrem Gesprächspartner gerade die Milch überkocht.*

Charly legte deshalb bei solchen Anrufen immer gleich auf. Manchmal, wenn sie eigentlich einen anderen Anruf erwartet hatte, sagte sie auch noch etwas Gemeines, bevor sie auflegte: »Such dir einen neuen Job, du Armleuchter!« oder »Fick dich ins Knie!!« (Charly hatte überhaupt keine Manieren.)

Ich nahm mir jedes Mal vor, das – bis auf die unflätigen Ausdrücke – genauso zu machen, aber ich schaffte es einfach nicht. Mir schien das diesen armen, freundlichen Menschen gegenüber nicht fair zu sein, einfach den Hörer aufzuknallen, ohne die Höflichkeit zu besitzen, sich ihr Anliegen anzuhören. Nicht jeder konnte sich schließlich seinen Job aussuchen. Obwohl ich bereits einmal ein Los gekauft hatte und weder die versprochene Mikrowelle erhalten noch Millionär geworden war, hatte ich jedes Mal ein schlechtes Gewissen, wenn ich kein Los kaufte. Um das Auflegen des Hörers vor mir selber zu rechtfertigen, musste ich einen triftigen Grund finden, sonst ging es mir den ganzen Tag schlecht.

Bodenlose Enttäuschung war zum Beispiel ein triftiger Grund. Das ging dann in etwa so:

»Herzlichen Glückwunsch, Sie haben gewonnen, Frau Thaler! Sie sind in der Endauslosung um einen wunderschönen Beetle, Frau Thaler, und Sie …«

»Was, *echt*?«, hier unterbrach ich die freundliche Frau oder den freundlichen Mann begeistert. »Ein *Beatle*? Welcher ist es denn? Paul McCartney? Oder Ringo Star? Na ja, wunderschön ist vielleicht was anderes, aber – egal! Für wie lange darf ich den denn behalten? Und meinen Sie, der macht auch Hausarbeit?«

»Hahaha, ich spreche natürlich von dem *Auto*! Einem wunderschönen Beetle-Cabrio. Das wäre doch was für den Sommer, oder etwa nicht, Frau Thaler? Und Sie sind ja nicht nur bald stolze Besitzerin des Beetles, sondern mit ein bisschen Glück auch *Millionärin*! Denn wir haben das Vorzugslos für Sie reserviert. Wenn Sie sich jetzt entscheiden, ein Los zu kaufen, dann haben Sie die Chance auf 2,5 Millionen Euro Gewinn! Na, ist das nichts? Und das für nur sechs Euro in der Woche!«

So, und damit hatte ich ja einen Grund. Bodenlose Enttäuschung eben.

»Also, das finde ich jetzt nicht nett von Ihnen«, konnte ich dann sagen, bevor ich energisch die Aus-Taste drückte. »Erst machen Sie mir den Mund mit Paul McCartney wässrig, und jetzt wollen Sie mich so billig abspeisen. Wie soll mir denn ein *Auto* bitteschön im Haushalt helfen, hm? Und dann auch noch ein Cabrio! Wo ich doch so empfindlich gegen Zugluft bin! Rufen Sie hier nie wieder an! Let it be!«

Damit war ich den Anrufer zwar los, hatte aber trotzdem ein schlechtes Gewissen. Weil ich ja schon wieder kein Dauerlos gekauft hatte.

Aber das Problem hatte ich heute, dank meiner Eigendiagnose im Internet, nicht. Sie glauben ja gar nicht, wie schnell selbst hervorragend geschulte Telefonmarketing-Profis den Hörer auflegen, wenn man ihnen erzählt, dass man unter neurotischen Depressionen leidet. Spätestens, wenn man versucht, den Unterschied zwischen neurotischen und psychotischen Verstimmungen zu erklären. Und man braucht absolut kein schlechtes Gewissen mehr zu haben!

Nachdem ich die Frau so überraschend einfach losgeworden war, klebte ich mich wieder vor den Bildschirm, um mehr über mich und meine Depressionen zu erfahren. Es war eine wirklich deprimierende Lektüre. Immerhin, las ich, waren die Beschwerden von uns neurotisch Depressiven im Gegensatz zu den psychotisch Depressiven auf Grund einer wie auch immer gearteten Konfliktlage verständlich und einigermaßen nachvollziehbar.

Ach ja?

Aber wer machte sich schon die Mühe, zu verstehen, dass man sich überhaupt in einer Konfliktlage *befand?* Möglicherweise wäre ich mit meiner depressiven Verstimmung dann auf Verständnis gestoßen, wenn meine ganze Familie gerade von einer Lawine verschüttet worden wäre, aber sicher verstand niemand, warum ich am liebsten sterben wollte, weil meine beste Freundin ein Kind erwartete.

Ich verstand es ja selber nicht.

»Hör auf zu jammern und fang an, positiv zu denken« – schon als Kind habe ich diesen Satz gehasst. Meine Mutter hat ihn beinahe an jedem Tag meines Lebens zu mir gesagt.

Jahrelang habe ich mit mir selbst gehadert, weil ich es einfach nicht schaffte, positiv zu denken. Über Klaus Köhler zum Beispiel. Oder über *meisenfreund007*. Hätte ich positiv über Menschen gedacht, die in Restaurants Zucker von der Tischdecke lecken, hätte ich nie die Hintertür benutzen müssen. Positivdenken ist, so betrachtet, eine absolut idiotensichere Methode der Problemlösung. Selbst dann, wenn es den Gesetzen der Logik zur Folge eigentlich gar keine Lösung gibt, so unlogisch das auch klingen mag.

Es war schrecklich für einen analytischen Menschen wie mich, die Lösung eines Problems direkt vor Augen zu haben, aber trotzdem nicht nutzen zu können. Jetzt, wo ich mich im Internet schlau machte, wusste ich endlich, warum: »Positives Denken« gehört definitiv nicht zum Repertoire eines Menschen mit neurotischen Depressionen.

Ich musste diese Neigung wohl schon als Kind gehabt haben, denn mir fiel beim Lesen sofort die Sache mit dem Schokoladenosterhasen ein. Ich war acht Jahre alt gewesen und hatte ihn sehr in mein Herz geschlossen, diesen Osterhasen, so sehr, dass ich beschlossen hatte, ihn nicht zu essen, sondern mit ihm zusammen alt zu werden.

Aber meine verfressene Schwester Lulu hatte bereits alle ihre Süßigkeiten aufgefuttert, und jetzt war sie scharf auf Ralf.

Damals war meine Mutter gerade auf einem Gesundheits- und Reformhaustrip, und Süßigkeiten waren in unserem Haushalt sehr rar gesät. Es gab sie nur zu Weihnachten und zu Ostern. Wenn Besuch kam, der uns Schokolade oder Smarties mitbrachte, wurden die Sachen von meiner Mutter konfisziert und nur smartieweise wieder herausgegeben. Manchmal kauften wir Süßigkeiten von unserem Taschengeld, aber das war streng verboten, und die Sachen mussten daher außerhalb des Hauses unter strengen Sicherheitsvorkehrungen verschlungen werden, was wenig befriedigend war. Wir beneideten alle Kinder, in deren Haushalt es eine frei zugängliche Nasch-Schublade gab, und wir neigten dazu, uns mit diesen Kindern enger zu befreunden als mit anderen. Charly war wahrscheinlich nur deshalb meine beste Freundin geworden, weil sie so viel Kinderschokolade essen durfte, wie sie wollte, und deshalb keine Probleme hatte, mir welche abzugeben.

»Ihr werdet es mir noch mal danken«, sagte meine Mutter immer, wenn wir uns beschwerten, dass das einzig Süße, das wir am Tag bekamen, die Rosinen im Müsli waren. Soviel ich weiß, hat sich bis heute noch niemand von uns bei ihr bedankt.

Lulu litt von uns allen am meisten unter dem akuten Schokoladendefizit, und sie suchte überall nach Ralf. Sie bot mir sogar an, in ihrem Tagebuch zu lesen, wenn ich ihn freiwillig rausrückte. Aber ich stand zu Ralf.

Nach ein paar Tagen fand Lulu ihn schließlich im Schuhkarton oben auf dem Kleiderschrank, wo ich ihn unter einer Lage Barbiekleider in Sicherheit gewähnt hatte. Ich stimmte ein mörderisches Gebrüll an, als ich nach Hause kam und sah, dass nur noch das Glöckchen von Ralf übrig war.

Lulu wurde mit zwei Tagen Stubenarrest bestraft und musste sich bei mir entschuldigen.

»Tut mir leid, dass ich ihn gegessen habe«, sagte sie und tupfte sich einen Schokoladenrest aus dem Mundwinkel »Aber er hätte doch sowieso bald zu schimmeln angefangen.«

Ich heulte.

Lulu wurde gezwungen, mir den materiellen Gegenwert von Ralf von ihrem Taschengeld zu erstatten. Sie legte widerwillig zwei Münzen auf meinen Nachttisch.

»So, und jetzt kannst du aufhören, so einen Krach zu machen«, sagte meine Mutter zu mir. »Es ist alles wieder gut.«

Aber das war es natürlich nicht, denn ich war ja, wie ich heute weiß, neurotisch depressiv veranlagt. Laut den Informationen aus dem Internet hätte meine Mutter meine Konfliktsituation nachvollziehen und verstehen müssen. Das tat sie aber nicht.

»Warum heulst du denn immer noch?«, fragte sie.

»Weil ich meinen Ralf wiederhaben will«, schluchzte ich.

Lulu sagte: »Ich könnte mir ja den Finger in den Hals stecken, dann kommt er zurück«, und da lachten alle, außer mir.

»Es war doch nur ein blöder Schokoladenhase«, sagte meine Mutter. »Jetzt hör schon auf zu weinen. Sieh mal, draußen scheint so schön die Sonne.«

Aber ich war einfach nicht in der Lage, der Situation etwas Positives abzugewinnen.

Nach einer Weile verlor meine Mutter dann vollends die Geduld. »Schämst du dich denn gar nicht, wegen eines Schokoladenhasen so ein Theater zu veranstalten? In Afrika verhungern Kinder, die wissen nicht mal, wie Schokolade *schmeckt*. Wenn du jetzt nicht sofort mit dem Geheule aufhörst, bekommst du auch Stubenarrest.«

Wäre ich in einem anderen Sternzeichen geboren, hätte ich vermutlich damals schon an Selbstmord gedacht.

Stattdessen hatte ich das Problem sachlich analysiert. Ich erkannte messerscharf, dass ich hier ein unlösbares Problem vor mir hatte: Ich wollte Ralf wiederhaben, aber Ralf war unwiederbringlich verschwunden. Selbst wenn ich (wir hatten Mitte Mai) einen Osterhasen gleicher Machart hätte auftreiben können, wäre dieser Osterhase nicht Ralf gewesen.

Das bisschen Geld und Lulus Stubenarrest reichten nicht annähernd aus, um meine Verlustgefühle wettzumachen. Zu allem Überfluss war meine Mutter gemein zu mir gewesen, obwohl ich ja ganz klar das Opfer und nicht der Täter gewesen war.

Weil ich erst acht Jahre alt war, fiel mir überhaupt nur eine einzige Sache ein, die ich tun konnte, und wegen der hatte ich heute noch ein schlechtes Gewissen.

Liebe Lulu!

Weißt du noch, als du in der vierten Klasse warst und morgens als Bart Simpson aufgewacht bist? Du dachtest all die Jahre, es sei Rika gewesen, die dir den Stoppelpony verpasst hat, nicht wahr? Und Rika glaubt bis heute, sie habe geschlafwandelt. Hat sie aber nicht. Ich war's, und hellwach! Ich wollte, dass du auf dem Schulfoto bescheuert aussiehst. Und das tatest du ja auch. Du hattest diese Frisur verdient, du weißt selber, was du mit Ralf (dem Schokoladenosterhasen) gemacht hast und wie traurig ich deswegen war. Nur weil ich ein paar Wochen mit meiner Rache gewartet habe, war mein Groll in dieser Zeit nicht geringer geworden. Aber offenbar hattet ihr die Sache schon wieder vollkommen vergessen, sonst wäre doch wenigstens der Schatten eines Verdachts auf mich gefallen. Da kann man mal wieder sehen, wie wenig in dieser Familie von jeher über mein Befinden nachgedacht wurde.

Na ja, mir tut das Ganze jedenfalls heute wirklich leid. Ich hatte nicht ahnen können, was für eine Kettenreaktion ich damit in Gang setzen würde. Als Erstes bekam Rika in der darauffolgenden Nacht ebenfalls eine Bart-Simpson-Frisur, dafür hat sie dir dann eine Augenbraue weggrasiert, und du hast ihr Ohr mit Sekundenkleber am Kopfkissen festgeklebt. Wer weiß, wo das noch geendet wäre, wenn Mama euch nicht jede Nacht in verschiedenen Zimmern eingeschlossen hätte. Tja, du und Rika, ihr könnt euch bis heute nicht ausstehen, dabei wärt ihr ohne meine kindische Rache von damals vermutlich die allerbesten Freundinnen. Vielleicht nutzt du die Gelegenheit und versöhnst dich auf meiner Beerdigung wieder mit Rika. Du brauchst doch jemanden, mit dem du über Tine und Frank und ihre Vorstellungen von Kindererziehung lästern kannst, wenn ich nicht mehr da bin.

Ich wünsche dir von Herzen ein schönes Leben, jedenfalls soweit es mir aufgrund meines neurotisch-depressiven Zustandes möglich ist.

Was Patrick angeht: Möglicherweise ist er vor einiger Zeit mal als *hammerhart31* auf Partnersuche gewesen und hat sich bei dieser Gelegenheit sehr ausführlich mit mir über die Beschaffenheit seines, äh, Hammers unterhalten. Wie gesagt, *möglicherweise*. Und selbst wenn Patrick und *hammerhart31* ein und dieselbe Person sein sollten, muss das deine Freude am Frisch-Verliebtsein keinesfalls trüben. Nur, weil er eine Zeit lang mal allen möglichen Frauen seinen Hammer gezeigt hat, muss er ja kein schlechter Mensch sein. Außerdem beherrschst du die Kunst des »positiven Denkens« beinahe so gut wie Mama.

Das wünscht dir auch weiterhin
deine dich liebende Schwester Gerri

P. S. Bitte sorge dafür, dass Chisola meine Perlenkette, das Notebook und den MP3-Player bekommt. Lass dir auf keinen Fall von Mama und Tine einreden, dass das den Zwillingen gegenüber unfair sei. Für dich sind alle meine Bücher, die CDs und die DVDs bestimmt. Was du doppelt hast, kannst du gerne für einen guten Zweck verkaufen oder der Bücherei stiften.

Drei

Dass ich die Kunst des »Positiven Denkens« nicht beherrschte und ein katastrophales Liebesleben aufzuweisen hatte, bedeutete aber nicht, dass es nicht auch in meinem Leben etwas gab, das mich glücklich machte: mein Job nämlich. Daran musste ich sofort denken, als ich auf *www.depri-na-und.de* las, dass ein depressiver Mensch an überhaupt nichts Freude hat.

Gleich schöpfte ich wieder Hoffnung: Möglicherweise war ich ja doch nicht depressiv! Oder nur ein bisschen.

Ich hasste vielleicht mein Leben, aber ich liebte meinen Job. Ich freute mich jeden Tag auf meine Arbeit. Sehr untypisch für einen Depressiven.

Dass ich die geborene Liebesromanautorin war, stellte ich im ersten Semester meines Germanistik-Studiums fest. Wir mussten – vermutlich als abschreckendes Beispiel – einen Arztroman lesen und analysieren, und im Gegensatz zu meinen Kommilitonen war ich ganz fasziniert von diesem genial durchkomponierten Liebesdrama auf achtzig klar verständlichen Seiten. Statt einer Hausarbeit über *»Die Stellung und Bedeutung so genannter Schundromane in der Literatur«* schrieb ich einen eigenen Arztroman. Es überraschte mich selber, dass ich das konnte, es war fast so, als würde mir die Geschichte der weißblond gelockten Kinderkrankenschwester Angela von einer überirdischen Macht diktiert. Angelas Charakter war so rein, und ihre Hände waren so geschickt, dass sowohl der verschlossene, aber gutherzige Chefarzt als auch der schuftige, aber blendend aussehende Oberarzt ihrem unschuldigen Charme erlagen. Sogar die hundsgemeine, rothaarige Oberschwester Alexandra musste am Ende zugeben, dass Neid und Intrigen nichts gegen das wahrhaftig Gute eines Menschen ausrichten können. Als der Chefarzt meiner Angela zum Schluss tief in die Augen schaute und ihr glaubhaft seine ewige Liebe versicherte, überkam mich eine nie gekannte Zufriedenheit. Ja, *so* musste es zugehen in der Welt, genau so und nicht anders. Das war nicht trivial, das war … existenziell! Ich fühlte mich wie jemand, der hinter ein ganz großes Geheimnis geblickt hat, ungefähr so wie Einstein sich gefühlt haben musste, als er seine Relativitätstheorie aufstellte.

Noch am selben Abend schickte ich *»Kinderkrankenschwester Angela«* an den Aurora-Verlag und war kein bisschen überrascht, als sie sich schon ein paar Tage später meldeten und mein Manuskript tatsächlich drucken wollten.

Außerdem wollten sie mehr.

Meine Familie war ziemlich schockiert, dass ich das Studium an den Nagel hängte, um mich fortan unter den Pseudonymen *Juliane Mark* und *Diane Dollar* ganz und gar dem Schreiben von Liebesromanen zu widmen. Aber das war mir egal. Ich hatte etwas gefunden, das mir Spaß machte und das ich wirklich gut konnte – warum sollte ich also weiter studieren?

Es war allerdings kein leichter Job.

Aurora verlegte Heftromane und Taschenbücher in den Bereichen Comic, Sience fiction, Action und Crime, Mystery, Western und Romantik. Die Romantikrubrik war unterteilt in Heimat, Arzt, Adel, Nanette und Norina, und auch in den anderen Bereichen gab es unzählige Unterrubriken. Die meisten Leute taten so, als ob sie noch nie etwas von Aurora gehört hätten. Aber das war immer gelogen. Irgendetwas von Aurora kannte jeder.

Ich schrieb zweimal im Jahr einen Roman für die Serie *Parkklinik Dr. Ohlsen*, ansonsten konzentrierte ich mich ganz auf die Norina-Romane. Darin ging es so ähnlich zu wie in den Arztromanen, nur dass die Protagonisten hier auch Berufe außerhalb des medizinischen Sektors haben durften.

Mit dem Schreiben von Heftromanen konnte niemand reich werden, auch wenn immer mal wieder derartige Gerüchte durch die Branche geisterten. Ich musste zwei Romane im Monat schreiben, um meine (sehr bescheidenen) Kosten zu decken. Das bedeutete, alle zwei Wochen hatte ich einen Abgabetermin, der nicht nach hinten verschoben werden konnte. Meistens schrieb ich die letzten achtundvierzig Stunden Tag und Nacht durch. Der Verlag ließ keine Entschuldigung gelten, keine Krankheit, kein privates Problem konnte wichtiger sein als die fristgerechte Abgabe eines Manuskriptes. Ich war nicht mal sicher, ob sie »Tod« als Entschuldigung akzeptieren würden. Jede Woche konnte man einen neuen Norina-Roman am Kiosk kaufen, der Nachschub musste unerbittlich und lückenlos abgeliefert werden. Ich wusste nicht, wie viele andere Autoren für die Norina-Reihe arbeiteten, aber so viele konnten es nicht sein, denn inzwischen war fast jeder zweite Norina-Roman von mir. Darauf war ich sehr stolz.

Zwischen Norina- und Nanette-Romanen gab es nur einen Unterschied: Norina war jugendfrei, Nanette nicht. Oder beispielhafter erklärt: Bei Norina durfte der Mann nach einigen Missverständnissen das schüchtern gesenkte Kinn der Frau mit dem Finger sanft nach oben drücken, bis sie ihm in die Augen schauen musste, in welchen er ihre Liebe zu ihm leuchten sah. Damit war die Geschichte bei Norina zu Ende.

Bei Nanette zog der Mann die Frau in der gleichen Situation leidenschaftlich an sich, sodass sie seine pochende Männlichkeit an ihrem Schenkel spürte und vor Erregung zu beben begann. Und hier war die Geschichte noch nicht zu Ende, sondern ging erst richtig los.

Ich lebte bereits seit zehn Jahren vom Schreiben, und es machte mir immer noch Spaß. Alle zwei Wochen, wenn ich das fertige Manuskript ausdruckte und in einen Umschlag steckte, überkam mich dasselbe Glücksgefühl, das ich damals bei *Kinderkrankenschwester Angela* empfunden hatte, das Gefühl, die Welt wieder gerade gerückt zu haben, wenigstens im Roman. Dort gab es keine Männer wie *hammerhart31* und *meisenfreund007*. Die Männer in meinen Heften hatten breite Schultern, gute Manieren und redeten nicht über ihr Werkzeug. Selbst die Schurken hatten noch das gewisse Etwas. Und dreißigjährige Singlefrauen gab es auch nicht. Ich brachte sie alle vor ihrem dreißigsten Geburtstag unter die Haube.

Eine Arbeitspause gönnte ich mir nie: Bevor ich mich an den nächsten Roman machte, musste ich mich zunächst um das Exposé für den übernächsten Roman kümmern. Wenn man vom Schreiben leben wollte, musste man gut organisiert sein, und das war ich. Noch nie in den ganzen zehn Jahren war mein perfekt durchdachter Arbeitsablauf durcheinander gekommen: Selbst im Urlaub schrieb ich weiter, für diesen Zweck hatte ich extra das Notebook angeschafft. Jetzt würde ich mich doch nicht von ein paar läppischen Selbstmordgedanken von der Arbeit abhalten lassen!

Mit einem energischen Doppelklick trennte ich die Verbindung zum Internet und atmete tief durch. Alles nur halb so schlimm. Mein Wunsch zu sterben war sicher nur eine Art Schockreaktion auf Charlys Neuigkeit. In ein paar Tagen würde ich vielleicht sogar Verständnis für mich selber aufbringen. Und bis dahin würde ich einfach das tun, was ich am liebsten tat: arbeiten.

Mein aktuelles Exposé hieß »*Leas Weg. Eine Frau überwindet ihre tödliche Krankheit und findet die Liebe*«, und meine Nerven beruhigten sich zusehends, während ich mir Leas Weg von der Leukämie-Station bis in die starken Arme des anonymen Knochenmarkspenders noch einmal durchlas und nur hier und da ein Wort änderte.

In der Wohnung unter mir besang Xavier Naidoo den dornigen Weg, den er beschritt, und ich runzelte ärgerlich die Stirn. Dieser Kerl durfte sich ruhig mal eine Scheibe von der tapferen Lea abschneiden: Deren Weg war *wirklich* dornig, aber sie jammerte kein bisschen darüber! Ihr wäre es auch nie eingefallen, andere Leute mit monotonen Gesängen zu belästigen.

Hilla, die ein Stockwerk tiefer wohnte, brauchte Xavier Naidoo, um den Abwasch zu bewältigen, sie hatte keine Spülmaschine, aber vier Kinder, da konnte einem der Abwasch durchaus wie ein dorniger Weg vorkommen.

Ich für meinen Teil konnte mir keine Tätigkeit vorstellen, die mir mit dieser Begleitmusik leichter von der Hand ginge, weshalb ich mir auch immer, wenn Hilla abwusch, die Stöpsel meines MP3-Players in die Ohren schob und ein Alternativprogramm hörte. Aber bevor ich das diesmal tun konnte, klingelte erneut das Telefon.

Ich zögerte, den Hörer abzuheben. Was, wenn das wieder Charly war und mich mit ihren Freudenbotschaften zum Heulen brachte? Gerade jetzt, wo ich mühsam mein inneres Gleichgewicht wiedergewonnen hatte.

Es war aber nicht Charly, sondern Lakritze, meine Lektorin vom Aurora-Verlag.

»Das ist ja ein Zufall«, sagte ich. »Gerade sitze ich am Exposé zu *Leas Weg*. Wenn ich es heute noch einwerfe, ist es morgen bei Ihnen.«

»Bringen Sie das Exposé doch morgen einfach persönlich vorbei, dann können wir direkt darüber reden«, sagte Lakritze.

Ich dachte, ich hätte mich verhört, deshalb machte ich »Hä?«.

»Ich möchte Sie bei der Gelegenheit auch gleich mit dem neuen Cheflektor bekannt machen«, fuhr Lakritze unbeirrt fort. »Passt es Ihnen gegen elf Uhr vormittags?«

Lakritze hieß eigentlich Gabriela Krietze und war für die Norina-Reihe zuständig. Ich hatte sie noch nie in meinem Leben gesehen. Meistens verkehrten wir per E-Mail miteinander, und ab und zu telefonierten wir auch. Die Verträge bekam ich per Post zugeschickt und schickte sie auf demselben Weg zurück, ebenso wie meine Manuskripte. Niemand beim Aurora-Verlag hatte mich jemals persönlich kennen lernen wollen.

»Gerri? Sind Sie noch dran?«, fragte Lakritze.

»Ja«, sagte ich. »Ich soll also morgen in den Verlag kommen?«

»Das macht doch keine Umstände, oder?«, fragte Lakritze. »Sie wohnen doch ganz in der Nähe.«

»Ja, sozusagen um die Ecke.« Aurora und ich, wir wohnten in derselben Stadt, ich in der hellhörigen Ein-Zimmer-Dachwohnung meines Onkels, der Verlag in einem repräsentativen vierstöckigen Gebäude auf der anderen Seite des Rheins.

»Dann also bis morgen«, sagte Lakritze und legte auf, bevor ich weitere Fragen stellen konnte.

Was hatte das zu bedeuten? Warum sollte ich das Exposé auf einmal persönlich vorbeibringen? Seit zehn Jahren lieferte ich pünktlich wie ein Uhrwerk meine Romane ab, und offensichtlich war man mit meiner Arbeit zufrieden. Möglicherweise klingt es unbescheiden, aber ich wusste, dass ich gut war. Noch nie war ein Exposé von mir abgelehnt worden, nur einmal musste ich meiner Protagonistin die namibische Mutter wegnehmen und gegen eine irische umtauschen, sodass aus dem milchkaffeebraunen ein sommersprossiger Teint wurde. Aber das regelten wir alles komplikationslos per E-Mail.

Warum zum Teufel also wollten die von Aurora das Procedere plötzlich ändern und mich kennen lernen? Während ich das Exposé ausdruckte, stellte ich zwei Theorien auf: Erstens: Man wollte mir aufgrund meines zehnjährigen Dienstjubiläums eine Honorarerhöhung anbieten. Oder eine Ehrennadel mit dem Aurora-Logo. Oder beides. Zweitens: Das Finanzamt hatte eine Steuerprüfung gemacht und dabei festgestellt, dass ich niemals ein Arbeitsessen mit *G. Krietze, Lektorin* hatte und dieses ergo auch nicht dreimal im Jahr von der Steuer absetzen konnte. Vielleicht wartete morgen bereits jemand von der Steuerfahndung in Lakritzes Büro, um mich in Handschellen abzuführen.

Letzteres erschien mir allerdings ziemlich unwahrscheinlich.

Wahrscheinlicher war, dass sich meine harte Arbeit ausgezahlt hatte. Der Druck, der sich seit Charlys Anruf wie ein Ring um meine Brust gelegt hatte und mich am Atmen hinderte, lockerte sich deutlich. Fürs Erste beschloss ich, weder neurotisch noch depressiv zu sein, sondern nur eine schlechte Phase zu haben, privat gesehen. Beruflich hingegen ging es offensichtlich aufwärts. Am besten würde ich mich einfach eine Zeit lang auf den Job konzentrieren, darauf konnte man sich wenigstens verlassen.

Mir ging es schon viel besser.

Ich schaffte es sogar, bei Charly anzurufen und ihr glaubhaft zu versichern, dass ich ganz begeistert von ihrer Schwangerschaft war und sehr geehrt von der Vorstellung, die Patenschaft zu übernehmen.

Auch wenn das vielleicht zum jetzigen Zeitpunkt noch nicht zutraf, so war ich doch fest entschlossen, an meiner Haltung zu arbeiten. Spätestens, wenn das Kind geboren wurde, würde ich wieder ein ausgeglichener und zufriedener Mensch sein. Charly war auch kein bisschen sauer, dass ich sie nicht sofort zurückgerufen hatte, nachdem ich die Milch vom Herd genommen hatte, im Gegenteil, sie entschuldigte sich sogar bei mir.

»Sicher hast du es den ganzen Nachmittag lang versucht«, sagte sie. »Aber ich habe in der Republik herumtelefoniert, um die große Neuigkeit zu verbreiten. Tut mir leid.«

»Schon gut«, sagte ich.

»Ich bin total aus dem Häuschen«, sagte Charly.

»Ich auch«, sagte ich.

»Ich könnte die ganze Welt umarmen, verdammte Scheiße«, sagte Charly.

Daran arbeitete ich wie gesagt noch.

»Ich habe jetzt sogar Brüste!«, sagte Charly. »Kannst du dir das vorstellen? Richtige Möpse! Du musst die mal anfassen, die fühlen sich irre an.«

»Äh, ja, das glaube ich dir auch so. «

»Ich freue mich schon wie Bolle auf das Klassentreffen. Britt Emke wird nicht die Einzige sein, die mit ihrem Stammhalter prahlt, die blöde Kuh. Kaum zu glauben, dass ihr platter Hintern jetzt adelig ist. Ich habe diesen Ferdinand von Falkenhain mal gegoogelt, und weißt du was? Der ist fünfundfünfzig Jahre alt! Britt Emke in den Fußstapfen von Anna Nicole Smith, wer hätte das gedacht?«

»Ich dachte, da wollten wir nicht hingehen«, sagte ich.

»Jetzt schon«, sagte Charly. »Jetzt habe ich einen Stammhalter im Bauch und echte Möpse im BH. Komm schon, das wird lustig. Sicher kommen auch ein paar Lehrer. Wir besaufen uns und pöbeln rum.«

»Charly, du bist schwanger, du kannst dich nicht besaufen.«

»Oh, stimmt ja«, sagte Charly. »Egal, es wird trotzdem lustig. Stell dir vor, du darfst diesem Arsch Rothe sagen, dass er ein Arsch ist, und er kann dir gar nichts, weil du dein Abitur längst in der Tasche hast.«

»Erstens kann ich gar nicht so viel trinken, dass ich mich das traue, zweitens kann er mir zwar keine schlechte Note mehr geben, mich aber wegen Beleidigung verklagen, und drittens ...«

»Ach, Gerri, jetzt sei doch nicht immer so negativ! Wir gehen da hin und mischen den Laden so richtig auf. Du besäufst dich, und ich pöbele rum und zeige allen meine Möpse, das wird super!«

»Ja, bestimmt«, sagte ich und fasste mir unwillkürlich an den eigenen Busen. Klein wie eh und je, dafür war der Hintern gewachsen. Egal! Kein Grund für Depressionen! Ich hatte ja schließlich immer noch meinen Job, und da spielte die Größe meines Busens nun wirklich keine Rolle.

Am nächsten Morgen machte ich mich pünktlich auf den Weg zum Aurora-Verlag. Das Eingangsportal war riesig und mit beeindruckend viel Marmor gestaltet, was davon zeugte, wie einträglich das Geschäft mit den Heftromanen war. Ich straffte automatisch die Schultern, weil mir klar wurde, dass meine Romane auch etwas zu diesem Reichtum beigetragen hatten. Vielleicht die hübsche Einlegearbeit an der Säule dort vorne. Oder der polierte Tresen, hinter dem eine streng blickende Dame saß und mich über die Gläser ihrer Brille hinweg musterte. Ja, genau genommen war das *mein* Tresen.

»Gerri Thaler«, sagte ich aufgeräumt zu der Empfangsdame. »Ich habe einen Termin mit Frau Lakritze.«

Die Frau kniff misstrauisch die Augen zusammen. »Mit Frau Krietze?«, fragte sie.

»Genau«, sagte ich und legte eine Hand auf meinen Tresen. Fühlte sich gut an.

Während die Empfangsdame Lakritze per Telefon von meinem Kommen unterrichtete und mich höflich bat zu warten, bis man mich abholte, suchte ich in den Glasvitrinen ringsherum vergeblich nach einem meiner Norina-Romane. Überall nur *»Geisterjäger Gary Peyton«* und *»Maggie, die Dämonenbraut«*, außerdem massenhaft Western mit hässlichen Cowboys und Kakteen auf dem Cover.

Wer las denn so was? Wahrscheinlich dieselben Leute, die sich die verstaubten Western in »Das Vierte« anguckten.

Eine ältere Frau mit gestreifter Bluse, dunklem Kurzhaarschnitt und Brille kam aus dem Aufzug, und ich wusste sofort, dass es sich um Lakritze handelte. Genau so hatte ich sie mir immer vorgestellt. Sie hingegen warf mir nur einen kurzen Blick zu und ließ ihre Augen durch das ansonsten menschenleere Foyer schweifen.

»Ist Frau Thaler wieder gegangen?«, fragte sie die Empfangsdame.

»Da steht sie doch«, sagte die Empfangsdame.

Lakritze sah mich verblüfft an.

»Hallo«, sagte ich und streckte ihr meine Hand entgegen. »Schön, Sie mal kennen zu lernen.«

Lakritze nahm meine Hand nur zögerlich. »Ist Gerri verhindert?«

Ich versuchte zu lachen, aber es gelang mir nur ein Räuspern. »Haben Sie – jemand anderen erwartet?«

»Japahaps«, machte Lakritze und musterte mich mit zusammengekniffenen Augen von oben bis unten. »Also, ich … – Wie alt sind Sie denn, um Himmels willen?«

»Dreißig«, sagte ich ein wenig bitter. Die Zahl kam immer schlecht über meine Lippen. Warum wollte sie das überhaupt wissen? Fand sie etwa, dass ich älter aussah? Ich hätte wohl besser nicht den schwarzen Pullover angezogen, auch wenn er aus Kaschmir war und das einzige Stück in meiner Garderobe, das elegant und lässig zugleich war.

»Dreißig«, wiederholte Lakritze. »Das heißt, als Sie hier angefangen haben, waren Sie noch ein halbes Kind.«

»Ich war volljährig«, sagte ich.

Lakritze starrte mich noch eine Weile kopfschüttelnd an. Schließlich sagte sie mit einem kleinen Lächeln: »Und ich dachte immer, Sie wären etwa in meinem Alter.«

»Es hat mich nie jemand nach meinem Alter gefragt«, sagte ich. Nach meiner Sozialversicherungsnummer und meiner Steuernummer und meiner Kontonummer, ja, aber nicht nach meinem Alter. Und wollte Lakritze etwa behaupten, dass meine Stimme, die sie all die Jahre oft genug am Telefon gehört hatte, wie die einer Mittfünfzigerin klang? Ich war ein wenig beleidigt. Wahrscheinlich lag es an meinem Namen, dass ich so ältlich daherkam. Ich war die einzige Gerda meiner Generation, darauf hätte ich jede Wette abgeschlossen. Danke, Mama!

»Hätte es irgendetwas geändert, wenn Sie mein Alter gekannt hätten?«

»Mein liebes Kind«, sagte Lakritze. »Hätte ich gewusst, dass Sie so jung sind, hätte ich Sie sicher dazu ermutigt, einen *anständigen* Be…« Sie verstummte und warf einen Blick hinüber zur Empfangsdame. »Kommen Sie, gehen wir hinauf.« Sie griff nach meinem Arm. »Zuerst in mein Büro, da können wir in Ruhe reden. Um elf erwartet uns dann Herr Adrian.«

»Steuerfahndung?«, fragte ich leise.

»Eher nicht«, sagte Lakritze und kicherte plötzlich. »Herr Adrian ist der neue Cheflektor. Ich kann es gar nicht erwarten, sein Gesicht zu sehen. Er glaubt nämlich, Sie seien eine Krankenschwester im Vorruhestand, der er die schlechte Nachricht schonend beibringen muss.«

»Welche schlechte Nachricht?«, fragte ich alarmiert. »Und warum Krankenschwester?«

»Viele unserer Autorinnen sind ehemalige Krankenschwestern. Das ist besonders bei den Arztromanen sehr hilfreich.« Lakritze sah wieder hinüber zur Empfangsdame und dirigierte mich in den Aufzug. Als sich die Türen hinter uns schlossen, fuhr sie fort: »Es gibt hier einige Veränderungen im Hause, über die Sie informiert werden müssen. Deshalb habe ich Sie hergebeten.«

»Bitte nicht«, murmelte ich.

Aber Lakritze fuhr unbeirrt fort. »Wie Sie vielleicht in der Zeitung gelesen haben, ist Aurora von einer großen Verlagsgruppe geschluckt worden, die selber einige erfolgreiche Heftromanreihen verlegt. Lauros.«

»Oh, sind das nicht die mit *Corinna*?«, fragte ich und rümpfte die Nase.

»Genau«, sagte Lakritze. »Lauros hat Aurora aufgekauft. Mit Haut und Haar.«

»Das klingt nicht gut«, sagte ich.

»Nein, das ist es auch nicht«, sagte Lakritze. Die Aufzugstüren öffneten sich, und wir traten in den Flur des dritten Stockwerkes. »Ich will gar nicht lange um den heißen Brei herumreden: Bis auf *Nanette* wird die komplette Romantik-Reihe eingestellt.«

»Aber ich dachte, die Geschäfte liefen gut«, sagte ich.

»Das tun sie auch«, sagte Lakritze. »Aber die von Lauros haben ihre eigenen Liebesromane und wollen sich mit unseren nicht selber Konkurrenz machen. Sie hoffen wohl, dass sich alle *Norina*-Kunden zukünftig auf *Corinna* stürzen werden. Und statt *Forsthaus Friedrichshain* sollen die Leute eben deren *Bergförster Wolfgang* kaufen. Ich bezweifle ja, dass das Konzept aufgeht.«

»Und was ist mit *Parkklinik Dr. Ohlsen*?«

»Wird eingestellt«, sagte Lakritze. »Obwohl sich unsere Parkklinik viel besser verkauft als deren *Ambulanzarzt Dr. Martin*.« Sie schnaubte. »Dafür sollen wir unseren Grusel- und Actionroman-Sektor erweitern. Unsere Heimatromanchefin muss ab nächsten Monat eine neue Vampir-Reihe betreuen. Sie hat sich gestern krank gemeldet: Nervenzusammenbruch. Ihr Mann sagt, es wäre passiert, als sie den Knoblauch für das Abendessen klein geschnitten habe.«

Ich stand auch kurz vor einem Nervenzusammenbruch. Meine Knie waren so weich geworden, dass ich nicht mehr weitergehen konnte. Lakritze schob mich durch eine Tür in ein helles Büro mit vielen Grünpflanzen und drückte mich auf einen Stuhl.

»Ich weiß, das sind erschütternde Nachrichten«, sagte sie. »Aber wir werden bestimmt eine Lösung finden. Sie sind ja noch so jung. Jetzt trinken wir erst mal ein Glas Sekt auf den Schreck. Und darauf, dass wir uns endlich mal persönlich kennen lernen.« Mit einem leisen Plopp entkorkte sie eine Sektflasche und goss uns zwei Gläser ein.

»Auf bessere Zeiten«, sagte sie. »Wir sitzen alle in einem Boot, wenn Sie das tröstet.«

»Da wäre mir ja die Steuerfahndung noch lieber gewesen«, sagte ich und nahm ein paar hastige Schlucke. »Könnte ich denn nicht einfach für diesen *Ambulanzarzt Dr. Martin* und *Corinna* schreiben? Ich bin gut!«

»Ja, das sind Sie wirklich«, sagte Lakritze. »Das Problem ist nur, dass die von Lauros genug Autoren für ihre Reihen haben. Sicher kann man da mal das eine oder andere Manuskript unterbringen, aber wenn Sie davon leben müssen ... – Was sind Sie eigentlich von Beruf, Gerri? Ich habe Sie nie danach gefragt.«

»Ich bin Schriftstellerin«, sagte ich.

»Ja, aber was haben Sie gelernt? Ich meine, womit haben Sie Ihr Geld verdient, bevor Sie zu schreiben angefangen haben?«

»Ich habe nie mit etwas anderem Geld verdient als mit Schreiben«, sagte ich.

»Verstehe«, sagte Lakritze und goss mir Sekt nach, den ich sofort hinunterkippte wie Wasser. »Sie waren ja auch erst zwanzig. Nun, da wird es sicher eine Möglichkeit geben. Ich sehe das so: Wenn eine Tür zufällt, dann öffnet sich irgendwo eine andere ...«

»Ich könnte auch für *Nanette* Erotikromane schreiben«, sagte ich. »Ich müsste nur vielleicht etwas mehr recherchieren ... Vielleicht im Internet.«

»Für *Nanette* haben wir leider ein Überangebot an Autoren«, sagte Lakritze. »Offenbar wollen alle ihre eigenen Erfahrungen niederschreiben. Wie gesagt, manchmal ist so ein drastisches Ende sogar ...«

»Aber ich brauche diese Arbeit!«, fiel ich ihr ins Wort. »Ich liebe das Schreiben! Sehen Sie, ich habe gerade erst festgestellt, dass ich neuro ... – dass ich ohne diesen Job völlig aufgeschmissen wäre.«

Lakritze schwieg eine Weile. Dann sagte sie: »Ein weniger unsicherer und einträglicherer Job – das ist es, was ich Ihnen wünsche.

Glücklicherweise sind Sie ja jung genug, um noch mal von vorne anzufangen.«

»Aber ich will gar nichts anderes machen! Außerdem haben Sie selber gesagt, dass ich gut bin. Im Schreiben liegt meine wahre Bestimmung.«

»Sie sind ohne Zweifel *sehr* gut«, sagte Lakritze. »Auch meine Kollegin mit dem Nervenzusammenbruch ist ganz hervorragend in ihrem Job. Aber das nutzt uns in diesen Zeiten herzlich wenig. Wir müssen alle sehen, wie wir unsere Brötchen verdienen, nicht wahr? Vielleicht können Sie es eine Weile als Hobby nebenher laufen lassen.«

»Als Hobby nebenher …« Ich sackte unglücklich auf meinem Stuhl zusammen.

»Trinken Sie noch einen Schluck«, sagte Lakritze mitfühlend, goss mir ein weiteres Mal nach und trank ihr eigenes Glas in einem Zug leer. Ich tat es ihr gleich. »Wir stehen hier alle unter Schock, seit klar ist, dass eine Menge Arbeitsplätze verloren gehen werden. Ich weiß jetzt schon, dass die neue Vampir-Reihe mir aufs Auge gedrückt werden wird, wenn die Kollegin nicht zurückkommt. Die von der neuen Geschäftsführung hoffen wohl, dass einige von uns freiwillig kündigen, aber den Gefallen tun wir ihnen nicht. Ich habe sowieso nur noch drei Jahre bis zur Pensionierung, die ich irgendwie überbrücken muss.«

»Bei mir sind es fünfunddreißig«, sagte ich.

»Für Sie wird sich eine Lösung finden.« Lakritze goss mir den letzten Rest Sekt ein und ging zum Kühlschrank, um eine neue Flasche herauszuholen.

»Sicher«, murmelte ich. Das kannte ich doch schon. »Ich muss nur anfangen, positiv zu denken.«

Liebe Charly!

Ich habe gerade mal nachgerechnet: Es sind genau dreiundzwanzig Jahre seit dem Tag vergangen, an dem meine Mutter zum ersten Mal gesagt hat, du wärst kein guter Umgang für mich.

Sie hatte Recht: Du hast mich mit Schokolade vollgestopft, zu meiner ersten Zigarette überredet und mir das Nägelkauen beigebracht. Durch dich wurde ich mit Alkohol, Wonderbras, Schimpfwörtern und Haartönungen vertraut. Und als ich das erste und einzige Mal beim Schulschwänzen erwischt wurde, war ich auch mit dir zusammen.

Bei uns zu Hause heißt du bis heute nur »diese schreckliche Charlotte«. »Nur weil diese schreckliche Charlotte ein Bauchnabel-Piercing hat, heißt das noch lange nicht, dass es dir auch steht.« (Es stand mir wohl, nur die hässliche Entzündung sah nicht besonders toll aus. Von wegen, Rost desinfiziert!) »Nur weil diese schreckliche Charlotte ihr Studium abbricht, musst du es doch nicht auch tun!« (Es gab eben einige Dinge in unserem Leben, die sich parallel entwickelt haben.) »Nicht zu fassen, dass diese schreckliche Charlotte dir den Freund ausgespannt hat und immer noch deine Freundin ist.« (Meine Mutter will einfach nicht wahrhaben, dass ich Ulrich aus freien Stücken rausgeschmissen habe, genauso wenig, wie ich wahrhaben will, dass Ulrich jetzt seine Socken paarweise in die Waschmaschine steckt und ein Duftbäumchen in seinen Kleiderschrank gehängt hat.)

Die Wahrheit ist aber, dass mein Leben ohne diese schreckliche Charlotte noch viel trauriger gewesen wäre, als es ohnehin schon ist. Du warst der erste Mensch, der mir klar gemacht hat, dass braune (und rote, blaue und lilafarbene) Haare genauso viel wert sind wie blonde und dass Eltern und Lehrer nicht immer Recht haben. Du hast zu mir gehalten, als meine Mutter mich mit Klaus Köhler verkuppeln wollte, und du bist bis heute die Einzige, die meinen Beruf ernst nimmt und jeden meiner Romane sofort bei Erscheinen am Kiosk kauft und verschlingt. Mit keinem anderen Menschen hatte ich je so viel Spaß wie mit dir.

Solltest du also ein Mädchen bekommen, wünsche ich ihm auch so eine »schreckliche Charlotte« zur Freundin, denn eine bessere gibt es nicht.

Das schreibt voller Dankbarkeit und Liebe
deine Gerri

P. S. Du hättest dein Studium wirklich nicht für deine so genannte Gesangskarriere an den Nagel hängen sollen. Auch wenn du furchtbar gerne singst: Du kannst es absolut nicht. Bisher hat sich nur niemand getraut, dir das auch zu sagen. Frag Ulrich, wenn du mir nicht glaubst, er liebt dich wirklich, aber er hat immer schon gesagt: »Lieber eine Wurzelbehandlung ohne Betäubung als Charly ›Somewhere over the rainbow‹ singen zu hören.« Deshalb komm auch bitte nicht auf die Idee, bei meiner Beerdigung »Ave Maria« zu singen oder so. Ich möchte keinesfalls, dass die Leute an meinem Grab einen Grund zum Lachen haben.

P. P. S. Dir gehören ab sofort alle meine Ohrringe und die Kissen mit dem Rosenmuster, die du so magst. Im Bad steht noch eine brandneue Packung Haartönung »Indian Summer«, das wird dir gut stehen. Und keine Sorge: Du wirst eine wunderbare Mutter sein.

Vier

Der Sekt machte mich sentimental.

»So fühlt es sich also an, wenn die Welt untergeht«, dachte ich. »Wenn einem der Boden unter den Füßen weggezogen wird. Der letzte Halt genommen ...«

»Wie bitte?«, fragte Lakritze. Offenbar hatte ich meine Gedanken laut vor mich hingenuschelt.

»Ich glaube, ich vertrage den Sekt nicht«, sagte ich. »Mir ist ganz schwindelig.«

»Mir auch«, sagte Lakritze. »Das ist ja gerade das Gute daran.« Sie sah auf die Uhr. »Wir können jetzt zu Herrn Adrian hinübergehen.«

»Warum eigentlich?«, fragte ich. »Ich weiß doch schon alles.«

»Ja, aber der Gute ist neu hier, und wir möchten nicht, dass er denkt, dass wir ihm alle Arbeit abnehmen. Vor allem nicht die unangenehme Arbeit. Ich möchte sehen, wie er sich windet, wenn er Ihnen Ihre Existenzgrundlage raubt.«

»Na dann«, sagte ich. Ich schwankte ein wenig, als ich mich erhob. Hoppla! »Normalerlerlerweise trinke ich tagsüber nicht. Und normalerlerlerweise kann ich das Wort normalerlerlerweise auch besser aussprechen. Ich sollte nach Hause gehen.«

»Hier«, sagte Lakritze und reichte mir ein Pfefferminzbonbon. Sich selber schob sich auch eins in den Mund. »Wir wollen ja nicht, dass der arme Junge denkt, wir würden unseren Kummer in Alkohol ertränken.«

»Welcher arme Junge?«

»Na, dieser Adrian. Er ist noch grün hinter den Ohren. Lauros hat ihn uns einfach vor die Nase gesetzt, um die sogenannte Umstrukturierung zu leiten. Wenn Sie mich fragen, hat der sich nicht gerade um den Posten gerissen. Er versucht, den Coolen zu spielen, aber er ist hoffnungslos überfordert. An uns alten Knochen beißt er sich die Zähne aus. Wir haben Wetten laufen, dass er noch vor Ende des Quartals wieder hier weg ist, und das, obwohl er mit unserer Programmleiterin schläft.«

Das Büro von diesem Adrian lag nur zwei Türen weiter. Ich kam einigermaßen unbeschadet dorthin, indem ich mich mit den Händen links und rechts an der Flurwand abstützte, immer abwechselnd.

»Eigentlich ist das kein Büro«, sagte Lakritze schadenfroh. »Es ist unsere ehemalige Abstellkammer. Der arme Junge hat sich bis jetzt nicht mal einen anständigen Raum verschaffen können, geschweige denn Gehör! Er ist einfach nicht der geborene Chef.« Sie klopfte an und drückte gleichzeitig die Klinke hinunter.

Die ehemalige Abstellkammer war nur sehr klein und rundherum vollgestopft mit windschiefen Regalen. In der Mitte stand ein Schreibtisch, der auch schon bessere Zeiten gesehen hatte, und dahinter, mit dem Rücken zum Fenster, saß, ziemlich beengt, der neue Cheflektor.

Ganz so jung, wie Lakritze gesagt hatte, war er nicht, ich schätzte ihn auf Mitte dreißig. Und ob er grün hinter den Ohren war, konnte ich nicht sehen, dafür waren aber seine Augen grün. Die Augen waren das Erste, was mir an ihm auffiel. Solchen Augen war ich bisher nur in meinen eigenen Romanen begegnet. *Seine Augen waren von schwarzen, ungewöhnlich dichten Wimpern umrahmt und erinnerten sie von der Farbe her an dunkle, polierte Jade. Sein intensiver Blick jagte ihr, ohne dass sie wusste, warum, kleine, warme Schauer den Rücken hinab.*

»Das ist unser neuer Cheflektor, Gregor Adrian, Herr Adrian, das ist unsere langjährige Autorin Gerri Thaler«, sagte Lakritze und schloss die Tür hinter uns.

»Herein«, sagte Adrian. Es klang ein wenig resigniert.

Gregor hieß der. So ein Zufall. Den anonymen Knochenspender in *»Leas Weg«* hatte ich auch Gregor getauft. *Er hatte die dunklen Augenbrauen zusammengezogen und schien mit sich zu ringen, ob er dem Un-*

willen, der sich deutlich in seinen markanten Gesichtszügen abmalte, Luft machen sollte oder nicht. Schließlich obsiegte seine Höflichkeit, er verzog seinen Mund zu einem Lächeln, erhob sich und reichte ihr seine Hand.

»Freut mich, Sie kennen zu lernen, Frau Thaler«, sagte er. Seine Haare sahen aus, als habe er sie sich den ganzen Morgen gerauft, dunkles, etwas gelocktes Haar, das sich an den Schläfen bereits etwas lichtete und dringend einen Haarschnitt benötigte. Und einen Kamm. Ich mochte diesen »Wilde-Kerle«-Look bei Männern.

Und erst der Händedruck. Ich hatte Mühe, das Gleichgewicht zu halten, so kräftig war er.

»Meut frich auch«, murmelte ich. »Ich bin …« Ich stockte wieder, weil ich vergessen hatte, was ich sagen wollte. *Gregors Händedruck war kräftig, seine Hand warm und trocken. Die Berührung tat ihr gut, sie hätte die Hand gern noch länger in der ihren gespürt, aber die Höflichkeit gebot ihr, sie wieder loszulassen. Hatte auch er die magnetische Anziehungskraft verspürt? Seiner Miene war nichts anzumerken.*

Mann, war ich betrunken. Zweimal »spüren« hintereinander, das wäre mir nüchtern niemals passiert.

»Gerri ist noch ziemlich schockiert über die Neuigkeiten«, sagte Lakritze. »Sie hat bisher für *Norina* und *Parkklinik Dr. Ohlsen* gearbeitet.«

Ja, und sie fällt gleich um, wenn sie sich nicht setzen kann, dachte ich. Der Sekt machte sich vor allem in meinen Beinen bemerkbar. Dummerweise war in diesem winzigen Büro aber kein Platz für weitere Stühle. Vorsichtig lehnte ich mich mit dem Rücken an ein Regal. Ja, schon besser. Jetzt musste ich nur noch meine Zunge entknoten.

»Ich verstehe«, sagte Adrian. »Dann sind Sie ja von den Veränderungen unmittelbar betroffen.«

Ich nickte. »Ich werde wohl unter einer Wücke überbrintern müssen«, sagte ich.

»Wie bitte?«, fragte Adrian.

»Sie verstehen schon«, sagte ich ungeduldig. »Ich habe die Künstlersozialkasse jahrelang angelogen, was mein Einkommen angeht, nur um ein paar Euro zu sparen. Mit dem Ergebnis, dass ich künftig vermutlich von 150 Euro Arbeitslosengeld oder so leben muss. Das geht nur unter einer Brücke.«

Erstaunlich, dass mir diese komplizierten Sätze so leicht von den Lippen gingen. Auch Adrian schien überrascht von meiner Eleganz.

»Für die freien Mitarbeiter ist die Neustrukturierung von Aurora natürlich eine eher unschöne Entwicklung, aber der Verlag bemüht sich nach Kräften, auch hier nach Alternativen zu suchen«, sagte er.

»Hchm, hchm«, machte Lakritze. Sie schaffte es, dieses Räuspern außergewöhnlich spöttisch klingen zu lassen.

»Auch wenn wir das eigentlich gar nicht tun müssten, denn freie Mitarbeiter sind ja immer einem gewissen Risiko ausgesetzt«, fuhr Adrian mit gehobenen Augenbrauen fort. »Bei Lauros haben wir daher unseren Autoren immer empfohlen, ihren Brotjob auf keinen Fall aufzugeben.«

»Was ist denn ein Brotjob?«, fragte ich. Wollte der mir erzählen, dass die Lauros-Romane nur von Bäckerei-Fachverkäuferinnen geschrieben wurden? Möglich war's, ich hatte ein paar davon gelesen.

»Ein Brotjob ist ein Job, mit dem man seine Brötchen verdient«, sagte Lakritze. »Bei Aurora hat man bisher mehr auf professionelle Autoren gesetzt als auf Hobbyschreiber. Aber nicht immer im Leben zahlt sich Qualität aus.« Sie seufzte.

»Sie haben also keinen Beruf?«, fragte Adrian, der so tat, als habe er Lakritze gar nicht gehört.

»Natürlich habe ich einen Beruf«, rief ich aus und schwankte dabei so heftig, dass im Regal hinter mir ein paar Bücher umfielen. »Ich bin Schriftstellerin.«

»Und zwar eine unserer besten«, sagte Lakritze. »Wenn nicht sogar *die beste*!«

»Wie wä…«, sagte Adrian.

»Es gibt noch eine Möglichkeit.« Mir war gerade eine Alternative zu der Brücke eingefallen. »Ich könnte zurück zu meinen Eltern ziehen.« Ich schlug meinen Hinterkopf mit Absicht gegen ein Regalbrett. »Oder in die geschlossene Anstalt. Das bleibt sich allerdings fast gleich.«

Adrian musterte mich eine Weile lang ratlos. Dann fragte er: »Sind Sie verheiratet oder sonst irgendwie fest gebunden?«

Ich blinzelte ihn verwirrt an. *Die Frage war indiskret, aber sein Interesse schmeichelte ihr. Sie konnte ein Erröten nicht verhindern und schlug die Augen nieder.*

»Nein, und Sie?«

Adrian blinzelte ebenso verwirrt zurück. »Ich frage nur, weil … in so einer, äh, Übergangszeit ist es schon hilfreich, wenn man jemanden hat, der einem die Miete bezahlt.«

»Wie bitte?« Allmählich wurde ich aber sauer.

»Lauros empfiehlt seinen Freizeit-Autoren sicher, sich vorsorglich jemanden zu suchen, der die Miete zahlt«, sagte Lakritze. »Wir bei Aurora haben das bisher versäumt.«

»Frau Krietze, ich finde Ihre sarkastischen Bemerkungen im Augenblick wenig hilfreich«, sagte Adrian. »Ich versuche doch nur, Frau Thaler zu helfen.«

»Ja, dann tun Sie das doch auch. Ich könnte für *Corinna* schreiben oder für *Ambulanzscheiß Dingsbums*«, sagte ich. »*Bitte!* Ich werde sonst wieder pneumotorisch depressiv und kann für nichts garantieren! Neurotisch deaktiv repressiv, meine ich. Das können Sie ruhig mal im Internet nachlesen.«

Jetzt sah Adrian mich an, als ob er seinen Augen und Ohren nicht recht trauen würde. Ich wusste, dass ich nur Blödsinn redete, aber ich war verzweifelt.

»Bei Lauros sehe ich im Augenblick leider wenig Bedarf«, sagte Adrian. »Aber wie Sie vielleicht wissen, baut Aurora seinen Action- und Gruselsektor aus. Wie wäre es denn, wenn Sie Ihr Talent künftig hier einbrächten?«

»Gruselig«, sagte ich und verschränkte meine Arme vor der Brust.

»Na wunderbar! Wir haben eine völlig neue Vampir-Lady-Reihe, die ab Juni in den Druck geht, ich schlage also vor, dass Sie dazu baldmöglichst ein Exposé einreichen.«

»Vampir-Lady?«, wiederholte ich. »Ich weiß nicht mal, was das ist.«

»Das weiß niemand so genau«, murmelte Lakritze.

»Vampire sind unsterbliche Wesen, die über übernatürliche Kräfte verfügen und sich von Blut ernähren müssen«, sagte Adrian ernst. »Das beschaffen sie sich entweder über Blutkonserven, von denen die meisten Vampire einen größeren Vorrat besitzen, oder aber durch das allseits bekannte Beißen in die Halsschlagader eines Menschen.«

Ich kniff meine Augen zusammen und betrachtete ihn ungläubig. Aber da war keine Spur von Ironie in seinem Tonfall.

»Vampire können sich durch die Zwischenwelt bewegen und sich daher innerhalb von Sekundenbruchteilen von einem Platz dieser Erde zu einem anderen materialisieren«, fuhr er fort. »Man unterscheidet zwei Sorten, die geborenen und die transformierten Vampire. Entgegen der Legenden vertragen Vampire durchaus auch Tageslicht, auch wenn sie es nicht wirklich lieben, zerfallen sie keineswegs zu Staub, wenn sie ein Sonnenstrahl trifft. Sie sind Meister asiatischer Kampfsportarten, beherrschen den Umgang mit archaischen Waffen, können Gedanken lesen und manipulieren und verfügen über ein gewisses magisches Potenzial, das sich vergrößert, je älter sie werden. Die allgemein bekannten Vampirzähne wachsen nur, wenn sie Blutdurst verspüren, ansonsten sind sie von Normalsterblichen optisch nicht zu unterscheiden. Ihre Geschichte geht weit zurück und hängt eng zusammen mit der der Elfen und Feen und anderer Wesen der magischen Welt, wobei man hier die Unterscheidung in Licht- und Dunkelvölker kennt. Weder Vampire noch Werwölfe sind grundsätzlich böse Wesen, auch wenn es leider unter ihnen einige Ausnahmen gibt.« Er machte eine Pause und sah mich erwartungsvoll an.

Ich kämpfte ernsthaft gegen den Drang, über den Schreibtisch zu langen, den Mann beim Kragen zu packen und zu schütteln. »*Hömma, du, Grünauge, ich materialisiere dich gleich auch in der Zwischenwelt, wenn du nicht mit dem dämlichen Gequatsche aufhörst!*« Aber dafür hätte ich das stützende Regal in meinem Rücken verlassen müssen und wäre vermutlich bäuchlings auf den Schreibtisch gekippt.

»Natürlich wird nicht jeder zum Vampir, der von einem Vampir gebissen wird«, setzte Adrian noch hinzu. »Eine Transformation ist eine weitaus kompliziertere Angelegenheit. In Särgen schläft im Übrigen auch keiner, das sind alles Fantasien von Film und Fernsehen.«

»Aha«, sagte ich. »Und das, was Sie mir hier erzählen, sind nackte Tatsachen, oder was?«

»Äh, ja«, sagte Adrian und wurde ein wenig rot. »Das sind die Hintergründe, die wir für unsere Vampir-Lady-Reihe recherchiert haben. Vampire sind absolut im Kommen, sie sind gruselig, übersinnlich und erotisch, genau, was unser Publikum will.«

»Was daran erotisch ist, habe ich wohl nicht mitbekommen«, sagte ich. »Das ist doch der größte Schei…«

»Ist das mit dem Knoblauch auch eine Fantasie von Film und Fernsehen, oder hilft er wirklich?«, fiel mir Lakritze ins Wort.

»Nein«, sagte Adrian. »Nur wenn er mithilfe von Magie in ein Schutzamulett eingearbeitet wird.«

»Jetzt reicht's aber«, sagte ich, ehrlich aufgebracht. »Schutzomelette, ich glaub, es hackt!«

»Das ist ja alles hochinteressant«, sagte Lakritze. »Kommen Sie, Gerri, wir wollen Herrn Adrian nun nicht länger stören.«

»Wie schnell können Sie ein Exposé schreiben?«, fragte Adrian.

»Über eine asiatische Kampfsportarten ausübende, blutsaugende Person und ihre erotischen Abenteuer in der Zwischenwelt?«, fragte ich. »Mit Sicherheit nie …«

»Nicht vor nächsten Freitag«, fiel Lakritze mir wieder ins Wort und zog mich am Ellenbogen hinaus in den Flur. »Frau Thaler ist ein Profi, sie wird sich blitzschnell in die neue Materie einarbeiten.«

»Dann freue ich mich schon auf Ihre Ideen«, sagte Adrian. »War nett, Sie kennen gelernt zu haben.«

»Sie mich auch«, sagte ich, aber da hatte Lakritze schon die Tür hinter uns geschlossen.

Damit war also meine letzte Bastion gegen die Depression gefallen. Mein Job, das einzige Licht, das in meinem Leben geleuchtet hatte, war futsch. Ernsthaften Selbstmordabsichten stand nun nichts mehr im Weg. Wenn ich tot war, würden sie vielleicht alle endlich begreifen, dass jeder Mensch nur ein begrenztes Leidenskontingent aufzuweisen hatte.

Meins war hiermit endgültig erschöpft.

▣

Ich wollte nur noch nach Hause und in Ruhe im Internet nach der besten Selbstmordmethode suchen. Einer möglichst unblutigen.

»Lief doch gar nicht so schlecht«, sagte Lakritze. »Wenn der Junge über Vampire reden darf, ist er immer ganz glücklich. Er kennt sich da aus, den Pilot zu *Vampir-Lady Ronina* hat er höchst persönlich geschrieben.«

»Nie im Leben schreibe ich so einen Müll!«, sagte ich. »Ich gehe da jetzt wieder rein und sag ihm, er soll sich schleunigst ein Knoblauchschutzomelette backen, sonst beiße ich ihn höchstpersönlich in den Hals« – die Vorstellung brachte mich vorübergehend aus dem Konzept, deshalb vollendete ich den Satz etwas lahm: »Und dann, äh, gehe ich nach Hause …«

»Nicht so voreilig«, sagte Lakritze. »Erst einmal wäre es doch eine Möglichkeit, den finanziellen Engpass zu überbrücken. Man muss nehmen, was man kriegen kann. Zumindest, wenn es um die Arbeit geht. Im Privatleben gilt diese Regel nicht, aber heutzutage kann man sich erst erlauben, ein Angebot abzulehnen, wenn man ein besseres hat. Also werden Sie diese Vampirromane schreiben.«

»Was? Aber ich kann so was gar nicht«, sagte ich. »Ich habe kein Wort von dem verstanden, was er mir über Zwischenwelten und Transvestitenwerwölfe erzählt hat.«

»Natürlich können Sie das«, sagte Lakritze. »Sie müssen sich nur in die Materie einarbeiten.«

Ich schüttelte den Kopf. »Das ist mir als notorisch deprimierter Reaktionären leider nicht möglich. Nicht mal, wenn es vegetarische Vampire gäbe.«

»Unsinn«, sagte Lakritze. »Sie sind nur betrunken. Meine Schuld!

63

Ich hätte wissen sollen, dass ihr jungen Leute überhaupt nichts vertragt.« In ihrem Büro drückte sie mich erneut auf einen Stuhl und begann, Heftromane mit Fledermäusen und fiesen Fratzen auf dem Cover in eine Jute-Tasche zu packen. Ich sah ihr dabei zu, baumelte mit den Beinen und überlegte, ob ich mich vielleicht übergeben musste. Wenn, dann hatte ich schlechte Karten: Der Papierkorb war einer von diesen Metalldingern mit lauter Löchern drin.

Während ich ihn anstarrte, überlegte ich, was dieser Adrian wohl von mir denken musste. Ich hatte mich nicht gerade besonders vorbildlich oder geistreich verhalten. Da traf man endlich mal einen gutaussehenden Mann und war voll wie eine Strandhaubitze.

Wer oder was war eigentlich eine Strandhaubitze? Und warum war sie immer betrunken? Ich musste das dringend mal im Internet recherchieren.

Jemand betrat ohne anzuklopfen den Raum.

Es war eine dunkelhaarige Frau, ganz in Schwarz gekleidet, mit auffallend weißer Gesichtsfarbe.

»Die Vampir-Lady«, flüsterte ich. Es stimmte also: Sie konnten sich auch bei Tageslicht frei bewegen, ohne zu Staub zu zerfallen.

Die Vampir-Lady beachtete mich gar nicht. »Ich habe gerade von der Personalabteilung erfahren, dass Frau, äh, Dingsbums gleich für zwei Monate krankgeschrieben wurde, diese hypochondrische Zimtzicke«, sagte sie. »Also werden Sie die, äh, *Dingsda-Reihe* betreuen, Frau, äh, Dingenskirchen.«

»Krietze«, sagte Lakritze. »Das habe ich mir schon gedacht und bereits damit angefangen. Darf ich Ihnen bei dieser Gelegenheit gleich einmal eine unserer neuen *Romina*-Autorinnen vorstellen? Das ist Gerri Thaler, Gerri, das ist Marianne Schneider, die Programmleiterin von Aurora.«

»Oh! *Die* Programmleiterin«, sagte ich und streckte der Vampir-Lady voller Interesse die Hand hin. Das also war der Typ Frau, auf den dieser Adrian stand. Fehlten nur noch die spitzen Eckzähne. »Nett, Sie kennen zu lernen. Wissen Sie vielleicht, was eine Strandhaubitze ist?«

»Ein Vogel, würde ich sagen«, sagte die Programmleiterin, berührte kurz meine Hand, ließ sie aber sofort wieder los. Obwohl ihre weiße Haut außergewöhnlich faltenfrei war, schätzte ich sie auf Ende dreißig, Anfang vierzig. Dieser Adrian stand also auf ältere Frauen, interessant, interessant. »Oder eine Abdeckhaube für Strandkörbe. Was spielen wir denn hier: Wer wird Millionär während der Arbeitszeit?«

»Ich wollte es nur aus Recherchegründen wissen«, sagte ich eingeschüchtert. Dumme Pute. *Eine Abdeckhaube für Strandkörbe.* Dass ich nicht lachte.

Die Vampir-Lady wandte sich wieder Lakritze zu. »Kommen Sie mir nicht auf die Idee, sich auch noch krankschreiben zu lassen, Frau, äh, Dingenskirchen, dieser Schuss geht nämlich nach hinten los, sagen Sie mal, sind das Sektflaschen? Sie veranstalten hier doch keine Trinkgelage während der Arbeit, Frau, äh, Dingsbums?«

»Krietze«, sagte Lakritze gelassen. »Nein. Die Flaschen benutze ich als Blumenvasen.«

»Gut! Denn auch wenn Sie hier seit hundert Jahren arbeiten, heißt das noch lange nicht, dass Sie auch für die nächsten hundert Jahre unkündbar sind. Das können Sie auch gerne Ihren scheintoten Kollegen und Kolleginnen weitersagen, die sich hier in Arbeitsverweigerung üben«, sagte die Frau, drehte sich auf dem Absatz ihrer schwarzen Vampir-Stilettos um und verließ das Büro genauso grußlos, wie sie es betreten hatte.

»Uuu, die will sich bestimmt zur beliebtesten Vorgesetzten des Jahres wählen lassen«, sagte ich.

»Das ist wirklich eine selten blöde Kuh«, sagte Lakritze, zum ersten Mal heute deutlich verärgert. »Ich weiß nicht, was der Junge an der findet.«

»Wahrscheinlich steht der auf SM«, sagte ich. »Und auf Taillen, so schmal wie mein Hals. Dass die dabei trotzdem noch Körbchengröße C hat – manchen Menschen wird einfach alles geschenkt.«

»Alles unecht«, sagte Lakritze. »Silikon in der Brust, Botox in der Stirn, und die Zähne sind auch komplett überkront. Aber wir dür-

fen uns von dieser Person nicht aus dem Konzept bringen lassen.«
Sie reichte mir einen Schnellhefter. »*Ronina – Abenteuer einer Vampir-Lady*. Bitteschön. Das ist nun unser beider düstere Zukunft.«

Ich starrte eine Weile darauf.

»Das ist ja unerhört«, sagte ich. »Unsere *Norina* ist von dieser Vampir-Lady transformiert worden, sogar ihre Buchstaben haben sie übernommen.«

»Ach ja, jetzt wo Sie's sagen, fällt mir das auch auf«, sagte Lakritze. »Was für ein gruseliger Zufall.« Sie drückte mir die Jutetasche mit den Heftromanen in die Hand. »So, das müsste reichen als Recherchematerial. Zeigen Sie's diesem grünen Jungen! Schreiben Sie einen Vampirroman, der sich gewaschen hat. Und nehmen Sie ein Aspirin. Ich rufe Sie am Montag an.«

Ich erhob mich schwankend. »Und was ist jetzt mit *Leas Weg*?«, fragte ich.

»Nun, wenn Sie's noch schreiben wollen, wird *Leas Weg* wohl die zweifelhafte Ehre zukommen, der letzte *Norina*-Roman überhaupt zu sein«, sagte Lakritze.

»Nur über meine Leiche«, sagte ich.

An den Aurora-Verlag
Herrn Adrian
-persönlich-

Lieber Gregor!

Ja, ich weiß, wir duzen uns eigentlich nicht, aber unter diesen Umständen kann man ruhig mal über die Etikette hinwegsehen. Zumal ich längst in der Zwischenwelt bin, wenn du diesen Brief liest. Haha, war nur ein kleiner Scherz am Rande, ich bin katholisch, also werde ich in den Himmel kommen, denn bis auf diese Selbstmordsache habe ich eigentlich noch nie was Böses getan. Außer vielleicht noch das mit Lulus Haaren. Alles andere war unabsichtlich oder Notwehr.

Bevor ich anfange, Sie zu beschimpfen, dich, meine ich, möchte ich Ihnen aber noch sagen, dass Sie ein wirklich gut aussehender Mann sind und außerdem sehr sexy. Das sage ich nicht nur, weil ich stockbesoffen war, als wir uns vorgestellt wurden, sondern ich denke es auch jetzt noch, wo ich allerdings schon wieder stockbesoffen bin. Es ist nämlich so, dass ich meine Alkoholverträglichkeit ein wenig trainieren muss, bevor ich die Schlaftabletten mit dem Zeug runterspülen kann. So ein Selbstmord will in jeder Hinsicht gut vorbereitet sein.

Wo war ich stehen geblieben? Ach ja, bei Ihnen. Dir. Wenn ich sage, dass Sie sexy sind, dann stimmt das auch, denn ich bin, was Männer betrifft, sehr, sehr kritisch, da können Sie jeden fragen. Tragen Sie eigentlich farbige Kontaktlinsen?

Aus uns beiden wäre aber leider nie was geworden, weil ich ja a) jetzt tot bin und Sie b) ein Verhältnis mit dieser Schneider haben. Aber das wissen Sie ja selber. Ich finde das allerdings schon ein wenig unklug von Ihnen, denn sicher wollen Sie doch den Respekt Ihrer neuen Mitarbeiter nicht schon wieder verlieren, bevor Sie ihn überhaupt gewonnen haben, oder? Diese Frau ist nicht gut für Sie, sie hat den Posten der Programmleiterin nur bekommen, weil sie bei der neuen Geschäftsleitung gegen den alten Programmleiter intrigiert hat. Was umso brisanter ist, als dass sie mit eben diesem Programmleiter zuvor viele Jahre lang ein Verhältnis hatte. Außerdem hat sie Silikonbrüste, das werden Sie ja wohl schon gemerkt haben. Das weiß ich alles aus erster Hand, aber ich darf meine Quellen nicht preisgeben, sonst könnten Sie noch auf die Idee kommen, Lakritze zu kündigen.

Nun aber zu »Ronina – Jägerin in der Dunkelheit«. Ihr freundlich gemeintes Angebot müssen Sie sich leider in Ihren sexy Hintern schieben. (Glaube ich jedenfalls, dass der sexy ist, Sie haben ja leider draufgesessen, als wir uns gesehen haben.) Wenn Sie sich mal die Mühe gemacht hätten, einen meiner Romane zu lesen, wüssten Sie, dass zwischen meinen Werken und diesem Blutsaugermüll ein himmelweiter qualitativer Unterschied besteht. Ich habe ehrlich noch nie etwas Schlechteres gelesen. Mal abgesehen von diversen sprachlichen Schwächen stinkt der ganze Plot zum Himmel. Wieso nimmt diese doofe Kimberley denn bei Vollmond eine Abkürzung durch eben jenen Park, in dem ihre Freundin erst einen Monat zuvor von einem Abtrünnigen ausgesaugt wurde? Und was soll denn bitte dieser Satz: »Ihre Brüste hoben und senkten sich atemlos.« HALLO? Ich hätte mir so sehr gewünscht, der Abtrünnige hätte Kimberleys sinnlosem Dasein ein Ende bereitet, aber nein, gerade als es nett wird, springt diese nervtötende Ronina aus der Zwischenwelt und muss alles verderben. Warum können Ronina und ihre blutgeilen Freunde eigentlich permanent mit der bloßen Kraft ihrer Gedanken Portale zur Zwischenwelt öffnen und sich mal eben von Peru nach Paris materialisieren, nur dann nicht, wenn die Armee der Abtrünnigen mit ihren vergifteten Zackenschwertern auftaucht und zu zweifelhaften Kung-Fu-Kämpfchen auffordert? Nach der Erotik habe ich übrigens die ganze Zeit vergeblich gesucht, oder sollten etwa Kimberleys Brüste diesen Bereich abdecken?

Es tut mir leid, so etwas Mieses, vollkommen Sinnentleertes könnte ich beim besten Willen nicht schreiben. Ich glaube auch nicht, dass Sie dafür Käufer finden werden. Selbst Menschen mit einem Faible für Zackenschwert-Kämpfe möchten doch etwas über echte Gefühle und wahre Liebe lesen, oder nicht? Und eine Heldin mit Superkräften ist nur dann interessant, wenn sie auch irgendeine Schwäche (außer ihren kulinarischen Angewohnheiten) aufzuweisen hat. Wo bleibt denn sonst die Spannung?

Ich hätte noch jede Menge Anmerkungen dazu, aber ich habe ein straffes Programm für diese Woche: Die anderen Abschiedsbriefe müssen schließlich noch geschrieben werden, und zum Friseur wollte ich auch noch.

Daher etwas in Eile, aber nicht weniger herzlich

Ihre Gerri Thaler

P. S. Ich habe gerade mal den berühmten Bleistifttest gemacht, Sie wissen schon, je mehr Bleistifte unter dem Busen hängen bleiben, desto eher muss man anfangen für Silikon zu sparen. Es wird Ihnen wahrscheinlich völlig egal sein, aber bei mir war nicht mal Platz für einen einzigen hauchdünnen Bleistift.

P. P. S. Beiliegend erhalten Sie als Abschiedsgeschenk »*Leas Weg in die Dunkelwelt*«, das ich aus Zeitgründen leider nicht mehr überarbeiten konnte. Roninas sterbliche Schwester Lea erkrankt darin an Leukämie, das ist jedenfalls die Diagnose der Ärzte. Aber Ronina erkennt, dass Lea von einem Abtrünnigen gebissen und ihr Blut mit einem heimtückischen Gift verunreinigt wurde. Nur Leas Blut- und Seelenbruder in der Anderwelt kann ihr Leben nun noch retten. Der mächtige, aber verbitterte Vampir Gregor ... – Ach, lesen Sie selber. *Das* ist jedenfalls erotisch!

Fünf

Als ich nach Hause kam, war der Aufgang zu meiner Wohnung von einem Bobbycar blockiert.

»Ge-ah-ri-hi? Weißt du wa-has? Ich habe einen neuen Aufkleber.«

»Du, ich habe leider überhaupt keine Zeit, Johannes Paul«, sagte ich. Warum leierte dieses Kind nur immer so schrecklich?

»Guck doch ma-hal«, sagte Johannes Paul und machte eine Bobbycar-Kehrtwende um hundertachtzig Grad.

Ich bin in der Jesus-Gang, stand dort.

»Wirklich toll, Johannes Paul«, sagte ich. »Aber jetzt musst du mich mal vorbeilassen. Ich muss mich nämlich mal ganz dringend umbringen.«

»Die Theresa hat a-auch einen neuen Aufkleber.« Johannes Pahaul drehte das Bobbycar wieder mit der Front zu mir. »Willst du den auch mal lesen?«

»Das gucke ich mir dann von oben an«, sagte ich. »Lässt du mich bitte mal vorbei?«

»Die Mama hat auch einen neuen Aufkleber auf ihrem Auto«, sagte Johannes Paul. »Weißt du, was da drauf ste-heht?«

»Leiernde Kinder an Bord?«, fragte ich.

»Na-hein«, sagte Johannes Paul. »Da steht drauf: Jesus fährt mit.«

»Aha«, sagte ich. Das passte doch gut zu Hillas anderem Aufkleber, auf dem stand: *»Überlasse Jesus die Macht in deinem Leben«.* Hilla hatte ein Faible für derartige Aufkleber. An ihrem Briefkasten klebte statt *»bitte keine Werbung« »Die Ehe ist ein Geschenk von Gott«.* Ich hatte mich bisher noch nicht getraut zu fragen, warum er dort hing, aber ich vermutete, er war für den Briefträger gedacht, damit er nicht auf die Idee kam, sich scheiden zu lassen. Am Anfang dachte ich wegen der vielen Aufkleber, Hilla gehöre zu den Zeugen Jehovas. Aber sie war einfach nur katholisch, wenn auch auf eine sehr begeisterte Art und Weise.

Johannes Paul war der Sohn meines Cousins Volker, der mit Hilla verheiratet war. Vermutlich war Johannes Paul damit auch mein Cousin oder ein Neffe zweiten Grades oder ein Cousinneffe – auf jeden Fall war er um ein paar Ecken mit mir verwandt, wie halb Köln rechtsrheinisch. Ich wohnte zur Miete bei meiner Tante Evelyn und meinem Onkel Korbmacher (er hatte auch einen Vornamen, doch den hatten wir alle im Laufe der Jahre vergessen), nur einen Stadtteil weiter als meine Eltern. Hier gab es überwiegend Einfamilien- und kleinere Mehrfamilienhäuser sowie viele, viele Garagen. Es gab darüber keine Statistiken, aber ich war sicher, dass nirgendwo die Autos öfter gewaschen wurden als hier. Außer der fünfundachtzigjährigen Frau schräg gegenüber war ich vermutlich auch der einzige Single über zwanzig in dieser Siedlung.

Eigentlich hatte ich schon seit Jahren vor, auf die andere Rheinseite zu ziehen, irgendwohin, wo es weniger Verwandte, weniger Garagen und dafür mehr Kinos, Läden und Restaurants gab. Aber die Mieten anderswo waren horrend, während ich hier ohne Zweifel sehr günstig wohnte. Ich musste dafür allerdings einmal in der Woche für drei Stunden bei Tante Evelyn die Marmorfußböden putzen und die Perserteppiche saugen. Manchmal ließ Tante Evelyn mich auch mit einer Zahnbürste die Badezimmerarmaturen schrubben, aber was tut man nicht alles, um Kosten einzusparen, nicht wahr?

»Wahrscheinlich bist du masochistisch veranlagt«, sagte Charly immer.

»So schlimm ist es auch wieder nicht«, sagte ich dann. Und es war *ruhig*, das ist gar nicht hoch genug zu bewerten, wenn man zu Hause arbeiten muss. Von den gelegentlichen Xavier-Naidoo-Attacken abgesehen war es mucksmäuschenstill hier. Im Erdgeschoss wohnten Tante Evelyn und Onkel Korbmacher, im ersten Stock mein Cousin Volker mit Hilla und den vier Kindern – Petrus, Theresa, Johannes Paul und Bernadette –, welche für Kinder dieses Alters erschreckend leise waren. Machten sie auch nur die geringsten Anstalten, sich zu streiten, sagte Hilla, dass sie damit Jesus sehr traurig machten, und weil die Kinder Jesus auf keinen Fall traurig machen wollten, hörten sie dann immer sofort wieder mit dem Streiten auf.

Im Dachgeschoss hatte es eigentlich mal zwei Wohnungen gegeben, eine große und eine kleine. Die kleine bewohnte ich, die große hatte Volker umgebaut, sodass sie jetzt zu der Wohnung im ersten Stock gehörte, wegen der vielen Kinder. Das gemeinsame Treppenhaus war den Umbaumaßnahmen zum Opfer gefallen: Meine ehemalige Wohnungstür war zugeschraubt worden, und ich musste seither, um in meine Wohnung zu kommen, über eine Wendeltreppe aus Stahl klettern, die an der Außenwand montiert worden war. Im Winter bei Frost war das eine rutschige Angelegenheit, und im letzten Januar war ich gestürzt und hatte mir eine unschöne Prellung am Steißbein zugezogen, aber im Sommer ersetzte die Wendeltreppe einen Balkon: Man konnte dort in der Sonne sitzen und den Nachbarn beim Autowaschen zusehen.

Alles in allem war meine Wohnsituation durchaus akzeptabel.

Charly teilte meine Meinung allerdings nicht. Sie hielt meine Tante und meinen Onkel für bigotte Spießer, meinen Cousin fand sie seltsam und Hilla und die Kinder total bekloppt. Na ja, ein bisschen bekloppt waren sie vielleicht wirklich. Das letzte Mal, als Charly zu Besuch war, hatten sie im Sandkasten »Übers-Wasser-gehen« gespielt.

»Was hast du da in der Ta-sche-he?«, fragte Johannes Paul.

»Ronina, die Vampir-Lady«, sagte ich und kletterte über Johannes Paul hinweg auf die Feuerleiter.

»Was ist denn eine Vam-pia-lee-di-hie?«, fragte Johannes Paul hinter mir her.

»Du, das musst du mal in der Kinderbibel nachlesen.« Sonst war ich wirklich nicht so garstig zu dem Kind, aber heute fiel mir die Fragerei einfach nur auf den Wecker. Ich eilte die Treppe hoch, schloss die Wohnungstür auf, pfefferte Handtasche und Jutebeutel in eine Ecke und schloss die Tür hinter mir ab. Hätte ich ein »Bitte nicht stören«-Schild besessen, hätte ich es an die Klinke gehängt. Sollten sie mich doch alle in Ruhe lassen. Ich wollte nichts weiter, als ein paar Tage ungestört mit der Suche nach einer passenden Todesart zu verbringen. War das vielleicht zu viel verlangt?

Auf meinen »Depressionen«-Websites hatte ich – gründlich wie ich war – natürlich auch gelesen, dass es noch andere Wege aus der Depression gab als den Selbstmord. Zum Beispiel Medikamente. Aber ich bezweifelte ernsthaft, dass es ein Medikament gab, das mich mein Leben, wie es im Augenblick war, wieder in einem rosigen Licht sehen lassen würde. Die aufgeführten Psychopharmaka schienen außerdem alle eine Nebenwirkung zu haben: Es fielen einem davon die Haare aus. Ich meine, wie viel Tabletten muss man denn schlucken, um sich nicht nur mit einem total verfahrenen Leben, sondern auch noch mit schütterem Haar zu arrangieren?

Dafür hätte ich schon eine massive Hypnose benötigt, Sie wissen schon, eine von den Hypnosen, bei denen man sich für ein Huhn hält, mit dem Hals ruckt, gackert und versucht, ein Ei zu legen. Aber Hypnotiseure, die so etwas können, sind wohl eher selten. In der Regel gibt es doch nur die, die einem massenhaft Geld dafür abknöpfen, dass sie einem dreißigmal sagen: »Du hasst Zigaretten, dir wird schon von ihrem Anblick schlecht.« Bei so einem war Charly mal, und sie rauchte immer noch.

Und was eine Therapie anging: Bis der Therapeut wusste, was ich wusste, würden Jahre ins Land gehen. So lange würde ich es auf keinen Fall mehr aushalten.

Ich hatte die Schnauze voll.

Das Fass war endgültig übergelaufen. Schluss. Aus. Finito. Ich wollte nicht mehr.

Mich würde sowieso keiner vermissen.

Und wenn doch, dann hätten sie sich mal früher um mich kümmern sollen.

»Sie haben E-Mail bekommen«, sagte der Computer zu mir.

»Mir doch egal«, sagte ich zu dem Computer. Dann schaute ich aber doch nach. Vielleicht kamen die »Sie haben gewonnen«-Anrufe jetzt per E-Mail. Aber nur Britt Emke, jetzt Freifrau von Falkenstein, hatte geschrieben, und mein Cousin Harry.

»Liebe ehemalige Mitabiturienten und Mitabiturientinnen«, schrieb Britt. Ich würde ein ernstes Wort mit Charly reden müssen, weil sie Britt meine E-Mail-Adresse verraten hatte. Wahrscheinlich würde sie mir ab sofort immer Fotos von ihren adligen Stammhalter-Kindern mit Weihnachtsmannmützen auf dem Kopf zuschicken. Aber eigentlich spielte das ja keine Rolle mehr, denn ich würde ja an Weihnachten längst nicht mehr leben. *»Der Termin für unser Treffen steht fest: Am dritten Juni dieses Jahres werden wir unser Wiedersehen feiern. Bis jetzt liegen uns sechs verbindliche Anmeldungen vor und vierzehn Absagen. Ein/e MitschülerIn ist leider verstorben. Achtundneunzig Rückmeldungen stehen noch aus. Bitte meldet euch bald, damit Klaus Köhler und ich die Reservierung entsprechender Räumlichkeiten vornehmen können.«*

Ein/e MitschülerIn war leider verstorben? Wer denn? Und woran war er/sie verstorben? Warum verriet Britt uns nicht seinen/ihren Namen, und warum machte sie sogar ein Geheimnis um das Geschlecht? Wahrscheinlich war das nur ein billiger Trick, um uns alle zu dem Klassentreffen zu locken.

Was würde Britt wohl schreiben, wenn sie von meinem Selbstmord erfuhr? *»Leider ist inzwischen ein/e weitere/r MitschülerIn verstorben, wenn ihr erfahren wollt, wer es ist, kommt alle am dritten Juni.«*

Vielleicht sollte ich die Angelegenheit so timen, dass das Klassentreffen und meine Beerdigung auf denselben Tag fielen?

Ich schaute auf den Kalender. Nein, so lange würde ich wohl nicht warten können. Wir hatten jetzt Ende April, und ich wollte die Sache möglichst zügig hinter mich bringen. Ein bis zwei Wochen würde ich für eine gründliche Vorbereitung benötigen, mehr nicht. Ich hatte auch gar keine Zeit zu verlieren: Ohne Job würde mir bereits Mitte Juni das Geld ausgegangen sein.

Außerdem fand Tante Alexas Silberhochzeit am dritten Mai-Wochenende statt, und da wollte ich auf keinen Fall dabei sein. Jedes Familienmitglied musste dort – solo – einen selbstgedichteten Vierzeiler vortragen, und zwar gesungen, auf die Melodie von »Horch, was kommt von draußen rein«, begleitet von meinem Cousin Harry auf dem Klavier. Mir war bis jetzt noch nichts eingefallen außer: »Onkel Fred, der trägt 'nen Frack, hollahi, hollaho, ist der Mann ein blöder Sack, hollahihaho!« Aber Onkel Fred war eigentlich ganz nett, Tante Alexa war die Blöde von beiden, nur die trug ja keinen Frack.

Die Familienfeiern in der Familie meiner Mutter waren immer fürchterlich. Es gab einen Haufen weißhaariger Großtanten, die alle gleich aussahen und einen immer fragten, ob man »ein bisschen fülliger« geworden sei. Die dazugehörigen Großonkel sagten »Aber das steht dir gut« und verabreichten einem Klapse auf den Po, so als ob das ein gängiges Verwandtschaftsritual sei. Die Cousinen und Cousins mit Kindern wollten mir weismachen, dass sie bereits meine biologische Uhr ticken hörten, und meine Mutter zischte ständig: »Halt dich gerade!«, wenn sie in Hörweite war.

Selbst das allerbeste Catering konnte diesen Psychoterror nicht wettmachen. Schon Tante Alexas Hochzeit vor fünfundzwanzig Jahren war mir nicht gerade in bester Erinnerung geblieben.

Tante Alexa war die jüngste von Mamas insgesamt vier Schwestern, und ihre Hochzeit war ein großes Ereignis gewesen, mit zweihundert geladenen Gästen im Park des Schlosshotels, prächtigen Stoffpavillons, einem Streichorchester und dem für dieses Ereignis aus ganz Deutschland zusammengezogenen Meißner Porzellan und Silberbesteck der Familie. Alle meine blonden Schwestern und Cousinen hatten rosafarbene Satinkleider genäht bekommen, und sie trugen rosa Blumenkränzchen im Haar und mit Stoff gefütterte Körbchen voller Rosenknospen.

Nur ich hatte die ganze Zeit in meinem blöden dunkelblauen Kleid neben meinen Eltern stehen müssen, weil ich als Blumenmädchen mit meinen dunklen Haaren die Hochzeitsfotos und den blonden Gesamteindruck ruiniert hätte, wie Tante Alexa erklärte.

Selbst meine Mutter fand das übertrieben, aber Tante Alexa blieb hart. »Ich heirate schließlich nur einmal im Leben, und da soll alles perfekt sein«, sagte sie. »Außerdem ist sie noch so klein, das kriegt sie sowieso nicht mit.«

Von wegen. Diese Hochzeit ist mir bis heute bis ins kleinste Detail in Erinnerung geblieben. Ich weiß sogar noch, dass mein Vater mir Kieselsteinchen in den Reis gemischt hatte, den ich vor der Kirche auf das frischgetraute Brautpaar werfen durfte. Und dass eine der beiden weißen Tauben, die dort fliegen gelassen wurden, meinem Onkel Gustav auf die Glatze kackte. Diese Hochzeit war alles andere als perfekt gewesen. Immerhin hätte sie ohne größere Zwischenfälle verlaufen können, wenn Tante Alexa nicht so ein Theater wegen meiner Haarfarbe veranstaltet hätte. Hätte man mir ein rosa Satinkleid angezogen und mich Blumen streuen lassen, wäre ich niemals beleidigt unter den Tisch gekrochen, wo der Dackel meines Opas lag. Ich wäre auch nicht auf die Idee gekommen, aus purer Langeweile Opas Schnürsenkel an Waldis Halsband festzuknoten. Wenn ich mit den anderen Blumenmädchen Prinzessin gespielt hätte, hätte ich nicht Waldis geliebten Sockenball auf die Wiese geworfen, und Waldi hätte Opa Rodenkirchen nicht vom Stuhl gerissen, und Opa Rodenkirchen hätte nicht nach der Tischdecke gegriffen, und das gesamte Porzellan wäre nicht auf den Boden geknallt und dort in tausend Stücke zerscheppert. Und ich wäre heute in der Familie nicht als »Dorotheas Jüngste, die das Meißner Porzellan auf dem Gewissen hat« bekannt. Obwohl – mittlerweile war ich vermutlich »Dorotheas Jüngste, die das Meißner Porzellan auf dem Gewissen und immer noch keinen Mann abgekriegt hat« geworden.

»*Liebe Gerri*«, schrieb mein Cousin Harry. »*Der Einsendeschluss für den Vierzeiler anlässlich der Silberhochzeit meiner Eltern war gestern. Da ich alle Strophen schriftlich festhalten möchte und dem Jubelpaar in gebundener Form als Andenken überreichen möchte, bitte ich dich, mir deinen Beitrag umgehend zuzusenden. Wir werden übrigens in alphabetischer Reihenfolge auftreten, du bist also zwischen Cousine Franziska und Onkel Gustav an der Reihe. Zum Üben: Wir werden das Lied in D-Dur anstimmen.*«

»Du bist noch jung und schon so doof, hollahi, hollaho«, sang ich, wenn auch wahrscheinlich nicht in D-Dur. »Du kannst mich mal, doch da reimt sich nichts drauf, hollahiaho!« Auch noch üben sollte man für diesen Scheiß, das war wirklich wieder mal typisch. Als Inspiration und positives Beispiel hatte Harry seine eigenen dichterischen Ergüsse beigefügt. Auffallend war, dass in jeder Zeile das Wort »tut« vorkam.

»Der Harry tut ganz furchtbar dichten, jetzt will er auch noch mich verpflichten.« Ich klickte Harry weg und öffnete ein neues Dokument.

»Vor meinem Tod unbedingt erledigen«, schrieb ich in die erste Zeile. *»Erstens: Testament schreiben. Zweitens: an Harrys dämlichen Vierzeiler denken, sonst steht der Blödmann hier noch vor der Tür. Drittens: die Wohnung putzen und alle peinlichen Dinge entfernen. Viertens: Abschiedsbriefe schreiben, siehe Extraliste. Fünftens: das Klassentreffen absagen. Sechstens: zum Friseur gehen.«*

Ein Testament ist eine wichtige Sache. Meine Oma Rodenkirchen hatte keins gemacht, sie hatte nur die mündliche Order hinterlassen, dass ihr Schmuck unter ihren Enkeltöchtern verteilt werden sollte.

»Jedes Mädchen kann sich was aussuchen«, hatte sie gesagt. »Immer reihum, die Jüngste fängt an.« Das war ja ein netter Grundgedanke gewesen, aber nachdem sie sich das Gerangel um ihre Schmuckschatullen von oben angesehen hatte, war sie sicher zu dem Schluss gekommen, dass es besser gewesen wäre, ein Testament zu machen.

Tante Evelyn, die nur Jungs hatte und damit aus der »Enkeltöchter«-Regelung komplett herausfiel, hatte mit verschränkten Armen in der Zimmerecke gestanden und vor sich hin gemurrt, meine Mutter war dagegen mit ihren vier Töchtern endlich mal hochzufrieden gewesen. Ich vermute, das war der einzige Tag in ihrem Leben, an dem es ihr nichts ausmachte, dass keine von uns ein Junge geworden war.

»Nimm den *Saphir*, den *Saphir*«, flüsterte Tante Alexa meiner damals erst dreijährigen Cousine Claudia zu, aber Claudia, die keine Ahnung hatte, wie ein Saphir aussah, griff beim ersten Mal nach einer Korallenkette und beim zweiten Mal nach einem Bernsteinanhänger mit einer Mücke drin. Daraufhin brach Tante Alexa in Tränen aus. Unsere Cousinen Diana, Franziska, Miriam und Betty stürzten sich auf die falschen Perlen, die silbernen Figurenanhänger, den Granatschmuck und die Rosenquarzketten, während ihre Mütter die Köpfe an die Wand schlugen, aber Tine, Rika, Lulu und ich ließen den ganzen billigen Plunder links liegen und griffen uns die richtig guten Sachen. Das Saphircollier bekam Tine, Rika die Diamantohrstecker, Lulu eine feine Platinuhr mit Brillanten, und ich suchte mir einen Ring mit einem riesigen geschliffenen Aquamarin aus.

Als ich ihn mir auf den kleinen Wurstfinger schob, schluchzte Tante Alexa laut auf, und Tante Evelyn murmelte: »Wechselbalg!«

»Sei du besser mal ganz still«, sagte meine Mutter zu ihr. »Du hast dir doch schon die ganzen Antiquitäten und das Porzellan unter den Nagel gerissen.«

»Welches Porzellan denn?«, rief Tante Evelyn. »Das gute Meißner hat doch deine Jüngste auf dem Gewissen.«

»Das stimmt«, sagte Tante Alexa. »Von Rechts wegen müsste sie deshalb vom Erbe ausgeschlossen sein.«

Aber davon hatte meine Oma nichts gesagt.

Auch beim zweiten Durchgang – »Nicht *die* roten Ohrringe, Diana, die anderen roten Ohrringe!!!« – erwischten wir instinktiv die wertvollsten Teile, Rika den Anhänger mit dem Bolder-Opal, Tine den Smaragdring, Lulu die Rubin-Ohrringe und ich die Perlenkette mit der Diamantschließe. Meine Mutter war sehr stolz auf uns gewesen.

Außer dem Schmuck hatte ich keine wirklich wertvollen Besitztümer, aber trotzdem wollte ich nicht, dass das wenige, das ich hatte, in die falschen Hände geriet: meine Sammlung zum Teil antiquarischer Kinderbücher zum Beispiel, der iPod oder das Notebook. Spontan hätte ich beinahe zum Telefonhörer gegriffen und meine Mutter angerufen: »Nicht, dass du alles nur Arsenius und Habakuk zuschusterst, hörst du?« Aber dann fiel mir doch noch rechtzeitig ein, dass eine solche Äußerung ziemlich unklug gewesen wäre. Bis zu meinem Todestag musste ich mich möglichst unauffällig und normal verhalten, sonst würde am Ende noch jemand bemerken, was ich vorhatte, und mich in die Psychiatrie einweisen lassen.

Ich wollte die Angelegenheit systematisch angehen, wie alles in meinem Leben. Das »Warum« hatte ich ja bereits geklärt. Jetzt musste ich mich als Nächstes um das »Wie« kümmern. Möglichst schmerzlos sollte es sein und nicht kompliziert. Und auf keinen Fall unappetitlich. Wenn möglich wollte ich tot immer noch einigermaßen gut aussehen. Man musste ja auch an denjenigen denken, der einen finden würde.

Aber so einfach war das wirklich nicht.

Samstagabends fand der wöchentliche Kochabend mit meinen Freunden statt, und während ich mich dafür fertig machte, grübelte ich immer noch darüber nach, wie ich »es« anstellen sollte.

Auf www.depri-na-und.de hatte ich einen Psycho-Test zum Thema »Welcher Selbstmord-Typ sind Sie?« gemacht und dabei festgestellt, dass ich ganz klar der Marilyn-Monroe-Typ war, nicht der Anna-Karenina-Typ und auch nicht der Harakiri-Typ. Das kam mir ehrlich gesagt schon mal sehr entgegen. Es schien allerdings nirgendwo brauchbare Schlaftabletten ohne Rezept zu geben. Ich hatte nur eine Internet-Firma gefunden, die »Pharma-Markenartikel aller Art ohne Original-Verpackung« anbot, zu einem Stückpreis von 50 Cent pro Pille. Vielleicht sollte ich dort einfach ein Kilo Tabletten bestellen, sie aufessen und sehen, was passierte? Aber bei meinem Glück erwischte ich am Ende Viagra und Vitamin-C-Tabletten. Oder Tabletten, von denen einem ein Schnurrbart wuchs.

Ich zog meinen uralten grünen Pulli an, Jeans und dazu meine Lieblingsohrhänger mit dem Froschkönig. Im Spiegel prüfte ich, ob man mir meine Selbstmordpläne irgendwie ansehen konnte, und fand, dass meine Mundwinkel völlig unpassend nach oben zeigten.

Das taten sie immer. Es war ein rein anatomischer Sachbestand, in unserer Familie hatten alle Frauen diesen breiten, geschwungenen, ewig lächelnden Entenschnabel.

»Sinnliche Lippen«, hatte Ulrich immer dazu gesagt.

»Breitmaulfroschfresse«, hatte Britt Emke es genannt, damals in der sechsten Klasse. Charly und ich hatten ihr dafür einen frisch überfahrenen Frosch als Lesezeichen zwischen die Seiten ihres Lateinbuches gelegt. Damit sie mal sehen konnte, wie eine echte Breitmaulfroschfresse aussah. Mannomann, hatte die gebrüllt.

Als ich die Feuertreppe hinunterkletterte, waren Volker, Hilla und die Kinder schon beim Abendessen.

»… *und segne, was du uns bescheret hast*«, hörte ich sie im Chor sagen. Durch das gekippte Fenster roch es sehr lecker nach gebratenem Fleisch. Ich merkte plötzlich, dass ich den ganzen Tag so gut wie nichts gegessen hatte, und beeilte mich auf dem Weg zur Straßenbahnhaltestelle.

Unsere Kochabende waren mal sehr lustig gewesen. Wir hatten anspruchsvolle, gerne exotische Gerichte gekocht, dazu köstliche Aperitifs und Weine getrunken und bis in die Nacht hinein geschlemmt und erzählt. Aber seit die Kinder auf der Welt waren, schienen meine Freunde den Sinn fürs Exotische vollkommen verloren zu haben, und Rohmilchkäse, Alkohol und Tandoori waren auf einmal »gefährlich« geworden. Weil entgegen der Absprache immer mindestens ein Kind dabei war – »der Babysitter hat abgesagt«, »sie wollte so gerne mitkommen«, »er kriegt Zähnchen« –, gab's auch kein Sushi mehr, weil die Kinder das nicht mochten.

Und während der kostbare Heilbutt in handliche Fischstäbchen verwandelt wurde (zu denen dann später Ketschup gereicht wurde), spielten die Kinder Nachlaufen um den Küchenblock. Später schlief dann immer mindestens eins auf meinem Schoß ein, und ich wagte nicht mehr, mich zu bewegen, mir schliefen die Beine ein, und ich hatte Mühe, wach zu bleiben und dem dahinplätschernden Gespräch über Kinderhotels und Kindergartengebühren zu folgen. Wenn nicht ich, dann schlief mindestens ein anderer Erwachsener ein, was dann meistens das Zeichen zum Aufbruch war, in der Regel noch lange vor dreiundzwanzig Uhr.

Ole und Mia – außer mir, Ulrich und Charly die Einzigen ohne Kinder – hatten in letzter Zeit verdächtig oft die Grippe oder andere ansteckende Krankheiten. In Wirklichkeit, vermutete ich, gingen sie am Samstagabend einfach nur gemütlich zusammen ins Kino. Oder sie kochten sich etwas Unpüriertes, Scharfes, Rohes in ihrer eigenen Küche.

Und jetzt waren Ulrich und Charly auch noch schwanger, und ich hatte niemanden mehr, mit dem ich mich über die anderen lustig machen konnte.

Früher hatten wir überall gekocht, reihum in unseren Wohnungen, auch in meiner winzigen Küche, und im Sommer sogar im Park, mit Gasgrill und Wok. Aber jetzt trafen wir uns immer nur bei Caroline und Bert, denn die beiden hatten die größte Küche, die leiseste Spülmaschine, die meisten Kinder und den unzuverlässigsten Babysitter. Sie wohnten in einem Reihenhaus, das im Grunde sehr geschmackvoll eingerichtet war, wenn man denn die Einrichtung vor lauter Spielzeug und anderem herumfliegenden Kinderkram überhaupt gesehen hätte.

Caroline begrüßte mich mit einer herzlichen Umarmung, kickte mit dem Fuß ein Legoauto und eine kleine rosa Strickjacke beiseite und sagte: »Du bist die Erste, pünktlich wie immer, komm rein, ich habe Florine gesagt, dass du noch mal hochkommst und ihr Gute Nacht sagst, du weißt ja, wie sie an dir hängt, wow, ist der Pulli neu, du siehst super aus, wirklich, du erinnerst mich immer an diese Schauspielerin, wie heißt sie noch gleich, Schatz, die, die beim Klauen erwischt wurde, meinst du, es ist sehr schlimm, dass wir Schweinefilets statt Lammrücken gekauft haben, weißt du, der Lammschmortopf muss doch Stunden im Ofen garen, und die Schweinefilets könnten wir schnell in der Pfanne braten, das würde – Schatz, hast du gesehen, dass übermorgen der Elternabend ist, also das kann ich dir gleich sagen, da gehst diesmal du hin, das ist furchtbar, letztes Mal hätten sie mich beinahe zum Schatzmeister gewählt, und das, wo ich überhaupt nicht rechnen kann und unser Konto immer im Minus ... – Wow, ist der Pulli neu, der steht dir total gut ...« Irgendwann zwischen dem zweiten und dem dritten Kind hatte Caroline aufgehört, Punkte zu machen. Sie redete einfach so lange, bis ihr die Luft wegblieb. Und sie sagte ziemlich viel doppelt.

»Hallo, Gerri, Süße«, sagte Bert. Er hatte das Baby – Severin – auf dem Arm und küsste mich auf die Wange. Severin griff nach meinem Froschkönig-Ohrring. »Ich gehe nicht zu diesem Elternabend.«

»Ich auch nicht«, sagte Caroline. »Ich war die letzten fünf Male und habe mir den Kram angehört, das hält doch kein Mensch aus, immer diese geheimen Abstimmungen, zieht sich bis spät in die Nacht ...«

Severin versuchte, mir den Froschkönig vom Ohr zu reißen. Er hatte Bärenkräfte, und es wäre ihm sicher auch gelungen, wenn ich nicht eingegriffen hätte. Als ich seine Finger löste, verzog er weinerlich das Gesicht. Ich rieb mir das Ohrläppchen.

»Dann geht eben keiner von uns«, sagte Bert. Severin strampelte wütend in Berts Armen, weil er nicht mehr an meinen Ohrring drankam.

»Ich sag dann mal Flo Gute Nacht«, sagte ich.

»Ja, das ist lieb, ich fange dann schon mal an mit dem Gemüseputzen«, sagte Caroline. »Ich habe keinen Kerbel bekommen, aber Brunnenkresse ist doch auch lecker, oder? Wenn keiner von uns beiden hingeht, dann entscheiden sie hinter unserem Rücken, dass Nutella auf dem Frühstücksbrot erlaubt ist oder dass ein Haustiertag veranstaltet wird und alle ihre Chinchillas mitbringen dürfen ...«

»Ist doch egal«, sagte Bert.

»Mir aber nicht«, sagte Caroline. »Ich muss mich nämlich hier den ganzen Tag mit quengelnden Kindern herumschlagen, die auch gern Chinchillas hätten oder Nutella oder ...«

»Du tust ja so, als wäre ich nie zu Hause«, sagte Bert.

»Bist du ja auch nicht ...« Severin fing an zu heulen, als ich die Treppe hochging. »Guck mal, wie süß«, sagte Caroline. »Er mag dich. Alle unsere Kinder mögen dich. Ist der Pullover eigentlich neu? Steht dir super. Nicht wahr, Gerri sieht toll aus, Schatz, wie diese Schauspielerin, die sie beim Klauen erwischt haben ...«

Flo lag noch wach in ihrem Bett, als ich ins Zimmer kam. Ihr Bruder Gereon schlief bereits tief und fest im Bett über ihr. Das traf sich gut, denn ich hatte nur Flo etwas mitgebracht: meine alte Spieluhrdose mit der Tänzerin, die sich drehte, wenn man den Deckel hob.

»Was ist das für eine Melodie?«, fragte Flo.

»Der Donauwalzer«, sagte ich.

»Und du willst sie mir wirklich richtig schenken? Nicht nur leihen?«

»Nein, die gehört jetzt dir.«

»Oh, danke! Du bist wirklich die Beste der Welt, Gerri. Gerri, als du klein warst, hattest du da ein Haustier?«

»Wir hatten eine Katze«, sagte ich. »Aber die musste ich mit meinen drei Schwestern teilen. Und weil ich die Jüngste war, gehörte mir nur der Schwanz.«

»Besser als gar kein Tier«, sagte Flo. »Kannst du mir nicht ein Kaninchen zum Geburtstag schenken, Gerri? Dann können Mama und Papa es nicht wieder weggeben.«

»Mal sehen, vielleicht«, sagte ich und hatte plötzlich einen Kloß im Hals. Flos Geburtstag war im Juli, und da würde ich nicht mehr da sein. Sie war mein Patenkind, und ich muss zugeben, dass ich sie viel lieber hatte als Habakuk, den man mir ebenfalls als Patenkind aufgezwungen hatte.

»Ich wäre auch ganz lieb zu dem Kaninchen«, sagte Flo. Dann fragte sie wie jeden Samstag: »Hast du diese Woche einen Mann kennen gelernt, Gerri?«

»Ja«, sagte ich und dachte an Gregor Adrian. »Einen mit grünen Augen und einem schönen Namen.«

»Und – hat dein Herz geklopft?«

»Schon«, sagte ich. »Aber der Mann ist leider schon vergeben. An eine Vampir-Lady.«

»Die guten sind immer alle schon vergeben«, seufzte Flo. »Drückst du mich mal?« Sie legte mir die Arme um den Hals. »Hm, du riechst lecker.«

»Das ist *Pampelune*«, sagte ich. »Ich vererbe es dir, wenn du willst.«

»Noch lieber hätte ich ein Kaninchen«, sagte Flo.

Liebe Tante Evelyn, lieber Onkel Korbmacher,

hiermit kündige ich die Wohnung zum nächsten Ersten.

Leider kann ich die vereinbarte Kündigungsfrist nicht einhalten, weil ich mich bereits kommenden Freitag umbringen werde. Ich bin aber sicher, ihr werdet schnell einen Nachmieter finden, vielleicht eine ältere Dame aus dem Kirchenkreis oder eine gläubige Austauschstudentin aus Korea. Besser wäre die Studentin, denn eine ältere Dame könnte auf der Feuerleiter ausrutschen und euch verklagen.

Es wäre sicher auch im Interesse der nächsten Mieterin, wenn ihr Hilla eine Spülmaschine kaufen würdet. Und anstatt der Neuen Broschüren mit dem Titel »Lade Jesus in dein Leben ein« in den Briefkasten zu stecken, könntet ihr sie doch auch ab und zu mal zum Abendessen einladen.

Liebe Tante Evelyn, du denkst vielleicht, ich war noch zu klein, um das mitzukriegen, aber ich kann mich noch gut erinnern, dass du mich des Öfteren als »Wechselbalg« bezeichnet hast. Ich weiß noch wie gestern, wie du und Tante Alexa immer darüber spekuliert habt, dass ich wegen meiner Haarfarbe im Krankenhaus vertauscht worden sei oder vom Briefträger abstammen müsse, und dann habt ihr immer zu kichern angefangen. Damals fand ich das schon sehr gemein, aber erst als wir Vererbungslehre im Biologieunterricht hatten, verstand ich, worauf ihr eigentlich immer hinauswolltet. Aber ich kann dich beruhigen: Ich bin die Tochter meines Vaters. Er hat mir die dunklen Haare und die braunen Augen vererbt, das ist ein bisschen kompliziert, da er selber nur hellbraune Haare hat, aber wenn man sich das Schema nach Mendel genau anschaut, versteht man es. Ich habe dir daher mein altes Biologiebuch in den Briefkasten gelegt, damit du das Kapitel 5 (S. 146 ff.)

in Ruhe studieren kannst. Bei meinen Eltern trafen interessante gemischte Erbanlagen aufeinander. Tine ist blond und braunäugig, Rika ist blond und blauäugig, Lulu blond und grünäugig und ich eben brünett und braunäugig. Aber natürlich können Augen- und Haarfarben nicht beliebig gemischt und weitergegeben werden, hier kommen die Begriffe »dominant« und »rezessiv« zum Einsatz. Es ist, laut der Mendel'schen Vererbungslehre, unmöglich, dass eine blauäugige Frau (wie z. B. du) und ein blauäugiger Mann (wie zum Beispiel Onkel Korbmacher) ein braunäugiges Kind (wie zum Beispiel Volker) bekommen.

Aber das kannst du ja nun in aller Ruhe nachlesen. Es ist ein hochinteressantes Thema, je mehr man sich damit beschäftigt, desto intensiver schaut man seinen Mitmenschen wieder in die Augen.

Liebe Grüße auch an Volker, Hilla, Johannes Paul, Petrus, Theresa und Bernadette. Ich denke, es kann nicht schaden, für mich zu beten.

Eure Gerri

Sechs

Als ich vom Gute-Nacht-Sagen wieder nach unten kam, waren auch die anderen angekommen, Marta und Marius, Ulrich und Charly und sogar Ole und Mia. Ausnahmsweise hatten Marta und Marius kein Kind dabei, außer dem in Martas Bauch natürlich. Das allerdings konnte, gemessen an den Ausmaßen von Martas Bauch, auch gut und gerne ein kleiner Elefant werden.

Charly war total aufgedreht. »Ich bin jetzt schon drei Tage Nichtraucher«, rief sie. »Ganz ohne Hypnose. Ist das nicht toll? Außerdem habe ich Hunger auf Salat! Aber das Beste sind diese Möpse. Endlich brauche ich keinen Wonderbra mehr. Fühlt doch mal, alles echt!«

Marius wollte dieser Aufforderung sofort nachkommen, aber Marta schlug ihm auf die Finger.

»Charly macht doch nur Witze«, sagte sie. Ihre eigenen Brüste waren verglichen mit den, sagen wir mal, Apfelsinen von Charly prämierte Halloween-Kürbisse, aber gegen den Achtmonatsbauch, der sich darunter wölbte, waren sie verschwindend klein.

»Nein, ich meine das bitterernst«, sagte Charly. »Ihr müsst alle mal fühlen! Los! Nur keine Scheu.« Sie erinnerte mich ein bisschen an *hammerhart31*, damals im Café, *zier dich nicht, los, fühl doch mal, ist echt hammerhart.*

»Heute mal keine ansteckende Krankheit?«, fragte ich, als Ole mich zur Begrüßung in den Arm nahm. Er hatte immer noch das widerspenstige blonde Haar, das ihm ständig in die Stirn fiel. Sehr sexy, der Mann. Mir tat es immer noch leid, dass er mit einer anderen Frau verheiratet war. Allerdings roch er immer ein wenig nach Zahnarzt, egal, wie frisch er auch geduscht hatte.

»Psssst«, sagte er und lachte. »Uns ist keine Ausrede mehr eingefallen. Außerdem liebe ich provenzalischen Lammschmortopf.«

»Hoffentlich auch ohne Lamm«, sagte ich. »Caro hat nämlich Schweinefilet besorgt.«

»So ein Mist«, sagte Ole und sah zu seiner Frau hinüber, die gerade von Charly gezwungen wurde, ihre Brüste zu befühlen. »He, Mia, du fährst, heute bin ich dran mit betrinken.«

»Nein, *ich*«, sagte Mia. Sie war eine ziemlich hübsche Rothaarige mit beneidenswert langen Beinen. Sie arbeitete als stellvertretende Empfangschefin im Nobelhotel *Lexington – Fünf Jahreszeiten*, dem Hotel übrigens, in dem Tante Alexas Silberhochzeit stattfinden würde. Die Miete des »Spiegelsaals« betrug zweitausendfünfhundert Euro ohne Service, das hatte ich Mia im Auftrag meiner Mutter fragen müssen. Aus irgendeinem Grund war meine Mutter der vornehme Spiegelsaal ein Dorn im Auge. Vermutlich, weil ihre eigene Silberhochzeit zu Hause im Leoparden- und Engelwohnzimmer stattfinden hatte müssen, worüber Tante Alexa die Nase gerümpft hatte.

»Zweitausendfünfhundert Euro Saalmiete zahlen, aber bei Tante Hulda über finanzielle Engpässe jammern«, hatte meine Mutter gerufen und sofort zum Telefonhörer gegriffen. Großtante Hulda wurde auch »Erbtante Hulda« genannt, weil sie keine eigenen Kinder, aber ein großes Vermögen und eine wunderbare Villa hatte. Meine Mutter und ihre Schwestern setzten schon seit Kindesbeinen alles daran, Großtante Huldas Lieblingsnichte zu werden und zu bleiben. Das schloss regelmäßiges Petzen über die Konkurrenz mit ein.

»Du hast schon beim letzten Mal trinken dürfen«, sagte Mia zu Ole. »Hallo Gerri, schön dich zu sehen. Oder bist du auch schwanger?«

»Nein«, sagte ich. »Wie du vielleicht noch weißt, bin ich Single.«

»Und keiner versteht das«, sagte Ole. Er flirtete immer auf eine nette, harmlose Weise mit mir, gerade so viel, dass ich mich gut fühlte, ohne mir falsche Hoffnungen machen zu müssen. Ole war immer noch mein Typ. Manchmal – ganz selten nur – gestattete ich mir den Gedanken daran, was wäre, wenn es Mia nicht gäbe.

Caroline nahm mich in den Arm, als wäre ich gerade erst angekommen.

»Ist der Pulli neu?«, fragte sie. »Er steht dir einfach wunderbar, stimmt's, Ole, Gerri sieht super aus, wie diese Schauspielerin, die sie beim Klauen erwischt haben.«

»Winona Ryder«, sagte Ole.

»Genau«, sagte Caroline. »Gerri sieht genauso aus wie Winona Ryder.«

»Ha ha ha«, sagte Mia.

Caroline sah sie böse an. Sie mochte Mia nicht, sie hatte es Ole niemals verziehen, dass er wieder was mit ihr angefangen hatte, damals, als sie und Bert versucht hatten, Ole mit mir zu verkuppeln. »Gerri ist ganz klar ein Winona-Ryder-Typ, die großen braunen Augen, die dunklen Locken …«

»… der dicke Hintern«, ergänzte Mia.

»Wenn Gerris Hintern dick ist, was ist denn dann meiner?«, fragte Caroline.

»Noch dicker«, sagte Mia.

»Eigentlich bin ich ein Marilyn-Monroe-Typ«, sagte ich schnell, damit Caroline nicht auf Mia losging.

»Nein, wirklich nicht, Süße«, mischte sich Charly ein und küsste mich überschwänglich. »Marilyn war blond und hatte dicke Möpse. So wie ich, fühl doch mal!«

»Ja, freu du dich, solange es noch einen Grund dafür gibt«, sagte Caroline. »Ich zeige dir bei Gelegenheit gerne mal meine Dehnungsstreifen.«

Mia verdrehte die Augen. »Ole, hast du schon Charlys Möpse betatscht? Wenn nicht, dann bring es bitte hinter dich, sonst nervt sie uns den ganzen Abend damit.«

»Nur kein Neid«, sagte Charly. »Gerri, hast du eigentlich auch die E-Mail von Britt Emke bekommen? Ist das nicht gruselig, dass schon einer von uns gestorben ist? Was meinst du, wer es ist? Und woran mag er wohl gestorben sein? Ach, ich bin wirklich froh, dass ich mit dem Rauchen aufgehört habe. Das kann ja so schnell gehen. Wir sind jetzt allmählich in dem Alter, wo man mehr auf sich Acht geben muss.«

Ulrich schlug mir krachend auf die Schulter. »Na, altes Haus!«, sagte er. Seit er mit Charly zusammen war, benahm er sich mir gegenüber, als wären wir zwei alte Saufkumpane und hätten nie was miteinander gehabt. »Was sagst du zu unseren Neuigkeiten?«

»Herzlichen Glückwunsch«, sagte ich.

»Ja, von mir auch«, sagte Mia. »Wirklich super Möpse.«

»Tut uns leid mit dem Lamm, Leute«, sagte Bert. »Aber das gibt es dann nächsten Samstag, versprochen.«

»Nächsten Samstag bin ich leider nicht dabei«, sagte Mia. »Da bin ich auf einer Fortbildung in Stuttgart.«

»Könnte sein, dass ich auch nicht da bin«, sagte ich.

»Wo bist du denn?«, fragte Caro.

»Ich – äh«, stotterte ich. Verdammt! Jetzt hatte ich mich doch verraten. Glücklicherweise deuteten die anderen meine Verlegenheit völlig falsch.

»Oho«, sagte Marius. »Gerri hat ein Date!«

»Ein Rendezvous für Gerri!«, rief Bert. »Das wurde ja auch mal wieder Zeit.«

Ein Rendezvous? Ja, so konnte man es auch ausdrücken. Ich bekam eine leichte Gänsehaut. Ein Rendezvous mit dem Tod. Wie in dem Film mit Brad Pitt. *Rendezvous mit Joe Black.*

»Wie heißt er denn?«, fragte Charly.

»Äh, Joe«, sagte ich und wurde rot.

»Und was ist er von Beruf?«, wollte Ole wissen.

»Er ist, äh, ein hohes Tier im, äh, also, die stellen Sensen her und so was«, sagte ich.

»Rasenmähermesser?«, fragte Marius.

Ich schüttelte den Kopf. »Mehr so altmodische … Klingen.«

»Solinger Messer, wahrscheinlich«, sagte Bert. »Vielleicht kannst du ein paar gute Sushi-Messer für uns abstauben. Apropos: Wer kümmert sich heute um die Vorspeise?«

Marta gähnte. »Von mir aus ich.«

»Hört mal, sollen wir die Suppe nicht lieber ganz weglassen?«, fragte Caroline und gähnte auch. »Ich meine, das dauert sonst wieder ewig. Und wenn wir das Gemüse einfach zu dem Filet in die Pfanne schmeißen und mit andünsten, müsste das auch gehen, oder? Dann hätten wir auch weniger Spül.«

»Von mir aus gerne«, sagte Marius und gähnte ebenfalls.

Ole tauschte einen vielsagenden Blick mit Mia und mir und suchte nach dem Korkenzieher. Wir hielten ihm wortlos unsere Weingläser hin.

Am nächsten Tag beendete meine Mutter meine Grübeleien, indem sie mir, wie Sie ja schon wissen, ihre Schlaftablettensammlung zu treuen Händen überreichte. Ich konnte mein Glück kaum fassen. Wenn ich noch irgendwelche Zweifel an der Richtigkeit meiner Pläne gehabt hätte, dann wären sie hiermit restlos verflogen gewesen: Es war ganz klar eine Fügung des Schicksals, dass ich meinem Leben ein Ende bereitete. Warum sonst hätte es mir so bereitwillig einen Berg Schlaftabletten zukommen lassen?

Jetzt, da ich die Lösung all meiner Probleme in der Hand hielt, konnte ich mein »Rendezvous mit Joe« – das klang doch viel netter als »Selbstmord« – in aller Ruhe planen. Ich kaufte mir sogar ein neues Kleid für mein Rendezvous mit Joe.

Ich sagte ja schon, dass ich eigentlich eher sparsamer Natur war, aber da ich ja nun wusste, dass ich es nicht mehr brauchen würde, konnte ich mein Geld endlich mal ohne Gewissensbisse verprassen. Es war schon wichtig, dass ich gut aussah, wenn man mich fand. Und dieses Kleid war der helle Wahnsinn: Es war eng anliegend, ohne wurstig zu wirken, tief ausgeschnitten, ohne ordinär zu sein, und feuerrot – eine Farbe, die mir ausnehmend gut stand.

»Zum Sterben schön«, sagte auch die Verkäuferin, und sie wusste ja gar nicht, wie Recht sie hatte.

Dummerweise hatte ich keine dazu passenden Schuhe, und zuerst erwog ich auf einen Kauf derselben zu verzichten, da ich ja liegen würde, wenn man mich fand, aber dann sah ich diese herrlichen roten Sandalen mit dem Strassschmetterling, und obwohl sie viel zu teuer waren und ich auf den schmalen hohen Absätzen kaum laufen konnte, kaufte ich sie. Laufen würde ich ja darin gar nicht müssen. Und sie machten wunderbar schmale Fesseln, das würde sich auch im Liegen gut machen.

Außerdem kaufte ich zwei Flaschen sehr teuren Wodkas. Eine Flasche zum Üben und eine für den Ernstfall. Die Kunst würde nämlich vor allem darin bestehen, die Schlaftabletten und den Alkohol im Magen zu behalten, ohne sich übergeben zu müssen. Das erforderte eine gewisse Abhärtung. Ich suchte alle alkoholischen Getränke in meiner Wohnung zusammen und beschloss, sie während der Woche nach und nach zu trinken. Das würde meine Stimmung ein wenig heben und war Abfallbeseitigung und Training in einem.

Für mein Rendezvous mit Joe hatte ich mir den kommenden Freitag ausgesucht. Die eigene Wohnung war kein guter Platz, um sich umzubringen. Ich musste schließlich auch ein bisschen Rücksicht auf Hilla und die Kinder nehmen. Daher buchte ich ein Doppelzimmer im »Regency Palace« mit Blick auf den Rhein, für schlappe 320 Euro die Nacht. Mit Frühstück, aber das würde ich ja nicht mehr brauchen. Und die Rechnung musste ich – und das war das Gute daran – auch nicht mehr bezahlen.

Bis dahin gab es aber noch viel zu tun.

Gleich Sonntagabend fing ich mit dem Training und zwei Flaschen Rotwein an, die ich von Onkel Korbmacher zum dreißigsten Geburtstag geschenkt bekommen hatte. Ich wanderte mit dem Rotweinglas in der einen und einem Müllbeutel in der anderen Hand durch meine Wohnung und versuchte, sie mit den Augen meiner Hinterbliebenen zu sehen. Als Erstes warf ich den Vibrator weg, den Charly mir geschenkt hatte. Nicht auszudenken, wenn meine Mutter den fand. Oder meine Tante. Es war ein gruseliges Ding, das seinem menschlichen Vorbild so überhaupt nicht ähnlich sah, es sei denn, es gab Männer mit zwei neonfarbenen Schwänzen. Wozu der zweite gut war, hatte ich noch nicht herausgefunden, wenn ich ehrlich bin, lag das Gerät immer noch unberührt in der Originalverpackung. Ganz kurz meldete sich mein schlechtes Gewissen, als ich es in die Mülltüte stopfte. Charly hatte gesagt, das Ding sei sehr teuer gewesen, eins der besten auf dem Markt, mit limitierter Auflage, aber jetzt war es wohl zu spät, um es bei eBay zu versteigern. Ich warf den Beutel nicht in die Hausmülltonne – vielleicht würden sie die durchsuchen –, sondern entsorgte ihn in einem Papierkorb an der Straßenbahnhaltestelle. Vielleicht fand ja ein Obdachloser das Ding und freute sich darüber.

Im Flur stolperte ich bei meiner Rückkehr über die Jutetasche, die Lakritze mir mitgegeben hatte, obenauf lag »Ronina – Jägerin in der Dunkelheit«, das Pilotheft, das Adrian angeblich verfasst hatte. Ich wollte es auf den Altpapierstapel werfen, doch dann siegte die Neugier, und ich begann zu lesen. Ronina, die frischgebackene Vampir-Lady, musste darin eine Menschenfrau namens Kimberley vor dem Gebiss eines abtrünnigen Vampirs beschützen.

Das war so unspannend, dass ich, um am Ball zu bleiben, eine ganze Flasche Rotwein leeren musste.

Herrje! Dieser Gregor Adrian konnte wirklich froh sein, dass er noch einen anderen Job hatte und nicht vom Schreiben leben musste. Das Fehlen jeglichen Talentes stach einem auf jeder Seite ins Auge. Nicht beklagen hingegen konnte er sich über einen Mangel an Fantasie.

Eher gegen meinen Willen begann ich zu überlegen, wie man es besser machen konnte. Diese Kimberley gab als Charakter so rein gar nichts her, und auch der Abtrünnige hatte sehr schwammige Motive, ausgerechnet Kimberley beißen zu wollen. An der war wirklich überhaupt nichts Besonderes, nicht mal die Blutgruppe. Nein, da fehlte es an allen Ecken und Enden an Dramatik, echter Motivation und tiefen Gefühlen. Gefühlen wie bei der leukämiekranken Lea … Ehe ich mich versah, saß ich am Schreibtisch und schrieb eine völlig neue Version von »Leas Weg«. Die ursprünglich angedachte Handlung gewann durch diverse Kämpfe mit Zackenschwertern deutlich an Schwung, das musste ich wohl zugeben, und dass sowohl dem Antagonisten als auch dem Protagonisten des Öfteren lange Eckzähne wuchsen, verlieh dem Ganzen eine nicht zu leugnende Spannung.

Was die Erotik anging: Es hatte durchaus etwas Prickelndes, wenn man nicht genau wusste, ob der Typ einen als Nächstes küssen oder beißen würde.

Mitten in der Nacht – ich arbeitete gerade konzentriert an der Transformationsszene, einer heiklen Mischung aus Blutspendeaktion und Sex – klingelte das Telefon. Es war Charly.

»Ich hatte gerade einen Albtraum«, sagte sie. »Habe ich dich geweckt?«

»Nein«, sagte ich und goss mir Rotwein nach. »Ich hatte selber gerade einen perversen Albtraum. Mit viel Blut.«

»Ich habe geträumt, dass Ulrich und ich lausige Eltern sind«, sagte Charly. »Und als ich aufgewacht bin, wurde mir klar, dass das stimmt.«

»Ach was«, sagte ich. »Ihr werdet wunderbare Eltern sein.«

»Nein«, sagte Charly. »Gestern Abend habe ich wieder geraucht. Zwar nur eine halbe Zigarette, aber es war stärker als ich.«

»Nur eine halbe ist nicht so schlimm«, sagte ich.

»Du weißt doch, was immer mit meinen Zimmerpflanzen passiert«, sagte Charly. »Was, wenn es dem Baby auch so geht?«

»Da würde ich mir keine Sorgen machen«, sagte ich. »Der Mensch wächst an seinen Aufgaben.«

»Ich werde es im Supermarkt stehen lassen«, sagte Charly.

»Wir werden ihm ein Glöckchen umbinden«, sagte ich.

»Oh, Scheiße, mir ist schlecht«, sagte Charly. »Ich glaube, ich muss mich übergeben. Aber danke, dass du mir zugehört hast.«

»Nichts zu danken«, sagte ich und wandte mich wieder meinem Manuskript zu.

Die Woche bis zu meinem Rendezvous mit Joe verging wie im Flug. Ich trainierte jeden Tag fleißig meine Trinkfestigkeit und arbeitete Punkt für Punkt von meiner »Zu-erledigen-Liste« ab. Und nebenher schrieb ich »*Leas Weg in die Dunkelheit*« fertig, denn wir vom Sternzeichen Jungfrau mögen keine halbfertigen Sachen. Was wir einmal angefangen haben, das machen wir auch zu Ende.

Das galt auch für die Entrümpelungsaktion.

Ich schleppte säckeweise Müll aus der Wohnung. Nachdem ich einmal angefangen hatte, kannte meine Wegwerfwut kaum noch Grenzen. Hausrat, Klamotten, Schuhe, Unterwäsche, Nippes, Bilder, Papierkram, Bettwäsche, Kosmetika – alles, was mir nicht hundertprozentig gefiel, kam weg. Es sollte nur übrig bleiben, was meine Person in einem authentischen, puristischen Licht strahlen ließ. Das war ziemlich wenig. Vor allem von meinen Klamotten blieb so gut wie gar nichts übrig.

Wäre ich nicht neurotisch depressiv gewesen, hätte mir diese Ausmisterei sogar richtig Spaß gemacht. Die Wohnung wirkte danach viel größer, die Schränke waren leer, und alles hatte seinen Platz.

Mittwochs musste ich immer bei Tante Evelyn putzen, und obwohl sie mich dieses Mal die Fransen der Perserteppiche kämmen und den Backofen reinigen ließ, verging die Zeit wie im Flug. Hätte ich doch schon früher mal gewusst, wie angenehm sich mit einem Wodkaschwips putzen ließ!

»Nächste Woche waschen wir die Schränke aus«, sagte Tante Evelyn. Sie sagte immer »wir«, wenn sie über meine Aufgaben sprach, in Wirklichkeit rührte sie aber keinen Finger, sondern sah mir die ganze Zeit nur zu und redete.

»Da freue ich mich schon drauf«, sagte ich. Nächste Woche war ich nämlich nicht mehr da.

Als ich in meine Wohnung zurückkam, rief Lakritze an und fragte, wie ich mit dem Exposé vorwärtskäme. Ich sagte, ich würde am Freitag das fertige Manuskript mit der Post schicken, und da war sie hoch erfreut.

»Schnell und zuverlässig wie immer! Und ich dachte schon, Sie würden mich hängen lassen«, sagte sie. »Ohne Sie wäre ich nämlich wirklich aufgeschmissen. Die Manuskripte, die ich bisher vorliegen habe, sind grauenhaft. Es scheint unmöglich zu sein, auf etwas höherem Niveau Blut saugen zu lassen.«

Lakritze stand nicht auf der Liste derjenigen, die einen Abschiedsbrief von mir bekommen würden. Ich konnte ja schließlich nicht *allen* schreiben. Deshalb (und weil ich gerade aus Trainingsgründen zwei Gläser Wodka mit Orangensaft getrunken hatte), nutzte ich die Gelegenheit und sagte: »Sie sind mir sehr, sehr sympathisch, Lakritze. Und ich wünsche Ihnen von Herzen alles Gute.«

Lakritze nahm meinen Gefühlsausbruch ziemlich gelassen: »Also, Sie sind mir auch sehr, sehr sympathisch, Gerri. Es ist mir eine Freude, mit Ihnen zusammenzuarbeiten.«

Ach, wie nett! Beinahe wären mir vor Rührung die Tränen gekommen. »Auf Wiedersehen in einer besseren Welt«, sagte ich feierlich.

»Ja«, sagte Lakritze. »Daran wollen wir arbeiten.«

Auch meine Mutter rief an, und ich war sicher, wenn sie gewusst hätte, dass dies das letzte Mal war, dass sie mit mir sprach, hätte sie sicher andere Dinge gesagt.

»Ich wollte nur kurz fragen, was du an Alexas Silberhochzeit anziehen willst, Kind«, sagte sie.

»Tja, puh …«

»Bitte nicht schon wieder diesen uralten Samtblazer. Du kannst dir für diese Gelegenheit ruhig mal etwas Neues kaufen. Die Hanna, du weißt schon, die Hanna vom Klaus, Klaus Köhler, die hatte neulich auf Annemaries Sechzigstem einen sehr schicken Hosenanzug an. Mit einer Weste unter dem Blazer. So etwas würde dir auch stehen. Ich könnte die Annemarie fragen, ob sie die Hanna fragt, wo sie den gekauft hat, dann könnten wir zusammen losziehen und auch so einen für dich kaufen.«

»Ich, äh, habe mir bereits ein sehr schönes rotes Kleid gekauft«, sagte ich. »Und passende Schuhe dazu.«

Meine Mutter schwieg ein paar Sekunden offenkundig verblüfft. Dann sagte sie: »Rot? Muss das denn sein? Rot ist so auffällig. Das können auch nur die wenigsten tragen. Ich dachte mehr an ein schönes Beige. Der Hosenanzug von der Hanna war beige.«

»Das Kleid ist sehr hübsch, Mama. Es steht mir ausgezeichnet. Das hat sogar die Verkäuferin gesagt.«

»Ach, die sagen doch alles, um ihre Ladenhüter loszuwerden. Weißt du nicht, dass die Prozente bekommen? Wie wäre es denn, wenn du dir was Hübsches von deinen Schwestern leihst, hm?«

»Du meinst, so einen Laura-Ashley-Kittel von Tine, oder ein schwarzes Kostüm von Lulu? Nein, Mama, das Kleid ist toll, du wirst sehen. Es hat vierhundertdreißig Euro gekostet.«

»Vierunddreißig Euro? Das sieht dir ähnlich, du sparst immer am falschen Ende, ich sehe das billige Fähnchen schon vor mir …«

»Vierhundertdreißig«, sagte ich. »Und es war von achthundert runtergesetzt.«

»Das glaube ich nicht«, sagte meine Mutter. »Das sagst du jetzt nur so.«

Ich seufzte.

»Ich meine es doch nur gut, Riluge«, sagte meine Mutter. »Du wirst dich auch selber besser fühlen, wenn du gut angezogen bist. Sonst heißt es am Ende, kein Wunder, dass meine Jüngste keinen Mann abkriegt, so wie die sich gehen lässt.«

Ich seufzte noch einmal.

»Weißt du, dass in der Verwandtschaft bereits das Gerücht herumgeht, du seiest nicht ganz – na, normal?«, fragte meine Mutter.

»Wie bitte, was?«

»Eben nicht normal«, sagte meine Mutter. »Du weißt schon, *anders*.«

»Anders als was?«

»Ach, jetzt stell dich doch nicht dümmer, als du bist«, sagte meine Mutter. »Anders. Andersartig. Andersherum. Vom anderen Ufer.«

»*Lesbisch?* Die Verwandtschaft denkt, ich sei lesbisch?«

»Kind, ich mag nicht, wenn du solche Ausdrücke benutzt.«

»Mama, lesbisch ist die korrekte Bezeichnung, andersartig, andersherum und vom anderen Ufer sind dagegen unkorrekte Ausdrücke«, sagte ich.

»Wenn man dich so reden hört, könnte man glatt denken, du wärst wirklich …«

»… lesbisch? Nein, bin ich nicht, Mama. Dafür müsste ich nämlich auf Sex mit Frauen stehen. Und im besten Fall auch welchen haben. Aber ich habe überhaupt keinen Sex, weder mit einer Frau noch mit einem Mann. Ich glaube aber nicht, dass das irgendjemanden was angeht. Es fragt ja auch keiner, ob es Tante Alexa und Onkel Fred noch miteinander treiben.«

»Tigelu!«, rief meine Mutter empört.

»Siehst du«, sagte ich. »Solche Fragen sind indiskret und unangenehm, und trotzdem werden wir Singles ständig damit konfrontiert.«

Meine Mutter schwieg ein paar Sekunden. Dann sagte sie: »Du weißt doch, dass Fred an der Prostata operiert wurde.«

»Wie bitte?«

»Mehr sage ich nicht dazu«, sagte meine Mutter. »Meine Lippen sind versiegelt. Ich bin die Diskretion in Person. Weißt du, wenn du wenigstens *ab und zu* mal mit einem Mann zu den Familienfeiern kämst, könntest du bösartigen Gerüchten vorbeugen. So wie deine Cousinen Franziska und Diana.«

»Die kommen jedes Mal mit einem anderen Mann«, sagte ich. »Tante Marie-Luise tut zwar immer so, als würden morgen die Hochzeitsglocken läuten, aber wenn du mich fragst, sind die Kerle alle gemietet. Mit wem sind sie denn diesmal wieder gerade so gut wie verlobt?«

»Oh, Dianas neuer Freund ist ein Börsenmakler«, sagte meine Mutter. »Und Franziska hat immer noch den vom letzten Mal. Sie wird wohl im Herbst heiraten.«

»Den Friseur mit der Elvisfrisur und der Stimme wie Goofy?«, fragte ich ein bisschen schockiert.

»Er ist nicht nur ein Friseur«, sagte meine Mutter. »Er besitzt vier Läden in der Stadt. Und Marie-Luise hat Franziska klargemacht, dass man mit dreißig nicht mehr warten kann, bis der Prinz auf dem weißen Pferd angaloppiert kommt. Da muss man auch schon mal Kompromisse eingehen. Und ein Mann mit vier florierenden Geschäften ist in diesen Zeiten nicht zu verachten. Was haben die eigentlich in der Apotheke zu den Medikamenten gesagt?«

»Was?«

»Meinem Schuhkarton mit den Medikamenten. Du wolltest ihn in der Apotheke vorbeibringen.«

»Äh, ach, ja, die haben sich unheimlich gefreut«, sagte ich. »In Äthiopien leiden die Menschen doch gerade wieder mal unter einer schlimmen Epidemie von Schlafstörungen, und da kamen deine Schlaftabletten gerade recht.«

»Schön, schön. Ich muss mich jetzt für die Bridgerunde fertig machen«, sagte meine Mutter. »Ich frage auf jeden Fall, wo die Hanna ihren Hosenanzug herhat. Und ich schau auch mal im Heinekatalog rein, ob da nicht was für diesen Anlass drin ist. Ich ruf dich dann wieder an.«

Unter anderen Umständen hätte ich vielleicht noch einen Widerspruchs-Versuch gestartet, aber warum sollte ich jetzt noch einen Streit vom Zaun brechen?

»Ja, Mama, tu das«, sagte ich. »Und danke für alles.« Ich fand, das waren würdige letzte Worte.

»Dafür sind Mütter doch da«, sagte meine Mutter.

Allerliebste Flo,

weißt du noch, wie wir zusammen die Geschichte von diesen Indianern gelesen haben, die sich im Traum miteinander unterhalten und sogar zusammen auf einen Berg steigen konnten? Stell dir vor, heute Nacht habe ich im Traum mit meinem zukünftigen Mann gesprochen. Er hatte eine Adlerfeder im Haar und kluge liebe Augen. Ich wusste sofort, dass er der Richtige für mich ist, denn mein Herz klopfte wie verrückt.

»Vertrödle nicht länger deine Zeit in der Ferne. Komm hierher zur heiligen Eberesche, an den Fuß des Adlerberges und heirate mich«, sagte er (auf indianisch, aber ich konnte ihn verstehen!!!). »Denn du und ich, wir sind füreinander bestimmt.«

Es war ein wunderschöner Traum. Als ich aufwachte, lag die Adlerfeder neben mir auf dem Kopfkissen, und ich bin natürlich sofort los und habe den nächsten Flug nach Amerika gebucht. Schon als Kind wollte ich immer einen Indianer heiraten. Ich hatte gerade noch Zeit, ein paar Sachen zu packen (dein Bügelperlen-Stirnband kann ich jetzt natürlich supergut gebrauchen!) und dir diesen Brief zu schreiben, damit du dich nicht wunderst, warum ich so plötzlich verschwunden bin.

Mein zukünftiger Mann ist Häuptling der Nikati-Indianer, das übersetzt so viel heißt wie »die, die im Paradies leben«. Er selber heißt Yakutu, und das bedeutet: »Der kluge schöne Mann, der seine Frau auf Händen trägt«. Die Namen bei den Indianern sind immer sehr weise gewählt. Ich bin heilfroh, dass ich nicht für Yakutus Bruder Ratuli bestimmt bin, das heißt nämlich übersetzt »der, dessen Füße stinken« – puh, Glück gehabt.

Was ich im Traum von dem Nikati-Dorf sehen konnte, war wirklich paradiesisch: ein klarer, blauer See, Wiesen und Wald, dahinter der majestätische Adlerberg mit Schnee auf dem Gipfel, und überall liefen Pferde herum, und Kaninchen hoppelten zwischen den buntbestickten Zelten. Und es gab ganz viele Büsche mit

Cranberries. Ein paar riesige Schildkröten habe ich auch gesehen. Die ganz kleinen Indianerkinder sind darauf geritten.

Wie du dir denken kannst, freue ich mich schon wie verrückt auf meine Zeit als Häuptlingsfrau, aber dummerweise gibt es im Dorf kein Telefon, keinen Briefkasten und keine Handys. Deshalb werde ich dich sehr vermissen. Aber vielleicht können wir ja manchmal im Traum miteinander sprechen und Neuigkeiten austauschen.

Iss immer viel Gemüse.

Deine Gerri (die ab morgen Yocata heißen wird, das bedeutet so viel wie »die, die auf Wolken schwebt«.)

P. S. Liebe Caroline, lieber Bert! Haustiere sind gut für die psychische Entwicklung eines Kindes. Sie fördern das Verantwortungsgefühl und stärken ganz allgemein die Persönlichkeit. Gute Eltern ermöglichen ihren Kindern die Haltung eines Haustieres, und Flo ist jetzt im richtigen Alter für ein Kaninchen. Ich habe euch zu diesem Thema einige Artikel aus dem Internet ausgedruckt und beigelegt und hoffe sehr, dass ihr einer guten alten Freundin nicht ihren letzten Wunsch abschlagen werdet.

Bitte gebt Flo den Aquamarinring erst an ihrem achtzehnten Geburtstag oder noch später. Bis sie erwachsen und psychisch stabil ist, lasst sie besser in dem Glauben, ich lebte froh und munter in einem Indianerdorf. Ich halte nichts davon, Kindern zu früh alle Illusionen zu rauben, sei es den Osterhasen, den Nikolaus oder das Leben von alleinstehenden Frauen in diesem Staat betreffend. Ich denke aber nicht, dass ihr damit Probleme habt, ihr habt dem Kind ja auch die Existenz einer Schnullerfee weismachen können, die die abgenuckelten Schnuller angeblich für frischgeborene Babys braucht – HALLO? Ist das ekelhaft oder was?

Sieben

Es war ein Fehler, noch mal hinunter in die Lobby zu gehen, ein Riesenfehler sogar. Ein nicht wieder gut zu machender Riesenfehler.

Und das nur aus purer Eitelkeit.

Es war nämlich so, dass ich einfach großartig aussah. Die Haare, das Make-up, das Kleid, die Schuhe – alles zusammen war der helle Wahnsinn! Ehrlich gesagt hatte ich noch nie besser ausgesehen. Die Woche übermäßigen Alkoholgenusses hatte meiner Figur gut getan, denn mir war die meiste Zeit zu übel zum Essen gewesen. Das Ergebnis war ein schöner flacher Bauch und deutlich schmalere Gesichtskonturen. Die dunklen Augenschatten ließen meine Augen größer wirken. Und der Friseur hatte mir karamell- und blasskupferfarbene Strähnchen in die Haare gemacht, was fantastisch aussah.

An diesem letzten Abend ihres Lebens strahlte sie von überirdischer Schönheit. Niemand, der sie sah, würde diesen Anblick je wieder vergessen. Es war, als wäre ein Zauber um sie herum gewebt, der sie unwiderstehlich und unberührbar zugleich machte.

Es wäre pure Verschwendung gewesen, mich in diesem Kleid nicht wenigstens noch ein einziges Mal lebendig zu zeigen. Nur den paar fremden Menschen unten im Hotel, und nur fünf Minuten lang. Bei der Gelegenheit konnte ich auch gleich die Verpackungen der Schlaftabletten wegwerfen, die ich alle einzeln aus ihren Aluschälchen gedrückt und auf dem Tisch in Fünferreihen ausgelegt hatte. Daneben standen schon der Wodka, eine Flasche Wasser, ein Wasserglas und ein Schnapsglas bereit.

Die Abschiedsbriefe hatte ich im Postkasten vor dem Hotel eingeworfen, schön der Reihe nach. Es waren viele, zum Teil dicke Kuverts gewesen, ein Vermögen hatte ich für Porto ausgegeben, der Briefkasten war bis oben hin vollgestopft.

Um sechs Uhr abends war er bereits geleert worden, jetzt war es halb acht. Alle meine letzten Worte waren auf dem Weg zu ihren Empfängern.

Es verlief genau nach Plan. Nichts konnte nun mehr schief gehen.

»Ich habe aber noch Zeit«, sagte ich zu meinem Spiegelbild. Der bodentiefe Spiegel des Hotelzimmers war goldverziert und verlieh meiner Gestalt einen würdigen Rahmen. »Ich kann hinuntergehen und mich ein bisschen bewundern lassen, und dann kann ich wieder hochkommen und mit dem Schlucken anfangen.«

Mein Spiegelbild widersprach nicht, es strich sich vielmehr kokett durch die Haare und lächelte mir zu. Ich lächelte zurück. Dieser leuchtend rote Lippenstift stand mir wirklich hervorragend. Sonst hatte ich immer eher dezente Farben genommen, um meinen großen Mund nicht noch extra zu betonen, aber Julia Roberts tat das schließlich auch nicht immer. Und wenn ich mal etwas wagen konnte, dann ja wohl heute …

Als ich unten in der Lobby ankam und meine Tablettenverpackungen in einen Abfalleimer geworfen hatte, saßen dort nur zwei alte Frauen, die aussahen, als hätten sie ihre Brillen zu Hause vergessen. Und das Mädchen an der Rezeption würdigte mich keines Blickes. Zwei Geschäftsmänner im Anzug kamen durch die Drehtür, bogen aber gleich wieder nach links ab in die Bar. Sie hatten mich gar nicht gesehen. *Hallo! Das ist die letzte Gelegenheit, mich lebend zu bewundern!*

Ich hätte nun spätestens wieder umdrehen und in mein Zimmer gehen sollten, aber ich hörte die Klavierklänge aus der Bar und kam auf die hirnverbrannte Idee, ein letztes Glas Champagner zu trinken, quasi als Einstimmung. Wenn die Geschäftsmänner mich auch dann nicht bemerken würden, wenn ich mit übereinandergeschlagenen Beinen auf dem Barhocker saß, war ihnen eben nicht zu helfen.

Ich stöckelte also mit meinen wunderbaren roten Schuhen in die Bar, direkt hinein in mein Verderben. Aber das bemerkte ich zuerst nicht, ich weidete mich vielmehr an den anerkennenden Blicken der beiden Geschäftsmänner, die an einem Tisch gegenüber der Bar

Platz genommen hatten. Genau wie ich es mir erhofft hatte! Mit einem zufriedenen Lächeln schob ich mich auf einen Barhocker, der genau im Blickfeld der beiden lag. Na, das hatte sich doch gelohnt. Auch der Kellner hinter der Bar schien mich ziemlich toll zu finden.

»Ein Glas Champagner bitte«, sagte ich und klimperte ein bisschen mit meinen Wimpern.

»Kommt sofort«, sagte der Kellner.

Ich schlug die Beine übereinander, strich mein Kleid glatt und sah mich um. Der Raum war in kühles, schummriges Licht getaucht und in viele plüschige Nischen unterteilt. Um diese Zeit war noch nicht viel los. Die Espressomaschine gurgelte gemütlich vor sich hin, der Piano-Mann spielte »As time goes by«, und in einer Ecke gegenüber den Geschäftsmännern, halb versteckt hinter einer Grünpflanze, knutschte ein Pärchen herum. Ich wollte eigentlich nicht hinsehen, aber sie knutschten auf eine Weise miteinander, die vermuten ließ, dass die Zungen jeweils in den Nebenhöhlen des anderen steckten, widerlich.

Die Frau hatte rote Haare, und die Arme, die aus ihrem schwarzen Etuikleid herausschauten, waren sommersprossig. Sie sah aus wie Mia. Jetzt nahm der Mann die Zunge aus ihrem Mund, und sie lachte. Genau die gleiche Lache wie Mia.

Moment mal!

Jetzt konnte ich ihr Profil genau erkennen, und das war unverwechselbar. Es *war* Mia, da gab es keinen Zweifel.

Aber der Mann war nicht Ole. Er war dunkelhaarig und mindestens zehn Jahre älter.

»Ihr Champagner«, sagte der Kellner.

Nein, unmöglich. Mia war auf Fortbildung in Stuttgart und außerdem glücklich verheiratet. Die Frau, die sich jetzt erhob und eng an den fremden Mann geschmiegt an mir vorbeikam, konnte gar nicht Mia sein. Aber sie war es. Sie kam so nah an mir vorbei, dass ich sogar ihr Parfüm riechen konnte.

Ich machte den Mund auf, um etwas zu sagen, aber Mia bemerkte mich überhaupt nicht. Der Mann hatte die Hand auf ihren Hintern gelegt, und sie kicherte, während sie mit ihm durch die Glastür ins Foyer verschwand.

»Ich bin gleich wieder da«, sagte ich zu dem Kellner und folgte den beiden bis zur Tür. Ich sah, wie sie an der Rezeption mit dem Mädchen sprachen, einen Schlüssel ausgehändigt bekamen und immer noch eng umschlungen Richtung Aufzüge gingen.

Was sollte ich denn jetzt tun? Musste ich Ole nicht wenigstens davon unterrichten, bevor ich hinging und die einzige Zeugin dieses Vorfalls, also mich, um die Ecke brachte? Der arme Ole dachte, seine Frau machte eine Fortbildung nach der anderen, und in Wirklichkeit betrog sie ihn mit einem Po-Grabscher und Zunge-in-den-Hals-Stecker. Traurig!

Auf der anderen Seite – was ging mich das eigentlich an? Vielleicht war es auch nur eine einmalige Sache, und Ole würde nie etwas davon erfahren und glücklich mit Mia alt werden …

In diesem Augenblick legte jemand seine Hand auf meinen Arm. Ich quiekte erschrocken auf.

»Psssst«, sagte der Jemand. »Ich bin's doch nur.«

Es war Ole.

Ich starrte ihn an wie einen Geist. Aber er war es wirklich, das helle Haar hing ihm in die Stirn, ein leichter Zahnarztgeruch umwehte ihn.

»W… was machst du denn hier?«, fragte ich.

»Ich habe dahinten gesessen«, sagte Ole und zeigte auf eine entfernte Nische. »Ich dachte, ich sehe nicht recht, als du zur Tür reinkamst.«

»Ja, aber, aber, Mia …«, stotterte ich.

»Ja, Mia ist auch hier«, sagte Ole. »Mit ihrem Liebhaber.«

Ich glotzte ihn mit offenem Mund an.

»Tja, ich war auch erst ein wenig schockiert«, sagte er. »Komm, nimm deinen Champagner, und setz dich zu mir in die Ecke. Dann erzähle ich dir die ganze traurige Geschichte. Die lange traurige Geschichte, die aus mir einen Mann machte, der seiner Frau hinterherspioniert.«

»Du, nein, das geht nicht, ich … ich habe noch etwas anderes vor«, sagte ich. Auch wenn Ole offensichtlich durcheinander war, würde es nicht lange dauern, bis er fragen würde, was ich eigentlich in diesem Hotel zu suchen hatte. Und dann war mein Plan in akuter Gefahr.

Ole strich sich das Haar aus dem Gesicht. »Entschuldige, natürlich, du hast ja eine Verabredung. Joe hieß er, nicht wahr? Wahrscheinlich hast du hier auf ihn gewartet, stimmt's?«

Ich nickte.

»Oh, na klar, dann hast du jetzt sicher alles andere im Kopf, nur nicht mit mir über meine verfahrene Ehe zu sprechen, das verstehe ich.« Ole sah aus, als würde er gleich in Tränen ausbrechen.

»Es ist wirklich ein schlechter Zeitpunkt«, sagte ich unglücklich.

»Natürlich. Absolut. Verstehe ich. Es war nur so, als du zur Tür reinkamst, dachte ich, das muss eine überirdische Fügung sein oder so was … – ein vertrautes Gesicht! Jemand, der mir hilft, Licht in diesen Wahnsinn zu bringen … Tut mir so leid.«

»Schon gut«, sagte ich.

»Das wäre ja auch zu schön gewesen, um wahr zu sein.« Ole sah auf seine Uhr. »Erst Viertel vor acht. Weißt du was? Ich setze mich einfach hier neben dich an die Bar und betrinke mich, bis dein Freund kommt. Für wann wart ihr denn verabredet?«

»Äh, eigentlich für acht«, sagte ich, während ich wieder auf dem Barhocker Platz nahm und die Gedanken in meinem Kopf rotierten. Himmel, wie wurde ich Ole denn jetzt wieder los? Ach, wäre ich doch niemals auf die hirnverbrannte Idee gekommen, noch einmal das Zimmer zu verlassen! »Aber es, äh, sei mir bitte nicht böse, es wäre irgendwie merkwürdig, wenn wir hier gemeinsam auf ihn warten würden, oder? Ich glaube nicht, dass das …«

»Oh, verstehe, verstehe«, sagte Ole und setzte sich auf den Hocker neben mir. »Ich will dir auf keinen Fall dein Rendezvous verderben.«

»Gut«, sagte ich.

»Mach dir keine Sorgen, ich behalte die Tür im Auge, und sobald dein Lover reinkommt, tu ich so, als ob ich dich gar nicht kennte«, sagte Ole. »Als ob ich einfach ein besoffener Typ wäre, der zufällig neben dir an der Bar sitzt. Ich hätte gern einen Whiskey. Einen doppelten, bitte. Oder einen dreifachen, wenn es das gibt. Ohne Eis.«

Ich nippte an meinem Champagner. Das war ja wirklich ein ärgerliches Zusammentreffen von Zufällen. Da wollte man sich *einmal* umbringen ...

Vielleicht sollte ich einfach »Ach, da ist er ja«, schreien, hinaus ins Foyer stürzen und in mein Zimmer flüchten, bevor Ole geschnallt hatte, was los war. Das war die einzige Möglichkeit, die mir einfiel, wie ich ihm entkommen konnte.

Ich sah durch die Glastür hinaus. Eine Gruppe Japaner bevölkerte gerade das Foyer. Das war eine gute Gelegenheit. Nichts wie weg hier.

»Ach, da ist ...«, begann ich, aber da brach Ole in Tränen aus. Er legte seinen Kopf an meine Schulter und heulte los. Der Kellner stellte das Whiskeyglas vor uns ab und schenkte mir ein mitleidiges Lächeln.

»Ach du Scheiße«, sagte ich.

»Das ka-hann man wohohol sagen«, schluchzte Ole. Eine Weile ließ ich ihn weinen. Aber als ich die Tränen durch mein Kleid hinweg auf meiner Haut spürte, schob ich ihn sanft von mir. »Hey, hey«, sagte ich. »So schlimm ist das nun auch wieder nicht. Statistisch gesehen betrügen mindestens 60 Prozent aller Frauen ihre Männer. Und siebzig Prozent aller Männer ihre Frauen.«

Ole schniefte. »Ich dachte nicht, dass ich zu den sechzig Prozent gehören würde, die betrogen werden«, sagte er. »Ich dachte immer, mit Mia und mir, das wäre was ganz Besonderes.«

»Aber das ist es ja sicher auch«, sagte ich. »Trotz...-dem.«

»Ach ja? Soll ich dir mal was sagen? Das geht schon Jahre so! Seit Jahren betrügt sie mich, da bin ich mir jetzt ganz sicher. Und ich Doofi habe nicht das Geringste davon gemerkt. Hätte ich auch immer noch nicht, wäre ich gestern Morgen nicht am Aachener Weiher gejoggt und hätte dabei zufällig Mias Kollegin getroffen.«

»Ja, ja, immer diese Zufälle«, sagte ich.

»Ja, wirklich! Sonst jogge ich immer im Stadtpark«, sagte Ole. »Na ja, jedenfalls haben wir uns nett unterhalten, die Kollegin und ich, und dabei stellt sich heraus, dass sie nichts von einer Fortbildung in Stuttgart weiß, wohl aber, dass Mia und ich vor vier Wochen in Paris waren.«

»Ach ja? Da hattet ihr gar nichts von erzählt.«

»Weil wir gar nicht in Paris waren!«, schrie Ole mich an. »Da war Mia nämlich auf Fortbildung, und ich war allein zu Hause. Entschuldigung, ich wollte dich nicht anschreien.«

»Schon okay. Also, sie war nicht in Paris, sondern auf Fortbildung?«

»Nein! Verstehst du denn nicht? Sie belügt mich und alle anderen nach Strich und Faden. Sagt denen, sie ist mit mir in Paris, und mir sagt sie, ist auf Fortbildung. Und in Wirklichkeit …«

»Ach so«, sagte ich.

»Jedenfalls bin ich nach Hause und habe so getan, als wüsste ich von nichts. Wusste ich ja zu diesem Zeitpunkt auch noch nicht. Ich dachte, vielleicht vertut sich diese Kollegin ja, und alles ist ganz harmlos … Aber dann ist Mia heute Morgen losgefahren, nach Stuttgart zur Fortbildung, und ich bin hinterher.«

»Bis nach Stuttgart?«

»Nein«, schrie Ole wieder. Die Geschäftsmänner sahen neugierig zu uns herüber. Ole dämpfte seine Stimme wieder. »Nur bis ins nächste Parkhaus. Da hat sie nämlich den Wagen abgestellt und ist einkaufen gegangen. Unterwäsche! Dunkelrote!«

»Hm, hm«, machte ich. »Und du immer hinterher?«

Ole nickte. »Ja, wie ein schäbiger, zweitklassiger Privatdetektiv habe ich meine Frau beschattet. In der Unterwäscheabteilung von Kaufhof musste ich mich hinter Ständern von BHs ducken. Die anderen Kunden dachten, ich sei ein Perverser.«

»Vermutlich«, sagte ich. »Ich meine, ach was.«

»Die Praxis ist heute geschlossen geblieben«, fuhr Ole fort. »Meine Helferinnen haben den ganzen Vormittag telefoniert, um den Patienten abzusagen. Weil der Doktor seiner Frau hinterherspionieren muss. Wo war ich stehen geblieben?«

»Was passierte, nachdem Mia Unterwäsche gekauft hatte?«

»Sie bummelte durch die Boutiquen, so gemütlich, dass ich dachte, sie habe das mit der Fortbildung vielleicht nur erfunden, um mal in aller Ruhe shoppen gehen zu können. Aber dann, in diesem Café in der Ehrenstraße, traf sie sich mit diesem Mann.«

»Dem von vorhin?«

»Ja, natürlich mit dem«, sagte Ole. »Er schob ihr sofort seine Zunge in den Hals, da hatte ich nicht mal Zeit zu überlegen, ob es vielleicht ein mir unbekannter Cousin sein könnte.«

»Und dann?«

»Ach, es war widerlich. Sie liefen händchenhaltend zum nächsten Taxistand und nahmen ein Taxi zu diesem Hotel.«

»Warum nahmen sie nicht ihr Auto?«, fragte ich. »Oder seins?«

»Ich – keine Ahnung.« Ole sah mich ärgerlich an. »Spielt doch auch überhaupt keine Rolle. Ich glaube, sie waren so scharf aufeinander, dass sie keine Zeit verlieren wollten und sich schon im Taxi befummeln mussten. Außerdem ist es ein ganzes Stück von der Ehrenstraße bis zum Kaufhofparkhaus, und vielleicht wollten sie nicht gesehen werden. Jedenfalls fuhren sie mit dem Taxi zu diesem Hotel. Weißt du, was hier die Nacht kostet?«

Ich nickte.

»Hoffentlich bezahlt das wenigstens dieser Sausack«, sagte Ole. »Die Unterwäsche war schon teuer genug.«

»Wie konntest du denn das Taxi verfolgen?«, fragte ich.

»Mit einem anderen Taxi«, sagte Ole. »Ich stand total unter Schock.«

»Der Taxifahrer hat sich aber bestimmt gefreut«, sagte ich. »Folgen Sie diesem Wagen da … Darauf hat er sicher jahrelang gewartet.«

»Und ich habe ihm zehn Euro Trinkgeld gegeben«, sagte Ole. »Mia und der Typ haben sich ein Zimmer genommen und sind den ganzen Nachmittag drin geblieben. Ich war total durcheinander. Wusste nicht, was ich tun sollte.«

»Das kann ich verstehen«, sagte ich.

»Also habe ich mich in die Bar gesetzt und gewartet. Keine Ahnung, was ich hier wollte, aber einen klaren Kopf habe ich nicht bekommen. Irgendwann kamen die beiden dann hier tatsächlich rein. Ich habe mich in meiner Ecke ganz klein gemacht, aber sie hatten sowieso nur Augen füreinander. Die ganze Zeit hat sie so komisch gekichert.«

»Vielleicht hat seine Zunge in ihrer Nase gekitzelt«, sagte ich.

»Und dann kamst du herein«, sagte Ole. »Wie ein Engel in deinem roten Kleid. Ich dachte, jetzt hätte ich Halluzinationen! Aber ich war auch erleichtert. Ehrlich, ich weiß nicht, was ich gemacht hätte, wenn du nicht gekommen wärst. Wahrscheinlich hätte ich mir den Kerl vorgeknöpft und ihm eine reingehauen.«

»Nein, das glaube ich nicht«, sagte ich.

»Ach, ich auch nicht«, sagte Ole und sackte in sich zusammen. »Ich habe ganz feige da in meiner Ecke gehockt und die Luft angehalten. Furchtbar. Was bin ich doch für eine mickrige Memme.«

»Du bist keine Memme, du stehst nur unter Schock.«

»Ja, ja, das stimmt. Glücklicherweise bist du ja jetzt hier.« Ole wischte sich die Tränenspuren aus dem Gesicht. »O Gott, das ist mir alles so peinlich. Wirklich! Du freust dich auf einen schönen Abend, und ich, ich heule dir hier die Ohren voll. Das ist wirklich – also, ich schäme mich. Tut mir echt leid.«

»Schon gut. Wie wäre es denn, wenn wir draußen ein Taxi für dich suchen und du gemütlich …«

Ole schüttelte den Kopf. Er sah auf die Uhr. »Pünktlich ist er ja nicht gerade, dein Joe.«

Der Kerl schien an seinem Barhocker zu kleben wie Pech an Schwefel. Ich drehte mich zur Tür. Die Japaner waren nicht mehr da. Aber ein Mann stand gerade an der Rezeption. Ich könnte auf ihn zustürzen und so tun, als sei er Joe. Aber dann sah ich, dass er entsetzlich abstehende Ohren hatte. Selbst auf die Entfernung sahen sie furchtbar aus. Ich wollte nicht, dass Ole dachte, dass ich auf Männer mit solchen Ohren stünde.

»Im *Lexington* würde Mia Mitarbeiter-Rabatt bekommen«, sagte Ole. »Aber da kann sie sich ja schlecht mit ihrem Liebhaber treffen. Dumm gelaufen, was? Kann ich noch einen Whiskey haben? Einen doppelten und dreifachen, bitte.«

»Die Frage ist, warum treffen sie sich nicht bei *ihm* zu Hause?«, sagte ich.

Ole zuckte mit den Achseln. »Vielleicht wohnt er weiter weg. Oder er hat eine unaufgeräumte Drecksbude.«

»Oder der Mann ist auch verheiratet«, sagte ich.

»Oh mein Gott«, sagte Ole. »So ein *Schwein*.«

»Ich nehme an, es ist für beide nur eine Affäre. Ihre Ehe ist ihnen wichtig, und sie möchten sie nicht aufgeben«, schlug ich vor. »Wenn du so tust, als wüsstest du von nichts, bleibt alles beim Alten, und ihr werdet glücklich miteinander alt.«

»Bist du jetzt total verrückt geworden?«, rief Ole. »Was wäre denn das für eine kranke Beziehung?« Er sah wieder auf die Uhr. »Vielleicht steckt dein Joe ja im Stau. Von wo kommt er denn?«

Direkt aus der Zwischenwelt, Mann. Mit seiner Sense.

»Von ähm aus Frankfurt«, sagte ich.

»Oh je«, sagte Ole. »Ich hoffe, er spricht nicht hessisch. Du hast mal gesagt, das fändest du total unerotisch.«

»Ja, finde ich auch. Aber Joe spricht hochdeutsch. Er kommt ursprünglich aus ähm Bremen.«

»*Wenn* er denn kommt«, sagte Ole. »Das ist ja nicht die feine Art, jemanden warten zu lassen. Allein in einer Bar.«

Allmählich ging er mir auf den Wecker. »Hör mal, ich warte auch gern allein. An deiner Stelle würde ich jetzt nach Hause fahren.«

»Kommt ja gar nicht infrage«, sagte Ole. »Ich lasse dich doch hier nicht allein in einer Bar sitzen, begafft von fremden Männern.«

»Hier gafft doch keiner«, sagte ich.

»Natürlich. Alle gaffen. Den zwei Typen da vorne läuft schon die ganze Zeit der Sabber aus dem Mund. Dieses Kleid ist aber auch … ziemlich scharf.«

»Hm, danke«, sagte ich.

»Wirklich. Habe ich noch nie an dir gesehen. Die Schuhe auch nicht.«

»Och, die sind aber schon uralt«, sagte ich.

»Und beim Friseur warst du auch«, sagte Ole. »Mia war auch beim Friseur, gestern.« Sein Whiskey kam, und er nahm zwei kleine Schlucke. »Was schätzt du, wie alt er ist?«

»Joe?«

»Nein, Mias Lover. Er sah alt aus, oder?«

»Mitte, Ende vierzig, würde ich sagen.«

»Alter Sack«, sagte Ole. »Lebt vermutlich seine Midlifecrisis mit Mia aus. Wie alt ist Joe?«

»Fünfunddreißig«, sagte ich. Das war die Anzahl der Schlaftabletten, die oben in meinem Zimmer auf mich warteten und sich fragten, wo um Himmels willen ich denn steckte.

»Und wo bleibt der Kerl?«, fragte Ole. »Er könnte ja wenigstens mal anrufen, dass es später wird.«

»Ich habe mein Handy oben im Hotelzimmer gelassen«, sagte ich. »Ich gehe besser mal und hole es.«

Ole sah mich entgeistert an. »Du hast ein Zimmer hier gemietet?«

»Äh, ja.«

»Aber warum? Du kannst doch mit Joe in deine Wohnung gehen. Oder – oh nein, jetzt sag nicht, dass ihr beiden auch so eine heimliche Affäre habt, von der niemand was wissen darf.«

»Quatsch«, sagte ich. »Ihr wisst doch alle davon.«

»Er ist verheiratet, stimmt's?«

»*Nein*«, sagte ich. »Nein, nein!«

Ole schwieg, aber es war ein irgendwie mitleidiges Schweigen. Der Piano-Man spielte schon wieder »As time goes by«. Wahrscheinlich kannte er nichts anderes. Ich wollte hier raus.

»Möchten Sie noch ein Glas Champagner?«, fragte der Kellner.

»Nein, danke. – Ach, doch, von mir aus.« Ich seufzte. Ich konnte doch nicht einfach hochgehen und mich umbringen, während Ole hier furchtbaren Liebeskummer litt. Wenigstens musste ich sicherstellen, dass er gut zu Hause ankam und sich nicht auch noch was antat. »Willst du jetzt die ganze Nacht hier bleiben und auf Mia warten?«

»Weiß nicht«, sagte Ole.

»Ich halte das für keine gute Idee«, sagte ich.

»Dann schlag mir was Besseres vor«, sagte Ole.

»Es wäre besser, nach Hause zu gehen und in Ruhe nachzudenken.«

»Worüber denn?«, fragte Ole. »Darüber, was für ein Vollidiot ich bin?«

»Zum Beispiel«, sagte ich.

Ole bestellte noch einen Whiskey. »Aber mir gefällt es hier«, sagte er.

Okay, dann eben nicht. Ich hatte ja auch schon selber genug um die Ohren. Vor meinem geistigen Auge tauchten Bilder meiner Abschiedsbriefe auf, wie sie von einer Sortiermaschine nach Postleitzahlen geordnet wurden. Was machte ich eigentlich noch hier unten? War ich von allen guten Geistern verlassen?

»Ich gehe jetzt«, sagte ich entschlossen.

»Wohin?« Ole sah mich erschrocken an.

»Auf mein Zimmer. Ich rufe Joe an.«

»Nein, bleib bei mir, Gerri, bitte.«

»Nein, das geht nicht.«

»Ja ja, verstehe schon, natürlich nicht, entschuldige.« Ole sah auf seine Uhr. »Ich glaube aber, der kommt nicht mehr. Der verheiratete Mistkerl hat dich versetzt.«

»Kann schon sein«, sagte ich. »Deshalb will ich ja anrufen.«

»Er ist also wirklich verheiratet! Ich wusste es. So ein Mistkerl. Betrügt seine Frau und nutzt dich nur aus. Eine Frau wie dich. Zur Geliebten degradiert. Und dann kommt er noch nicht mal pünktlich.« Ole beugte sich über den Tresen. »Hey, Sie«, sagte er zu dem Kellner. »Können Sie das fassen? Der Mistkerl hat sie versetzt.«

»Hat er nicht«, sagte ich und ließ mich vom Barhocker gleiten. »Können Sie den Champagner auf meine Zimmerrechnung setzen? Es ist die Nummer 324.«

Der Kellner nickte.

»Nein, nein«, sagte Ole. »Das übernehme ich.«

»Nimm dir ein Taxi nach Hause, Ole«, sagte ich.

»Du bist so lieb zu mir«, sagte Ole. »Du bist überhaupt der liebste Mensch, den ich kenne. Und schön und klug und witzig. Du bist viel zu schade für diesen Joe.«

»Es ist zu spät«, sagte ich und gab ihm einen Kuss auf die Wange. Ein letztes Mal Zahnarztgeruch schnuppern. Beinahe hätte ich zu weinen angefangen. Aber jetzt musste ich wirklich hart bleiben. »Wiedersehen, Ole, du wirst sehen, alles wird gut. Und komm bloß nicht auf dumme Gedanken.«

»Nein, keine Sorge, Gerri. Ich ruf dich an, wenn ich wieder klar denken kann.«

Ich biss mir auf die Unterlippe und stöckelte zur Tür.

»Ich bin hier, wenn du mich brauchst«, rief Ole hinter mir her.

Liebe Frau Köhler,

ich weiß, Sie haben mir bereits vor Jahren angeboten, Tante Annemarie zu Ihnen zu sagen, aber ich habe bereits so viele echte Tanten, dass ich diese Vertraulichkeit bis heute abgelehnt habe. Zumal ich weiß, dass Sie mich nicht ausstehen können, seit ich damals nicht mit Klaus zum Abschlussball gehen wollte.

Das ist ein altes Missverständnis, das ich hier ein für alle Mal aufklären will: Ich habe mir die Sache NICHT »kurzfristig anders überlegt«, um den armen Klaus dann völlig überraschend ohne Partnerin stehen zu lassen. Im Gegenteil, ich habe sowohl Klaus als auch meiner Mutter mehr als einmal sehr deutlich zu verstehen gegeben, dass ich lieber ein Pfund lebendige Nacktschnecken essen würde, als mit einem Jungen zum Abschlussball zu gehen, der 1. beim Tanzen seinen Hintern immer nach hinten streckt wie eine Ente beim Kacken, 2. riecht, als habe er sich zwei Jahre nicht mehr gewaschen, 3. während der Tanzpausen in der Nase bohrt und sich die Pickel an seinem Hals ausquetscht und 4. sich trotz alledem für unwiderstehlich hält. Letzteres muss man Ihnen hoch anrechnen. Das nenne ich gute Erziehungsarbeit.

Allerdings ist es wohl genau dieser Eigenschaft zu verdanken, dass Klaus am Tag des Abschlussballs mit einem Blumensträußchen vor unserer Tür stand, und zwar zeitgleich mit Georg Straub, der ebenfalls ein Blumensträußchen in der Hand hielt. (Nur am Rande und zu Ihrer Genugtuung: Obwohl Georg Straub immer gut roch, zählte er beim Rumba falsch an und trampelte mir beim Tango die Zehen platt.)

Es ist nicht wahr, dass ich die Tür geöffnet und angefangen habe zu lachen. Es stimmt auch nicht, dass ich gerufen habe: »Haha, Klaus, jetzt bist du aber reingefallen, was, du Depp?«

In Wirklichkeit habe ich den Schock meines Lebens bekommen, als ich gleich zwei Jungs mit Blumensträußen vor der Tür stehen sah. Klaus ignorierte Georg und das Blumensträußchen völlig. Er bohrte sich gelassen in der Nase und sagte: »Bist du fertig, Gerri?«

Und ob ich fertig war! Mit den Nerven nämlich.

»Aber Klaus, ich habe doch gesagt, dass ich nicht mit dir gehen will«, sagte ich, und Klaus sagte: »Aber ich dachte, das meinst du nicht ernst. Kommst du?«

Was hätte ich denn tun sollen? Ich musste ja schließlich auch an Georg denken. Es wäre doch einfach nicht gerecht gewesen, wenn Georg oder ich Klaus' Ignoranz hätten ausbaden müssen, oder?

Meine Mutter hat noch versucht, Georg mit einem Fünfziger zu bestechen, wieder nach Hause zu fahren, aber Georgs Eltern warteten schon unten im Wagen, um uns zur Tanzschule zu bringen. Und ich bin keineswegs hohnlachend in dieses Auto gestiegen, wie es immer heißt, sondern sehr, sehr bedrückt. Und ich habe Klaus auch keinen Stinkefinger gezeigt!

Es gab ja doch auch noch ein Happy End. Dass Hanna Koslowski so spontan für mich eingesprungen ist, war aber doch wieder sicher in Ihrem Interesse, ein Segen für die ganze Familie und vor allem für Klaus. Ich hörte, Hanna macht sich großartig in ihrem beigefarbenen Hosenanzug und als Ersatz in Ihrer Bridgerunde. Geschäftssinn hat sie ja auch: Den Fünfziger, den meine Mutter ihr geboten hat, um Klaus' Ehre zu retten, hat sie erfolgreich auf einen Hunderter hochgehandelt.

Ihnen noch ein schönes Leben

Ihre Gerri Thaler

P. S. Beiliegend erhalten Sie ein Exemplar von »Nachtschwester Claudia unter Verdacht« – Juliane Mark ist eines meiner Pseudonyme. Ich bin sehr stolz darauf, eine erfolgreiche Liebesromanautorin zu sein und kein Schreibbüro zu betreiben.

Acht

Zurück im Hotelzimmer zog ich als Erstes die Schuhe aus und warf mich aufs Bett. Ich war ehrlich aus dem Konzept gebracht.

Bis jetzt war ich davon ausgegangen, dass es niemanden in meinem Umfeld gab, dem es schlechter ging als mir. Aber ich musste zugeben, dass Ole schon ziemlich arm dran war. Es war sicher nicht schön, zu erfahren, dass die Frau einen betrog. Dass einen die große Liebe schnöde hinterging.

Auf der anderen Seite war es besser, etwas gehabt und wieder verloren zu haben, als es nie gehabt zu haben, oder? Und überhaupt – er war vielleicht heute speziell mal schlechter dran als ich, aber *er* hatte nur ein paar Tage Liebeskummer, *ich* hingegen war mein Leben lang neurotisch depressiv, und das war ja wohl viel schlimmer.

Dutzende Frauen würden Schlange stehen, um sich auf den gutaussehenden blonden Zahnarzt zu stürzen, wenn er wieder frei war. Und wer stand bei mir Schlange?

Eben. Und deshalb war es mein gutes Recht, dieses Leben zu beenden, ehe es noch mehr verelendete.

Ich zog meine Schuhe wieder an und kämmte mir durchs Haar. Das Make-up war noch perfekt, nur der Lippenstift benötigte eine Auffrischung. Es war zwanzig vor neun, wenn alles gut ging, schlief ich spätestens um elf tief und fest. Für immer und ewig.

Sie war wie eine frisch erblühte Rose, die niemand pflücken und deren Duft niemand hatte bewundern wollen. Und nun würde sie über Nacht welken, und all ihre Blütenblätter würden vom Winde verwehen.

Das hatten sie davon.

Seltsamerweise meldete sich in diesem Moment ein Backenzahn hinten links mit einem ziehenden Schmerz. Ich fühlte mit meiner Zunge dorthin. Nein, nein, das durfte nicht sein: Die Füllung in diesem Zahn hatte Ole erst im vergangenen Jahr erneuert. Das Ziehen hörte wieder auf. Na also!

Ich setzte mich feierlich an das Tischchen vor die ausgelegten Schlaftabletten und goss Wasser in das große und Wodka in das kleine Glas.

»Auf dein Wohl«, sagte ich zu meinem Spiegelbild. Mein Spiegelbild sah etwas skeptisch zurück.

»Na los«, sagte ich. »Zier dich nicht, wir haben das doch alles gründlich durchdacht. Es geht nicht anders. Es würde nur immer noch schlimmer werden, Woche für Woche, Jahr für Jahr.«

Das Spiegelbild guckte immer noch skeptisch.

»Arbeitslos, ehelos, obdachlos, kinderlos«, sagte ich. »Und wenn alle ihre Briefe gelesen haben, sind wir unsere Freunde auch noch los. Es gibt kein Zurück mehr. Einsam, neurotisch, depressiv, alt und faltig – willst du das vielleicht werden?«

Mein Spiegelbild schüttelte den Kopf. Na also. Dann konnte es ja jetzt losgehen.

Ich kippte mir den Wodka die Kehle hinunter, genau wie ich es trainiert hatte. Brrrr, scheußlich. Und jetzt die Tabletten. Ich würde mit den rosafarbenen anfangen, mich allmählich zu den hellblauen vorarbeiten und dann die weißlichgrau-gesprenkelten Reihen abgrasen. Dazwischen immer ein paar Schlucke Wasser und ein Schnapsgläschen Wodka.

Tablette Nummer eins: auf die Zunge legen, schlucken, spülen. Geschafft. Nummer zwei: auf die Zunge legen …

Jemand klopfte an die Tür.

Das war in meinem Plan nicht vorgesehen, deshalb blieb ich einfach mit ausgestreckter Zunge auf meinem Stuhl sitzen und hoffte, das Klopfen wäre vielleicht nebenan gewesen. War es aber nicht. Es klopfte wieder, diesmal lauter und länger.

»Gerri? Gerri? Bist du da drin?«, rief jemand im Flur. Es war Ole. Das durfte doch wohl nicht wahr sein! Da saß ich nun mit raushängender Zunge und konnte mich vor Schreck nicht vom Platz rühren.

»Gerri! Ich bin's, Ole!«, rief Ole draußen vor der Tür. »Ich weiß, dass du da drin bist. Los, mach schon auf! Die verhaften mich hier sonst wegen Ruhestörung. Gerri! Ich muss dir was sagen. Gerri!«

Jetzt wurde ich aber langsam wütend. Ich zog meine Zunge ein, schluckte die Tablette runter und vergaß nachzuspülen.

»Geh weg, Ole«, sagte ich mit trockenem Mund, aber Ole konnte mich nicht hören. Er klopfte wie besessen an die Tür.

»Gerri! Mach auf, Gerri!«

Ich stand auf. Ich musste den Kerl loswerden, sonst würde er noch die ganze Nacht da stehen und klopfen und rufen.

»Hierrrrr wonnt kein Gärrrrri, hier wonnt Juschenka. Gähen weg, oderrr ich rrrrufen Polizei«, sagte ich an der Tür.

»Gott sei Dank, du bist da, Gerri«, sagte Ole auf der anderen Seite der Tür. »Mach auf, los! Ich muss dringend mit dir reden.«

»Das geht nicht«, sagte ich. »Hau ab!«

»Warum denn? Ich weiß, dass Joe nicht gekommen ist, ich hatte die ganze Zeit das Foyer im Blick. Du bist allein! Mach auf, lass mich rein, die Leute gucken schon so komisch.« Offenbar kamen gerade welche den Gang hinunter. »Guten Abend«, sagte Ole zu ihnen. »Keine Sorge, ich bin nicht immer so, aber heute hat meine Frau mich betrogen, und ich habe mich betrunken. Nicht besonders originell, ich weiß, aber was Besseres ist mir nicht eingefallen. Ihnen vielleicht? Ja, gucken Sie doch nicht so blöd. Drei oben rechts ist übrigens kariös, sehe ich von hier aus.«

Das war ja unerträglich. Wenn Ole andere Hotelgäste anpöbelte, war es nur eine Frage der Zeit, bis jemand vom Personal kam, und das wollte ich auf keinen Fall. Ich machte die Tür auf.

»Warum hast du so lange gebraucht?«, sagte Ole und schob sich ins Zimmer. »Warst du nackig?«

»Nein, ich hatte nur gerade …« Himmel! Die Tabletten! Ich stürzte an Ole vorbei zu dem Tischchen und fegte sie mit Schwung in meine Hand. Mindestens die Hälfte landete auf dem Boden.

Aber Ole bemerkte das gar nicht. Er ließ sich schwerfällig auf das Doppelbett plumpsen. »Ich hatte also eben unten eine geniale Idee«, sagte er. »Während ich da so ins Foyer rausguckte und nach deinem Joe Ausschau hielt, da kam mir die genialste Idee aller Zeiten.«

»Dass du hier oben deinen Rausch ausschlafen möchtest?«, fragte ich und warf die Tabletten in die Schublade eines der Nachtschränkchen. Dann bückte ich mich und sammelte die anderen ein.

»Nein, was viel Besseres«, sagte Ole. »Mir ist eingefallen, wie wir drei Klappen mit einer Fliege fangen können. Was machst du da eigentlich? Hast du deine Kontaktlinsen verloren? Warte, ich helfe dir.«

»Nein! Nein!«, rief ich heftig und ließ die aufgesammelten Tabletten wieder fallen. »Ich habe überhaupt keine Kontaktlinsen. Ich sammle nur – äh, Krümel …«

»Es ist ja so«, sagte Ole. »Also: Du bist von deinem Joe versetzt worden, stimmt's oder habbich Recht?? Und ich bin von Mia betrogen worden. Die unerschöpflichen Wege der Götter haben uns alle hier in dieses Hotel geführt. Kannsu mir so weit folgen?«

»Alle außer Joe«, sagte ich.

»Ja, ja. Wo steckt der eigentlich?«, fragte Ole. »Lass mich raten: Eins seiner Kinder hat Masern, stimmt's? Das sagen sie immer, diese verheirateten Mistkerle.«

»Er hat keine Kinder«, sagte ich, während ich die Tabletten unauffällig hinter den Tischbeinen zusammenkehrte. Ole würde sie wohl nicht entdecken, seine Wahrnehmung war offensichtlich stark eingeschränkt. »Und er ist auch nicht verheiratet. Kann aber jeden Augenblick hier sein.«

»Was?« Ole setzte sich auf. »Echt?«

Ich nickte. *Und er hat den schwarzen Gürtel*, wollte ich noch hinzufügen, dann würde Ole vielleicht endlich abhauen. Aber Ole war leider weit davon entfernt.

»Haha, beinahe wäre ich drauf reingefallen«, sagte er und ließ sich wieder zurückplumpsen. »Aber was soll denn das für ein Stau sein, um diese Uhrzeit? Hör mal, du musst dich doch vor mir nicht genieren, Gerri-Schatzi. Das kann den schönsten und besten unter uns passieren, dass sie versetzt und nach Strich und Faden verarscht werden.«

»Oh, *bitte.*«

»Doch, doch, das siehst du ja an mir! Ich hätte auch nicht gedacht, dass meine Frau mich mal mit so einem hässlichen Kerl betrügen würde. Ich meine, sieh mich mal an: Ich sehe doch nun wirklich besser aus«, sagte Ole. »Ich bin, bei aller Bescheidenheit, der bestaussehende Mann weit und breit. Und auch noch *Zahnarzt.* Einen wie mich betrügt man doch nicht.«

»Ole, das ist sicher ein furchtbarer Schock für dich, und ich rede auch gerne … ein anderes Mal mit dir darüber, aber jetzt …«

»Hör doch erst mal meinen genialen Plan. Dann geht es dir sofort besser. Glaubst du an das Karma?«

»Ole! Ich wäre furchtbar gern allein«, sagte ich und gähnte. Das waren doch nicht etwa die Schlaftabletten, die schon anfingen zu wirken?

»Du musst den Fehler doch nicht bei dir suchen«, sagte Ole. »Das hat nichts mit deiner Person zu tun, dass dieser Joe sich so schofelig verhält, glaub mir. Du bist echt toll, und Joe, der wünscht sich bestimmt nichts mehr, als dass er dich geheiratet hätte anstatt seine Frau, dieses Schrapnell. Aber zu spät jetzt. Selber schuld. Mistkerl, der. Hätte er sich besser mal früher überlegt. Du hast aber auch immer ein schlechtes Händchen bei Männern, ehrlich, das muss ich dir mal sagen. Du ziehst die falschen Typen an, die, die kein Pflichtbewusstsein haben und nur Spaß wollen. Die, die nur deine Jugend und deine Schönheit ausnutzen wollen, ohne etwas dafür zu geben.«

»Ha ha ha!«, sagte ich.

»Sag mal, gibt es hier in diesem Luxuszimmer keine Minibar?«

»Doch, da drüben«, sagte ich. »Aber ein 0,2 Liter Fläschchen Cola kostet sieben Euro zwanzig.«

»Ich will doch keine *Cola*«, sagte Ole, drehte sich auf den Bauch und robbte sich vom Bett direkt zur Minibar, ohne aufzustehen. »Ich will Whiskey. Habbich mich jetzt schon schön dran gewöhnt. Mir egal, wasses kostet. Ich bin reich. Ich bin ein reicher Mann, jawohl. Ein gutaussehender, reicher Mann! Deshalb hat diese rothaarige Schlampe mich ja wahrscheinlich auch geheiratet.« Er machte den

Kühlschrank auf. »Kein Whiskey. Nur Rotwein und Champagner. Und Bier. Pfui. Ich rufe den Zimmerservice. Das ist ja wohl das Mindeste, was die hier für einen tun können. Wo 's das Telefon?«

»Ich könnte dir Wodka anbieten«, sagte ich und goss ihm meinen kostbaren Wodka ins Wasserglas.

»Wodka is gut«, sagte Ole und nahm einen tiefen Zug. »Bezahl ich dir auch alles. Pass mal auf jetzt: Also, Karma, das is', wenn nichts Zufall is'. Und das hier is' Karma. Alles. Deshalb is' der Plan folgender: Während Mia es mit ihrem Lover treibt und dein Lover es mit seiner Frau treibt, verbringen wir beide, also du und ich, die Nacht miteinander. Hier in diesem Hotelzimmer. Wie findest du das? Is' das genial oder is' das genial?«

»Das ist – total blöde«, sagte ich. »Kindisch ist das! *Guck mal, Mia, was du kannst, kann ich schon lange, ätschibätschi.* Abgesehen davon, dass *ich* von diesem Plan in keiner Weise profitiere.«

»Doch, *du* zeigst es diesem Joe«, sagte Ole. »Verstehst du denn nicht? Das hat er davon, wenn er dich einfach so sitzen lässt. Wenn er sieht, dass du stattdessen einen gutaussehenden Zahnarzt mit Porsche …«

»Aber Joe kriegt doch gar nichts davon mit«, sagte ich.

»Ja, vielleicht nicht direkt«, sagte Ole und kratzte sich am Kopf. »Aber indirekt sicher. Karma! Gibt keine Zufälle! Es geht ums Pinzprinz-prinzip, verstehst du nicht?«

»Nein«, sagte ich.

»Aber so schwer ist das doch nicht! Die Mia kommt morgen Früh mit ihrem alten Sack in den Frühstücksraum, und da sitzen wir zwei schon ganz verliebt und halten Händchen. Und ich füttere dich mit meinem Marmeladenbrötchen. Dann sieht die Mia mal, wie das ist.«

»Ja, *das* verstehe ich«, sagte ich. »Du willst Mia eifersüchtig machen. Aber wie gesagt, ich finde das kindisch und überflüssig. Ich mache dabei nicht mit.«

»Aber überleg doch mal, wie genial das ist«, rief Ole. »Sie kann ja nich' ma' eine Szene machen, weil sonst würde sie sich ja verraten. Stell dir das doch mal vor: Du betrügst deinen Ehemann und stellst am nächsten Morgen fest, dass er dich auch betrogen hat, in der gleichen Nacht, im gleichen Hotel. Das ist doch filmreif, oder?«

»Hör mal, Ole«, sagte ich. »Ich verstehe ja, dass es dich nach Rache gelüstet. Aber versuch mir nicht weiszumachen, dass es sich hier um Karma handelt und dass ich von dieser Sache irgendeinen Nutzen habe.«

»Oh, na ja, vielleicht nicht direkt«, sagte Ole und trank sein Glas leer.

»Nicht direkt?«

»Gut, okay, das ist echt 'ne undankbare Rolle für dich. Aber Mia mag dich sowieso nicht, weißt du? Da hast du gar nichts zu verlieren.«

»Darum geht es doch gar nicht …« Ich brach ab. »Mia mag mich nicht – wirklich? Und warum nicht?«

Ole fing an zu kichern. »Sie denkt, du bist scharf auf mich. Zu komisch, oder? Wo doch sowieso *alle* Frauen scharf auf mich sind.«

»Nein, überhaupt nicht«, sagte ich aufgebracht. Gut, ich *war* scharf auf Ole, aber das hatte ich mir wirklich niemals, niemals anmerken lassen. »Wie kommt Mia denn darauf?«

»Na, weil wir doch damals mal beinahe was miteinander hatten«, sagte Ole. »Du und ich.«

»Ja, aber nur beinahe«, sagte ich. Das hatte ich nicht vergessen. »Denn dann ist ja Mia wieder aufgetaucht.«

»Jawohl«, sagte Ole und hielt mir sein Glas hin. Ich goss Wodka nach. »Gerade als es schön wurde. Typisch Mia. Gönnt anderen nicht das Schwarze unter den Fingernägeln.«

»Du hättest ja nicht wieder was mit ihr anfangen müssen«, sagte ich ein bisschen verärgert. Ich konnte mich noch gut an den Abend erinnern, an dem Ole mir mitgeteilt hatte, dass er und Mia wieder zusammen seien. Mir war damals die Kinnlade heruntergeklappt, weil ich dieses Kapitel für abgeschlossen betrachtet hatte.

»Doch, weil – ach, das ist eine lange Geschichte.«

»Dann erzähl sie mir nicht.« An diesem Abend hatte ich vorgehabt, einen der klassischen Sätze auszusprechen. So was wie

»Kommst du noch auf einen Kaffee hoch?«. Stattdessen hatte ich wohl gesagt: »Oh, wie großartig, ich freue mich für dich« und »Natürlich werden wir Freunde bleiben« – aber das wusste ich nicht mehr so genau. Es war eine ganz furchtbare Zeit gewesen.

»Doch, doch«, sagte Ole. »Das muss jetzt mal raus. Was meinst du denn, warum wir uns so mit dem Heiraten beeilt haben, hm?«

»Weil – oh! War Mia vielleicht schwanger?« Das waren ja ganz neue Einblicke, die mir hier gewährt wurden.

»Jupp«, sagte Ole. »Hat sie jedenfalls gesagt. Aber dann war sie's doch nicht.« Er pustete sich die blonde Haarsträhne aus der Stirn. »Und ich war eigentlich ganz froh darüber, weil ich ja gar nicht sicher sein konnte, ob das Kind auch von mir war. Wir hatten nämlich Schluss gemacht, weil Mia sich vorübergehend in einen anderen verliebt hatte. So ist sie, die Mia. Alles immer vorübergehend. Ich zieh mir mal die Schuhe aus, ja?«

Ich schüttelte den Kopf. »Ich will immer noch, dass du gehst. Ich bin müde.« Und das stimmte auch. Todmüde war ich. Verdammte Tabletten. So schnell konnten die doch gar nicht wirken.

»Das ist so typisch für dich.« Ole streifte seine Schuhe ab und schenkte mir einen liebevollen Blick. »Du findest das unmoralisch. Und du willst mich daran hindern, etwas Unmoralisches zu tun. Du bist so lieb. So ein anständiger Mensch. Im Gegensatz zu Mia. Ein richtiges Schätzchen bist du. Ich könnte diesem Joe echt eine reinhauen.«

»Und ich dir«, sagte ich, aber das hörte Ole nicht.

»Weißt du was? Ich nehme jetzt eine Dusche, und dann kuscheln wir uns gemütlich ins Bett und reden darüber, was für eine wunderbare Person du bist«, sagte er, während er sich bereits seiner Klamotten entledigte. »Doof ist aber, dass ich keine Zahnbürste dabeihabe. Konnte ich ja alles nicht ahnen, was?«

Hilflos sah ich mit an, wie Ole sich mit schlecht koordinierten Bewegungen auszog, seine Sachen auf einen Stuhl pfefferte und sich dann splitternackt zu mir umdrehte und fragte: »Kann ich deine Zahnpasta haben?«

»In der Kosmetiktasche«, sagte ich und guckte weg. »Aber wehe, du rührst meine Zahnbürste an.«

»Keine Sorge, ich putze mit den Fingern, Schnüffelchen«, sagte Ole und taumelte ins Bad. Kaum hatte er die Tür geschlossen, kam Leben in mich. Ich holte tief Luft, aktivierte all meine verbliebenen Kräfte und stürzte mich auf den Boden, sammelte die Tabletten ein und warf sie zu den anderen in die Nachttischschublade, gleich neben die Bibel. Dann zählte ich durch. Einunddreißig – zwei hatte ich geschluckt, wo waren die fehlenden zwei? Eine war bis an den Schrank gerollt, aber die andere blieb verschwunden, egal, wie sehr ich auch suchte. Ich fluchte vor mich hin. Diese Tabletten waren mein wertvollster Besitz. Sie waren meine Fahrkarte ins Jenseits. Nur dummerweise konnte ich sie im Augenblick nicht schlucken. Ole würde bemerken, dass mit mir was nicht stimmte, und dann würde man mir den Magen auspumpen und mich in eine Psychiatrie einweisen.

Aber was konnte ich sonst tun?

Wenn ich mich jetzt zusammenriss, alles zusammenpackte und abhaute, bevor Ole aus dem Bad kam? Die Tabletten in die Handtasche werfen, die Schuhe anziehen und zum Aufzug sprinten? Ich konnte ein Taxi zu einem anderen Hotel nehmen und mich dort völlig ungestört …

Ich hatte den Gedanken noch nicht zu Ende gedacht, da kam Ole schon wieder ins Zimmer geschlendert, mit einem Handtuch um die Hüften.

»Mann«, sagte er. »So eine Dusche macht ja schon fast wieder nüchtern.«

»Liebster Ole, wenn du nüchtern bist, dann sei doch so gut und nimm ein Taxi nach Hause«, sagte ich und gähnte wieder. Mein Körper fühlte sich bleischwer an. Aber auf eine angenehme Weise bleischwer. Die Verspannungen, die ich seit Wochen im Nacken hatte, waren verschwunden.

»So nüchtern bin ich nun auch schon wieder nicht«, sagte Ole. »Ich schätze mal, meine zwei Promille werde ich so langsam erreicht haben. Außerdem ist meine Idee immer noch super. Mia wird dermaßen blöd aus der Wäsche schauen. Und deinem Joe wird es auch eine Lehre sein.«

»Aber Ole, du Doofkopp, jetzt halt doch Joe endlich mal aus der Sache raus. Kapierst du denn nicht, dass er davon überhaupt gar nichts mitkriegen würde? Aber dass Mia mich für diese Sache vielleicht von einem Auftragskiller um die Ecke bringen lässt, daran hast du wohl noch nicht gedacht, oder? Und dass ich das alles überhaupt gar nicht will!«

»Doch, schon!« Ole sah mich treuherzig an. »Aber darf ich nicht einmal im Leben egoistisch sein? Weißt du, das ist eine einmalige Gelegenheit – die kann man doch nicht einfach so verstreichen lassen. Mia tut dir nichts, wenn schon einen Killer, dann setzt sie ihn auf mich an. Und du musst ja auch nur so *tun*, als ob wir was miteinander hätten.«

»Das versteht sich ja wohl von selbst«, sagte ich.

»Bitte, bitte, Gerri, tu's für mich«, sagte Ole und goss sich Wodka nach. »Ich werde dir auch ein Leben lang die Zähne umsonst machen. Nur die allerbesten Keramik-Inlays. Du hast übrigens sehr gepflegte Zähne, Schnüffelchen, habe ich dir das schon mal gesagt?«

»Ja, bei der letzten Prophylaxe«, sagte ich. »Und sag nicht immer Schnüffelchen zu mir.«

»Tut mir leid, Schnüffelchen«, sagte Ole. »Das sage ich nur, weil ich betrunken bin. Und weil ich das immer schon mal zu dir sagen wollte. Hoppla, festhalten, Süße!«

Meine Knie waren plötzlich ganz wabbelig geworden. Nicht unangenehm wabbelig, eher entspannt wabbelig. Ich ließ mich auf das Bett plumpsen.

»Du hast doch nur zwei Gläser Champagner getrunken«, sagte Ole. »Du bist die Nüchterne von uns beiden, du musst mir auf die Finger hauen, wenn ich auf unanständige Gedanken komme. Ich verlass mich da auf dich.«

»Ich bin aber zu müde, um selber auf unanständige Gedanken zu kommen«, sagte ich und ließ mich hintenüber fallen. »Die rosafarbenen wirken schnell.«

»Wie bitte? Hey, du wirst doch jetzt nicht schlafen wollen? Die Nacht ist noch jung. Wir haben gerade mal halb zehn. Was ist mit unserer Party?«

Ich schüttelte meine Schuhe ab, öffnete den Reißverschluss meines Kleides und wand mich im Liegen aus dem guten Stück heraus. »Würdest du das bitte für mich über den Stuhl hängen?«, sagte ich mit mühsam offen gehaltenen Augen. »Es hat vierhundertdreißig Euro gekostet.«

Ole fing das Kleid auf und pfefferte es hinter sich auf den Sessel. »Hör mal, Gerri, wenn du vorhast, dich weiter auszuziehen, dann kann ich aber für nichts mehr garantieren«, sagte er.

»Nur noch den BH«, sagte ich, während mir meine Augen bereits zufielen. »Ich krieg sonst keine Luft.«

»Ich auch nicht«, sagte Ole. »Oh mein Gott!«

Ich versuchte die Augen noch einmal aufzumachen, aber es gelang mir nicht. »Ich schlafe jetzt ein Weilchen«, sagte ich. »Und ich will, dass du dich so lange anständig benimmst, ist das klar?«

»Dann deck dich zu«, sagte Ole. »Ich bin auch nur ein Mann.«

Ich zog die Decke über mich. Gott, war dieses Bett gemütlich. Die Kissen dufteten frischgewaschen, und wann schlief man je in gebügelter Bettwäsche?

»Du drückst das Schokoladentäfelchen platt«, sagte Ole.

»Mach das Licht aus, *Schnüffelchen*«, sagte ich.

»Okay, ich komme auch gleich ins Bett«, sagte Ole. »Nur noch ein Glas Wodka, damit ich auch wirklich nicht über dich herfalle.«

Ich wollte noch etwas sagen, aber da war ich schon eingeschlafen.

Liebe Großtante Hulda,

ich bin Gerri, die jüngste Tochter deiner Nichte Dorothea, du weißt schon, die einzige, die nicht blond ist, die, die das Meißner Porzellan auf dem Gewissen hat.

Von allen Großtanten bist du diejenige, die ich am meisten mag. Ehrlich gesagt bist du auch die einzige, die ich von den anderen unterscheiden kann. Vielleicht, weil du nicht diese weißgelockte Einheitsfrisur gewählt hast und auch mit über achtzig immer noch Lippenstift und Wimperntusche benutzt. Weil du lauter Lachfalten hast und Zigarillos mit goldener Spitze rauchst. Weil du lieber ein richtiges Gespräch führst als endlos über Krankheiten zu lamentieren und weil du ziemlich gute Witze über Onkel Gustav und Cousin Harry reißt. Vielleicht aber auch, weil du keinen senilen Großonkel an deiner Seite mitführst, der jede Gelegenheit nutzt, allen Frauen unter fünfzig auf den Popo zu klopfen.

Warum hast du nie geheiratet, Großtante Hulda?

»Du wirst noch enden wie Tante Hulda« ist ein geflügeltes Wort in der Familie, ich habe es sicher tausendmal gesagt bekommen. Als ich Clemens Diederichs in der ersten Klasse in die Brennnesseln schubste, weil er mich küssen wollte, obwohl er vorher ein Thunfischsandwich gegessen hatte, und natürlich, als ich nicht mit Klaus Köhler … – egal, jedenfalls höre ich es, seit ich dreißig bin, beinahe täglich: »Du wirst noch enden wie Tante Hulda.«

Ja, schön wär's! Du kannst sicher sein, dass ich mich NICHT umbringen würde, wenn ich wüsste, dass ich mal so enden würde wie du. Als Erbtante mit Lachfältchen. Ich wette, die Männer haben dir ein Leben lang zu Füßen gelegen. Ich wette, du konntest dich vor aufregenden Affären gar nicht retten. Und all die herrlichen Kleider und Hüte, die riesige Villa und die wundervollen Reisen an die Côte d'Azur, nach Indien und New York! Unter diesen Umständen könnte ich mir sogar vorstellen, dass es nicht ganz so wehtäte, auf Kinder verzichten zu müssen. Ich wünsche mir so sehr welche! (Stimmt es eigentlich, dass du mal Syphilis hattest, oder ist das auch so ein Familiengerücht, so wie das, dass ich lesbisch sei?)

Aber die Zeiten haben sich geändert, Großtante Hulda, heutzutage hat man nicht mehr die Wahl zwischen ganz oder gar nicht, zwischen Geld oder Liebe, zwischen Kinder oder Kegel, zwischen Muskeln oder Hirn, zwischen Abenteuer oder Anstand – heutzutage hat man nur noch die Wahl zwischen Klaus Köhler und *hammerhart31*, also zwischen Jauchegrube und Güllefass, zwischen Hölle und Fegefeuer. Und niemand, niemand zahlt einem die Miete.

Deshalb will ich nicht mehr weiterleben. Deshalb und weil ich neurotisch depressiv bin und keine Medikamente nehmen möchte, von denen einem die Haare ausfallen.

Dabei glaube ich an die Liebe, Großtante Hulda! Ich glaube ganz fest daran.

Wie du vielleicht weißt, spekuliert meine Mutter wie alle ihre Schwestern, Cousins und Cousinen auf dein Erbe, weshalb sie auch uns immer dazu angehalten hat, dir Postkarten aus dem Urlaub zu schicken, dir an Weihnachten überflüssige Basteleien zukommen zu lassen und uns überschwänglich für die Strumpfhosen zu bedanken, die du uns immer zum Geburtstag geschenkt hast. Du solltest nur den besten Eindruck von uns bekommen, weshalb ich auch niemals verraten durfte, was ich beruflich mache. Aber weißt du was? Ich bin stolz auf meinen Beruf. Ich habe kein »kleines Schreibbüro« – ich schreibe Liebesromane. Von meiner Familie hat sich nie jemand die Mühe gemacht, einen davon zu lesen, wenn man ihnen glauben darf, lesen sie alle nur Kafka und Thomas Mann. Aber vielleicht hast du ja Spaß an der Lektüre. Von »Sophias erster Kuss« und »Kinderkrankenschwester

Angela« liegen Sonderausgaben in Großdruck bei, das kannst du sogar ohne Brille lesen.

Herzliche Grüße

Deine Gerri

Als ich die Augen aufschlug, wusste ich nicht sofort, wo ich war. Und als es mir einfiel, klappte ich die Augen wieder zu.

Neben mir lag Ole, das konnte ich auch mit geschlossenen Augen riechen. Es war eine Mischung aus Wodka-Whiskey-Ausdünstung und Zahnarztgeruch, nicht mal so unangenehm, wie es sich anhört. Er schnarchte nicht, aber er atmete ziemlich schwer und laut.

Eine Weile atmete ich im gleichen Rhythmus mit ihm.

Nichts stimmte. Er sollte nicht hier sein, ich sollte nicht hier sein. Wenigstens nicht lebendig.

Ich freute mich kein bisschen darüber, dass ich noch lebte. Jetzt war alles noch schlimmer als vorher. Und jetzt tat auch wieder der Backenzahn hinten links weh. Aua.

»Das ist doch wieder mal typisch«, sagte ich leise und setzte mich auf. Draußen wurde es schon hell. Die Vorhänge waren zurückgezogen, und ich bewunderte zum ersten Mal die wirklich grandiose Aussicht auf den Rhein. Ein Lastkahn fuhr langsam flussaufwärts, seine Positionslichter verblassten bereits im Licht des Morgens. Der Himmel war klar und blau. Es würde ein schöner, warmer Frühlingstag werden.

Deutschlands Briefträger waren längst bei der Arbeit und sortierten Abschiedsbriefe in Posttaschen. Sie verluden sie in ihre gelben Autos oder hievten sie auf ihre Fahrräder.

Bei dem Gedanken an die Briefträger vergaß ich eine Weile lang das Ausatmen. *Okay, jetzt nur keine Panik!* Noch war nicht alles verloren. Ich ließ langsam die Luft aus den Lungen. Wenn es mir gelang, mich samt meiner Tabletten aus diesem Hotel zu schleichen und ein ruhiges Plätzchen zum Schlucken zu finden, bevor Ole aufwachte, konnte ich das Ruder durchaus noch einmal herumreißen.

Dann traf mich ein weiterer Gedanke mit voller Wucht: Ich hatte kein Geld, um das Hotelzimmer zu bezahlen. Man würde mich beim Rausschleichen verhaften. Und auf der Polizeistation würde man mich durchsuchen und wegen Dealens mit Schlaftabletten anklagen.

Wieder zwang ich mich, ruhig auszuatmen. *Alles nur halb so schlimm.* Ich hatte doch meine Master Card. Ich würde hier ganz locker hinausspazieren und meine Rechnung bezahlen. Bis das Geld vom Konto abgebucht werden würde, war ich längst tot und begraben.

Es konnte doch nicht so schwer sein, den Löffel abzugeben, verdammt noch mal!

Wenigstens hatten die Zahnschmerzen wieder aufgehört. Vorsichtig erhob ich mich. Ich wartete darauf, dass mein Kopf vor Schmerzen zerspringen würde, aber seltsamerweise hatte ich überhaupt keine Schmerzen. Ich fühlte mich vergleichsweise ausgeruht und ausgeschlafen. Die waren gut, diese rosafarbenen Pillen, die konnte man wirklich bedenkenlos weiterempfehlen. Vor dem Spiegel schrak ich allerdings zurück. Nicht so sehr, weil ich bis auf das Höschen nackt war, sondern weil ich mich gestern Abend nicht abgeschminkt hatte. Wimperntusche und Lidschatten waren im ganzen Gesicht verteilt.

Ich sah zu Ole hinüber. Der schlief tief und fest. Kein Wunder, nach dem, was er in sich hineingekippt hatte. Also gut, dann würde ich mir erst mal eine Dusche gönnen und dabei meine Gedanken sortieren.

Das warme Wasser tat mir gut. Meine Panik legte sich etwas. Ich hatte ja noch ein paar Stunden Zeit, bis der Erste seinen Abschiedsbrief öffnen und Alarm schlagen würde. Außer Ole wusste niemand, wo ich war, und da niemand wusste, was Ole wusste, würde auch niemand auf die Idee kommen, ihn nach meinem Verbleib zu fragen. Hatte ich irgendwem geschrieben, dass ich mir ein Hotelzimmer nehmen wollte? Ich wusste es nicht mehr. Aber wenn ja, würden sie vermutlich alle Hotels in der Stadt nach mir abklappern. Vielleicht sollte ich ein bisschen weiter weg fahren? Ich konnte mir ein Taxi zum Hauptbahnhof nehmen und dort in den nächstbesten Zug steigen. Wo immer er hinfuhr, dort würde es sicher ein Hotelzimmer geben, in welchem ich meine Tabletten essen konnte. Zweiunddreißig waren noch übrig, das musste doch reichen. Die zwei von gestern Abend hatten mich ja schon schlafen lassen wie ein Stein.

Ja, so würde ich es machen. Die Ruhe bewahren, raus aus der Dusche, rein in die Klamotten, die Tabletten in die Handtasche und nichts wie raus hier. Taxi, Bahnhof, Zug, Hotel – fertig!

Ich trocknete mich hastig ab und schlich zurück ins Zimmer.

»Gerri? Bist du das wirklich, oder ist das hier eine von meinen schmutzigen Fantasien?« Ole war wach und sah mich aus rotgeäderten Augen an.

Mist! Mist! Mist!

»Das ist eine von deinen schmutzigen Fantasien«, flüsterte ich. »Du schläfst noch tief und fest. Schließe die Augen …«

»Uuuh, nicht so laut«, sagte Ole. »Ehrlich, mein Kopf zerspringt fast vor Schmerzen. Du hast nicht zufällig ein Aspirin?«

»Schlaf! *Schlaf*!«, sagte ich beschwörend. »Dies ist ein Traum … Du bist *müde*, deine Augen werden *schwer*, du willst nichts weiter als *schlafen* …«

»Du bist nackt«, sagte Ole.

»Weil das ein Traum ist«, sagte ich.

»Hm«, machte Ole zweifelnd. »Du bist nackt, das hier ist ein Hotelzimmer. Ich bin auch nackt.« Um Letzteres zu überprüfen, guckte er unter der Decke an sich hinab.

»Ja, ja. Schmutzige Fantasie. Schlaf, Ole, schlaf nur ein, bald kommt der Mond …«, säuselte ich.

»Jetzt fällt mir aber alles wieder ein«, sagte Ole. »Mia und ihr Lover, das Hotel, die Bar, du …«

»Das war alles nur geträumt«, sagte ich verzweifelt. »Wenn du jetzt wieder einschläfst …«

»Oh mein Gott«, sagte Ole. »Wenn ich an die vergangene Nacht denke, wird mir ganz anders.«

»Mir auch«, sagte ich, ließ mich auf meine Seite vom Bett fallen und vergrub mein Gesicht in den Händen. Das war doch wie verhext!

»Aber das geschieht Mia recht«, sagte Ole. »Ich werde es ihr nicht sagen, aber du bist viel besser als sie.«

»Worin?«, fragte ich.

»Na, im Bett«, sagte Ole. »Du bist eine echte Granate im Bett, ehrlich.«

Na, das wüsste ich aber. Mann, ich hatte *Schlaftabletten* genommen, keine Aphrodisiaka! Und ich war mir einhundertprozentig sicher, dass Ole mich nicht angerührt hatte. Also, jedenfalls neunundneunzigkommaneunprozentig – immerhin hatte ich geschlafen. Aber es war eben nur Schlaf gewesen, keine Vollnarkose. Ich wäre aufgewacht, wenn Ole mich berührt hätte. Spätestens, wenn er mich *unsittlich* berührt hätte. Aber das hätte er gar nicht geschafft. Es war ein Wunder, dass er überhaupt bis ins Bett gefunden hatte, so betrunken, wie er gewesen war.

Aber Ole konstruierte sich gerade eine neue Wirklichkeit. »Ich habe es immer geahnt. Mia ist im Grunde – sie ist eher so … Na – langweilig eben. Es stimmt gar nicht, was man von Rothaarigen immer sagt.«

»Ole, ich glaube, du kannst dich doch nicht an alles erinnern«, sagte ich. »Du hast so verdammt viel Wodka getrunken.«

»Ja, aber ich weiß noch alles«, sagte Ole stur. »Jedes Detail.«

»Ach ja?«

»Wie ich dir das Kleid ausgezogen habe, nein, wie wir uns gegenseitig die Kleider vom Leib gerissen haben und wie wir zusammen uns überall … geduscht haben wir auch, und unter der Dusche, da … und dann – oh mein Gott, weinst du etwa?«

Ich nahm meine Hände vom Gesicht. »Nein, ich weine nicht. Ich denke nur, unsere Erinnerungen an vergangene Nacht gehen ein bisschen auseinander.«

»Was willst du damit sagen? War ich nicht gut?« Ole kratzte sich verlegen am Kopf. »Das war der Alkohol! Ich bin sonst viel besser, ehrlich.«

»Nein, ich meine, dass wir überhaupt nicht ... – was machst du da?«

Ole hatte nach dem Telefon gegriffen. »Ich brauche eine Tablette. Oder zwei. Und eine Zahnbürste. Ein gutes Hotel wird mir das ja wohl beschaffen können, oder?«

Tatsächlich versprach man ihm, beides in zehn Minuten vorbeizubringen. »Na also«, sagte Ole und lächelte mich an. »Dann gehe ich erst mal duschen. Und – Gerri? Es tut mit leid. Vergangene Nacht war ich nur ... also, da war ich nur ein Schatten meiner Selbst.«

»Ole, du warst überhaupt gar nicht ... – Ach, vergiss es!« Es war vergebene Mühe. Der Mann wollte nicht wahrhaben, dass wir wie zwei Tote nebeneinander gelegen und geschlafen hatten.

Apropos tot: Ich konnte abhauen, wenn er unter der Dusche stand. Er war noch nicht ganz im Badezimmer, da sprang ich auf und drehte mich einmal kopflos um mich selber. Tabletten, Taxi, Bahnhof ...

Wo waren meine Klamotten? Ich musste die anziehen, in denen ich gekommen war, Jeans, das schwarze T-Shirt mit Kermit drauf, schwarze Schnürschuhe. Die Unterwäsche musste ich auch noch mal anziehen, natürlich vorher, *konzentrier dich, verdammt noch mal!* Und jetzt das Wichtigste, die Tabletten. Es würde eine Ewigkeit dauern, sie einzeln aus der Schublade zu klauben, aber wenn ich sie ganz herauszog, konnte ich sie direkt in meine Handtasche gießen.

Verdammt, das Ding klemmte! Von wegen Luxushotel, das war ein scheißblödes verklemmtes 2-Sterne-Möbelstück, das! Ich zog mit aller Kraft, und *womm!* flog ich mit der Schublade quer durchs Zimmer. Es regnete Pillen bis auf die Fensterbank, und die Bibel wurde bis an die Wand geschleudert.

»Verflucht!«, entfuhr es mir.

Es klopfte an die Tür. »Zimmerservice!«

»Machst du bitte mal auf, Gerri?«, rief Ole. Die Dusche hatte aufgehört zu rauschen.

»Ich kann gerade nicht«, sagte ich und versuchte, gleichzeitig die Schublade wieder einzusetzen und die Tabletten vom Bett zu fegen.

Ole kam nackt und nass aus dem Badezimmer. »Ich geh schon«, sagte er und öffnete einem jungen Mann in Uniform, der so tat, als wäre es völlig normal, dass ihm der Hotelgast nackt gegenübertrat.

»Eine Schachtel Aspirin und eine Zahnbürste.«

»Vielen Dank, und setzen Sie es bitte auf die Zimmerrechnung.« Ole nahm seine Brieftasche aus der Hose, die über dem Stuhl hing, und gab dem Mann zehn Euro Trinkgeld.

Ich hatte es geschafft, die Schublade wieder in ihre Schienen zu zwängen. Die Tabletten allerdings waren im ganzen Raum verstreut. Ich kickte ein paar unters Bett, damit Ole nicht drauftrat und anfing, unangenehme Fragen zu stellen.

Aber Ole übersah die Dinger völlig. »Jetzt geht es mir schon viel besser«, sagte er, als er die Tür hinter dem Mann geschlossen hatte.

»Wie schön für dich«, sagte ich.

»Bist du sauer auf mich? Ich könnte es verstehen. Ich habe mich wirklich nicht gerade – wie ein Gentleman verhalten. Ich meine, erst heule ich mich bei dir aus und dann … Aber ich bin eben auch nur ein Mann und du eine sehr attraktive Frau …«

»Ich bin nicht sauer auf dich«, sagte ich.

»Na ja, aber sicher denkst du nicht gerade gut von mir«, sagte Ole.

Nein, das tat ich wirklich nicht. Dieser Mann war eine wandelnde Klette. Es war unmöglich, ihn abzuschütteln.

Und die Zeit verging.

Ich hörte nicht mehr, was Ole sagte, während er sich anzog, ich hörte nur die Sekunden ticken. Wie bei einer Zeitbombe. Die ersten Briefträger waren schon unterwegs, ticktack, unaufhaltsam arbeiteten sie sich vorwärts, ticktack, von Briefkasten zu Briefkasten, sie kämpften sich durch die Vorgärten, ticktack, vorbei an bissigen Hunden und Schildern mit der Aufschrift »Bitte keine Werbung …«.

»Ich habe Hunger«, sagte Ole.

»Ich auch«, sagte ich und war ein bisschen erstaunt darüber. Ehrlich, ich hatte Hunger wie ein Wolf. Also gut, dann würden wir eben noch zusammen frühstücken. Danach war immer noch Zeit, die Tabletten einzusammeln, zum Bahnhof zu fahren und in einen Zug nach Novosibirsk zu springen … »Du willst, dass Mia uns sieht, nicht wahr?«

»Wer ist Mia?«, fragte Ole.

»Ach, Ole, Mia ist die Frau, die dir gestern das Herz gebrochen hat«, sagte ich und war plötzlich gar nicht mehr wütend auf Ole. Er hatte es ja wirklich schwer im Augenblick. Kein Wunder, dass er sich so seltsam benahm.

»Mein Herz fühlt sich eigentlich … ganz gut an«, sagte er und sah zu, wie ich mir die Wimpern tuschte und den üblichen farblosen Lipgloss auflegte. »Warum machen Frauen immer den Mund auf, wenn sie sich die Wimpern tuschen?«

»Das ist genetisch bedingt«, sagte ich, nahm meine Handtasche und schob mit dem Fuß noch zwei Schlaftabletten beiseite. »Von mir aus können wir gehen.«

»Du siehst sehr süß aus«, sagte Ole. »Ehrlich, wenn man dich so ansieht, dann glaubt man gar nicht, was für eine *Wildkatze* du sein kannst …«

Ich verdrehte nur die Augen.

Im Frühstücksraum, einem lichtdurchfluteten riesigen Wintergarten, hob sich meine Stimmung vorübergehend. Das Büfett war eine Augenweide. Berge von exotischen Früchten, Brötchen und Broten, Käse, Aufschnitt, knusprig gebratenem Speck, Rührei mit Shrimps und niedlichen kleinen Würstchen lachten uns an, es gab Kaffee und Tee in allen Variationen, frischgepresste Säfte und cremig-geschlagene Quarkspeisen. In der Luft lag ein wunderbarer Duft.

»So stelle ich mir den Himmel vor«, sagte ich.

»Worauf hast du Appetit?«, fragte Ole.

»Auf einfach alles«, sagte ich. Ich musste viermal zum Büfett gehen, bis ich alles beisammen hatte, was mein Herz begehrte: einen Teller mit Ananas, Mango, Erdbeeren und Papaya, ein Glas Möhren-Orangen-Saft, einen Cappuccino, ein Mohnbrötchen, ein Vollkorntoast, Butter, Rühreier mit Shrimps, ein Stück Morbier Royal, ein Stückchen stinkenden Winzerkäse aus dem Elsass und eins von den niedlichen kleinen Würstchen.

Ole betrachtete meine Auswahl mit Zufriedenheit. »Auf jeden Fall habe ich dich hungrig machen können«, sagte er. »Oder – das ist doch hoffentlich keine Ersatzbefriedigung?«

»In Wahrheit habe ich seit gestern Morgen nichts mehr gegessen«, sagte ich.

»Ich muss noch mal kurz verschwinden«, sagte Ole und zwinkerte mir zu. »Lass es dir schon mal schmecken.«

Und das tat ich auch. Ich lehnte mich in den bequemen Rattanstuhl zurück und schlürfte meinen Capuccino. Es waren vielleicht noch zwanzig, dreißig andere Gäste im Frühstücksraum, aber der große Ansturm stand entweder noch bevor oder war schon vorüber. Von Mia und ihrem Lover war nichts zu sehen. Nun, vermutlich hatten die Besseres zu tun. Aber was gab es Besseres, als ein solches Frühstück zu genießen? Ehrlich, das Essen würde mir fehlen, wenn ich tot war.

Ole blieb lange weg. Ich hatte meinen Früchteteller leer gegessen, und der Toast mit Rühreiern und Shrimps und eine Hälfte des Mohnbrötchens waren schon verputzt, als er endlich wiederkam.

»Wo warst du denn so lange?«, fragte ich und spießte das niedliche kleine Würstchen auf. »In der Zeit wäre ich ja dreimal in Novosibirsk gewesen.«

»Ich habe schon ausgecheckt«, sagte Ole gut gelaunt. »Dein Gepäck steht an der Rezeption, das Zimmer ist bezahlt.«

»Wie bitte?« Das niedliche kleine Würstchen fiel vor Schreck von der Gabel.

»Zier dich jetzt bloß nicht. Das ist doch wohl das Mindeste, dass ich das Zimmer bezahle«, sagte Ole. »Es hat nichts mit dem zu tun, was heute Nacht zwischen uns gewesen ist, es ist mir einfach nur ein Bedürfnis, wenigstens die Bezahlung zu übernehmen. Für eine Freundin, die für mich da war, als ich … in Not war.«

Waren das etwa Tränen in seinen Augen? »Ja, gut, von mir aus«, sagte ich hastig. »Aber meine Sachen? Du hast *alles* gepackt?«

»Viel war es ja nicht«, sagte Ole. »Ich habe einfach alle Sachen in deine Reisetasche geschmissen, auch die aus dem Badezimmer.«

»Aber ist dir nichts ... Hast du auch unter den Betten und in die Schubladen geguckt?«

»Nein, sollte ich? Oh, wenn du was vergessen hast, kein Problem, wir können es nachher noch holen. Es ist doch kein Schmuck oder so?«

»Äh, nein«, sagte ich. »Nur ein – Buch.«

»Da war nur die Bibel«, sagte Ole. »Ich dachte, die gehört zum Hotel.«

»Äh, nein, das war meine«, sagte ich.

Ole schenkte mir einen warmen Blick. »Also, ich lerne immer wieder neue Seiten an dir kennen, Gerri. Die Bibel holen wir nachher. In einem Hotel wie diesem kommt nichts weg. Wie ist der Kaffee?«

»Himmlisch«, sagte ich, spießte das Würstchen wieder auf und schob es mir in den Mund. »Ich glaube, ich hole mir noch einen. Und – Ole? Die Bibel hole ich *allein*.«

»Ach du Scheiße«, sagte Ole. »*Mia!* Die hatte ich ja völlig vergessen.«

»Wer's glaubt!«, sagte ich.

»Nein, im Ernst! Sie ist hier! Sie und der Herr Liebhaber. Der Arme, im Tageslicht sieht der echt *antik* aus. Richtig fertig. Als hätte er heute Nacht keine Minute geschlafen.«

»Hat er wahrscheinlich auch nicht!«, sagte ich.

»Wie sehe ich aus?«, fragte Ole.

»Erstaunlich gut«, sagte ich. »Wo hast du eigentlich diese schmeichelhafte Sonnenbräune her?«

»Sie setzen sich an einen Tisch ganz hinten. Schräg hinter dir. Auf acht Uhr! Guck bloß nicht hin. Tu so, als ob du sie nicht siehst.«

»Ich sehe sie ja auch nicht«, sagte ich. »Ich habe hinten keine Augen.«

»Was mache ich denn, wenn sie uns sieht?«, fragte Ole aufgeregt.

»Das war doch eigentlich dein Plan«, sagte ich.

»Welcher Plan?«, fragte Ole noch aufgeregter.

»Na, der Plan, der mir meinen Plan komplett versaut hat«, sagte ich.

Ole hörte mich nicht. Er starrte über meine linke Schulter zu Mia hinüber.

Ich seufzte. »Hör auf, sie anzustarren«, sagte ich. »Setz dich lieber auf den Stuhl hier neben mich. Dann sieht sie dich, aber du siehst sie nicht und sie sieht nicht, dass du sie gesehen hast.«

»Gut«, sagte Ole und rutschte einen Stuhl weiter. »Und jetzt?«

»Jetzt musst du nur warten, bis die Quarkspeise angeflogen kommt«, sagte ich. Ich war auch ein wenig aufgeregt. Was würde Mia tun, wenn sie uns entdeckte? Was würde ich an ihrer Stelle tun?

Ich nahm einen Schluck von meinem Möhren-Orangensaft.

»Du hast einen Bart«, sagte Ole.

»Wie bitte?«

»An der Oberlippe«, sagte Ole. »Vom Saft.« Er nahm eine Serviette und tupfte mir damit im Gesicht herum.

»Oh, das ist *gut*«, sagte ich. »Mia wird platzen, wenn sie das sieht.«

Ole ließ die Serviette sinken. »Mia kann mich mal. Ich mache das hier doch nicht wegen Mia. Du hast einen so süßen Mund, habe ich das schon gesagt?« Und dann küsste er mich. Ich war ein bisschen überrumpelt, aber ich spielte mit: Es war ein großartiger Filmkuss mit allem, was dazu gehörte. Und wir waren oscarverdächtig gut. Ich krallte mich mit einer Hand in Oles Blondhaar. Das hatte ich schon immer mal machen wollen.

Wir hörten erst wieder mit dem Küssen auf, als Oles Handy klingelte.

»Wow!« Ole nahm es ein wenig atemlos aus der Hosentasche. »Es ist Mia!«, flüsterte er.

»Super! Geh dran«, sagte ich. Hm, das war gar nicht übel gewesen. Jetzt bedauerte ich doch, dass ich in der vergangenen Nacht wie ein Stein geschlafen hatte.

»Hallo Schatz!«, sagte Ole. »Wie ist das Wetter in Stuttgart?«

Ich tat so, als ob ich mir den Schuh zumachen müsste, und schaute beim Bücken unauffällig hinter mich. Auf acht Uhr saß Mias Lover allein an einem Tisch, von Mia war nichts zu sehen. Der Lover sah ein wenig verloren aus, ja sogar verwirrt. Er drehte sich nach allen Seiten um, als ob er jemanden suchen würde.

»Oh, hier ist es fantastisch«, sagte Ole. »Ich jogge gerade eine Runde durch den Park.« Er zwinkerte mir zu. »Gestern Abend? Ach, nichts Besonderes. Ein paar Privatrechnungen geschrieben und ferngesehen. Und du? Ja, das verstehe ich. So eine Fortbildung ist immer fürchterlich anstrengend. Die Luft ist zum Schneiden in diesen Konferenzräumen. Wann fährst du denn los? Willst du heute Abend noch zu Caroline und Bert zum Kochabend, oder gehen wir einfach was essen? Ja, wie du willst. Fahr vorsichtig, Schatz. Ich liebe dich. Bis nachher.« Er drückte auf die Aus-Taste und ließ das Handy wieder in seiner Hosentasche verschwinden. »Wie war ich? Wo ist sie?«

»Ich schätze mal draußen in der Lobby«, sagte ich. »Ihr Liebhaber guckt sich immer noch nach ihr um. Offenbar hat sie uns gesehen und ist hinausgestürmt, um dich anzurufen.«

»Geschieht ihr recht«, sagte Ole. »Mal ehrlich, Gerri, sieh ihn dir an: Was hat dieser Typ, was ich nicht habe?«

Wieder klingelte ein Handy. Diesmal war es das von Mias Lover. Er sprach hinein und verließ dann den Wintergarten.

»Haha«, sagte ich. »Das war Mia. Sie hat ihm wohl gesagt, dass sie heute nicht frühstücken kann. Jetzt tut sie mir ja fast leid. Sie steckt echt in der Zwickmühle.«

Ole fasste meinen Kopf mit beiden Händen. »Du bist wunderbar, Gerri!«

»Gern geschehen«, sagte ich.

Ole machte Anstalten, mich erneut zu küssen. Ich machte mich von ihm los.

»Hey!«, sagte ich. »Es guckt doch keiner mehr.«

»Aber …«, sagte Ole.

»Kein Aber! Dein Plan hat funktioniert!« Ich stand auf. »Ich habe

zwar keine Ahnung, was du damit erreicht hast oder was als Nächstes passiert, aber ich muss mich jetzt wieder um mich kümmern.«
Und zwar musste ich als Erstes zurück in das Hotelzimmer und meine Tabletten vom Boden aufsammeln.

Nur noch schnell dieses köstliche Stückchen Elsässer Winzerkäse essen – hm, lecker!

Ole sah zerknirscht aus. »Ich verstehe, dass du erst mal was Abstand brauchst«, sagte er. »Das ist schon alles eine sehr verfahrene ... Na ja, es ist ein riesiges Durcheinander. Und da ist ja auch noch dieser Joe.«

»Genau«, sagte ich. Ich nahm auch noch das Stück *Morbier Royal* hoch, legte es aber wieder zurück auf den Teller. Was machte ich denn da? Ich hatte wahrhaftig schon genug Zeit mit Essen vertrödelt. Energisch schulterte ich meine Handtasche. »Mach's gut, Ole. Es war eine sehr – interessante Zeit mit dir. Aber jetzt habe ich es wirklich eilig.«

Und das stimmte ja wohl auch. Während ich hier aus dem Raum sprintete, war der Briefträger vielleicht schon dabei, meinen Abschiedsbrief in den grün lackierten Briefkasten meiner Eltern zu werfen. Ich musste nach Novosibirsk, und zwar so schnell wie möglich.

»Gerri, dieser Joe ist nicht gut für dich. Du suchst dir immer die falschen Männer aus«, sagte Ole noch, aber ich tat so, als hörte ich das schon nicht mehr.

Im Foyer sah ich im Augenwinkel eine rothaarige Person hinter eine Säule springen, aber ich schaute mich nicht nach ihr um, sondern rannte weiter, die Treppe hinauf. Als ich im dritten Stock ankam, fiel mir ein, dass ich wohl besser unten nach dem Zimmerschlüssel gefragt hätte, aber die Tür von Zimmer Nummer 324 stand offen.

Was für ein Glück! Dann musste ich nicht noch einmal hinunter und den Leuten an der Rezeption irgendeine Geschichte auftischen.

Ich rannte direkt in ein Wägelchen mit Putzmitteln hinein. Hinter dem Wägelchen schaute mich eine kleine dralle Frau verwundert an.

Sie hatte einen Staubsauger geschultert und einen Staubwedel unter die Achselhöhle geklemmt.

»Nicht Staub saugen!«, rief ich völlig atemlos. »Das ist mein Zimmer!«

»Dieses Zimmer ist nicht bewohnt«, sagte das Zimmermädchen. »Ich habe es gerade für die nächsten Gäste fertig gemacht.«

»Was denn – schon? Wir waren doch gerade mal eine Stunde weg!«, schrie ich sie an. »So was gibt es doch gar nicht!«

»Hatten Sie etwas vergessen?«, fragte das Zimmermädchen.

»Ja, allerdings!«

»Was denn?«

»Meine …« Diese blöde Kuh! Sie würde doch wohl gemerkt haben, dass sie dreiunddreißig Schlaftabletten aufgesaugt hatte! Plop-plop-plop … Aber was sollte ich tun? Ihr den Staubsauger entreißen und den Staubsaugerbeutel aufschlitzen?

Das Zimmermädchen sah mich kopfschüttelnd an und schob sich mit dem Wägelchen und dem Staubsauger an mir vorbei.

Ich blieb mit hängenden Armen im Zimmer stehen.

Ich hatte verloren. Meine Fahrkarte ins Jenseits war in einem Staubsaugerrohr verschwunden.

Und überall in Deutschland waren die Briefträger unterwegs.

Liebe Tine, lieber Frank,

nur ganz kurz und in aller Deutlichkeit: Mein Testament ist in keiner Weise anfechtbar. Ich wünsche, dass Chisola die Perlenkette, das Notebook und den iPod bekommt, und zwar ohne Diskussionen und ohne dem Kind deswegen ein schlechtes Gewissen zu machen. Von mir aus kauft Arsenius und Habakuk auch je eine Perlenkette, ein Notebook und einen iPod von eurem eigenen Geld, aber denkt mal darüber nach, warum ihr die Jungs eurem Mädchen vorzieht und wohin permanente Benachteiligung den Geschwistern gegenüber führen kann (sic!).

Und noch etwas: Es mag ja Kühe geben, die ähnliche Essgewohnheiten haben wie ihr, aber unter Menschen ist es allgemein unüblich, etwas bereits Gegessenes noch einmal zu essen. Und wenn ihr euch fragt, warum bei euch nie jemand vom Salat nimmt, dann könnt ihr das auf Tines Bemerkung vergangenen Sommer zurückführen. Ich zitiere: »Ja, diese Schüssel ist wirklich ihr Geld wert. Wir nehmen sie einfach für alles, als Salatschüssel, als Puddingschüssel, als Fußbad und als Kotzschüssel, wenn wieder mal Magen-Darm-Grippe umgeht.« Na, noch Fragen?

Ich hätte wohl noch einiges zum Thema »Gute Sitten und Manieren« zu schreiben, aber ich muss noch fünf andere Abschiedsbriefe schreiben, ein Hotelzimmer buchen und den Kühlschrank abtauen.

Liebe Grüße

Eure sehr beschäftigte Gerri

Zehn

Natürlich konnte ich auch ohne Schlaftabletten in einen Zug nach Irgendwo steigen. Ja, genau genommen war das die einzige Alternative. Denn so viel stand fest: Nach Hause konnte ich jetzt nicht mehr. Ich konnte überhaupt nirgendwo mehr hin, wenn alle meine Briefe gelesen hatten.

Und was hatte ich nicht alles geschrieben!

Zum Beispiel an Tante Evelyn! Wenn sie herauskriegte, dass ich gar nicht tot war, dann würde sie mich eigenhändig erwürgen. Wahrscheinlich waren weder Volker noch Onkel Korbmacher darüber erfreut, dass Volker nicht Onkel Korbmachers Sohn war. Und Tante Evelyn natürlich schon gar nicht.

Oder an diesen Adrian von Aurora. Ich wusste es nicht mehr ganz genau, aber ich war ziemlich sicher, dass ich ihm meine Brüste beschrieben hatte. Oh mein Gott!

Was hatte ich getan? Und was sollte ich jetzt tun? Ich brauchte ein gutes Versteck. Aber wo konnte ich hin? Mir fiel nur ein einziger Mensch ein, bei dem ich jetzt überhaupt noch aufkreuzen konnte.

»Gerri-Mausilein«, rief Charly aus. »Das ist aber eine schöne Überraschung. Ulrich, stell noch einen Teller auf den Tisch. Gerri ist zum Frühstück gekommen.«

»War die Post noch nicht da?«, fragte ich.

»Doch, gerade gekommen«, sagte Charly zurück. »Ich habe ein Paket von *Babyland* bekommen. Lauter süße kleine Anziehsachen. Und Nippelöl. Wollte ich gerade auspacken und ausprobieren. Warum hast du eine Reisetasche dabei?«, fragte Charly.

»Weil – tja, ich kann nicht mehr zurück in meine Wohnung«, sagte ich. »Meine Tante würde mich dort mit einem Kruzifix erschlagen.«

»Was hat die Alte denn wieder? Hast du vergessen, das Treppengeländer zu polieren?«

Ulrich – nur mit Boxershorts bekleidet – schlug mir auf die Schulter. »Guten Morgen, altes Haus. Kaffee?«

»Ja, bitte«, sagte ich und ließ mich in einen der Korbstühle fallen, die um den alten Küchentisch herumstanden. Auf dem Tisch stand ein dickes himmelblau-rosa gestreiftes Paket, und darauf lagen zwei Briefe, und einer davon war von mir.

»Gut, Charly trinkt nämlich neuerdings Fencheltee«, sagte Ulrich.

»Das würdest du auch, wenn dir so übel wäre wie mir«, sagte Charly und setzte sich neben mich. »Das mit der Morgenübelkeit ist übrigens voll gelogen. Mir ist den ganzen Tag schlecht.«

»Mir auch«, sagte ich und starrte auf meinen Brief. Ich konnte ihn mir schnappen und aufessen. Das hatte ich in der Schule auch mal gemacht, mit einem Zettel, den Charly mir zugesteckt hatte.

»Her mit dem Zettel, Fräuleinchen«, hatte Rothe gebrüllt. »Na, wird's bald! Ich zähle bis drei. Eins, zwei …«

Bei »drei« hatte ich mir den Zettel in den Mund geschoben. Es ging nicht anders, denn darauf stand: *»Rothe ist ein sadistisches, neofaschistisches Hängebauchschwein«*, und das war leider wahr.

»Weißt du noch, wie ich dich damals vor Rothe gerettet habe, Charly?«, fragte ich. »Ich musste hundertmal schreiben: *In Deutschland ist Papier nicht zum Essen da.*«

»Ja, dieser Mann hatte wirklich mittelalterliche Methoden drauf«, sagte Charly. »Dabei war er höchstens vierzig, damals. Muss man sich mal überlegen. Wenn ich Pech habe, bekommt mein Kind ihn auch noch als Lehrer. Oh, was ist das denn? Ein Brief von dir, Gerri? Für mich? Hättest du nicht anrufen können?« Sie lachte.

Mir fiel das Herz endgültig in die Hose. »Weißt du, Charly, ich habe vergangene Woche ziemlich viel getrunken … Lies es doch einfach später.«

Aber Charly nahm den Brief ganz begeistert aus seinem Umschlag und faltete ihn auseinander. Ihr Blick wanderte auf meinen Zeilen hin und her. »Warum schreibst du … Ja ja, das stimmt leider … Doch, doch, Rost desinfiziert wohl …« Sie kicherte, dann wurden ihre Augen unvermittelt feucht, das war wohl die Stelle, an der ich geschrieben hatte, dass sie das Beste war, das mir jemals passiert war, und dass ich ihrer Tochter auch eine Freundin wie sie wünschen würde. »Och, *schön*! Ulrich, Gerri hat mir einen Liebesbrief geschrieben. Ach, Gerri, stimmt das? Das ist ja so süß!«

Ich biss mir auf die Lippen.

»Auf so nette Ideen kommst auch nur du …« Jetzt runzelte sie die Stirn, sie hatte offenbar das P. S. erreicht. Die letzten Sätze las sie laut vor. »Lieber eine Wurzelbehandlung ohne Betäubung als Charly *Somewhere over the rainbow* singen zu hören. Deshalb komm auch bitte nicht auf die Idee, bei meiner Beerdigung Ave Maria zu singen oder so. Ich möchte keinesfalls, dass die Leute an meinem Grab einen Grund zum Lachen haben. *Was soll das denn?*«

Ulrich sah mich schockiert an. »Gerri!«

»Ich … ich …«. Ich wusste nicht, was ich sagen sollte.

Charly sah wütend aus. »Stimmt das, Ulrich? Hast du das wirklich gesagt?«

»Äh, ja, vielleicht mal – so dahergesagt«, sagte Ulrich. »Aber Gerri …«

»Aber du hast es nicht ernst gemeint!«, sagte Charly.

»Also, puh, wenn du mich so direkt fragst, so ein bisschen ernst habe ich es schon gemeint«, sagte Ulrich. »Aber frag doch lieber mal, warum Gerri dir …«

»Ja, was soll das denn heißen, ich kann nicht singen?«, fiel Charly ihm ins Wort. »Ich bin eine gefragte Interpretin. Ich habe … haufenweise Aufträge. Nächstes Wochenende, da singe ich zum Beispiel wieder auf einer Hochzeit. Weißt du, wie viele Ave Marias ich schon in Kirchen gesungen habe? Und wie oft *Saving all my Love to you* und *Candle in the Wind*. Das kann man schon gar nicht mehr zählen.«

»Das stimmt«, sagte Ulrich. »Aber deshalb hat Gerri wohl nicht …«

»Vielleicht ist dir ja mal aufgefallen, dass du überall nur einmal singst«, sagte ich und guckte dabei auf den Boden. »Niemand bucht dich zweimal.«

»Ja, weil ich eben überwiegend auf Hochzeiten singe, und man heiratet ja nicht so oft im Leben«, sagte Charly. »Das Gleiche gilt für Beerdigungen. Ulrich, *du* weißt doch noch, wie ich beinahe diesen Plattenvertrag bekommen hätte, oder? Diese Firma war nicht irgendeine! Die haben die größten Stars unter Vertrag, und sie wollten *mich*!«

»Ja«, sagte Ulrich. »Das war aber, bevor sie dich singen gehört haben.«

Charly war sprachlos.

»Tut mir leid«, sagte ich.

»Ja, mir auch!«, sagte Charly. »Zehn Jahre stecke ich jetzt in diese Karriere, und jetzt erst kommt jemand auf die Idee, mir zu sagen, dass ich überhaupt nicht singen kann? Tolle Freunde, muss ich sagen.«

»Natürlich kannst du singen«, sagte ich. »Nur eben nicht gut.«

»Nicht gut genug, meinst du! Jetzt stehe ich da mit dreißig und habe keinen Beruf.«

»Du hast doch mich«, sagte Ulrich.

»Ach, halt den Mund«, blaffte Charly ihn an. »Ihr beide habt keine Ahnung von Musik, ihr seid vollkommen unmusikalisch.«

»Du aber auch«, sagte ich.

»Und du sei ganz still«, schnauzte Charly mich an. »Schöne Freundin! Um mir so was zu sagen, musst du mir doch keinen Brief schreiben! Keine Angst, auf deiner Beerdigung werde ich nicht singen! Da werde ich tanzen …« Sie stockte und schaute wieder auf den Brief. »Was soll überhaupt der Scheiß mit der Beerdigung …? Und warum schenkst du mir deine Rosenkissen?«

Ich schaute wieder auf den Boden.

»Oh mein Gott!«, sagte Charly.

»Ich habe gleich gewusst, dass was nicht stimmt, als du hier reinkamst«, sagte Ulrich. »Du hast diesen Milchkännchenblick draufgehabt.«

»Gerri?« Charly sah mich mit großen Augen an, die Hand auf die Herzgegend gelegt. »Sag *bitte*, dass du das nicht tun wolltest.«

»Ich wollte es tun«, sagte ich. »Du hast ja keine Ahnung.«

»Sag bitte, dass du das nicht tun wolltest«, wiederholte Charly, diesmal drohend.

»Es tut mir leid. So sollte das nicht laufen. Ich hatte das genau geplant. Aber dann hat das Zimmermädchen alles aufgesaugt.« Ich fing an zu weinen. »Und jetzt haben die Leute meine Abschiedsbriefe bekommen, und ich habe keine Ahnung, was ich machen soll!«

»Wenn hier einer heulen darf, dann ich!«, schrie Charly mich an. »Du hättest mir das doch nicht angetan! Ich bin schwanger! Hast du auch *einmal* an mich gedacht?«

»Ich – aber, hey, ich lebe doch noch«, sagte ich.

»Gott sei Dank«, schrie Charly und zerquetschte mich im gleichen Moment beinahe mit ihrer Umarmung. »Gott sei Dank!«

✉

Es dauerte über eine Stunde, bis ich Charly und Ulrich die ganze Geschichte erzählt hatte, und Charly musste dazwischen siebenmal aufspringen und sich übergeben, davon fünfmal beinahe und zweimal richtig.

Dabei fasste ich mich so kurz wie möglich und vermied alle philosophischen Aspekte der Katastrophe. Auch erzählte ich nicht allzu detailliert von Ole und mir – zum Beispiel erwähnte ich nicht, dass wir beide mehr oder weniger nackt gewesen waren –, ich erzählte nur, wie er mich unwissentlich davon abgehalten hatte, die Tabletten zu schlucken, und wie er mehr oder weniger dafür gesorgt hatte, dass die Dinger auf dem Boden gelandet und aufgesaugt worden waren.

Während Ulrich sich vor allem für die Geschichte mit Mia und Ole interessierte (»Dieses rothaarige Luder hat also tatsächlich eine Affäre?«), begriff Charly trotz ihrer Übelkeit, dass die Mia-und-Ole-Sache nur eine Nebenhandlung darstellte und sich das wahre Drama erst noch ereignen würde.

»In diesem Augenblick sind also alle deine Freunde und Verwandten der Ansicht, dass du dich umgebracht hast«, sagte sie.

»Nein, nur die, die einen Brief von mir bekommen haben«, sagte ich. »Das sind allerdings ziemlich viele.«

»Deine Eltern?«

»Hm, ja.«

»Ja, bist du denn von allen guten Geistern verlassen?«, rief Charly aus. »Die bekommen doch einen Infarkt! Du rufst jetzt sofort da an und sagst, dass du noch lebst.«

Ich schüttelte den Kopf. »Das kann ich nicht tun«, sagte ich. »Meine Mutter bringt mich um.«

»Aber das wolltest du doch«, sagte Ulrich.

»Das *musst* du tun«, sagte Charly. »Du weißt, ich kann deine Mutter nicht ausstehen, aber das hat sie nun wirklich nicht verdient.« Sie sprang auf und hielt mir das Telefon hin. »Los, ruf an.«

»Ich traue mich aber nicht«, sagte ich.

»Ruf du an«, sagte Ulrich zu Charly. »Gerri ist im Augenblick nicht ganz zurechnungsfähig, kapierst du das denn nicht? Sie hat das wirklich ernst gemeint. Sonst hätte sie nicht all diese Briefe abgeschickt.«

»Ich kann nicht glauben, dass sie das wirklich tun wollte«, sagte Charly. »Sie wollte nur … Sie wollte uns nur alle ein wenig wachrütteln! Es war eine dumme, spontane Idee, nicht wahr, Gerri?«

Ulrich schüttelte den Kopf. »So ist Gerri nicht, Charly. Sie überlegt sich alles immer ganz, ganz genau. Sie braucht Hilfe.«

»Auf keinen Fall gehe ich in eine Psychiatrie«, sagte ich. »Wenn du das meinst!«

»Natürlich nicht«, sagte Charly.

»Da gehörst du aber hin«, sagte Ulrich. »Schon um zu verhindern, dass du dich vor den nächsten Zug wirfst.«

»Aber ich bin nicht der Anna-Karenina-Typ, ich bin der Marilyn-Monroe-Typ«, versicherte ich ihm. »Ich brauche Schlaftabletten, und die sind im Staubsaugerbeutel des Zimmermädchens vom *Regency Palace*. Ich bin also nicht akut gefährdet.« Was war ich doch dämlich gewesen! Ich hätte den Staubsaugerbeutel doch an mich reißen sollen. Dann säße ich jetzt in einem Zugabteil und würde die Tabletten aus dem Hoteldreck sortieren, Stück für Stück. Das war vielleicht nicht schön, aber es war wenigstens eine Perspektive.

»Okay, ich rufe jetzt bei deinen Eltern an«, sagte Charly. »Damit wir eine noch schlimmere Katastrophe verhindern.«

»Ich gehe solange ins Bad«, sagte ich.

»Auf keinen Fall«, sagte Ulrich und packte mich beim Ellenbogen. »Da sind Scheren.«

»Ich bin auch nicht der Harakiri-Typ«, sagte ich und sah sehnsüchtig zu dem Messerblock auf der Anrichte hinüber. »Ich wünschte, ich wäre es.«

Charly hatte schon die Nummer meiner Eltern gewählt. »Ja, guten Morgen, Frau Thaler, hier ist Charly, Charlotte Marquard. *Die schreckliche Charlotte.* Hören Sie, Frau Thaler, falls Sie die Post schon geöffnet haben ... – Haben Sie noch nicht? Gut, dann tun Sie es auch am besten nicht ... Ja, ein Brief von Gerri, genau, den sollten Sie zulassen, weil – Gerri hat sich da einen blöden, also, der Brief ist ein blöder Scherz, nein, *zulassen!* Lesen Sie ihn gar nicht erst. Verdammt, warum hören Sie denn nicht ... Gerri geht es gut, wirklich, sie steht hier neben mir. Ja, ich weiß auch nicht, was das soll, aber ... na ja, da hat sie schon Recht, Sie haben wirklich immer gemeine Sachen über ihre Haare ... lesen Sie nicht weiter, wie gesagt, die Tabletten hat sie einem Zimmermädchen ... sie steht hier gesund und munter ... ja, aber der Klaus war *wirklich* ein absolutes Ekelpaket, niemand, der seine fünf Sinne beisammen hatte, hätte ihn auch nur mit der Zange ... nein, die Hanna Koslowski hat mit sechzehn noch Ponyhof-Bücher gelesen und *I love Black Beauty* auf ihr Mäppchen gekritzelt, *hallo?* Hören Sie bitte ... – ja, das sage ich ihr, auch wenn das vielleicht nicht der richtige Zeitpunkt ... Aber Sie sollten vielleicht auch ... *Frau Thaler!* Sie sollten jetzt besser die Leute anrufen, denen Gerri sonst noch Abschiedsbriefe zugeschickt hat, damit keine Panik ... ja, ich kann Sie verstehen ... nein, sicher wird Großtante Hulda Sie deswegen nicht aus ihrem Testament streichen ... aber das ist doch ein ehrenwerter Beruf, da könnten Sie stolz drauf sein, meine Mutter würde platzen vor … aber … – ach, wissen Sie was? Kein Wunder, dass Gerri Depressionen hat! Sie sind eine fürchterliche Mutter, und das wollte ich Ihnen schon immer mal gesagt haben.«

Charly drückte die Austaste und warf Ulrich das Telefon zu. »Diese dämliche Kuh denkt wieder mal nur an sich! Immerhin brauchen wir uns keine Sorgen zu machen, dass sie einen Infarkt bekommt. Sie ist stinkesauer auf Gerri.«

»Ich schätze, da ist sie nicht die Einzige«, sagte Ulrich. »Was um Himmels willen hast du den Leuten denn geschrieben, Gerri?«

Ja, was um Himmels willen hatte ich den Leuten denn geschrieben?

»Ich *muss* nach Novosibirsk«, flüsterte ich. »Ich muss mich irgendwo verstecken.«

Das Telefon in Ulrichs Hand klingelte.

»*Bitte* versteck mich!«, sagte ich.

»Gerri, ich halte es für besser …«, begann Ulrich.

»*Bitte!!*«

»Aber Gerri, mit solchen Anwandlungen ist nicht zu spaßen. Eine psychiatrische Intervention …«

»Sie bekommt das Kinderzimmer«, fiel Charly ihm ins Wort. »Dort habe ich sie Tag und Nacht im Visier.«

»Danke«, sagte ich. »Danke, danke, danke!«

✉

Im Haus meiner Tante war alles still. Wir schlichen uns geduckt an den seitlichen Fenstern vorbei und kletterten mit leisen Sohlen die Feuertreppe hinauf. Mein Herz klopfte bis zum Hals, und meine Hände zitterten so sehr, dass ich Mühe hatte, das Schlüsselloch zu treffen.

»Ich weiß gar nicht, warum ich mir das antue«, flüsterte ich. »Wenn Tante Evelyn mich erwischt, ist alles aus.«

»Du brauchst aber deine Sachen«, flüsterte Charly zurück. »Wenn ich allein gegangen wäre, dann könnten sie mich wegen Diebstahl verhaften. Und auf jeden Fall wird deine Tante heilfroh sein, dass du doch nicht tot bist.«

»Du kennst meine Verwandtschaft nicht«, sagte ich.

Als es mir endlich gelungen war, die Tür aufzuschließen, sahen wir, dass uns schon jemand zuvorgekommen war. Tante Evelyn eben. Sie saß an meinem Küchentisch und steckte mit beiden Händen in meinem Schmuckkästchen.

Sie erschrak mindestens so sehr wie ich. Ich blieb wie angewurzelt stehen und starrte sie an, meine Tante starrte zurück.

Nur Charly behielt die Nerven und sagte: »Guten Tag! Lassen Sie sich nicht stören. Wir wollten nur ein paar Sachen holen. Und keine Angst, das ist nicht Gerris Geist, es ist Gerri selber.«

»Das sehe ich«, zischte Tante Evelyn. »Dorothea hat schon angerufen und mir gesagt, dass du dir nur einen gottlosen Scherz erlaubt hast. Ich selber habe sowieso keine Minute daran geglaubt.«

»Tut mir leid«, stotterte ich. »Ich wollte nicht …«

»Deine Mutter macht die Hölle durch«, sagte Tante Evelyn. »Sie muss überall anrufen und den Leuten erklären, dass du selbst zum Schlaftablettenschlucken zu dämlich bist.«

»Na, hören Sie mal«, sagte Charly.

»Wenn das Großtante Hulda erfährt«, sagte Tante Evelyn.

»Was machst du eigentlich in meinem Schmuckkästchen?« Ich war zwischen Scham, Angst und Wut hin- und hergerissen.

»Nichts«, sagte Tante Evelyn. »Dass das von vorneherein klar ist: Das ist jetzt nicht mehr deine Wohnung. Du hast sie gekündigt. Und mit dem, was du getan hast, hast du jegliches Recht verspielt, hier zu wohnen.«

»Aber das sind trotzdem immer noch Gerris Sachen«, sagte Charly. »Und Gerris Schmuck.«

Tante Evelyn klappte das Kästchen zu. »Wollt ihr mir etwa unterstellen, dass ich an diesem billigen Tinnef hier interessiert bin?«

»Es sah ganz so aus«, sagte Charly.

»Du hast nicht gefunden, was du gesucht hast, nicht wahr?« Ich machte einen Schritt auf Tante Evelyn zu. Ich wusste genau, was in ihr vorging. »Der Aquamarinring und die Perlenkette waren nicht darin.«

»Blödsinn! Obwohl sie mir von Rechts wegen zustünden«, sagte Tante Evelyn. »Das weißt du auch ganz genau.«

Charly hatte beschlossen, Tante Evelyn zu ignorieren. Sie holte meinen Reisekoffer aus der Nische und warf ihn aufs Bett. »Mensch, Gerri, viele Sachen hast du ja nicht mehr! Was hast du denn mit dieser Wohnung gemacht?«

»Ausgemistet«, sagte ich, ohne Tante Evelyn aus den Augen zu lassen.

»Deine Mutter tut mir ehrlich leid«, sagte Tante Evelyn. »Mit so einer Tochter gestraft zu sein. Gottloser Wechselbalg, ich hab's immer gesagt.«

Jetzt nahm allmählich die Wut überhand. »Sag nicht immer Wechselbalg zu mir, Tante Evelyn!«

»Aber das ist doch nicht böse gemeint«, sagte Tante Evelyn. »Du warst immer schon so überempfindlich. Nimm dich selber doch mal ein bisschen weniger wichtig.«

»Hast du zum Thema Wechselbalg schon ein bisschen in meinem Bio-Buch geschmökert, Tante Evelyn?«

»Du meinst, wegen der infamen Anspielungen in deinem Brief?« Tante Evelyn verschränkte die Arme. »Selbst ein Blinder kann sehen, dass Volker Reiners Sohn ist, die Haare, die krummen Beine, die Nase – falls du dachtest, damit Zwietracht säen zu können, muss ich dich enttäuschen: Dein Gift hast du umsonst verspritzt.«

»Du musst es ja wissen, Tante Evelyn«, sagte ich und nahm mein Laptop vom Schreibtisch. »Dieser Mendel hatte sicher überhaupt keine Ahnung.«

Charly öffnete die Kommodenschublade. »Aber ein paar Unterhosen wirst du doch wohl noch haben?«

»Nur die schönen«, sagte ich.

»Das sind nur drei«, sagte Charly.

»Ja«, sagte ich und bedauerte zutiefst, all die hautfarbenen Bauch-

Weg-Unterhosen weggeworfen zu haben, die mich ein Vermögen gekostet hatten.

»Die Wohnung muss umgehend geräumt werden«, sagte Tante Evelyn. »Und gestrichen werden muss sie auch. Das wäre ja noch schöner, wenn du sie so verwohnt hinterlassen würdest und uns die ganze Arbeit dafür aufbürdest. Und die Miete für die nächsten drei Monate bist du uns auch schuldig.«

»Hallo! Jetzt machen Sie aber mal 'nen Punkt«, sagte Charly. »Ihre Nichte hat gerade einen Selbstmordversuch hinter sich, und anstatt sich zu freuen, dass sie noch lebt …«

»Das ist doch alles nur Show«, sagte Tante Evelyn. »Damit sie endlich mal im Mittelpunkt steht. So wie damals, als sie mit voller Absicht das Meißner Porzellan zerstört hat. Ich kenne dieses Kind seit seiner Geburt, ich weiß, wozu sie fähig ist.«

Jetzt reichte es mir aber. »Hat Onkel Korbmacher meinen Brief eigentlich gelesen?«, fragte ich. »Oder Volker?«

Tante Evelyn antwortete nicht. Sie sagte: »All die Jahre haben wir dich hier bei uns aufgenommen, und so dankst du es uns!«

»Also nicht«, sagte ich. »Ich würde es ihnen auch nicht unbedingt zeigen. Obwohl, wenn Volker in der Schule im Bio-Unterricht aufgepasst hat, ist er sicher schon mal über seine Augenfarbe gestolpert. Vielleicht hat er es verdrängt.«

»Du willst tatsächlich mit deinen infamen, falschen Anschuldigungen eine glückliche Familie zerstören, nicht wahr?« Tante Evelyns Augen glimmten förmlich.

Charly, die alles in den Koffer gestopft hatte, was ihr in die Finger geraten war, hielt inne und sah mich erwartungsvoll an.

»Ich will keine glückliche Familie zerstören«, sagte ich. »Aber ich will weder die nächsten drei Monatsmieten bezahlen noch hier renovieren müssen. Wenn du darauf bestehst, dann bestehe ich darauf, Onkel Korbmacher ein bisschen Nachhilfe in Vererbungslehre zu geben. Oder Großtante Hulda.«

»Das ist Erpressung«, zischte Tante Evelyn.

»Wenn ich sagen würde, dass du mir jeden Monat 1000 Euro überweisen sollst, *dann* wäre das Erpressung«, sagte ich. »Und mir kannst du es doch sagen. Wer war denn der Glückliche?«

»Infam!«, sagte Tante Evelyn.

Charly zog den Reißverschluss des Koffers zu und hievte ihn vom Bett. »Den Rest holen wir morgen«, sagte sie.

»Ich tippe ja auf Onkel Fred«, sagte ich. »Von der Augenfarbe her würde es auf jeden Fall gut passen.«

Tante Evelyn sagte nichts mehr.

Liebe Britt,

leider muss ich das Klassentreffen absagen, da ich kommenden Freitag an einer Überdosis Schlaftabletten versterben werde und deshalb nicht kommen kann.

Sicher bist du brennend an meinem Werdegang interessiert, damit du dich wie üblich wichtiger machen kannst als du bist. Nun gut, ich habe nichts zu verbergen!

Ich bin unverheiratet, habe keinen Freund und seit Jahren keinen richtigen Sex mehr gehabt. Ich wohne zur Miete in einer Einzimmerwohnung, habe mein Germanistikstudium im ersten Semester abgebrochen und seit dem Abitur genau viereinhalb Kilo zugenommen. Alle meine Freunde sind glücklich verheiratet und/oder haben zauberhafte Kinder. Ich fahre einen vierzehn Jahre alten Nissan-Micra, habe bereits vier weiße Haare und gucke mir abends am liebsten Jane-Austen-Verfilmungen auf DVD an. Einmal in der Woche gehe ich bei meiner Tante putzen. Seit zehn Jahren schreibe ich Liebesromane für den Aurora-Verlag. Meine Pseudonyme sind Juliane Mark und Diana Dollar, aber leider im Augenblick nicht mehr gefragt. Mein aktueller Vermögensstand beträgt minus 498 Euro 29 Cent. Außerdem bin ich neurotisch depressiv und habe nie einen Beatle gewonnen. Zufrieden?

Übrigens war das NICHT ich, die dir damals die Zöpfe in Bastelleim getaucht und an der Stuhllehne festgeklebt hat, auch wenn du Rothe das so glaubhaft vermittelt hast. Ich musste damals trotz aller Unschuldsbeteuerungen hundertmal *»Ein deutsches Mädchen darf nicht auf die Haarpracht eines anderen neidisch sein«*, schreiben, und du hast hämisch durch deine Krokodilstränen gegrinst. Als ob ich mir jemals deine fusseligen platten Haare gewünscht hätte! Trotzdem verrate ich den wahren Schuldigen auch heute nicht – solidarisch bis in den Tod!

Gerri Thaler geborene Breitmaulfroschfresse

Elf

Unten an der Feuertreppe saß Johannes Paul auf seinem Bobbycar und versperrte uns den Durchgang.

»Ge-ha-ri-hi? Stimmt das, was meine Mama gesagt hat?«

»Nein, bestimmt nicht. Die redet nur Müll«, sagte Charly. »Mach Platz, Petrus. Das hier ist schließlich nicht das Himmelstor.« Sie kicherte über ihren Witz, aber Johannes Paul verzog keine Miene.

»Ich heiße Johannes Pa-haul. Petrus ist mein Bruuuuh-der. Ge-ha-ri-hi? Stimmt das, was meine Mama gesagt hat?«

»Sag mal, bist du taub, Leiermann?«, sagte Charly. »Wir wollen hier vorbei!«

»Was hat deine Mama denn gesagt?«, fragte ich.

»Sie hat gesagt, dass du Jesus nicht lieb hast«, sagte Johannes Paul.

»Aber ... – Ich habe Jesus wohl lieb«, sagte ich ziemlich heftig.

»Fahr dein blödes Auto zur Seite, sonst lasse ich das Notebook fallen«, sagte Charly. »Das wird dann teuer für deine Mama!«

»Aber Mama sagt, dass du Jesus sehr traurig gemacht hast«, sagte Johannes Paul, während er langsam rückwärts rollte. »Was hast du denn gemacht, dass Jesus traurig ist?«

»Ich ... ich habe ... Jesus ist nicht traurig«, stotterte ich.

»Genau«, sagte Charly. »Der ist härter im Nehmen, als du denkst. Und großzügig ist er auch. Das kannst du deiner Mama ruhig mal sagen.«

»Was hast du denn gema-hacht?«, fragte Johannes Paul.

Hilla erschien im Küchenfenster. »Komm zum Essen, Johannes Paul«, sagte sie und sah mich kühl an. Charly übersah sie völlig. »Für ein Kind ist das schwer zu verstehen, dass jemand das wunderbare Leben, das er von Jesus geschenkt bekommen hat, einfach so wegwerfen will. Ehrlich gesagt ist es auch uns Erwachsenen unverständlich.«

Ich hatte das dringende Bedürfnis, mich zu verteidigen. Ich wusste nur nicht wie.

»So wunderbar ist mein Leben aber nicht«, sagte ich. »Es ist sogar ziemlich … Es ist ein fürchterliches Leben. Aber dafür mache ich Jesus nicht verantwortlich.«

»Dein Leben hast du aus Gottes Hand, aber was du daraus machst, liegt in *deiner* Verantwortung«, sagte Hilla.

»Na ja, vielleicht zu fünfzig Prozent«, sagte ich.

Aber da stemmte Hilla die Hände in die Hüften. »Fürchterlich? *Fürchterlich? Du nennst dein Leben fürchterlich?* Du bist doch gesund, oder? Du hast ein Dach über dem Kopf und bist immer satt geworden, oder?« rief sie unerwartet temperamentvoll, und ihre Augen funkelten mich voll gerechtem Zorn an. »Weißt du, wie vielen Menschen auf der Welt es schlecht geht? Wie viele Menschen in einem Staat leben, wo Krieg herrscht, Hunger und Armut? Wie viele Menschen sich einen gesunden Körper wünschen würden? Du versündigst dich gegen Gott, wenn du nicht zu würdigen weißt, wie gut es dir geht.«

Ich biss mir auf die Lippen.

»Weißt du, wie du mir auf die Nerven gehst«, sagte Charly und zog mich am Ellenbogen weiter. »Selbstgerechte Religionsfanatikerin! Weißt du, wie viel Kohle deine Kinder für Therapien ausgeben müssen, wenn sie erwachsen sind? *Ihr macht Jesus traurig, wenn ihr euch streitet. Ihr macht Jesus traurig, wenn ihr Krach macht. Ihr macht Jesus traurig, wenn ihr Pipi in die Hose macht!* Wenn sich hier einer versündigt, dann doch wohl du! Nur du merkst das nicht mal. Komm, Gerri, wir hauen hier ab, bevor sie noch anfängt, mit Weihwasser um sich zu spritzen.«

Im Auto weinte ich.

»Hilla hat doch Recht«, schluchzte ich. »Wenn sich jeder umbringen würde, dem es schlechter geht als mir, wäre das Überbevölkerungsproblem mit einem Schlag gelöst.«

»Klar, es gibt immer welche, denen es schlechter geht«, sagte Charly. »Iss dein Gemüse, die Kinder in der dritten Welt wären froh, wenn sie überhaupt was zu essen hätten. Jammer nicht über dein aufgeschlagenes Knie, denk an die Menschen, die überhaupt keine Beine mehr haben. Weine nicht, weil deine Katze tot ist, die arme Katerina Lemuskaja hat beim Massaker von Wladiwostok ihren Mann, ihre Söhne und ihre Töchter verloren.«

Ich hatte wohl länger keine Zeitung mehr gelesen. »Wer ist denn Katerina Lemuskaja, und was war das für ein Massaker in Wladiwostok?«

Charly seufzte. »Keine Ahnung, das habe ich gerade erfunden. Ich will damit nur sagen, dass es keine Messlatte für Unglück gibt. Unglück ist relativ.«

»Arme Katerina Lemuskaja«, sagte ich und weinte ganz bitterlich über Katerina Lemuskajas schweres Schicksal, auch wenn es sie gar nicht gab. Und dann fing auch noch mein Backenzahn wieder an zu schmerzen.

Nicht alle Leute waren sauer auf mich, weil ich noch lebte. Ein paar freuten sich auch. Das sagte jedenfalls Ulrich, der die meisten Telefonanrufe an diesem Wochenende entgegennahm. Meine Schwestern riefen an, Caroline und Bert, Marta und Marius, Tante Alexa und Cousin Harry. Alle wollten mir sagen, dass sie froh waren, dass ich noch lebte. Das jedenfalls behauptete Ulrich. Ich wagte mich nicht ans Telefon, ich schüttelte nur stumm den Kopf, wenn er mir den Hörer hinhielt. Ich konnte unmöglich mit jemandem sprechen. Ich schämte mich in Grund und Boden. Und ich war ziemlich sicher, dass weder Tante Alexa noch Cousin Harry etwas Nettes zu mir hatten sagen wollen. Wahrscheinlich auch Lulu und Tine nicht.

»Gerri ruft später zurück«, sagte Ulrich und machte sich Notizen wie eine gute Sekretärin. Ab und zu gab er mir eine kleine Zusammenfassung: »Lulu fragt, ob du noch die E-Mail-Adresse von einem gewissen *hammerhart31* hättest und ob die einunddreißig das bedeutet, was sie denkt, dass es bedeuten soll. Tine will wissen, welche Batterien der MP3-Player braucht, und Cousin Harry hat gesagt, dass du jetzt doch nicht zwischen Franziska und Onkel Gustav an der Reihe bist, sondern erst nach einer gewissen Gabi, die kurzfristig doch zugesagt hat.«

Das ganze Wochenende saß oder lag ich in Charlys Übungsraum – dem künftigen Kinderzimmer – auf dem Sofa und starrte an die Wand oder die Decke. Die Jalousien waren herabgelassen, und ich konnte nicht sehen, ob es Tag oder Nacht war. War im Grunde auch egal.

Ich hätte es nicht für möglich gehalten, aber jetzt ging es mir tatsächlich noch viel schlechter als vor dem Selbstmord. Vor dem misslungenen Selbstmord, meine ich. Von wegen gute Planung! Auf mein angebliches Organisationstalent brauchte ich mir wirklich nichts einzubilden. Eine gute Planung schloss immer auch das Unvorhersehbare mit ein, das hätte mir doch klar sein müssen. Ich hätte zumindest einen Plan B schmieden sollen.

Wenigstens hatten die Zahnschmerzen wieder aufgehört.

Ich starrte an die Decke. Vor ein paar Jahren hatten wir das Zimmer mit Eierkartons isoliert, damit die Nachbarn nicht von Charlys Gesang gestört wurden. Sie sahen etwas seltsam aus, wie sie so dicht an dicht an der Wand und der Decke klebten, und Charly hatte sie zu allem Überfluss dunkellila und cremeweiß angesprüht.

»Obwohl es ja sehr praktisch ist, so ein Kinderzimmer gegen Schall zu isolieren, würde ich doch mal über eine Neugestaltung ohne Eierkartons nachdenken«, sagte ich, als Charly wieder mal hereinkam und sich neben mich auf das Sofa fallen ließ.

»Du meinst, so in hellblau mit Wölkchen?«, fragte Charly. »Ja, daran habe ich auch schon gedacht. Ich habe ja Zeit ohne Ende, jetzt, wo ich nur noch in der Badewanne singen werde.«

»Es tut mir ehrlich leid, Charly. Ich weiß, wie viel Spaß dir das Singen macht. Ich hätte es dir nicht verderben sollen.« Ich seufzte.

»Mir machen noch einen Haufen andere Dinge Spaß«, sagte Charly. »Und leider hast du Recht: Ich bin wirklich nicht mal mittelmäßig. Ich hätte es mir ja viel früher eingestanden, wenn mich auch mal ein anderer darauf aufmerksam gemacht hätte. Aber so sind die Menschen: Die wirklich wichtigen Sachen sagen sie einander nicht. Ich finde, du bist da mit gutem Beispiel vorangegangen. Ich habe eben meinen Vater angerufen und ihm gesagt, dass er dringend mal was gegen seinen Mundgeruch unternehmen soll.«

»Und da war er doch sicher nicht erfreut«, sagte ich.

»Nein, aber wenn er ein bisschen darüber nachgedacht hat, wird er froh sein, dass ich es ihm gesagt habe. Alle riechen es, aber keiner gibt ihm eine Chance, es zu ändern, das ist doch nicht fair, oder? Wir sollten uns alle nicht immer mit der Wahrheit verschonen. Gerri, willst du nicht was essen?«

Ich schüttelte den Kopf.

»Du denkst doch nicht nur die ganze Zeit darüber nach, wie du es noch mal tun kannst?«, fragte Charly.

»Nicht die ganze Zeit«, sagte ich. »In der Restzeit versuche ich mich zu erinnern, wem und was ich alles geschrieben habe.«

»Aber das wird doch vielleicht noch im Computer stecken«, sagte Charly. »Oder hast du es gelöscht?«

»Natürlich«, sagte ich. »Ich habe fast alles gelöscht, ausgemistet und weggeworfen. Ich wollte, dass nur die *echten* Dinge übrig bleiben, weißt du?«

»Schon klar«, sagte Charly. »Das hat aber auch etwas Gutes. Du hast dich jetzt allen Ballastes entledigt und kannst völlig neu anfangen.«

»Ohne Job, ohne Geld, ohne Wohnung«, sagte ich. »Und wo doch alle sauer auf mich sind.«

»Nur deine bescheuerte Familie ist sauer. Und was den Job angeht: Du kannst dir was anderes suchen, bei einem anderen Verlag«, sagte Charly. »Weißt du, vielleicht kann *ich* ja wirklich nicht singen, aber *du* kannst wirklich schreiben!«

»Ja, aber ich *darf* ja nicht«, sagte ich. »Und nachdem ich meinen

Cheflektor in einem dreiseitigen Pamphlet beleidigt habe, dürfte ich mir da auch die allerletzte klitzekleine Chance verdorben haben.« Ich schlug die Hände vor das Gesicht. »Dabei fand ich ihn wirklich nett.«

Ulrich machte die Tür auf und steckte seinen Kopf herein. »Caro und Bert sind da«, sagte er.

»Ich will niemanden sehen«, sagte ich, aber da drängte sich Caroline schon an Ulrich vorbei und fiel vor dem Sofa dramatisch auf die Knie, um mich zu umarmen.

»Gerri, oh mein Gott, was hast du mir für einen Schrecken eingejagt, ich bin so froh, dass du es nicht getan hast, ich hätte mir niemals verziehen, dass ich nichts gemerkt habe, ich dachte immer, du bist glücklich, du bist doch so ein fröhlicher, wunderbarer Mensch, und alle haben dich gern, die Kinder vor allem, was meinst du denn, warum wir dich als Patin für Flo wollten, ich fand das immer so beruhigend, mir vorzustellen, dass du dich um sie kümmern würdest, wenn uns was passieren würde, ach, Gerri …«

»Tut mir leid«, murmelte ich.

»Hier, dein Ring«, sagte Caroline. »Er ist wunderschön, es ist süß, dass du ihn für Flo vorgesehen hast, aber mir wäre es lieber, du würdest ihn ihr erst in vierzig Jahren oder so geben …«

Sie schob mir den Aquamarin auf den Ringfinger.

»Und was ist mit dem Kaninchen?«, fragte ich. »In vierzig Jahren ist es dafür vermutlich etwas spät.«

Caroline seufzte. »Na ja, am Ende muss ja doch immer ich die Arbeit machen … Aber Platz genug haben wir ja, und Florine ist wirklich schon ziemlich vernünftig … Ja, ich denke, sie wird ihr Kaninchen bekommen.«

»Wenigstens etwas«, sagte ich.

Bert lehnte sich gegen den Türrahmen. »Ulrich sagt, du hast deinen Job verloren. Warum hast du nichts davon gesagt? Bei uns in der Firma suchen sie immer jemanden fürs Büro. Da würdest du allemal so viel verdienen wie mit dem Schreiben.«

»Das wäre …«, sagte ich und räusperte mich. »Danke.«

»Und was die Männer angeht – hey, Gerri, eine so hübsche, witzige und patente Frau wie du heiratet noch früh genug«, sagte Bert.

»Genau«, sagte Ulrich.

»*Du* wolltest mich schon mal nicht«, sagte ich.

»Nein, *du* wolltest *mich* nicht«, sagte Ulrich.

»Ja, weil du mich nicht wolltest«, sagte ich.

»So lange es noch so ist, solltest du deine Freiheit genießen«, sagte Bert. »Es ist auch nicht immer toll, eine Familie und eine Hypothek an der Backe zu haben. Manchmal würde ich alles dafür geben, nur um einmal wieder sonntags ausschlafen zu können.«

»Blödmann«, sagte Caroline. »Das ist eine typisch männliche Denkweise. Aber natürlich ist da was Wahres dran, Gerri. Guck mal, was für einen Spaß man als Single haben kann, denk nur mal an Bridget Jones.«

»Schlechtes Beispiel«, sagte Charly. »Die hatte am Ende immerhin Colin Firth.«

»Aber nur im Film«, sagte Caroline.

»Ja, aber denk nur mal an all die Ehen, die nicht funktionieren«, sagte Bert. »Ihr wisst es noch nicht, aber bei Mia und Ole kriselt es gewaltig.«

»Ach ja?«, fragte Charly.

»Oh ja«, sagte Bert und nickte. »Ole war gestern Abend bei uns und hat ein paar ganz eindeutige Andeutungen gemacht. Mia …«

»… das Flittchen«, ergänzte Caroline.

»… betrügt ihn«, sagte Bert. »Und Oles Weste ist wohl auch nicht ganz weiß. Scheiße, sah der Mann fertig aus. So habe ich ihn noch nie gesehen.«

»Na ja, er hat aber auch einen Schock gekriegt, als wir ihm das mit Gerri erzählt haben«, sagte Caroline. »Er ist schneeweiß im Gesicht geworden.«

»Das stimmt«, sagte Bert. »Er hat mindestens fünfmal nachgefragt, ob wir uns ganz sicher seien, und wollte alle Einzelheiten wissen.«

»Tatsächlich«, sagte Charly. »Und wo war Mia?«

»Mit Migräne zu Hause im Bett«, sagte Bert. »Angeblich fix und fertig von ihrer Fortbildung.«

»Sie ist ein Biest«, sagte Caroline. »Ich hab's immer gesagt. Aber jetzt müssen wir wieder, der Babysitter ist nur für eine Stunde da.« Sie küsste mich auf die Wange. »Mach's gut, Gerri, und ihr beiden, passt gut auf sie auf.«

»Das tun wir«, sagte Charly und legte sich die Hand auf den Magen. »Wenn ich nicht gerade kotzen muss.«

»Haha«, sagte Caroline. »Die Kotzerei ist das reinste Kinderspiel gegenüber dem, was noch auf dich zukommen wird.«

✉

Ich wäre gern für immer auf dem Sofa in Charlys Wohnung sitzen geblieben, aber mir war schon klar, dass das nicht möglich war. Eigentlich hatte ich nur drei Möglichkeiten, und davon gefiel mir keine einzige: Entweder ich versuchte es noch einmal, oder ich ließ mich in eine Anstalt einweisen, oder ich lebte irgendwie weiter.

Sonntagabend kam Ulrich wieder mit einem Zettel ins Zimmer und las mir vor: »Deine Mutter lässt dir ausrichten, dass du morgen früh um acht bei ihr auf der Matte stehen sollst, oder du bist die längste Zeit ihre Tochter gewesen. Ob du dir im Entferntesten vorstellen könntest, was für eine Hölle sie im Augenblick deinetwegen durchmachen müsse. Wenn sie noch einmal am Telefon auf deine geschmacklosen und feigen Eskapaden angesprochen werden würde, müsse man sie wegen Herzproblemen in eine Klinik einweisen.«

»Gut«, sagte Charly. »Da gehört sie meiner Meinung nach auch hin.«

»Das Mindeste, was du tun kannst, ist selber ans Telefon zu gehen und dein Verhalten zu erklären, sagt deine Mutter«, sagte Ulrich.

»Oh, *Mist!*«, sagte ich.

»Du musst doch nicht hingehen«, sagte Charly. »Lass die Alte doch toben.«

»Aber du kennst sie nicht. Sie meint das ernst«, sagte ich. »Ich kann ihr niemals mehr unter die Augen treten.«

»Na und? Schlimmstenfalls kann sie dich enterben, und dann bekommst du keinen Keramikleoparden! Oooooh, wie schade«, sagte Charly.

»Aber sie hat ja Recht. Ich verhalte mich wirklich feige«, sagte ich.

»Das finde ich nicht«, sagte Charly. »Ich finde dich sogar sehr mutig. All diese Briefe zu schreiben und dann doch am Leben zu bleiben ...«

»Das war doch keine Absicht«, sagte Ulrich. »Mensch, Charly, wie oft soll ich dir das noch erklären?«

»Doch, doch«, sagte Charly unbeirrbar. »Ihr unterschätzt das Unterbewusstsein, Leute! Das ist immer stärker als wir. Und Gerris Unterbewusstsein wollte leben! Es wollte Zoff! Es wollte Action. Es hatte diese ganze höfliche, verlogene Scheiße satt.«

»Toll«, sagte ich. »Und jetzt muss ich das alles ausbaden. Ich hasse mein Unterbewusstsein.«

Aber vielleicht hatte Charly sogar Recht: Denn obwohl ich mich am liebsten auf dem Sofa verkrochen hätte, weckte mein Unterbewusstsein mich am nächsten Morgen früh und zerrte mich aus dem Bett. Es wollte wohl wirklich Zoff.

Pünktlich um acht Uhr klingelte ich an der Haustür meiner Eltern.

Mein Vater öffnete mir die Tür. Er sah irgendwie müde aus und ein bisschen älter als sonst.

»Hallo, Papa«, sagte ich.

»Hallo, Gerri«, sagte mein Vater. Er verzog keine Miene. Er machte auch keinerlei Anstalten, mich wie sonst zu umarmen und zu küssen. »Deine Mutter ist in der Küche.«

»Weißt du, das bin nicht ich, die hier vor dir steht«, sagte ich. »Das ist mein Unterbewusstsein.«

Im Gesicht meines Vaters rührte sich nichts. »Deine Mutter will dich nicht sehen. Sie hat gerade Blumen geliefert bekommen. Von Großtante Hulda.«

»Oh«, sagte ich. »Ich dachte, ihr hättet Großtante Hulda Bescheid gesagt, dass ich mich … doch nicht … Soll ich wieder gehen?«

»Wage es ja nicht!«, rief meine Mutter aus der Küche. »Sie soll reinkommen!«

»Komm rein«, sagte mein Vater.

»Großtante Hulda war das Wochenende über nicht da«, rief meine Mutter aus der Küche. »Ich habe es ihrer Haushälterin gesagt, ich habe sie angefleht, dass sie deinen Brief vernichtet, aber diese polnische Schlampe hat so getan, als verstünde sie mich gar nicht …«

»Tut mir leid«, sagte ich. Mein angeblich zoffliebender Persönlichkeitsanteil hatte sich wieder vollends im Untergrund verkrochen. Ich stand allein da, harmoniesüchtig wie eh und je.

»Ach, sei still«, sagte meine Mutter hinter der Küchentür. »Du rufst jetzt höchstpersönlich bei Großtante Hulda an und erklärst das alles, hast du mich verstanden? Die Nummer liegt neben dem Telefon.«

Mein Vater stellte mir mit steinernem Gesicht einen Stuhl aus dem Esszimmer neben das Telefon und verschwand dann im Wohnzimmer.

Ich wählte Großtante Huldas Nummer.

»Berkrschtflukmanskijov«, sagte jemand am anderen Ende der Leitung. Das war sicher die Haushälterin.

»Hier ist Gerri Thaler, ich bin die Großnichte von Frau Flugmann, ist sie im Haus?« Es war noch früh am Morgen, aber ich sehnte mich nach einem Wodka. Dummerweise waren die Alkoholika alle in der Küche, und da war auch meine Mutter. Sie hielt wahrscheinlich das Ohr an die Tür gepresst, um zu kontrollieren, ob ich auch wirklich meinen Job erledigte.

»Ja bitte?« Das war die kultivierte, jugendliche Stimme meiner Großtante.

Ich räusperte mich. »Hier ist Gerri.«

»Gerri?«

»Gerri, die jüngste Tochter deiner Nichte Dorothea.«

»Dorothea?«

Ich seufzte. »Die Gerri, die das Meißner Porzellan auf dem Gewissen hat, Großtante Hulda.«

»Ach, *die* Gerri. Danke für deinen netten und originellen Brief, Herzchen«, sagte Großtante Hulda. »Aber ich dachte, du hättest dich bereits umgebracht. Oh, da habe ich sicher etwas überlesen. Dummerweise habe ich deiner Mutter nämlich schon Blumen geschickt.«

»Ja, ich weiß, vielen Dank. Ähm, es ist jedenfalls so, dass ich noch lebe und dir sagen wollte, dass … meine Mutter ist jedenfalls ganz … Sie würde immer noch gerne … Also von allen Schwestern ist sie wirklich die …«

»Hörst du wohl auf damit!«, zischte meine Mutter hinter der Küchentür. Ich verstummte.

»Natürlich lebst du noch, sonst könntest du mich wohl schlecht anrufen, nicht wahr, Herzchen?« Großtante Hulda machte eine Pause. Ich hörte, wie sie sich einen von ihren Zigarillos anzündete. »Wie willst du es denn tun? Wird das nicht schwierig werden, wo doch jetzt alle wissen, was du vorhast?«

»Ich – also, ich wollte Schlaftabletten nehmen«, sagte ich. »Das wäre eine todsichere Sache gewesen. Ich hatte fünfunddreißig Stück, aber die habe ich – unter Umständen, die zu schildern jetzt wirklich viel Zeit in Anspruch nehmen würde – verloren.«

»Verloren?«

»Ein Zimmermädchen hat sie alle aufgesaugt.«

»Oh, ach so, ich verstehe, Herzchen. Das ist natürlich dumm gelaufen«, sagte Großtante Hulda. »Und etwas anderes konntest du auf die Schnelle nicht improvisieren?«

»Nein«, sagte ich.

»Na, das ist ja auch alles so *unappetitlich*. Und wenn man mal einen Knollenblätterpilz braucht, ist weit und breit keiner aufzufinden.« Kicherte Großtante Hulda etwa? »Willst du es denn noch einmal versuchen, Herzchen?«

Ich wusste die Antwort selber nicht. Wollte ich es noch einmal versuchen?

»Entschuldige dich endlich«, zischte meine Mutter hinter der Küchentür.

»Entschuldige bitte, Großtante Hulda«, sagte ich.

»Aber was denn, Herzchen?«

»Na ja, dass ich ... dass du ... diesen Brief bekommen hast«, stotterte ich.

»Ach, bitte, Herzchen! Das war doch mal eine nette Abwechslung. Und danke für all die vielen Hefte. Ich lese ja sonst so etwas nicht ...«

»Natürlich nicht«, sagte ich bitter. Alle lasen sie nur Kafka und Thomas Mann.

»... aber die Bilder gefallen mir. Wie diese Frau sich hier nach hinten biegt in ihrer Schwesterntracht, also wirklich, sehr gelenkig. Und der junge Mann hat einen unglaublichen Brustkorb. Und wie finster er dreinschaut. Herrlich. Ich glaube, ich werde jetzt ein bisschen darin schmökern. Arrivederci, mein Herzchen.«

»Äh, ja, arrivederci, Großtante Hulda.«

»Das war schon alles?«, rief meine Mutter aus der Küche. »Was hat sie gesagt?«

»Schöne Grüße«, sagte ich. »Kann ich jetzt wieder gehen?«

»Kommt gar nicht Frage«, rief meine Mutter. »Du wirst den ganzen Tag an diesem Telefon sitzen und die Anrufe entgegennehmen. Diese Suppe hast du uns eingebrockt, und es ist nur gerecht, wenn du sie auch selber auslöffelst.«

»Warum schaltest du nicht einfach den Anrufbeantworter ein?«, schlug ich vor.

»Weil das alles nur noch schlimmer macht«, sagte meine Mutter. »Dann muss ich zurückrufen ... Nein, nein, du wirst den Leuten direkt und persönlich am Telefon erklären, dass das alles ein großer Irrtum war und ich überhaupt nichts damit zu tun habe.«

»Du meinst, ein Irrtum im Sinne von ... äh ...?«

»Im Sinne von ... Lass dir verdammt noch mal was einfallen!«, schrie meine Mutter. »Ich habe einen Ruf zu verlieren.«

Ich machte es mir also auf dem Stuhl gemütlich und hoffte sehr, dass das Telefon gar nicht klingeln würde. Aber leider klingelte es ziemlich bald. Der erste Anrufer war Frau Köhler, die Mutter von Klaus Köhler.

»Ich habe mir gleich gedacht, dass das ein übler Scherz war«, sagte sie, als sie erkannte, wen sie am Telefon hatte. »Du hattest immer schon einen eigenartigen Sinn für Humor.«

»Entschuldige dich!«, zischte meine Mutter hinter der Tür.

»Entschuldigung«, sagte ich.

»Bei Klaus solltest du dich entschuldigen«, sagte Frau Köhler. »Wie du dessen Gefühle mit Füßen getreten hast! Du wirst ja leider niemals selber einen Sohn haben, sonst würdest du früher oder später erfahren, wie weh das einer Mutter tut, wenn sie miterlebt, wie ihrem Sohne das Herz aus dem Leib gerissen wird ... Wenn ihm die Illusionen geraubt werden, dass es in der Welt gerecht zugeht!«

»Aber ich hatte Ihnen doch geschrieben, wie das gewesen ist, Frau Köhler!«, sagte ich. »Eigentlich hat Klaus mir die Illusionen geraubt!«

»Mein liebes Mädchen«, sagte Frau Köhler, wobei klar war, dass sie mich kein bisschen lieb fand. »Wie du es auch drehst und wendest, es wird wohl immer ein Schandfleck in deinem Lebenslauf bleiben, dass du gleich mit zwei Jungs zum Abschlussball verabredet warst. Aber ich habe Dorothea immer gewarnt: Die Frühreifen, die kleinen Flittchen, das sind die Sitzengebliebenen von später.«

Und die stinkenden Nasebohrer sind die Shooting-Stars von morgen, oder was? Ich war kein Flittchen gewesen! Überhaupt nicht frühreif. Ich hatte mit sechzehn noch nicht herausgehabt, wie man einen Tampon benutzt. Aber wozu das Frau Köhler auf die Nase binden?

»Entschuldige dich!«, zischte meine Mutter hinter der Tür.

»Nochmals Entschuldigung«, sagte ich und legte auf. »Warum meint Frau Köhler, dass ich keine Kinder bekommen werde, Mama? Denkt sie auch, ich sei lesbisch?«

»Um Kinder zu bekommen, braucht man einen *Mann*«, sagte meine Mutter hinter der Tür. »Und nachdem, was du getan hast, will *dich* keiner mehr haben. Keiner, der seine acht Sinne *halbwegs* beisammen hat. Was meinst du, wie froh der Klaus ist, dass *dieser* Kelch an ihm vorübergegangen ist! Ach, ich schäme mich in Grund und Boden.«

Acht Sinne? Klaus Köhler verfügte über acht Sinne? Sehen, hören, riechen, schmecken, tasten, stinken, Nase bohren – aber was konnte der achte Sinn sein?

Der nächste Anrufer war meine Tante Alexa. »Nanu, Gerri-Kind, du bist zu Hause? Ich dachte, deine Mutter würde dich nie wieder über die Schwelle lassen?«

»Doch, aber nur bis in den Flur«, sagte ich.

»Entschuldige dich«, zischte meine Mutter.

»Entschuldige, Tante Alexa«, sagte ich.

»Aber wofür denn?«, fragte Tante Alexa. Oh, stimmte ja, ihr hatte ich überhaupt keinen beleidigenden Brief geschrieben.

»Entschuldige, dass ich das Meißner Porzellan zerstört habe«, sagte ich.

»Ach, vergeben und vergessen«, sagte Tante Alexa. »Ich habe Dorothea immer schon gesagt, dass ihre Erziehungsfehler sie irgendwann einholen werden. Herrgott, Gerri-Kind, so macht man so was doch nicht! Man *hinterlegt* doch höchstens Abschiedsbriefe für den Fall des Ablebens, aber man verschickt sie nicht schon *vorher!* Meine Claudia würde sich hoffentlich niemals so dämlich anstellen.«

Sie war unmöglich, wie alle meine Tanten. Aber sie hatte Recht. Das war wirklich absolut stümperhaft von mir gewesen: Hätte ich die Abschiedsbriefe nicht weggeschickt, hätte ich jetzt nicht all diesen Ärger am Hals. Zusätzlich zu all dem Ärger, den ich vorher schon gehabt hatte.

»Hat Großtante Hulda sich schon gemeldet?«, fragte Tante Alexa.

»Sie hat Mama Blumen geschickt«, sagte ich.

»Oh, tatsächlich?« Sie lachte herzlich. »Und weiß sie auch schon, dass du die Schlaftabletten von deiner eigenen Mutter bekommen hast?«

»Nein«, sagte ich.

»Na, dann werde ich ihr das doch gleich mal erzählen«, sagte Tante Alexa und legte gut gelaunt auf.

Der dritte Anrufer war Gregor Adrian vom Aurora-Verlag.

»Hier bei Thaler«, sagte ich.

»Guten Tag, hier ist Adrian vom Aurora-Verlag«, sagte er mit warmer Bariton-Stimme. »Gerri Thaler hat für uns gearbeitet. Sind Sie verwandt mit Gerri Thaler?«

Ich konnte nichts sagen. Meine Knie waren plötzlich weich geworden. Gut, dass ich schon saß.

»Wer ist da?«, zischte meine Mutter hinter der Tür.

»Hallo? Sind Sie noch dran?«, fragte Adrian. »Also, wir von Aurora möchten unser Beileid aussprechen und … äh … Also, Gerri war ein ganz wunderbarer Mensch …«

»Aber Sie kannten sie doch gar nicht«, entfuhr es mir.

Einen Moment herrschte Schweigen am anderen Ende der Leitung, dann sagte Adrian: »Vielleicht nicht besonders gut. Aber doch immerhin gut genug, um sagen zu können, dass sie eine sehr begabte Autorin war.«

»Hahaha!«, sagte ich. »Und warum haben Sie dann die Norina-Reihe eingestellt? Warum haben Sie ihr nicht angeboten, für Lauros zu schreiben? Hm?«

»Weil – also, Lauros liegt leider nicht in meinem Entscheidungsbereich«, sagte Adrian. »Außerdem bin ich neu hier und konnte ja nicht wissen …« Er räusperte sich »Es ist noch ein bisschen früh, um … aber …« Wieder räusperte er sich. »Wann findet denn die Beerdigung statt?«

»Gar nicht«, sagte ich pampig.

»Wie bitte?«

»Gar nicht! Weil ich nämlich gar nicht tot bin.«

Wieder Schweigen, diesmal deutlich länger.

»*Gerri?* Ich meine, Frau Thaler? Sind Sie das selber?«

»Ja«, sagte ich trotzig.

»Sie sind also gar nicht tot?«

»Richtig«, sagte ich. »Was aber nicht heißt, dass ich es nicht gerne wäre.« Vor allem gerade in diesem Augenblick, der an Peinlichkeit wohl kaum noch zu überbieten war.

»Und – also, was sollte das dann alles? War das nur eine Art, äh, PR-Gag?«, fragte Adrian.

»Nein, war es nicht!«, schnauzte ich ihn an. Ich wusste auch nicht, warum ich ausgerechnet jetzt so wütend wurde. Und ausgerechnet bei ihm. »Ich hatte einfach Pech, okay? Wie immer! Das zieht sich wie ein roter Faden durch mein Leben. Meinen Sie, ich hätte Ihnen so einen Brief geschrieben, wenn ich gedacht hätte, dass ich Ihnen jemals wieder über den Weg laufe?«

Wieder war es einen Augenblick still am anderen Ende der Leitung. »Vermutlich nicht«, sagte Adrian dann.

Wir schwiegen eine Weile.

»Was habe ich denn geschrieben?«, fragte ich kleinlaut.

»Wissen Sie das denn nicht mehr?«

»Ich war betrunken«, sagte ich. »Und ich habe viele Briefe geschrieben.«

»Ich verstehe«, sagte Adrian.

»Entschuldige dich«, zischte meine Mutter hinter der Tür.

»Entschuldigung«, sagte ich mechanisch.

»Wofür genau?«, fragte Adrian.

»Was sind Sie – ein Sadist?«, rief ich aus. »Ich weiß nicht mehr genau, was ich Ihnen alles geschrieben habe, aber ich entschuldige mich dafür und nehme alles zurück, okay?«

»Oh, okay«, sagte Adrian. »Sie finden also nicht, dass ich einen miesen und sprachlich absolut indiskutablen Schreibstil habe und dass mein Plot absoluter Müll ist?«

»Äh – doch«, sagte ich. »Aber ich entschuldige mich dafür. Und ähm für all die anderen Dinge auch. Bekommt Lakritze jetzt Ärger, weil sie so viel aus dem Nähkästchen geplaudert hat?«

»Ich habe den Eindruck, Sie wissen wirklich nicht mehr, was Sie geschrieben haben«, sagte Adrian.

»Weiß ich auch nicht. Aber ich weiß noch, was Lakritze mir alles erzählt hat. Bekommt sie deswegen Ärger?«

»Nein«, sagte Adrian. »Das kann unter uns bleiben.«

Das war wirklich nett. »Danke. Ist sie sauer auf mich, weil ich mich umgebracht habe?«

»Hat sie auch einen Abschiedsbrief bekommen?«

»Nein.«

»Dann weiß sie von nichts«, sagte Adrian. »Sie hat heute Vormittag frei. Hören Sie, Gerri, ich habe Ihr Manuskript gelesen. Ich muss sagen, ich finde es gut. Es ist wirklich – *gut*!«

»Danke«, sagte ich verblüfft. *Er hatte sie aus Versehen bei ihrem Vornamen genannt, und aus unerklärlichen Gründen fing ihr Herz deshalb an zu rasen.*

»Ich finde auch Ihre Argumente sehr einleuchtend«, sagte Adrian. »Sie verstehen wirklich was vom Figurenzeichnen und Plots.«

»Habe ich doch gesagt«, sagte ich.

»Also, ich würde *Leas Weg in die Dunkelheit* gerne als ersten Ronina-Roman in den Druck geben«, sagte Adrian. »Deshalb habe ich eigentlich auch angerufen. Ich wollte mir das Einverständnis für eine posthume Veröffentlichung einholen und klären, wer das Honorar bekommt.«

»Ja, also, das wäre vielleicht wirklich ein bisschen früh für so etwas gewesen«, sagte ich und stellte mir vor, wie meine Eltern auf diesen Anruf reagiert hätten, wenn ich die Schlaftabletten wirklich geschluckt hätte. *Herzliches Beileid, und dürfen wir den Vampirroman Ihrer Tochter veröffentlichen? Von dem Geld können Sie einen schönen Sarg kaufen.*

»Ja, ich weiß«, sagte Adrian. »Aber ich wollte eben sofort wissen, wie es Ihnen geht.«

»Na, aber wenn ich doch tot gewesen wäre …«, sagte ich.

»Es hätte ja sein können, dass Sie nicht genug Schlaftabletten genommen hätten«, sagte Adrian, und jetzt klang er etwas gereizt. »Oder Sie wären rechtzeitig gefunden worden.«

»Aber …«, begann ich.

»Kein *Aber*, Kind!«, zischte meine Mutter aus purer Gewohnheit hinter der Tür.

175

»Das Honorar bekomme auf jeden Fall ich«, sagte ich. Das würde wenigstens mein Konto wieder ins Plus bringen.

»Gut«, sagte Adrian. »Das hätten wir also geklärt. Alles Weitere besprechen wir dann später.«

Ich wollte noch nicht, dass er auflegte. »Wären Sie zu meiner Beerdigung gekommen?«, fragte ich leise.

»Ich hätte einen Kranz geschickt«, sagte Adrian und legte auf.

Lieber Harry,

entschuldige bitte die Verspätung, aber ich hatte einfach zu viel mit den Vorbereitungen für meinen Selbstmord um die Ohren. Hier kommt aber endlich der Achtzeiler für die Festschrift zur Silberhochzeit deiner Eltern:

Alexa wollt' nen reichen Mann, holla hi holla ho
Machte sich an Fred heran, holla hihaho
Auto, Kinder, Hund und Haus, holla hi, holla ho,
alles sieht am besten aus, holla hi ha ho.

Wehe, 'nem andern geht es besser, holla hi, holla ho
Wetzt Alexa schon das Messer, holla hi ha ho.
Hat Fred es auch an der Prostata, holla hi, holla ho
ist das Leben ganz wunderbar, holla hihaho.

Herzliche Grüße in D-Dur von deiner Cousine

Gerri

P. S. Tut mir leid, dass ich dir gesagt habe, wenn man Seife isst, könnte man fliegen. Aber ich war ja selber noch klein und konnte nicht wissen, dass du Blödmann noch Jahre später überall Seife aus den Toiletten mopsen und in dich reinstopfen würdest. Du warst immerhin schon neun Jahre alt, als du – mit Seife gedopt – von Onkel Gustavs Garage gesprungen bist! Ehrlich, ich frage mich bis heute, wie du es mit diesen Anlagen zum promovierten Betriebswirt geschafft hast.

Zwölf

Meine Mutter ließ mich erst am Nachmittag wieder gehen, als auch noch die allerletzte ihrer Schwestern, Bridgedamen und Tanten angerufen hatte. (Meines Wissens hatte ich keiner von ihnen mehr einen Brief geschrieben, aber was sollte es? Ich entschuldigte mich bei allen.)

Obwohl meine Mutter in der Zeit mindestens dreimal an mir vorbeimarschierte (zum Beispiel zur Toilette), sah sie mich nicht an und sprach auch nicht mehr mit mir. Sie gab nur ab und an zischende Anweisungen durch die Tür. Zu essen und zu trinken bekam ich auch nichts.

Nach Schulschluss rief meine Schwester Lulu an. »Nanu, was machst du denn zu Hause? Ich dachte, Mama wollte dich nicht mehr über die Schwelle lassen.«

»Doch, leider«, sagte ich.

»Wo ich dich schon mal am Apparat habe: Erstens: Schön, dass du noch lebst, und zweitens: Dein Verdacht, Patrick betreffend, hat sich nicht bestätigt.«

»Dann ist es ja gut«, sagte ich.

»Ja«, sagte Lulu. »Patrick und dieser Typ, den du da aufgelesen hast …«

»*hammerhart31.*«

»Ja, der Perverse, also, die beiden haben jedenfalls nichts gemeinsam.«

»Nur das Aussehen«, sagte ich. »Vielleicht sind es astrologische Zwillinge, so etwas soll es geben.«

»Quatsch«, sagte Lulu. »Du hast da einfach etwas auf Patrick pro – ji – ziert!« Wenn Lulu mir gegenüber Fremdwörter benutzte, sprach sie sie immer besonders langsam aus. »*Hammerhart!* Du hast immer ein Händchen für die unmöglichsten Typen. Im *Internet*! Ich habe dir gleich gesagt, dass sich da nur Spinner und Perverse rumtreiben. Und jetzt gib mir mal Mama, ich muss was mit ihr besprechen.«

»Ja, aber mach nicht so lange, Großtante Elsbeth hat noch nicht angerufen«, sagte ich. »Ich weiß zwar nicht, wofür, aber ich muss mich dringend bei ihr entschuldigen.«

Ich entschuldigte mich auch bei meiner Mutter.

»Mama, es tut mir leid«, sagte ich, als uns wirklich keiner mehr einfiel, der noch anrufen konnte.

»So einfach geht das bei *mir* nicht«, sagte meine Mutter. »Du musst mal *nachdenken*, bevor du handelst.«

»Und wenn ich jetzt tot wäre?«, sagte ich.

»Das wäre genauso schlimm«, sagte meine Mutter.

Immerhin.

Bevor ich ging, suchte ich meinen Vater und fand ihn im Garten. Er setzte Zucchinipflänzchen ins Hochbeet.

»Papa? Sprichst du auch nicht mehr mit mir?«

»Worüber willst du denn sprechen, Gerri?« Er hatte immer noch sein Steingesicht aufgesetzt. »Das ist kein Spaß, weißt du?«

»Ich wollte niemandem weh tun«, sagte ich.

»Das ist doch lächerlich«, sagte mein Vater und sah plötzlich furchtbar wütend aus. »Wie willst du dir das Leben nehmen, ohne jemandem weh zu tun?«

»Ich dachte, es wäre nicht so schlimm für euch …« Dummerweise liefen mir schon wieder die Tränen über die Wangen. »In letzter Zeit ist es nicht besonders gut für mich gelaufen, Papa. Nicht nur ihr hattet ein anderes Leben für mich geplant – ich auch! Außerdem habe ich wohl eine gewisse neurotische Veranlagung und … obwohl ich gekämpft habe und geschuftet wie ein Ochse … war es am Ende der einzige Ausweg.«

»Wir bekommen nicht immer das Leben, das wir geplant haben«, sagte mein Vater. Auf seiner Stirn war die Ader angeschwollen, die sonst nur herauskam, wenn er beim Tennisspielen verlor. »Ich hatte sicher auch nicht geplant, dass meine jüngste Tochter mal versuchen würde, sich das Leben zu nehmen.«

»Wie gesagt, ich wollte niemandem weh tun«, sagte ich.

Mein Vater presste seine Lippen aufeinander.

»Und mal ehrlich, ich hätte doch niemandem von euch wirklich gefehlt!«, platzte es aus mir heraus. Aha, da war es doch wieder zum Vorschein gekommen, mein angeblich zofliebendes Unterbewusstsein. »Ich kann euch doch sowieso nie etwas recht machen. Ihr schämt euch für meine Haarfarbe und für meinen Beruf, ihr schämt euch dafür, dass ich noch keinen Mann gefunden habe. Ich weiß, dass ich eigentlich ein Junge hätte werden sollen. Du hast dir vier Mal einen Sohn gewünscht und immer nur eine Tochter bekommen. Mit jedem Mal ist deine Enttäuschung größer geworden. Aber man bekommt eben nicht das Leben, das man sich wünscht, nicht wahr? Man muss sich mit dem zufrieden geben, was man hat.«

Ich hatte mich so in Rage geredet, dass ich sogar wieder aufgehört hatte zu weinen. Mein Vater war offenbar so überrascht, dass er unfähig war, etwas zu erwidern.

»Na, wenigstens hast du ja jetzt Enkelsöhne«, sagte ich, drehte mich um und ging.

»Guck mal, wer hier ist«, sagte Charly, als sie mir die Tür öffnete.

Es war Ole. Er sah mich sehr ernst an, seine Augenbrauen waren in der Mitte zusammengezogen. Diesen Blick kannte ich gar nicht an ihm. Sonst sah er mich immer an, als wäre ich das Christkind höchstpersönlich, mit großen, strahlenden Blauaugen.

Na bitte, dann eben nicht! Er war ja nicht der Einzige, der mich finster anguckte. Daran konnte man sich gewöhnen.

»Wir müssen reden«, sagte Ole.

»Ich will mit niemandem reden«, sagte ich, machte einen Bogen um ihn herum und stapfte auf Charlys Übungsraum zu. Zwischen den Eierkartons wollte ich mal so richtig laut und ausgiebig heulen.

Außerdem sah ich nicht besonders gut aus. Meine Haare waren ungewaschen, ich war nicht geschminkt (es lohnte sich nicht – ich musste so viel heulen, dass sowieso immer alles gleich wieder verwischte), und ich hatte ein ausgeleiertes T-Shirt von Charly an, auf dem »Fuck yourself« stand.

»Sie kommt gerade von ihren Eltern«, erklärte Charly. »War es sehr schlimm, Gerri-Mausilein?«

Ich wollte es nicht, aber ich fing schon an zu heulen, bevor ich die Tür erreicht hatte.

»Rattenpack!«, schimpfte Charly. »Anstatt sich zu freuen, dass du noch lebst, und sich zu fragen, warum du das gemacht hast …«

»Warum hast du es gemacht, Gerri?«, fragte Ole.

»Ich *habe* es ja nicht gemacht«, sagte ich. »Das ist ja gerade mein Problem.«

»Du hattest dich also nur in diesem Hotel eingemietet, weil du dich umbringen wolltest?«, fragte Ole.

»Lass mich in Ruhe, Ole«, sagte ich und versuchte, die Eierkarton-tür zu schließen. »Du hast genug eigene Probleme, und da mischen wir uns ja auch nicht ein.«

Ole schob den Fuß zwischen die Tür. »Ich möchte nur ein paar Dinge klären.«

»Da gibt es nichts zu klären«, sagte ich. »Du warst einfach zur falschen Zeit am falschen Ort.«

»Zur richtigen Zeit am richtigen Ort«, verbesserte Charly. »Ohne Ole wärst du heute tot.«

»Ja, und schön wär's«, sagte ich.

Charly legte Ole die Hand auf die Schulter. »Sie braucht noch ein paar Tage. Am besten gehst du wieder.«

»Ja, gleich«, sagte Ole. »Ich habe nur noch ein paar Fragen. Was ist mit Joe?«

Ich sagte nichts, sondern presste nur die Tür gegen Oles Schuh.

»Hast du es seinetwegen getan?«, fragte Ole.

»Ach Ole! Joe ist doch nur ein Dings, ein, äh, Sarkonom«, sagte ich.

»Was?«

»Akropolis!«

»Hä?«

»Akronym«, sagte ich. »Was weiß ich, wie man so was nennt!«

»Anonym«, schlug Charly vor. »Pseudonym. Metapher.«

Ole runzelte die Stirn. »Ich verstehe immer noch nicht.«

»Ihr habt Joe selber erfunden«, sagte ich. »Ihr habt mir ein Rendezvous angedichtet, und das hat mir gefallen. Ein Rendezvous mit dem Tod. Wie in dem Film mit Brad Pitt.«

»*Rendezvous mit Joe Black*«, sagte Charly. »Sterbenslangweilig. Bis auf die Sexszene.«

»Also gibt es überhaupt keinen Joe?«, fragte Ole.

»Doch, massenhaft«, sagte ich gereizt. »Aber ich persönlich kenne keinen, nein. Geh jetzt nach Hause, Ole. Ich möchte allein sein.«

Aber Oles Schuh blieb hartnäckig in der Tür stehen. Es war ein feiner, teurer, handgenähter italienischer Schuh, und er litt sicher unter der schlechten Behandlung. »Woher hattest du die Tabletten?«

»Geschenkt bekommen«, sagte ich und trat Ole fest auf die Zehen. Er zuckte nicht mal mit der Wimper.

»Warum bist du in die Bar gekommen? Was wolltest du da?«, fragte er.

»Ein letztes Glas Champagner trinken«, sagte ich. »Ja, ich weiß, das war richtig blöde. Aber es ist nun mal passiert. Geh jetzt bitte!«

»Unfassbar!«, sagte Ole. »Wenn ich mir vorstelle, ich hätte wirklich ein Taxi genommen und wäre nach Hause gefahren …«

»Du hast Gerri das Leben gerettet«, sagte Charly warm.

»Ja«, sagte Ole und grinste schwach. »Irgendwie schon. Aber wenn ich doch nur gemerkt hätte, dass etwas nicht stimmt, dann könnte ich mir jetzt wenigstens was darauf einbilden.«

»Dafür bin ich dir jedenfalls ewig dankbar.« Charly küsste ihn auf die Wange, und Ole war vorübergehend abgelenkt. Ich nutzte die Gelegenheit, schob seinen Fuß aus dem Weg und knallte die Tür zu.

»Hey!«, rief Ole. »Ich war noch nicht fertig!«

»Lass sie«, sagte Charly. Trotz der Eierkartons konnte ich jedes Wort verstehen. »Sie macht eine Menge durch im Moment. Du natürlich auch. Es tut mir leid wegen der Sache mit Mia. Habt ihr euch ausgesprochen?«

»Das ist alles sehr kompliziert«, sagte Ole. Das konnte man wohl sagen.

»Liebt sie den anderen Mann?«, fragte Charly.

»Woher soll ich das wissen?«, fragte Ole. »Wir haben nicht über den anderen Mann gesprochen.«

»Aber sie weiß, dass du weißt, dass sie dich betrügt?«

»Weiß ich nicht«, sagte Ole. »Ich weiß nicht, was Mia so denkt. Wie gesagt, es ist alles sehr kompliziert. Wir sprechen in letzter Zeit nicht viel miteinander, Mia und ich.«

»Aber …«, sagte Charly. »Also, ich könnte das nicht aushalten! So etwas muss doch geklärt werden. Immerhin seid ihr miteinander verheiratet.«

»Ich weiß«, sagte Ole. »Deshalb bin ich ja hier.«

»Was hat denn Gerri damit zu tun?«, fragte Charly. »Ah, ich verstehe! Weil Mia denkt, dass du und Gerri was miteinander habt!«

»Wie gesagt, ich weiß nicht, was Mia denkt«, sagte Ole. »Und ich weiß auch nicht, was Gerri denkt.«

Gerri weiß auch nicht, was sie denkt, dachte ich, verließ meinen Horchposten hinter der Tür und legte mich aufs Sofa.

Nur eine Minute später kam Charly herein.

»Ole ist weg«, sagte sie. »Findest du auch, dass er sich merkwürdig benimmt?«

»Er denkt, wir hätten was miteinander gehabt«, sagte ich knapp.

Charly ließ sich neben mir auf das Sofa nieder. »Wie bitte?«

»Er war so betrunken, dass er nicht mehr wusste, was Wunsch und was Wirklichkeit war. Als er am Morgen nackt neben mir aufwachte, hat er sich einfach was zusammengereimt.«

»Wieso war er nackt?«, fragte Charly.

Ich zuckte mit den Schultern. »Er hatte keinen Schlafanzug dabei«, sagte ich.

»Aber man weiß doch, ob man Sex hatte oder nicht«, sagte Charly.

»Ach ja? Und wie war das damals mit diesem Seppel, als du Angst hattest, du könntest schwanger sein, nur weil du betrunken auf seinem Sofa eingeschlafen warst.«

»Kaspar hieß der«, sagte Charly. »Und das war was anderes. Da hatte ich einen echten Black-out.«

»Wahrscheinlich hatte Ole den auch«, sagte ich.

»Aber du hast ihm doch sicher erklärt, dass das alles Quatsch ist«, sagte Charly.

Ich zuckte wieder mit den Schultern. »Er hat mir nicht geglaubt.« Ich setzte mich auf. »Charly – ich halte das alles nicht mehr aus. Ich gehe lieber freiwillig in die Psychiatrie, als noch einmal jemandem unter die Augen treten zu müssen. Da ist es außerdem warm und trocken, und man gibt mir genug zu essen.«

»Blödsinn«, sagte Charly. »Ich finde, du hast einen Gewinn gemacht. Du hast den Leuten gesagt, was du von ihnen denkst, und jetzt trennt sich endlich die Spreu vom Weizen. Du hast nur noch mit den Menschen zu tun, die dir wirklich etwas bedeuten und die dich lieben.«

»Aber vor denen schäme ich mich auch«, sagte ich.

»*Schämen* – wie alt bist du eigentlich? Scham ist was für kleine Mädchen«, sagte Charly.

»Heute hat dieser Adrian vom Verlag bei meinen Eltern angerufen«, sagte ich. »Das ist der Mann, dem ich geschrieben habe, dass ich ihn sexy finde, dass seine Freundin nicht gut für ihn ist und dass unter meinen Busen kein Bleistift passt. Und da würdest du dich an meiner Stelle also nicht schämen?«

»Nein«, sagte Charly. »Ist doch alles wahr.«

»Aber ich kenne den Mann überhaupt nicht«, sagte ich.

»Umso weniger schlimm«, sagte Charly. »Was wollte er denn?«

»Er wollte einen Kranz zu meiner Beerdigung schicken und fragen, ob sie posthum den Vampirroman von mir veröffentlichen können.«

»Aber das ist doch großartig«, rief Charly. »Dann hast du wieder einen Job.«

»Ich sagte *Vampirroman*«, sagte ich in möglichst verächtlichem Tonfall.

»Wo ist das Ding?« fragte Charly.

Ich zeigte auf den Laptop. »Da drin. *Leas Weg in die Dunkelheit*. Aber lies es nicht, wenn du empfindlich auf Blut reagierst.«

Charly war ganz begeistert von Lea. Nachdem sie das Notebook aufgeklappt und das Programm hochgefahren hatte, verschlang sie die achtzig Seiten in weniger als einer Dreiviertelstunde. Die ganze Zeit über saß ich ihr gegenüber und staunte. Sie fieberte richtig mit. Einmal knabberte sie sogar an ihren Fingernägeln, und das machte sie sonst nur im Kino.

»Es ist großartig«, sagte sie, als sie fertig war. »Meine Güte, war das spannend. Wie geht es weiter? Werden Ronina und Sir Amos sich kriegen?«

»Na ja, das soll man sich in jedem Roman fragen«, sagte ich. »Die beiden habe ich so konzipiert wie Clark Kent und Lois Lane. Oder wie Remington Steele und Laura Hold.«

»Oh, verstehe«, sagte Charly. »Das sorgt für zusätzlichen Thrill. Wann schreibst du den nächsten?«

»Charly, ich schreibe keine Vampirromane. Das ist Müll!«

»Aber sehr spannender Müll«, sagte Charly. »Und seit wann hast du literarische Ansprüche? Nur weil du dich wie der Junge Werther verhältst, bist du noch lange nicht Goethe. Mal abgesehen davon, dass ich den Werther immer widerwärtig fand. Dieses selbstmitleidige Getue wegen dieser Charlotte. Ich würde zu diesem Adrian in den Verlag stiefeln und ihm sagen, dass du für ihn schreiben wirst.«

»Hm«, machte ich. »Aber diese Reihe enthält so viel hanebüchenen Blödsinn …«

»Na und? Du sagst ihm, dass du zu deinen Bedingungen arbeiten willst: kein hanebüchener Blödsinn und mehr Geld. Was hast du schon zu verlieren?«

»Hm«, machte ich wieder.

»Komm schon! Wenn er extra anruft, um den Roman einer Toten zu kaufen, also, dann muss er doch wirklich scharf auf das Ding sein. Weißt du, ich liebe deine Romane, wirklich, aber das hier, das ist nicht nur romantisch, es ist auch noch spannend. Und irgendwie jeck, mit diesen ganzen Bösewichten und den komischen Waffen und den magischen Portalen«, sagte Charly. »Also, ohne die anderen Romane abwerten zu wollen: Hier passiert richtig mal was. Stell dir nur mal vor, wie es wäre, wenn diese Abtrünnigen in der Klinik von Dr. Ohlsen einbrechen und dort die Blutreserven klauen würden. Wenn Kinderkrankenschwester Angela in Wirklichkeit eine Vampirfrau wäre und Oberarzt Goswin von einem Werwolf gebissen würde … – Mann, du könntest praktisch jeden deiner Romane in einen Vampirroman umwandeln! *Transformieren*, meine ich.«

Da war vielleicht etwas Wahres dran. Bei Lea war es mir ja auch ganz leicht gefallen.

Charly wurde plötzlich ganz eifrig. »Wie viele Romane hast du in den letzten zehn Jahren geschrieben?«, fragte sie.

»Zweihunderteinundvierzig«, sagte ich. »Mit *Leas Weg* zweihundertzweiundvierzig.«

»Da hast du es«, sagte Charly. »Material ohne Ende. Du streust nur noch ein bisschen Vampirismus zwischen die Zeilen …«

»Und ich habe sie alle auf CD-Rom«, sagte ich.

Charly lachte. »Aber deine Unterhosen hast du weggeworfen, du komische kleine Ordnungsfanatikerin, du. Wolltest, dass wir denken, du hättest nur kleine niedliche Tangas getragen. Da fällt mir ein: Was ist eigentlich mit dem Vibrator passiert, den ich dir geschenkt habe?«

»Oh, der…« Ich kratzte mich am Kopf. »Sicher hat Tante Evelyn sich den unter den Nagel gerissen.«

»Oh, ich *wusste* es!«, rief Charly. »Du hast ihn verschwinden lassen! Wer schon nicht zu seinen Unterhosen steht, der steht erst recht nicht zu seinem Vibrator! Weißt du eigentlich, wie teuer der war?«

✉

»Gerri Thaler. Ich habe einen Termin mit Lakritze«, sagte ich.

Die Empfangsdame runzelte die Stirn. »Mit Frau Krietze?«

»Ja. Und jetzt sagen Sie nicht, dass Sie sie nicht auch Lakritze nennen. Heimlich wenigstens«, sagte ich.

Die Empfangsdame schüttelte langsam den Kopf.

»Wirklich nicht? Gabrie – La – Krietze?« Ich sah sie ungläubig an. »Also, Sie müssten schon eine Heilige sein, wenn Sie nicht diesen Spitznamen für sie haben.«

»Wir nennen sie Tweedpo«, sagte die Empfangsdame widerstrebend.

»Tweedpo?«

»Wir benennen sie hier alle nach ihrem Hintern«, sagte die Empfangsdame. »Die netten sind Pos, die weniger netten Ärsche. Knochenarsch, Streifenpo, Donnerarsch, Lederarsch – die Ärsche überwiegen leider.«

»Oh! Na ja, das ist auch … Wie heißt denn der neue Cheflektor? Adrian?«

»Knackarsch«, sagte die Empfangsdame.

»Er ist wohl weniger nett«, sagte ich bedauernd.

»Nein, aber die Neuen sind grundsätzlich erst mal Ärsche«, sagte die Empfangsdame und nahm das Telefon. »Ich weiß gar nicht, warum ich Ihnen das jetzt alles erzählt habe! Frau Krietze, Gerri Thaler für Sie.«

Lakritze kam eine Minute später herunter und nahm mich mit in ihr Büro.

»Sekt?«

»Nein danke, mir ist das letzte Mal noch genau in Erinnerung«, sagte ich.

»Aber es hat Sie zu Höchstleistungen angespornt. Ich bin ganz begeistert von *Leas Weg in die Dunkelheit*«, sagte Lakritze. »Und der Junge ist es auch. Das muss man ihm ja lassen, er hat seinen eigenen Quatsch sofort zu Ihren Gunsten zurückgestellt. Wo bleibt er denn eigentlich?«

»Ich dachte, wir treffen uns in seinem Büro«, sagte ich.

»In dem kleinen Kabuff?« Lakritze lachte. »Also wirklich! Sollen wir die ganze Zeit über stehen? Ich sage Ihnen, das ist keine gute Ausgangsposition, um mehr Honorar zu fordern.«

Ich guckte offenbar verwundert, denn Lakritze setzte hinzu: »Na, kommen Sie schon, Kindchen, deshalb haben Sie doch wohl dieses Treffen gewollt, nicht wahr?«

»Nein, es geht um … – Meinen Sie, ich könnte mehr verlangen?«

»Aber natürlich«, sagte Lakritze. »Hundert mehr pro Roman dürften drin sein.«

Es klopfte, und Adrian kam herein. Jetzt hätte ich doch gern ein Glas Sekt gehabt, schon um mein Gesicht dahinter zu verstecken. Es lief nämlich gerade rot an, obwohl ich zu Hause in Charlys Übungsraum diesen Augenblick in Gedanken hundertmal durchgegangen war, um eben nicht rot zu werden.

»Der Trick ist ganz einfach«, hatte Charly gesagt. »Du darfst nur nicht daran denken, was du ihm alles geschrieben hast.«

Aber es ist sehr viel schwieriger, an etwas *nicht* zu denken, als man denkt. Sie haben zum Beispiel seit Monaten nicht mehr an ein Gürteltier gedacht, stimmt's? Schon gar nicht an ein Gürteltier, das einen Bikini trägt und Zigarre raucht, nicht wahr? Wenn ich Ihnen aber jetzt sage, denken Sie bitte *nicht* an ein Zigarre rauchendes Gürteltier im Bikini, was tun Sie dann? Genau.

»Guten Morgen«, sagte Adrian und gab mir die Hand. Ich versuchte, ihm möglichst unbefangen in die Augen zu sehen und nicht daran zu denken, dass er wusste, dass ich ihn sexy fand. Und das fand ich immer noch. Obwohl er kleiner war, als ich es mir vorgestellt hatte. Vielleicht ganz knapp über einen Meter achtzig, deutlich kleiner jedenfalls als Ole.

»Ich bin froh, Sie so *lebendig* vor mir zu sehen«, sagte er. Zwinkerte er mir etwa zu? Ich zupfte mein Kermit-T-Shirt zurecht und ärgerte mich, dass ich nichts anderes angezogen hatte. Aber wie auch, wo ich doch alle meine Sachen weggeworfen hatte und es unter Charlys Klamotten so gut wie nichts gab, was man tagsüber anziehen konnte, ohne verhaftet zu werden.

»Möchten Sie ein Glas Sekt?«, fragte Lakritze.

»Gibt es denn etwas zu feiern?«, fragte Adrian zurück und wandte sich Lakritze zu, wobei er mir die Gelegenheit gab zu überprüfen, warum er bei der Belegschaft »Knackarsch« hieß. Hm, ja! Diesen Namen trug er wohl zu Recht.

»Aber sicher: Wir haben Gerri für die Ronina-Reihe gewinnen können und einen großartigen ersten Roman vorliegen«, sagte Lakritze.

»Also gut, ein Glas«, sagte Adrian.

»Ich hole schnell saubere Gläser aus der Küche«, sagte Lakritze und schob ihren Tweedpo durch die Tür. »Gerri, für Sie doch auch?«

»Nein, danke, ich hatte in letzter Zeit zu viel Alkohol«, sagte ich.

»In vino veritas«, sagte Adrian.

»Ja, aber ich habe *Wodka* getrunken, keinen Vino«, sagte ich. »Da schreibt man auch durchaus mal was, was man nicht so meint.«

»Dann ist es ja gut, dass Sie nicht mehr wissen, was Sie geschrieben haben«, sagte Adrian und guckte, wenn ich mich nicht sehr täuschte, auf meinen Busen.

Ich wurde, wenn überhaupt möglich, noch röter.

Lakritze kam mit Gläsern zurück und entkorkte die Sektflasche. »Der Roman ist wunderbar, nicht wahr? Wenn das so weitergeht, werde ich selber noch zum Vampir-Fan. Gerri, ist der nächste schon in Arbeit? Auf Ihr Wohl und auf Auroras neuen Kassenschlager.«

»Zum Wohl«, sagte Adrian.

»Nicht so schnell«, sagte ich. »Ich bin bereit, für diese Vampirreihe zu schreiben, allerdings nur, wenn das Konzept noch einmal überarbeitet wird.«

»Einverstanden«, sagte Adrian. »Ich sagte Ihnen ja bereits am Telefon, dass ich Ihre Verbesserungsvorschläge sehr einleuchtend fand. Sie können mit Frau Krietze darüber reden, damit sie alles in der Präsentation für die nächste Vertretertagung berücksichtigen kann.«

»Nein, Sie haben mich nicht richtig verstanden.« Ich legte eine Klarsichtmappe auf den Tisch. »Das hier ist bereits die Neukonzeption. Es hat mit dem alten Konzept wenig zu tun, ich habe sämtliche Charaktere überarbeitet, ein gutes Dutzend neue kreiert, eine Rahmenhandlung konstruiert und das Ganze in beliebig fortsetzbare Staffeln von je zehn Romanen gefasst. Ein dreiseitiges Glossar und die *Zehn goldenen Regeln der Welt der Vampire* erleichtern den Autoren die Arbeit und vermeiden störende Widersprüche.«

Lakritze und Adrian schauten mich gleichermaßen konsterniert an.

»Ich weiß, das klingt ein bisschen hochgestochen«, sagte ich. »Aber nachdem ich das nun alles mal im Internet recherchiert habe, bin ich zu dem Schluss gekommen, dass es wirklich ein großes Käuferpotenzial gibt. Sie hatten Recht. Vampire sind schwer im Kommen. Und da möchten wir doch, dass unsere Vampire aus der Masse der schlechten Produkte angenehm hervorbeißen, nicht wahr? Deshalb habe ich auch Roninas sprechende Fledermaus Java gestrichen. Ein sprechendes Tier gehört doch wohl eher in die Comics der Kinderabteilung.«

»Java kann nicht im herkömmlichen Sinne sprechen, sie kann sich nur mit Ronina *verständigen*«, sagte Adrian.

»Also bitte!«, sagte ich. »Die Frau beherrscht doch wirklich schon unglaublich viel: Telepathie, Kung-Fu, Telekinese, Heilkunst – muss sie denn auch noch die Fledermaussprache sprechen? Ich meine, nein. Java kann ja von mir aus bleiben, als zahmes, exotisches Haustier, aber er muss keine tragende Rolle beim Ausspionieren des Feindes spielen.«

»Hm«, machte Adrian, nahm meinen Schnellhefter auf und blätterte unschlüssig darin herum.

»Ich brauche zwar dringend Arbeit, aber ich kann das hier nur machen, wenn die Sache wenigstens ein *gewisses* Niveau hat«, sagte ich. »Sonst muss ich leider ablehnen.«

»Und was wollen Sie dafür haben?«, fragte Adrian.

Ich legte einen zweiten Schnellhefter vor ihn hin. »Das hier sind die Exposés für die gesamte erste Staffel. Sie können zweihundertdreißig weitere Romane von mir haben, vorausgesetzt, die Leser mögen es.«

Ich sah, dass Lakritze sich selber in den Arm kniff, als ob sie sicher gehen wollte, dass sie nicht träumte.

Ich holte tief Luft. »Ich möchte kein Honorar, sondern an den Verkäufen beteiligt werden.«

Sowohl Lakritze als auch Adrian sahen überrumpelt aus. Beide guckten ungläubig auf meine Schnellhefter.

»Das ist doch eher … unüblich«, sagte Adrian schließlich.

Ich zuckte mit den Schultern. »Denken Sie mal, wie viel Sie sparen, wenn Sie nicht ein Dutzend untalentierte Autoren verpflichten müssen. Und wenn es sich schlecht verkauft, haben Sie überhaupt kein Risiko.«

Adrian sah mich nur an. Ich versuchte, mich nicht von seinen grünen Augen ablenken zu lassen, sondern sah so unbefangen wie möglich zurück. Ich hatte hart gearbeitet in dieser Woche, und mit Charlys Hilfe hatte ich es geschafft, alle zehn Kinderkrankenschwester-Angela-Exposés in Ronina-Exposés umzuwandeln. Angela hieß jetzt Belinda, und der blonde, göttlich schöne Oberarzt Goswin war hinter ihr her, weil er a) auf Sterbliche mit Blutgruppe 0 stand (besonders bei Vollmond) und b) Ronina eine reinwürgen wollte, die mit Belinda auf sehr vertrautem Fuße stand und versuchte, die Machenschaften der intriganten Oberschwester Alexandra zu unterbinden, welche wiederum einen schwunghaften Handel mit den Blutreserven des Hauses unterhielt und damit im Untergrund lebende Abtrünnige unterstützte. Glücklicherweise gab es noch den Chefarzt Orlando, der wie immer Ordnung ins Chaos brachte, sich als hochbegabter Schwertkämpfer entpuppte und an dessen Brust Belinda am Ende eines jeden Abenteuers sinken konnte. Kein Mensch würde sie wiedererkennen, und doch konnte ich ganze Passagen wortwörtlich übernehmen. Das würde ein Spaziergang werden.

»Wenn Sie es gar nicht wollen, werde ich es woanders anbieten«, sagte ich. »Wie Sie schon richtig erkannt haben: Vampire liegen voll im Trend.«

»Wir haben das schon mal gemacht«, sagte Lakritze zu Adrian. »Mit der *Colt*-Reihe. Das war natürlich lange vor Ihrer Zeit, aber damals war der Erfinder und Autor ebenfalls am Ladennettoerlös beteiligt.«

»Erfunden habe ich es ja nicht«, sagte ich bescheiden. »Ich habe es nur – sagen wir mal – verbessert.«

»Wie viel wollen Sie?«, fragte Adrian.

»Fünf Prozent«, sagte ich.

Lakritze und Adrian tauschten einen Blick. Dann nickte Adrian langsam. »Ich muss das natürlich noch mit der Geschäftsleitung absprechen«, sagte er. »Und Ihre Exposés lesen. Wie haben Sie die nur so schnell schreiben können? Sie hatten doch auch noch so viel *anderes* zu tun.«

»Gerri ist ein Genie«, sagte Lakritze.

»Hm«, machte Adrian und sah mich durchdringend an.

»Lassen Sie sich Zeit«, sagte ich und versuchte, durchdringend zurückzugucken. »Bis sagen wir mal nächsten Freitag. Dann muss ich es allerdings wissen.« Ich kramte einen Kugelschreiber und einen Notizblock aus meiner Handtasche und schrieb Charlys Telefonnummer darauf. »Das hier ist meine Telefonnummer.«

»Aber ich habe doch Ihre Telefonnummer, Gerri«, sagte Lakritze.

»Nein, haben Sie nicht. Ich bin nämlich, äh, vorübergehend umgezogen«, sagte ich.

Adrian lächelte mich unerwartet an. »Haben Sie Ihrem Vermieter einen Abschiedsbrief geschrieben?«

Wusste er eigentlich, wie nett er aussah, wenn er lächelte? Dass sich in seinem linken Mundwinkel drei kleine Fältchen bildeten und noch mehr in seinen Augenwinkeln?

»Nicht alle Menschen können mit der Wahrheit so souverän umgehen«, sagte ich. »Manche nehmen es einem sehr übel, wenn sie wissen, was man von ihnen hält.«

»Das kann ich mir vorstellen«, sagte Adrian. »Je nachdem, wie viel man von ihnen hält.«

»Wovon reden wir gerade?«, erkundigte sich Lakritze.

Hallo, Herr Rothe!

Ich weiß nicht, ob Sie sich noch an mich erinnern können, deshalb helfe ich Ihrem Gedächtnis sicherheitshalber mal auf die Sprünge: Gerri Thaler, Abiturjahrgang 98, Deutschleistungskurs. Obwohl ich das Pech hatte, Sie von der siebten Klasse an als Lehrer zu haben (abwechselnd in Geschichte und in Deutsch), nehme ich nicht an, dass Sie meinen Namen überhaupt jemals kannten: Sie haben mich immer *Fräuleinchen, Fräulein Naseweis* und *Fräulein Besserwisser* und *Fräulein Guckindieluft* genannt. Wir hatten auch viele Namen für Sie, aber die wenigsten davon werden Sie hören wollen.

Ich bin jedenfalls die, die eine Eins in Deutsch verdient hatte, aber immer nur eine Zwei minus von Ihnen bekam, weil Sie meine Interpretationen von Goethe, Schiller und Borchert nicht mochten.

Nun, da ich kurz vor dem Ende meines Lebens stehe und ein Resümee ziehe, muss ich zu meinem eigenen Erstaunen sagen, dass ich Ihnen dennoch eine Menge zu verdanken habe. Ich hätte niemals den Unterschied zwischen wieder und wider begriffen, wenn Sie mich in der siebten Klasse nicht einhundert Mal hätten schreiben lassen: »*Ein deutsches Mädchen gibt keine* Widerworte.«

Und natürlich den schönen Satz »*Geschenkt ist geschenkt, und wiederholen ist gestohlen*«. Den musste ich schreiben, als Britt Emke sich meinen Kugelschreiber geliehen hatte und ihn erst wieder rausrückte, als ich ihr das Lateinbuch auf den Kopf zu hauen drohte. Leider kamen Sie in diesem Augenblick in den Klassenraum und stellten sich sofort auf Britts Seite. Warum eigentlich? Weil sie ein Gesicht hatte wie ein deutsches Pferd? Weil sie auf Kommando Tränen vergießen konnte, während ich immer nur vor Wut mit den Zähnen knirschte?

Als ob ich ihr diesen Kugelschreiber geschenkt hätte! Er war nämlich ein Geschenk von meiner Großtante Hulda, ausnahmsweise
mal eins, das mir gefiel, weil es keine kratzige Strumpfhose war:
In diesem Kugelschreiber fuhr eine kleine Eisenbahn auf und ab.
Ich habe ihn heute noch. Gut, dass Sie nicht wissen, wie ich ihn
zurückbekommen habe, denn sonst hätte ich hundertmal: »*Ein
deutsches Mädchen darf ein anderes nicht mit einem Tintenkiller
rammen*« schreiben müssen.

Hochachtungsvoll

Gerri Thaler

Dreizehn

Flo öffnete uns die Haustür. »Habt ihr uns was mitgebracht?«

»Wieso bist du noch nicht im Bett?«, fragte Charly.

»Weil ich noch nicht müde bin«, sagte Flo. »Und weil ich auf euch warten wollte.« Sie umarmte mich stürmisch und gleich noch einmal, als ich ihr ein kleines Abziehbildchen mit einem Einhorn drauf zusteckte. »Du bist die Netteste der Welt, Gerri!«

»Wenn ich dir was mitgebracht hätte, wäre ich dann die netteste der Welt?«, fragte Charly eifersüchtig.

»Nein«, sagte Flo. »Aber die Zweitnetteste.«

»Geh schlafen«, sagte Charly.

»Heute ist Vollmond, da schlafen Kinder grundsätzlich nicht, gewöhn dich schon mal dran!« Caroline war aus der Küche gekommen, verteilte Küsschen und redete wieder mal ohne Punkt und Komma. »Charly, Süße, dir ist immer noch kotzschlecht, nicht wahr, haha, hatte ich dir gleich gesagt, dass das kein Zuckerschlecken ist, Ulrich, hast du dich nicht rasiert, alter Stachelbär, Gerri, wie schön, dass du da bist, du siehst wunderbar aus, ist das T-Shirt neu, Severin, lass ihren Ohrring los, ich habe Lachs besorgt, keine Thunfischsteaks, die soll man ja nicht mehr nehmen wegen der totalen Überfischung, und bald sind sie alle ausgestorben, weil sie nicht mehr dazu kommen, groß zu werden und sich zu vermehren, und zu fressen haben sie auch nichts, Severin, lass das, habe ich gesagt, weil wir die kleineren Fische auch alle fangen, das ist eine Schande, manchmal schäme ich mich, ein Mensch zu sein, der Lachs kommt aus einer irischen Ökozucht, also können wir ihn mit gutem Gewissen essen, ich dachte, vielleicht machen wir ihn in einer Sahnedillsoße mit Bandnudeln, das geht schnell und macht satt, und die Kinder mögen es auch, Marte und Marius mussten ihre beiden mitbringen, der Babysitter hat abgesagt, Ole und Mia sind auch schon da, bitte kein Wort darüber, dass wir wissen, dass es in der Ehe kriselt, Ole hat uns das unter dem Siegel der Verschwiegenheit anvertraut, tut so, als wäre alles wie immer, Flo, geh mal schnell wieder hoch ins Kinderzimmer, ich glaube, Odette will deiner Pocahontas das Dornröschenkleid anziehen.«

»Die spinnt wohl!« Flo rannte die Treppe hoch.

»Guter Trick«, sagte Charly anerkennend.

»Funktioniert aber nur bei Mädchen«, sagte Caroline, hievte sich Severin auf die Hüfte und bahnte uns einen Weg durch Klamotten-, Schuh- und Spielzeugberge, indem sie alles links und rechts zur Seite kickte.

Ich traute mich plötzlich nicht weiterzugehen, aber Charly fasste mich am Ellenbogen: »Komm schon! Es gibt nichts, wofür du dich schämen müsstest.«

Ach, Charly! Was würde ich wohl ohne sie tun? Heute Morgen hatte sie ihren letzten offiziellen Auftritt als Sängerin gehabt: Bei einer Hochzeit in der Agnes-Kirche hatte sie »Ave Maria« gesungen, und Ulrich und ich hatten in der letzten Reihe gesessen und zugehört. Nicht nur, wie Charly gesungen hatte, sondern auch, was die anderen Hochzeitsgäste dazu sagten.

»Himmel, wer hat die denn engagiert?«

»Sicher ist sie mit irgendwem verwandt.«

»Kein Wunder, dass die Brautmutter heult.«

»*Danke*«, hatte Ulrich mir zugeraunt. »Es war wirklich höchste Zeit, dass jemand diesem Spuk ein Ende bereitet hat.«

»Gern geschehen«, hatte ich erwidert, obwohl mir das Herz geblutet hatte, weil Charly sich so inbrünstig durch die falschen Töne gejubelt hatte.

»Brust raus, Kopf hoch«, sagte sie jetzt, und ich tat, was sie sagte. Es gab wirklich keinen Grund, sich zu schämen. Nicht vor meinen Freunden.

Es war eigentlich wie jeden Samstagabend. Wir kochten und versuchten, die lärmenden Kinder so gut es ging zu ignorieren. Und doch war es natürlich keineswegs wie sonst. Zum einen, weil Marius und Martha mich immer so komisch anschauten und nur ganz langsam und überdeutlich akzentuiert mit mir sprachen, zum anderen, weil Ole vermied, mich anzugucken, Mia mich hingegen mit ihren Blicken erdolchte.

Ich überlegte tatsächlich, mich auf den Küchentisch zu stellen und eine Erklärung abzugeben: »Ich stehe *nicht* unter Psychopharmaka, und ich hatte *niemals* etwas mit Ole. Das schwöre ich bei meinem Leben.«

Aber das traute ich mich natürlich nicht. Außerdem hatte ich zwar nichts mit Ole gehabt, aber das fing ich mehr und mehr an zu bedauern. Denn weder für Ole noch für Mia machte es einen Unterschied.

Fast hatte ich den Eindruck, dass Mia unbedingt wollte, dass ich ihre Dolchblicke bemerkte.

»Na, wie war deine Fortbildung letzte Woche, Mia?«, fragte ich, als ich es gar nicht mehr aushielt und wir endlich am Tisch Platz genommen hatten, um unsere Lachsnudeln zu essen. Flo hatte sich wie immer auf meinen Schoß gequetscht und ließ sich von mir füttern, als ob sie noch ein Baby wäre.

»Langweilig wie immer«, sagte Mia. »Während du, wie man hört, ein ziemlich aufregendes Wochenende hattest.«

»Mia!«, zischte Marius, aber Mia tat so, als hörte sie das Zischen nicht.

»Mund auf, hier kommt die Eisenbahn«, sagte ich zu Flo.

»Ich bin neugierig, Gerri, wie war das?« Mia lehnte sich ein bisschen vor, und ihre roten Haare leuchteten im Schein der Lampe wie Feuer. »Du hast also Schlaftabletten nehmen wollen, und dann ist was dazwischengekommen? Darf man fragen, was? Oder wer?«

»Mia, jetzt hör schon auf damit«, fauchte Caroline sie an. »Ich bin heilfroh, dass sie es nicht getan hat. Und denk bitte auch mal an die Kinder!«

»Ich bin doch nur interessiert«, sagte Mia. »An Gerris Stelle würde ich mich über Interesse freuen. Das ist doch besser, als so zu tun, als wäre nichts gewesen. Oder, Gerri? Also, erzähl uns doch mal, wie das so war.«

»Normalerweise fragen die Leute eher, warum«, sagte ich und ließ einen weiteren voll beladenen Güterwagen in Flos Mund fahren.

»Oh, also, wenn du es *wirklich* tun wolltest, dann hättest du mein vollstes Verständnis«, sagte Mia. »Du lebst in einer armseligen Einzimmerwohnung im Haus deiner grässlichen Tante, schreibst peinliche Pornos und hast einen Hintern, der für zwei reichen würde.«

»Mia, sag mal, hast du 'nen Sockenschuss?«, sagte Bert. »Gerri schreibt doch keine Pornos! Was ist das überhaupt für eine Art, mit einer Freundin umzugehen, die gerade einen Selbst… Ihr wisst schon was hinter sich hat? «

»Also wirklich!«, schnaubte Marta.

»Gerris Leben ist objektiv kein bisschen schlechter als deins oder meins«, sagte Charly.

»Was sind Pornos?«, fragte Martas und Marius' Tochter Odette.

»Siehst du, das hast du jetzt davon«, sagte Caroline zu Mia. Zu Odette sagte sie: »Schätzchen, Pornos nennt man spannende Geschichten über Ponys.«

»Schade, dass du keine Pornos schreibst, Gerri«, sagte Odette bedauernd.

Mir fiel auf, dass kein Mensch was zur Verteidigung meines Hinterns sagte. Dabei war mein Hintern nicht wirklich überdurchschnittlich groß, um das hier mal klar und deutlich zu sagen. Und in letzter Zeit war er sowieso noch kleiner geworden. Ich aß ja kaum noch was.

»Oh, entschuldige bitte, Gerri, ich wollte dir nicht zu nahe treten«, sagte Mia übertrieben sanft. »Sicher hast du deine *ureigenen* Gründe gehabt.«

»Halt doch einfach die Klappe, Mia«, sagte Ole. Das tat Mia dann auch, zumindest bis die Kinder mit dem Essen fertig waren, vom Tisch aufstanden und ihre üblichen Krachmacherspiele veranstalteten, bei denen sich alle fünf Minuten einer weh tat und heulend angelaufen kam. Ich streckte meine Beine, die unter Flos Gewicht eingeschlafen waren, und schaute verstohlen zu Ole hinüber. Er schaute verstohlen zurück. Beinahe hätte ich ihn angelächelt, aber da fiel mein Blick auf Mia, und ich verkniff mir das Lächeln gerade noch einmal.

Mia stand auf und setzte sich auf den freigewordenen Stuhl neben mich und zog ihn noch näher zu mir heran, was nun wirklich nicht nötig gewesen wäre.

»Ich überlege die ganze Zeit, wie *ich* es wohl anstellen würde, wenn ich mich umbringen wollte«, sagte sie leise. Sie hatte einen guten Zeitpunkt für ihre Attacke gewählt: Charly half Caro gerade, die Teller abzuräumen, Marta holte Odettes kleinem Bruder Odilo (ja, ich weiß, das kommt fast an Arsenius und Habakuk heran) ein Legosteinchen aus der Nase, und die anderen waren in ein Gespräch vertieft. Nur Ole musterte uns besorgt, konnte aber vermutlich vom anderen Tischende nicht hören, was Mia sagte.

»Vielleicht würde ich mir ein hübsches Hotelzimmer mieten, mich wahnsinnig in Schale schmeißen und jemanden anrufen, auf den ich schon ganz lange scharf wäre«, sagte sie.

Ah, jetzt ging es also so richtig zur Sache. Sie wollte auf den Busch klopfen. Bitteschön, meinetwegen. Ich war ganz klar im Vorteil, denn erstens wusste ich, was sie wusste, und zweitens wusste ich, dass sie das alles gar nicht wissen durfte, es sei denn, sie gab zu, dass sie nicht auf Fortbildung gewesen war, sondern mit einem Liebhaber im selben Hotel wie wir. *Und drittens hatte ich ja überhaupt gar nichts mit Ole gehabt!!!*

»Gibt es denn jemanden, auf den du schon ganz lange scharf bist?«, fragte ich. »Ich meine, immerhin bist du verheiratet!«

»Nein, nein, du verstehst mich nicht. Ich habe versucht, mich in dich hineinzuversetzen«, wisperte Mia. Ihre blassen, wasserblauen Augen hatten trotz des eher dürftigen Lichtes ganz kleine Pupillen. Ich fand, dass es ein wenig gruselig aussah. Diesen Effekt musste ich mir für Ronina merken. »Ich habe überlegt, was ich an *deiner* Stelle tun würde. Und *ich* hätte diesen Typen angerufen, auf den *du* schon die ganze Zeit scharf bist. Und dann hätte ich ihm was vorgeheult, von wegen, dass ich mich gleich umbringen würde, und er wäre natürlich sofort zu dir gekommen, um dich daran zu hindern, dich umzubringen.«

»Aber das wäre doch ziemlich dumm von dir gewesen«, sagte ich. »Denn dann hättest du dich ja nicht mehr umbringen können.«

»Das ist es ja gerade«, sagte Mia. »Wusstest du, dass dreißig Prozent aller Selbstmordversuche nichts weiter sind als Schreie nach Aufmerksamkeit? Dass diese Menschen nichts weiter wollen, als endlich die Streicheleinheiten zu bekommen, die sie ihrer Meinung nach verdient haben?«

»Oh, hast du das im Internet recherchiert?«

Mia nickte. »Und weißt du was? Ich glaube, das genau war bei dir auch der Fall.«

»Das erklärt zumindest deinen Mangel an Mitgefühl und Besorgnis«, sagte ich.

»Ich muss sagen, ich finde diesen Trick gar nicht mal übel«, sagte Mia. »Hinterhältig zwar, aber wirkungsvoll. Der Typ, auf den du schon lange scharf bist, kann dir wohl kaum widerstehen, wenn du so rehäugig und tieftraurig vor ihm stehst. Und man sollte auch nie die Wirkung unterschätzen, die es hat, einem Mann das Gefühl zu geben, dein Retter zu sein. Ehe du dich versiehst, liegst du mit dem Kerl im Bett.«

»Ich weiß nicht, Mia, aber mir scheint der Aufwand ein bisschen groß zu sein, nur um jemanden ins Bett zu kriegen«, sagte ich.

»Manche Männer sind eben nicht so einfach zu verführen«, sagte Mia. »Zum Beispiel die Verheirateten.«

Ich musste lachen. »Aber wer wäre schon so blöd, sich einem verheirateten Mann an den Hals zu werfen?«

Mia musterte mich ernst. »Mehr Frauen, als du denkst, Gerri. Du wirst es vielleicht nicht glauben, aber auch Ole wandert ab und an auf Abwege.«

»Ole?« Ich sah zu Ole hinüber. Er sah unruhig aus, ein bisschen so, als sei das Stuhlkissen unter ihm glühend heiß. »Aber Ole doch nicht!«

»Doch, doch«, raunte Mia. »Er weiß es noch nicht, aber eine Freundin von mir hat ihn an diesem Wochenende mit einer anderen gesehen.«

»Vielleicht war das seine Cousine?«, schlug ich vor. Allmählich fand ich die ganze Sache wirklich lustig.

»Nein, nein, du verstehst mich nicht«, sagte Mia und beugte sich lauernd vor. »Meine Freundin hat Ole und seine Geliebte in einem Hotel gesehen. Beim Frühstück. Knutschenderweise.«

Wahrscheinlich hielt Mia mich für das allerletzte Miststück, weil ich bei dieser Eröffnung nicht mal rot wurde. »Nein, das glaube ich nicht. Doch nicht Ole! Deine Freundin hat ihn bestimmt verwechselt.«

Mia schüttelte den Kopf. »Sie ist sich hundertprozentig sicher.«

»Und wann soll das gewesen sein?«

»Letztes Wochenende erst«, sagte Mia, und ihre Pupillen waren jetzt so winzig wie Stecknadelköpfe.

»Oje! Du Ärmste!«, sagte ich mitleidig. »Als du auf Fortbildung warst! Das ist ja wirklich – abgeschmackt. Was sagt er denn dazu?«

»Er weiß es ja noch nicht«, sagte Mia. »Ich wollte erst noch … abwarten.«

»Meinst du denn, es ist was Ernstes?«, fragte ich.

Mia musterte mich längere Zeit. Dann sagte sie: »Das halte ich eigentlich für ausgeschlossen.«

Ach ja? Frechheit! Arrogante Ziege.

»Dann ist es ja gut«, sagte ich kühl. »Ich verstehe nur nicht, warum du Ole nicht einfach mit der Entdeckung deiner Freundin konfrontiert hast, dann hättest du doch längst Klarheit.«

»Mache ich vielleicht auch«, sagte Mia. »Ich hätte es längst getan, wenn nicht dieser Wirbel um deinen Beinahe-Selbstmord dazwischengekommen wäre. Willst du es eigentlich noch einmal versuchen?«

»Ach weißt du, fürs Erste habe ich wohl genug Aufmerksamkeit und Streicheleinheiten bekommen«, sagte ich.

»Interessiert es dich gar nicht, was diese andere Frau für ein Typ ist?«

»Du meinst, Oles Geliebte? Natürlich interessiert mich das«, sagte ich. »Ich dachte nur, es täte dir vielleicht weh, darüber zu sprechen.«

»Nein, gar nicht«, sagte Mia. »Meine Freundin sagt, sie sei eine ganz nichtssagende, langweilig aussehende Frau gewesen.«

»Na ja«, sagte ich mit einem freundlichen Lächeln. »Das hätte ich an ihrer Stelle auch gesagt. Wer will schon seine Freundin unnötig kränken, indem sie auch noch penibel genau schildert, was für ein heißer Feger die andere ist. Schlimm genug, dass er dich überhaupt betrügt, oder?«

»Nein, *wirklich*!«, sagte Mia. »Meine Freundin hat gesagt, sie versteht beim besten Willen nicht, was Ole an der findet.«

»Wo die Liebe hinfällt …«, sagte ich.

»Liebe!«, schnaubte Mia. »Ich sagte doch, das ist auf keinen Fall was Ernstes!«

»Hm, dann ist es nur – animalische Anziehungskraft«, sagte ich. »Umso besser. So was geht schneller wieder vorbei.«

»Ja! Jaaaaaaa!« Marta hatte endlich das Legoautopositionslicht aus Odilos Nase gepopelt und hielt es triumphierend in die Luft. Odilo stiefelte erleichtert von dannen. Er steckte sich öfter was in die Nase, und nicht immer bekam Marta es wieder heraus. Erst kurz vor Ostern hatte Odilo den Hut eines Playmobilfeuerwehrmännleins intus gehabt, und der hatte dann vom diensthabenden Notarzt entfernt werden müssen. Marta schwor außerdem, dass noch zwei Barbieschuhe in Odilos Nebenhöhlen verschollen waren.

»Wir müssen langsam mal los«, sagte Marius mit einem Blick auf Bert, der mit Severin an der Schulter im Sitzen eingeschlafen war, wie beinahe jeden Samstag.

»Ja, wir auch«, sagte Ole und sprang auf. »Kommst du, Mia?«

»Ich unterhalte mich aber gerade so schön mit Gerri«, sagte Mia.

»Wir reden ein anderes Mal weiter«, sagte ich und erlaubte mir ein feines Lächeln. »Ich bin sehr gespannt, wie es weitergeht.«

»Ich auch«, sagte Mia.

Ole runzelte die Stirn.

Im allgemeinen Aufbruchstrubel – die Kinder wollten sich nicht einfangen lassen und mussten durch das ganze Haus gejagt werden, Bert war wieder aufgewacht und suchte vergeblich nach Mias Jacke – packte Ole mich urplötzlich am Arm.

»Wir müssen *reden*!«, sagte er.

»An deiner Stelle würde ich erst mal mit Mia *reden*«, äffte ich ihn nach. »Sie glaubt nämlich, dass du von mir in das Hotel gelockt wurdest, um mich vom Selbstmord abzuhalten. Sie würde dir auch sofort glauben, wenn du sagst, dass du meinem dicken Hintern widerstanden hast.«

»Aber das ist nicht die Wahrheit«, sagte Ole.

»Aber die Wahrheit ist ähnlich harmlos«, sagte ich. »Außer Mias Wahrheit! Worauf wartest du denn noch? Du hast doch alle Trümpfe in der Hand.«

Bert zog Mias Jacke triumphierend unter einem roten Anorak und ein paar Gummistiefeln hervor und reichte sie Mia. Marta war es gelungen, Odilo einzufangen und ihn sich unter den Arm zu klemmen. Er brüllte und zappelte fürchterlich.

»Montag um halb eins im Café Fassbender. Bitte komm!«, sagte Ole so leise, dass er praktisch nur die Lippen bewegte.

Mia hängte sich bei ihm ein und sah mit verführerischem Augenaufschlag zu ihm hoch. »Ich freue mich aufs Bett, Schatz, du dich auch?«

Ole machte sich unwillig von ihr los, und da bedachte Mia mich mit einem letzten Blick, einem »Ich rufe einen Killer an, sobald ich zu Hause bin«-Blick.

Von mir aus, sollte sie doch. Es war nur zu hoffen, dass sie keinen Stümper engagierte, sondern einen, der seine Arbeit schnell und schmerzfrei erledigte.

Am nächsten Morgen rief meine Mutter an.

»Heute ist Sonntag«, sagte sie.

»Ja, das weiß ich, Mama«, sagte ich höflich.

»Um punkt halb eins steht das Essen auf dem Tisch«, sagte meine Mutter. »Maischolle, Spargel und Petersilienkartoffeln. Ich möchte nicht, dass du zu spät kommst, der Fisch zerfällt sonst in der Pfanne.«

Ich war ein bisschen überrascht. »Mama, willst du damit sagen, dass ich zum Essen kommen soll?«

»Was denn sonst!«

»Und du willst mir auch nicht meinen Teller draußen im Flur servieren und mich ansonsten ignorieren?«

»Sei nicht albern«, sagte meine Mutter. »Punkt halb eins also, und zieh dir was Anständiges an, der Patrick bringt nämlich seine Mutter mit, und ich möchte, dass wir alle einen guten Eindruck machen. Das sind wir Rigelulu schuldig.«

Ui, das schien ja wirklich was Ernstes zu sein, wenn Lulu es wagte, ihre Schwiegermutter in spe in unseren Leopardenkäfig zu führen und mit der ganzen Familie bekannt zu machen, einschließlich Arsenius und Habakuk und ihren gewöhnungsbedürftigen Tischsitten. Lulus vorherige Beziehungen waren meist nach zwei, spätestens drei Monaten zu Ende gewesen, und ich konnte mich nicht erinnern, auch nur eine einzige potenzielle Schwiegermutter kennen gelernt zu haben. Man musste sich seiner Sache schon sehr sicher sein, um diesen Schritt zu wagen.

Nun, ich gönnte es Lulu ja. Es war nur unheimlich, dass irgendwo da draußen ein Perverser rumlief, der genauso aussah wie der Zukünftige meiner Schwester.

»Bis nachher, Kind.« Offenbar hatte meine Mutter beschlossen, aufgrund des besonderen Ereignisses darüber hinwegzugehen, dass sie eigentlich stinkwütend auf mich war und nie wieder mit mir sprechen wollte.

Es war schwierig, etwas Anständiges zum Anziehen zu finden, denn im Zuge meiner Entrümpelungsaktion waren die meisten meiner Sachen in den Altkleidercontainer gewandert, und in Charlys Schrank fand sich halt leider wenig von dem, was meine Mutter unter »anständig« verstand. Nachdem ich alle Stücke zur Seite gelegt hatte, auf denen die Worte »*Fuck*« und »*Shit*« gedruckt waren, hatte ich noch die Wahl zwischen einem T-Shirt mit der Aufschrift »*Podolski, ich will ein Kind von dir*« und einer ziemlich durchsichtigen weißen Bluse.

»Der Rest ist in der Wäsche«, sagte Charly bedauernd und hielt mir eine schwarze Ledercorsage entgegen.

»Nein«, sagte ich. »Dann eher das Shirt mit dem Totenkopf drauf.«

»Aber das hat leider ein riesiges Loch unter dem Ärmel«, sagte Charly.

Am Ende zog ich die durchsichtige Bluse an, weil Charly sagte, mit einem hübschen, blütenweißen Spitzen-BH (ein bisschen kratzig, aber sehr edel, weshalb ich ihn nicht aussortiert hatte) sehe die Bluse elegant und absolut trendy aus.

Ulrich pfiff anerkennend durch seine Zähne, als ich aus dem Badezimmer kam. »Hey ho, altes Haus«, sagte er. »So ist es richtig. Man weiß nie, wer einem über den Weg läuft.«

Charly stieß ihm den Ellenbogen in die Rippen. »Du siehst sehr – gesellschaftsfähig aus, Mausilein.«

»Ich weiß nicht«, sagte ich. »Kann man meine Nippel sehen?«

»Yeah, Baby«, sagte Ulrich. »Kolossal gesellschaftsfähig. Wie heißt denn der Glückliche? Meinst du nicht, es ist noch ein bisschen früh dafür? Du musst meiner Meinung nach psychisch erst wieder etwas stabiler werden, bevor … Aua!«

Charly hatte ihn wieder in die Rippen gestoßen.

»Die zukünftige Schwiegermutter meiner Schwester kommt heute zu meinen Eltern«, sagte ich und guckte unschlüssig an mir hinab.

»Oh, klar«, sagte Uli. »Dafür ist es natürlich genau das richtige Outfit.«

»Brust raus, Schultern zurück, Kopf hoch«, kommandierte Charly. »Lass dir bloß nichts mehr gefallen, hörst du! Das darf doch alles nicht umsonst gewesen sein.«

»Was meinst du?«, fragte ich.

»Na, diese ganze Umbringerei«, sagte Charly.

⊡

Patricks Mutter war eine kleine, unscheinbare Frau mit grauem, kurz geschnittenem Haar, einem ziemlich scheußlichen Kassengestell von Brille und einer beige-bunt-geblümten Bluse. Als sie sich respektvoll im Esszimmer umsah und sagte: »Oh, Sie haben es aber schön hier«, hatte sie damit das Herz meiner Mutter im Sturm erobert.

»Eine sehr einfache Frau, aber ein Herz aus Gold«, sagte sie später in der Küche, als ich ihr half, die Teller anzurichten. »Eine unmögliche Bluse, die Ärmste, aber wann sollte sie Modebewusstsein entwickeln? Sie ist putzen gegangen, um ihrem Sohn das Studium zu ermöglichen. Und jetzt ist sie sehr stolz darauf, dass Patrick ein so kluges und schönes Mädchen wie Geritilu abgekriegt hat. Eine Studienrätin aus guter Familie.«

»Und blond«, sagte ich.

»Und blond«, wiederholte meine Mutter. »Die Kinder der beiden werden entzückend aussehen. Mehr Soße, Tirigerri, aber nur über den Spargel. Deine Bluse ist übrigens auch unmöglich! Man kann durch den BH sehen. Hatte ich nicht ausdrücklich gesagt, du sollst was Anständiges anziehen? Wenn man dich *einmal* um etwas bittet …«

»Tut mir leid«, sagte ich. Ich hätte doch besser das »Podolski«-Shirt angezogen.

»Ach was«, sagte meine Mutter. »Du machst das mit Absicht. Du warst immer schon so: Bloß nicht anpassen!«

Das Essen war wie immer sehr lecker, auch wenn Arsenius und Habakuk sowohl den Fisch als auch den Spargel verschmähten und ein paar unschöne Dinge mit den Kartoffeln anstellten. Alle waren wie immer, nur mein Vater würdigte mich keines Blickes. Wahrscheinlich war er immer noch sauer auf mich, wegen dem, was ich ihm letzten Montag an den Kopf geworfen hatte.

Chisola hatte sich auf den Platz neben mich gesetzt und mich schüchtern angelächelt. »Hier, dein MP3-Player. Den brauchst du ja jetzt doch noch selber.«

»Den kannst du ruhig behalten, Sissi«, sagte ich. (Sissi war mein geheimer Name für sie, das war auf jeden Fall besser als Chissi, wie meine Mutter sie manchmal nannte: Abkürzungen sind nicht unbedingt immer ein Segen.) »Geschenkt ist geschenkt, und wiederholen ist gestohlen.«

»Aber du bleibst doch jetzt am Leben, oder?«

Ich seufzte. »Vermutlich«, sagte ich.

»Spargel schmeckt wie Kotze«, rief Habakuk.

»Fisch schmeckt wie Rotze«, reimte Arsenius dazu. Wie gut, dass es keine Drillinge geworden waren, sonst hätten die Kartoffeln vermutlich nach … – Egal!

»Habi! Arsenius! Was soll denn unser Gast von uns denken?«, sagte meine Mutter. Gast, Singular. Patrick zählte offenbar schon zur Familie.

»Ach, das ist ja so schön, eine große Familie zu haben«, sagte Patricks Mutter. »Ich habe mir immer Geschwister für meinen Patrick gewünscht, aber« – hier seufzte sie – »es hat nicht sollen sein.« Also hatte Patrick schon mal keinen Zwillingsbruder, der als *hammerhart31* sein Unwesen im Internet trieb. Schade.

»Es fehlt ja noch eine von Tigelus Schwestern«, sagte meine Mutter. »Meine zweitälteste Tochter lebt mit ihrer Familie in Venezuela. Ihr Mann ist Diplomat, und unsere Getirika arbeitet als Diplomdolmetscherin. Sie spricht drei Sprachen.«

»Ach, wie wunderbar. Lauter begabte Töchter«, sagte Patricks Mutter und wandte sich an Tine. »Was arbeiten *Sie* denn?«

»Ich bin als Hausfrau und Mutter im Augenblick vollkommen ausgelastet«, sagte Tine würdevoll. »Aber wenn die Zwillinge aus dem Gröbsten heraus sind« – wann würde das wohl sein? – »werde ich in den Schuldienst zurückkehren.«

»Auch eine Lehrerin«, sagte Patricks Mutter beeindruckt, und meine Mutter platzte fast vor Stolz. Aber als Patricks Mutter sich zu mir umdrehte, hielt sie ihr blitzschnell die Schüssel mit den Kartoffeln hin.

»Noch einen Nachschlag?«

»Nein, vielen Dank«, sagte Patricks Mutter. »Das Essen war hervorragend. Wie im Restaurant. So etwas Gutes gönne ich mir sonst ja nicht.«

»Mama! Als ob du dir kein anständiges Essen leisten könntest!« Patrick war seine Mutter offenbar ein wenig peinlich.

Patricks Mutter drehte sich wieder zu mir um. »Und was machen Sie beruflich?«

Meine Mutter sprang auf und begann hektisch die Teller abzuräumen. »Hilfst du mir in der Küche mit dem Nachtisch, Lurige?«

»Ach, einen Nachtisch gibt es auch noch«, sagte Patricks Mutter.

»Mama, jetzt tu doch nicht so, als ob du sonst nie Nachtisch bekämst«, sagte Patrick.

»Gerri ist Schriftstellerin«, sagte mein Vater laut. Meine Mutter blieb stockfteif stehen, einen Stapel Teller in der Hand. Auch die anderen schauten meinen Vater verblüfft an, vor allem ich.

»Schriftstellerin!«, wiederholte Patricks Mutter. »Oh, großartig. Was schreiben Sie denn? Kenne ich vielleicht was von Ihnen?«

»Ich …«, begann ich, aber meine Mutter ließ eine Gabel auf die Fliesen fallen, und ich verstummte wieder.

»Also mir gefällt am besten *Nachtschwester Claudia unter Verdacht*«, sagte mein Vater. »Sehr spannend, bis zur letzten Seite.«

Hätte ich eine Gabel in der Hand gehabt, hätte ich sie jetzt auch fallen lassen.

»Oder auch *Eine Rose für Sarah*«, fuhr mein Vater fort. »Das ist sehr gefühlvoll.«

»Das klingt ja wundervoll«, sagte Patricks Mutter. »Ich muss mir das bei Gelegenheit mal besorgen.«

»Ich könnte ihnen meine Exemplare ausleihen«, sagte mein Vater. »Wenn Sie versprechen, gut darauf aufzupassen.«

»Das versteht sich von selber«, sagte Patricks Mutter.

Herrn
Dietmar Mergenheimer
Moltkestr. 23

Lieber Dietmar alias Max, 29, Nichtraucher, schüchtern, aber für
jeden Spaß zu haben,

beim Aufräumen habe ich unseren Briefwechsel gefunden und
mich an dich erinnert. Unser erstes und einziges Treffen ist ja leider nicht besonders gut verlaufen, vermutlich fragst du dich bis
heute, ob mir vielleicht auf dem Damenklo etwas zugestoßen ist.

Es tut mir leid, dass ich dich damals einfach so habe sitzen lassen. (Ich bin durch die Hintertür abgehauen.) Aber ich war ehrlich geschockt, dass du weder Max hießest noch 29 warst, noch
schüchtern. Ich habe nur darauf gebaut, dass du wirklich für jeden Spaß zu haben bist – aber nach dem Brief zu schließen, den
du mir danach noch geschrieben hast, stimmte nicht mal das.
(Sorry, dass ich nicht drauf geantwortet habe, aber ich wollte
nicht noch Öl ins Feuer gießen!)

Mal ehrlich, Max oder Dietmar, so geht das doch nicht! Du kannst
dich nicht zehn Jahre jünger machen, wenn du eigentlich fünf Jahre älter aussiehst. Und wenn du ein Dietmar bist, dann bist du nun
mal kein Max. Ich habe auch Probleme damit, eine Gerda sein zu
müssen und keine, sagen wir mal, Chloé. Aber so ist das nun
mal: Auch der Name gehört zu uns. Ich gebe zu, dass es schwierig ist, als Dietmar sexy rüberzukommen, aber wie wäre es, wenn
du dich Didi nennen lassen würdest? Oder du nimmst einfach deinen Nachnamen als Vornamen. »Hallo, ich bin Mergenheimer« –
na, das klingt doch schon irgendwie ... – okay, auch scheiße.
Aber worauf ich hinaus will ist eigentlich, dass man viel besser rü-

berkommt, wenn man authentisch und ehrlich ist. Deshalb habe ich dir einen Roman beigelegt, in dem ein eher unattraktiver Protagonist am Ende die Liebe einer tollen Frau gewinnt, eben weil er ehrlich, authentisch und überhaupt sehr, sehr sexy ist. Lies »Der Sommer, in dem Lara die Liebe fand«, dann weißt du im Grunde alles, was man über Männer und Frauen wissen muss.

Ich wünsche dir viel Glück bei der Partnersuche.

Herzliche Grüße

Gerri Thaler

P. S. Der Fünf-Euro-Schein ist für den Latte macchiato, den du damals für mich bezahlen musstest. Noch mal Entschuldigung.

Vierzehn

»Ich weiß wirklich nicht, was in deinen Vater gefahren ist«, sagte meine Mutter in der Küche.

»Ich auch nicht«, murmelte ich.

»Wir reden hier niemals über deine *berufliche Tätigkeit*«, sagte meine Mutter. »Warum muss er ausgerechnet heute damit anfangen?«

»Vielleicht, weil er dachte, Patricks Mutter liest Heftromane?«

»Ja, vielleicht tut sie das ja wirklich. Sie ist eine einfache Frau.« Meine Mutter schnalzte mit der Zunge. »Jeder nur einen Pfirsich, Kind! Und genau in die Mitte legen. Die Himbeersoße im Uhrzeigersinn verteilen – Himmel, jetzt stell dich doch nicht dümmer an, als du bist.«

Ich war beinahe froh, dass zwischen meiner Mutter und mir wieder alles beim Alten war.

»Ich hoffe, du ziehst dich wenigstens zu Alexas Silberhochzeit anständig an«, sagte sie, während sie mit einem Stäbchen hübsche Muster aus Himbeersoße und Sahne zog.

»Mama, ich denke nicht, dass ich zu dieser Silberhochzeit gehen sollte, nachdem nun alle meine Abschiedsbriefe bekommen haben«, sagte ich.

»Ach, du meinst wegen Evelyn und Onkel Korbmacher?« Meine Mutter nahm sich den nächsten Teller vor. »Evelyn hat sich bei mir über dich beschwert, sie sagt, du habest die hirnverbrannte Idee, Volker könne nicht von Onkel Korbmacher sein, wegen seiner braunen Augen.«

»So ist es«, sagte ich.

»Na, ich würde sagen, da hast du voll ins Schwarze getroffen«, sagte meine Mutter.

Ich sah sie verblüfft an. »Ich habe es nur geschrieben, weil ich mich über dieses gönnerhafte Verhalten so aufgeregt habe. Und weil sie immer Wechselbalg zu mir sagt.«

»Hochmut kommt vor dem Fall«, sagte meine Mutter. »Ich habe ihr gesagt, dass ich nichts dafür kann, wenn meine Kinder im Biologieunterricht gut aufpassen.«

»Ehrlich?«

»Man kann niemandem böse sein, nur weil er die Wahrheit spricht«, sagte meine Mutter und zeichnete eine perfekte Spirale um den Pfirsich. »Ich habe gesagt, dass ich diesen Harald im Verdacht habe, mit dem sie damals gearbeitet hat, und da ist sie ganz still geworden.«

»Nicht Onkel Fred?«, fragte ich.

»Hm«, machte meine Mutter. »Das wäre allerdings auch eine Möglichkeit. Eine noch pikantere, würde ich sagen. Auf jeden Fall kannst du jederzeit zurück in deine Wohnung. Die Kündigung ist aufgehoben. Hier, diese zwei Teller sind für Arsenius und Habakuk.«

Mein Mund muss wohl weit offen gestanden haben, denn als Nächstes sagte sie: »Mach bitte nicht so ein einfältiges Gesicht, Kind, ich möchte, dass Patricks Mutter einen guten Eindruck von uns bekommt.«

≡

Obwohl ich wegen des Verhaltens meiner Eltern verwirrt und vollkommen aus dem Konzept geraten war, nahm ein warmes, mir bisher unbekanntes Gefühl von mir Besitz, das ich erst nach einer Weile identifizieren konnte. Tatsächlich: So fühlte es sich an, wenn man sich von seinen Eltern geliebt fühlte. Na ja, jedenfalls auf ihre spezielle, eigenartige Weise geliebt.

Es war ein gutes Gefühl, das mich für eine Weile meine anderen Probleme vergessen ließ.

Erst als ich eine Stunde später zu meinem Auto ging und mich von hinten jemand grob am Arm packte, fielen sie mir wieder ein.

»Was sollte denn der Scheiß, den du Lulu da geschrieben hast«, zischte er mich an und schüttelte mich dabei wie einen Sack Mehl. »Sie hat in meinen E-Mails geschnüffelt und geguckt, auf welchen Websites ich mich eingelinkt hatte.«

»Oh, *das*! Tut mir leid, Patrick, du siehst nur wirklich haargenau aus wie jemand namens *hammerhart31*, mit dem ich eine weniger nette Erfahrung gemacht habe, und ich fand, das sollte Lulu wissen.«

»Du kannst gar nichts beweisen!«, sagte Patrick. »Pech gehabt, was?«

»Ähm, aber das wollte ich auch gar nicht … Willst du damit etwa sagen, dass du …? Aua, du tust mir weh!«

»Ich lasse mir das von dir nicht kaputt machen, du Schlampe!«, sagte Patrick. »Nur weil du eins von diesen gekränkten Weibern bist, die einen One-Night-Stand nicht wegstecken können! O ja, erst im Internet nach jemandem suchen, der dich vögelt, und dann sauer sein, weil er dich nicht sofort heiratet! Ich kann mich zwar beim besten Willen nicht an dich erinnern, aber im Grunde wart ihr Weiber alle gleich.«

»Wie bitte? Na hör mal, Patrick …«

»Egal, was du ihr sagst, ich werde alles abstreiten«, sagte Patrick. »Sie glaubt mir mehr als dir.«

Ich hätte es wissen sollen: So viel Ähnlichkeit konnte es gar nicht geben. Von wegen astronomische Zwillinge!

»Also, Botschaft angekommen?«, fragte *hammerhart31*. »Freu dich einfach, dass du meinen Hammer mal zwischen den Schenkeln gehabt hast, und belasse es dabei!«

Und damit drehte er sich um und ging zurück zur Einfahrt meiner Eltern, wo meine Schwester und seine Mutter bereits im Auto auf ihn warteten.

Ich schüttelte mich unwillkürlich. Wovon träumte der denn nachts? Seinen Hammer hätte ich nicht mal mit der Kneifzange angefasst. Wäääh, igitt!

Aber da konnte man mal wieder sehen, wie klein die Welt doch war.

Auf dem Weg zu Charly rieb ich meinen Arm und dachte darüber nach, wie es möglich war, dass ich *hammerhart31* sofort wiedererkannt, er mich hingegen total vergessen hatte. Entweder war ich wirklich eine so unscheinbare, nichtssagende Person, wie Mia gesagt hatte, dass ihre erfundene Freundin gesagt hatte, oder *hammerhart31* war insgesamt mit derart vielen Frauen verabredet gewesen, dass er komplett den Überblick verloren hatte. Ich konnte mir vorstellen, dass eine ganze Reihe dieser Frauen bereits im Café, oder wo auch immer das erste Treffen stattgefunden hatte, ihr Desinteresse an seinem Hammer bekundet hatten, genau wie ich, und dass Patrick sich daher nicht nur bei mir bemüßigt gefühlt hatte, mit ein paar Beleidigungen das Weite zu suchen, ohne seine Rechnung zu bezahlen. Erstaunlich war nur, dass er offenbar auch genug Frauen getroffen hatte, die mit ihm – wääääh, nein, wirklich, der Gedanke daran war einfach zu widerlich.

Da dachte ich schon lieber an Tante Evelyn.

»Gute Neuigkeiten«, sagte ich, als Charly mir die Tür öffnete. »Ich kann wieder zurück in meine Wohnung.«

Charly sah entsetzt aus. »Zurück in dieses schreckliche Loch? Bist du bekloppt?«

»Charly, ich kann doch nicht ewig hier bei euch wohnen«, sagte ich.

»Eine Woche!«, rief Charly. »Du wohnst erst eine Woche hier. Und wir haben es doch nett zusammen, oder nicht?«

»Ja, das haben wir, aber du und Ulrich …«

»Ulrich hat dich auch gerne um sich, stimmt's, Ulrich, du willst nicht, dass Gerri zu dieser furchtbaren Tante zurückzieht, oder? In dieses erdrückende, winzige Dachstübchen!«

»Ulrich hat selber mal in diesem erdrückenden, winzigen Dachstübchen gewohnt«, sagte ich. Oder vielmehr rumgelegen.

»Ich halte es auch für keine gute Idee, wieder dorthin zu ziehen, wo das Unglück seinen Anfang genommen hat«, sagte Ulrich. »Hey, altes Haus, warum suchst du nicht in Ruhe nach was Besserem? Du kannst bleiben, bis du was gefunden hast.«

»Genau«, sagte Charly. »Du verdienst doch jetzt auch mehr, du kannst dir was viel Schöneres leisten. In unserer Nähe!«

»Es steht doch noch gar nicht fest, ob das mit dem Job wirklich klappt«, sagte ich. »Und eine neue Wohnung zu finden kann wirklich dauern.«

»Das macht uns nichts«, sagte Charly. »Stimmt's, Ulrich, das macht uns überhaupt nichts.«

»Stimmt«, brummte Ulrich.

»Wir haben dich nämlich sehr, sehr lieb«, sagte Charly. »Stimmt's, Ulrich?«

»Stimmt«, brummte Ulrich wieder.

Ich war ehrlich gerührt und musste wieder mal heulen. »Ich habe euch beide auch sehr, sehr lieb«, sagte ich.

»Gut«, sagte Charly. »Dann bring dich bitte nie wieder um, hörst du?«

Es war wohl meine Pflicht, Lulu von Patricks Attacke zu berichten – was sie mit dieser Information anfangen würde, war dann ihre Sache. Ehrlich, dass Patrick sich mal als *hammerhart31* notgeil im Internet herumgetrieben und in Cafés Frauen dazu genötigt hatte, seinen – igittigitt – anzufassen, fand ich eigentlich gar nicht so schlimm. Jeder hatte doch so einen schwarzen Flecken im Lebenslauf. Schlimm war es erst geworden, seit er mit mir gesprochen hatte: Der Typ war ein widerlicher, sexistischer, verlogener Drecksack.

Also rief ich Lulu an.

»Lulu, ich weiß jetzt, dass Patrick und *hammerhart31* ein und dieselbe Person sind«, sagte ich ohne Umschweife. »Er hat es mir vorhin selber gesagt.«

»Ich weiß, worüber ihr gesprochen habt«, sagte Lulu kühl. »Patrick hat es mir gerade erzählt.«

»Wirklich? Also, das wundert mich jetzt aber. Mir hat er gesagt, dass er alles abstreiten würde und du ihm mehr glauben würdest als mir.«

»Gerri, du bist meine kleine Schwester, und ich habe dich wirklich gern, aber damit gehst du zu weit«, sagte Lulu. »Es ist eine Sache, dass du Patrick attraktiv findest und ihn anbaggerst, aber eine ganz andere, wenn du so gemeine Lügen über ihn erzählst, um uns auseinander zu bringen.«

»Was? Ich würde diesen Typ doch niemals anbaggern, spinnst du? Keine Ahnung, was er dir erzählt hat, aber das ist doch wirklich ...« Es war so haarsträubend, dass ich tatsächlich lachen musste. Aber nur ganz kurz. »Weißt du, Lulu, ehrlich, Patrick ist das allerletzte Arschloch. Er hat im Internet Frauen aufgerissen und sie – warum auch immer – mit seiner Hammerhart-Nummer ins Bett gelockt, und jetzt steht er nicht mal dazu.« Vor lauter Erregung begann wieder mein Backenzahn zu schmerzen.

»Hör auf damit«, sagte Lulu. »Ich weiß, dass du gerade eine schwere Zeit durchmachst, aber das ist einfach – krank!«

»Ja, von *hammerhart31*«, sagte ich. »Der hat mich nicht mal wiedererkannt, so viele Frauen hat er getroffen. Er wusste nicht, ob ich zu denen gehöre, mit denen er im Bett war, oder zu denen, die ihm einen Korb gegeben hatten. Das können nicht wenige gewesen sein, denn diese »Fühl-doch-mal«-Nummer im Café war echt das Hinterletzte.«

»Ich lege jetzt auf«, sagte Lulu mit ihrer besten Lehrerinnenstimme. »Ich bin dir nicht böse, okay, aber ich möchte dieses Gespräch jetzt beenden.«

»Ich wette, der ist nicht mal einunddreißig Zentimeter lang«, sagte ich, aber da hatte Lulu schon aufgelegt.

»Und hammerhart ist er wahrscheinlich auch nicht«, sagte ich zu mir selber.

Charly lachte nur, als ich ihr davon erzählte. Sie sagte: »Deine Schwester ist erwachsen, und wenn sie diesen schmierigen Internetbumser behalten will, ist das allein ihre Entscheidung.«

Also gut. Das hatten wir dann also schon mal geklärt. Blieb noch das geheime Treffen mit Ole.

Als ich am nächsten Mittag im Café Fassbender auf ihn wartete, tat der Zahn immer noch weh. Die ganze Zeit hatte er sich immer nur mal kurz gemeldet, aber jetzt konnte ich wohl nicht länger leugnen, dass es wirklich der Zahn war und kein mysteriöser Phantomschmerz.

Trotzdem tat ich einen halben Löffel Zucker in meinen Latte macchiato, während ich mich nervös umschaute, ob Mia vielleicht irgendwo versteckt lauern und mit einem vergifteten Pfeil auf mich zielen würde. Es war ein schöner Maitag, und ich hatte einen Tisch draußen ergattert, mit Blick auf die Apostelkirche.

Ole kam im Laufschritt angestürmt, mit nur fünf Minuten Verspätung. Seine Praxis lag gleich um die übernächste Ecke.

»Ein kleiner Junge, der den Mund nicht aufmachen wollte«, sagte er außer Atem. »Seine Mutter war schon bei drei Zahnärzten mit ihm, und bei keinem hat er den Mund geöffnet. Aber ich habe es geschafft. Bin ich gut oder bin ich gut? Tut mir leid, ich wollte wirklich pünktlich sein. Du siehst übrigens wunderschön aus. Hast du irgendwas mit deinen Haaren gemacht?«

»Ich habe sie gewaschen«, sagte ich ehrlich. Eigentlich hatte ich durchaus vorgehabt, mich ein wenig zu stylen, aber nachdem das Einzige, das ich anziehen konnte, meine Jeans und das »Podolski – ich will ein Kind von dir«-T-Shirt waren, hatte ich mir mit dem Rest auch keine besondere Mühe gegeben.

»Schade, dass ich nicht Podolski bin«, sagte Ole trotzdem. »Aber ehrlich – sehe ich nicht viel besser aus?«

»Das ist Charlys T-Shirt. Ich glaube auch, es ist eher ironisch gemeint«, sagte ich. »Podolski ist zu jung für uns. Oder vielmehr, wir sind zu alt für ihn.« Der Zahn tat jetzt richtig weh. Ich hielt mir unwillkürlich die Hand an die Wange. »Und – hast du endlich mit Mia geredet?«

Ole nickte. »Es ist aus.«

Da vergaß ich meinen Zahn für einen Moment und griff spontan nach Oles Hand. »Ole, das tut mir wirklich leid. – Es ist also was Ernstes mit Mias Lover?«

»Das weiß ich nicht«, sagte Ole. »Über diesen Typ haben wir nicht geredet.«

»Du meinst, Mia wollte nicht darüber reden?«

»Ich wollte nicht«, sagte Ole. »Ich habe sie gar nicht nach ihm gefragt. Weißt du, mir ist der Kerl scheißegal.«

»Aber immerhin ist er der Grund, warum eure Beziehung auseinander geht«, sagte ich. »Mach dir also nichts vor!«

»Nein«, sagte Ole. »Wir hätten gar nicht erst heiraten sollen, das ist mir jetzt klar geworden.«

»Ole, bist du da nicht etwas voreilig? Noch vor weniger als zwei Wochen warst du ein glücklich verheirateter Mann … – Aua!«

»Was ist los?«

»Mein Zahn«, sagte ich. »Er tut weh. Ziemlich weh.«

»Wie lange denn schon?«, wollte Ole wissen.

»Ein paar Tage«, sagte ich. »Aber bis jetzt ist es immer von allein weggegangen.«

Ole stand auf. »Komm!«, sagte er. »Das erledigen wir jetzt sofort.« Er winkte die Kellnerin herbei und bezahlte meinen Latte macchiato, ohne auf meine Proteste zu hören. »Es ist ohnehin schon wieder ein halbes Jahr her seit deinem letzten Besuch.«

»Vielleicht hört es doch wieder von alleine auf«, sagte ich, aber da hatte Ole mich schon am Ellenbogen genommen und zwischen den Tischen auf den Bürgersteig geführt.

»Welcher ist es?«, fragte er.

»Links unten, der vorletzte Backenzahn. Glaube ich. Eigentlich tut es überall weh.«

»Hm, hm«, machte Ole. »Da haben wir doch erst letztes Jahr die Wurzelfüllung gemacht.«

»Ja, genau!«, sagte ich. »Aber um noch mal auf Mia zurückzukommen: Weiß sie denn wenigstens, dass du nicht meinetwegen, sondern ihretwegen in dem Hotel gewesen bist?«

»Nein«, sagte Ole. »Dazu bin ich gar nicht erst gekommen. Sie hat am Samstagabend kaum im Auto gesessen, da hat sie gesagt: *Ich weiß, dass du was mit Gerri hast, aber ich bin bereit, dir zu verzeihen. Wir fangen noch mal ganz von vorne an.*«

»So weit, so gut«, sagte ich. »Das wäre dann der Moment gewesen, in welchem du hättest sagen müssen, dass nicht ich das Problem bin, sondern der alte Sack, mit dem Mia Zungenküsse ausgetauscht hat.«

»Ich habe gesagt, so einfach geht das nicht!«, sagte Ole. »Und da ist Mia total ausgerastet. Sie hat mir die schlimmsten Beleidigungen an den Kopf geschmissen, von wegen, dass ich immer nur arbeite und mich überhaupt nicht für sie interessiere, dass wir viel zu selten Sex hätten und wenn, dann immer nur stinklangweiligen, dass ich auch in unserer Freizeit immer nur über Zähne reden würde und dass es der Gipfel der Unverschämtheit wäre, jetzt auch noch eine Affäre anzufangen, und ausgerechnet mit jemandem wie dir, mit einem Hintern so groß wie der von einem Zirkuspferd.«

»Und das wäre dann der Moment gewesen, in welchem du hättest sagen müssen, hey, sei du mal ganz still, du verlogener Knochenarsch, wer trifft sich denn heimlich mit verheirateten Männern in Hotels, du oder ich?«, sagte ich zunehmend aufgebrachter.

»Habe ich aber nicht«, sagte Ole. »Ich habe gesagt, dein Hintern sei absolute Spitzenklasse und ich würde schon einen Ständer kriegen, wenn ich nur an ihn dächte.«

»Oh«, sagte ich. »Das ist natürlich … – *Bist du denn von allen guten Geistern verlassen?*«

»Nein, aber von Mia«, sagte Ole. »*Du wirst schon sehen, was du davon hast*, hat sie gebrüllt, und zu Hause hat sie einen Koffer gepackt und mich dabei angeschrien, *halt mich bloß nicht auf*, obwohl ich das überhaupt nicht vorhatte. Dann ist sie in ihr Auto gestiegen und davongebraust.«

»Zu ihrem Liebhaber! Na, toll gemacht, Ole!«

»Zu ihren Eltern«, verbesserte Ole. »Ihr Vater hat mich gestern Morgen gleich angerufen, um mir ins Gewissen zu reden. Er sagte, es sei nicht besonders stilvoll, sich für einen Seitensprung jemanden aus dem gemeinsamen Freundeskreis auszusuchen, und ob ich nicht mal meinen Verstand einschalten könne, bevor ich meinen Schwanz sprechen lassen würde. Aber ich wisse ja jetzt wo ich Mia finden könnte, wenn ich wieder zur Vernunft käme.«

»Was ist denn das für eine Familie?« Ich war ehrlich schockiert. »Hat er wirklich *Schwanz* gesagt? Das wäre dann auf jeden Fall der Moment gewesen zu sagen: Hey, Schwiegervater, frag doch mal deine Tochter nach dem Schwanz, mit dem sie sich am Freitag im *Regency Palace* getroffen hat. Das ist doch wohl alles nicht – oh je, das tut inzwischen höllisch weh!!«

»Wir sind ja schon da«, sagte Ole und drückte die Tür zu seiner Praxis auf.

»Wollten Sie nicht länger wegbleiben, Herr Doktor?«, wollte die Sprechstundenhilfe hinter dem Tresen wissen.

»Ja, aber Frau Thaler hat akute Schmerzen. Setzen Sie sie bitte in die Eins, und schicken Sie mir die Lena.« Ole zwinkerte mir zu und verschwand hinter einer Tür, während ich durch eine andere in den Behandlungsraum stiefelte.

»Ihre Versicherungskarte, bitte«, sagte die Sprechstundenhilfe. Ich reichte sie ihr über den Tresen.

»Da haben Sie aber Glück gehabt«, sagte sie. »Der Herr Doktor ist bis Ende nächsten Monats ausgebucht.«

»Finden Sie?« Na, meine Definition von Glück sah wirklich anders aus. Ich hasste derartig ungeplante Aktionen. Auf einen Zahnarztbesuch bereitete ich mich immer gern ein paar Tage lang seelisch und körperlich vor.

Als ich mich auf den Stuhl setzte, hörte der Schmerz abrupt auf.

»Ich glaube, es ist weg«, sagte ich und stand wieder auf. »Ich gehe dann wieder.«

»Bleiben Sie sitzen. Das ist immer so«, erklärte Lena, die zierliche blonde Auszubildende, und band mir ein Lätzchen um den Hals. »Das ist das Adrenalin. Sobald Sie zu Hause sind, geht es wieder los.«

»Dann wollen wir mal schauen«, sagte Ole. In seinem weißen Kittel sah er aus wie eine fleischgewordene Version von Oberarzt Goswin. (Als ich den erfunden habe, kannte ich Ole noch gar nicht, aber er sah ihm wirklich verblüffend ähnlich.) Ich bewunderte noch eine Sekunde lang, wie gut das Weiß zu seinen blauen Augen, dem gebräunten Teint und dem hellen Haar aussah, dann ließ er mich in die Waagerechte fahren und schob mir die Lampe ins Gesicht.

Ich machte automatisch den Mund auf und die Augen zu.

»Sehr schön«, sagte Ole und klopfte mit einem Metallhaken auf meinen Zähnen herum. Es war nicht der Backenzahn mit der Wurzelfüllung, bei dem ich fast an die Decke ging, es war der danebenliegende Zahn, mein letzter Backenzahn ohne Füllung. Ich hatte zwar ebenmäßige und weiße, aber keine besonders guten Zähne, und das trotz des Süßigkeitentotalverbots in meiner Kindheit. Danke, Mama!

»Ist aber nur eine Kleinigkeit«, sagte Ole und drückte mir zwei Tamponaden in die Wange. »Ein kleines Löchlein nur. Da brauchen wir keine Spritze, oder?«

»Hoch! Ohne Hikche chei ich hia ahes huhannen!«, rief ich mit ausgebeulter Wange.

»Wusste ich's doch, tapferes Mädchen«, sagte Ole, und schon brummte der Bohrer los. »Wo waren wir stehen geblieben?«

»Hickche! Hicke!!« Ich fuchtelte mit den Fäusten in der Luft herum.

»Ach ja, genau«, sagte Ole, während der Bohrer sich in meinen wehen Zahn fraß. Oh, wie ich dieses Geräusch hasste! »Mia ist ausgezogen, und ihr Vater meint, ich hätte meinen Schwanz nicht unter Kontrolle.«

Der Sprechstundenhilfe rutschte bei diesen Worten der Speichelabsauger in meinen Hals. Offenbar hatten sich die neuesten Veränderungen im Privatleben des Chefs noch nicht herumgesprochen.

»Chchchch!«, machte ich.

»Entschuldigung«, murmelte Lena.

»Ich werde dieser Tage wohl mal zu einem Anwalt gehen müssen und mir vorrechnen lassen, was mir nach der Scheidung noch bleibt«, sagte Ole und bohrte genau in den Schmerz hinein.

»Aua!«, rief ich. »Hickche!«

Aber Ole drückte mich sanft in den Stuhl und bohrte weiter. Damit kurierte er mich ein für alle Mal von meinen Fantasien, in denen er und ich auf diesem Zahnarztstuhl leidenschaftlichen Sex gehabt hatten. Wie gesagt – in meiner Fantasie. Und weder ein Bohrer noch eine Zahnarzthelferin waren da in meiner Fantasie dabei gewesen.

»Das war's doch schon«, sagte Ole, gerade als ich dachte, ich würde ohnmächtig werden müssen. »Du warst sehr tapfer. Wahrscheinlich muss ich nicht mal viel zahlen, der Kredit für die Praxis ist so hoch – und Kinder haben wir ja keine. Ich werde sie wohl wegen der Wohnung auszahlen müssen, aber das kann ich verschmerzen. Nein, nein, bleib liegen, jetzt kommt die Füllung. Etwas mehr, Lena, ja, genau so. Von mir aus kann sie die Wohnung auch kriegen, dann muss aber sie mich auszahlen. Haha, möchte mal sehen, wovon. Die Frau haut doch jeden Cent, den sie verdient, für Schuhe auf den Kopf.«

Er pustete mit etwas Kaltem auf meinen Nerv.

»Aua!«, sagte ich schlapp.

Als ich endlich in die Sitzposition gefahren worden war und mir den Mund ausgespült hatte, sagte ich: »Das hat weh getan! Warum hast du mir keine Spritze gegeben?«

»Hat doch prima geklappt«, sagte Ole. »Lena, du kannst jetzt noch zehn Minuten Mittag machen.«

»Sag mal, machst du das immer so?«, schnauzte ich ihn an, als Lena zur Tür raus war. »Du hast doch genau gehört, wie ich geschrien habe!«

»Aber die Schmerzen sind jetzt weg«, sagte Ole und nahm mir das Lätzchen vom Hals. »Und nichts ist taub!« Er fuhr mir sanft mit der Daumenkuppe über die Unterlippe. »Wenn ich dich jetzt küssen würde, würdest du alles spüren.«

»*Wenn*«, sagte ich. »Aber nach so einer Quälerei ist mir wirklich nicht nach Küssen zumute. Ole, ich finde es nicht richtig, dass du Mia glauben lässt, ich sei der Grund für eure Trennung.«

»Aber du bist der Grund«, sagte Ole.

Ich sah ihn entgeistert an. »Bin ich nicht!«

»Doch, das bist du«, sagte Ole.

»Blödsinn! Mia betrügt dich, erinnere dich bitte!«

»Ich liebe dich, Gerri«, sagte Ole.

Charly hielt mir ein Ultraschallbild unter die Nase. »Da! Dein Paten-kind! Also, irgendwo da in der Mitte.«

»Süß«, sagte ich zerstreut.

»Von wegen süß«, sagte Charly mürrisch. »Man kann ja gar nichts erkennen! Und ich dachte immer, heutzutage ist die Technik so weit, da kannst du genau sehen, ob es am Daumen nuckelt oder nicht. Ich bin ehrlich enttäuscht. Ich habe mich seit Wochen auf dieses Bild ge-freut und jetzt das: Meine Gebärmutter, das Schwarze Loch im All. Und dann dieses billige Papier! Wie ein Kassenzettel.«

»Charly, du bist doch erst ganz am Anfang. Das Kind hat noch gar keine Daumen.«

»Trotzdem«, sagte Charly und wischte sich eine Frustträne aus dem Augenwinkel. Dann, urplötzlich, strahlte sie über das ganze Ge-sicht. »Jetzt aber zu den wirklich guten Sachen des Tages: Die Tante vom Verlag hat für dich angerufen. Sie wollen dich für übermorgen Mittag zu einem Businesslunch im *Beethoven* einladen. Ich habe mir die Freiheit genommen, schon mal zuzusagen.«

»Oh – und wer sind *sie*?« Ich war mit einem Schlag wieder ganz da.

»Na, die Verlagsfuzzis, mit denen du jetzt das dicke Geschäft ma-chen wirst, *Business-Lady*«, sagte Charly und strahlte noch mehr. »Ich bin so stolz auf dich!«

»Das ist süß von dir«, sagte ich. »Aber nicht so schnell. Vielleicht wollen Sie mir ja nur absagen.«

»So ein Quatsch«, sagte Charly, nahm meine Hände und tanzte einen kleinen Kreistanz mit mir. »Dafür würden die dich wohl kaum ins *Beethoven* einladen.«

Da hatte sie auch wieder Recht.

»Guck nicht so skeptisch, freu dich einfach«, befahl Charly.

Also gut. Ein bisschen konnte ich mich wirklich freuen. »Ich habe aber nichts zum Anziehen«, sagte ich, als ich mich zwei Sekunden lang gefreut hatte.

»Ich leih dir was, ich leih dir was«, sang Charly. »Siehst du, das Leben ist schön! Es lohnt sich, durchzuhalten.« Sie riss im Überschwang der Bewegung einen Stapel Papiere von der Kommode, die über das Parkett schossen. »Oh, stimmt ja, deine Tante Evelyn hat deine Post vorbeigebracht, und deine Schwester hat auch noch angerufen.«

»Welche?« Ich sah den Stapel Briefe durch, die Tante Evelyn gebracht hatte. Mist! Die Kreditkartenabrechnung! Und ein Brief von Dietmar Mergenheimer alias Max, 29, Nichtraucher und für jeden Spaß zu haben.

»Es war Lulu«, sagte Charly. »Hochnäsig wie immer. Du sollst zurückrufen.«

»Ha«, sagte ich. »Jetzt hat sie Patrick doch entlarvt!«

Aber so war es nicht.

»Mama sagt, du willst nicht zurück in deine alte Wohnung, stimmt das?«, fragte Lulu.

»Äh, ja«, sagte ich. »Ich werde mich nach etwas anderem umgucken.«

»Also könntest du quasi sofort umziehen, nicht wahr?«

»Ja«, sagte ich. »Ich denke nicht, dass Tante Evelyn irgendwelche Schwierigkeiten machen wird. Warum?«

»Weil ich eine Wohnung für dich habe«, sagte Lulu. »Patricks Wohnung nämlich. Wenn du seinen Mietvertrag übernimmst und wenn die Vermieterin zustimmt, natürlich!«

»Wo zieht Patrick denn hin?«, fragte ich begriffsstutzig.

»Na, zu mir«, sagte Lulu. »Meine Wohnung ist größer und liegt näher an meiner Schule und an Patricks Firma. Er ist sowieso fast die ganze Zeit bei mir, und es ist wirklich albern, doppelte Mieten zu bezahlen. Das Geld können wir für was Besseres ausgeben.«

»Also, Lulu, ich würde mir das echt gut überlegen …«

»Willst du die Wohnung haben oder nicht?«, fragte Lulu barsch.

»Sie ist ganz hübsch, nichts Spektakuläres, aber in der Südstadt, zwei Zimmer, Küche, Diele, Bad, Balkon. 2. Stock. Unten im Haus ist ein Käseladen, in der Wohnung darüber wohnt die Vermieterin mit ihrer Lebensgefährtin und im dritten Stock ein junges Studentenpärchen. Miete ist okay, der Zustand einwandfrei, und der Innenhof ist schön begrünt und kann von allen Parteien genutzt werden.«

»Hört sich gut an«, sagte ich. »Aber ...«

»Patrick hat drei Monate Kündigungsfrist, aber wenn die Vermieterin einverstanden ist, gibt es einen Aufhebungsvertrag, und du könntest zum 1. Juni einziehen.«

»Tja, dann«, sagte ich. »Wann kann ich mir die Wohnung angucken?«

»Morgen Nachmittag nach Schulschluss«, sagte Lulu. »Ich hol dich bei Charly ab, um drei. Und, Gerri? Bitte benimm dich Patrick gegenüber anständig!«

»Lulu, du klingst schon ganz wie Mama«, sagte ich.

»Ich bin eben erwachsen«, sagte Lulu. »Und das könntest du allmählich auch mal werden.«

»Eins nach dem anderen«, sagte ich. Bei mir lief es eigentlich gerade mal ganz gut. Die Jobsache war vielversprechend, mein Zahn tat nicht mehr weh, und wenn ich jetzt noch eine Wohnung bekam, konnte ich mich eigentlich nicht mehr beklagen. Wer hätte das gedacht?

»Die Wohnung von dem Perversen? Da kannst du doch drauf scheißen!«, rief Charly, als ich ihr davon erzählte.

Ich zuckte die Schultern. »Wenn sie hübsch und einigermaßen erschwinglich ist, nehme ich sie«, sagte ich. »Ich könnte einen Feng-Shui-Experten durch die Wohnung laufen lassen, der das Perverse wegräuchert oder so.«

»Aber dann musst du diesem Schwein ewig dankbar sein«, sagte Charly. »Und überhaupt – warum alles überstürzen? Du hättest nur noch zweieinhalb Wochen, um einen Umzug zu organisieren. Was spricht dagegen, einfach noch ein wenig hier wohnen zu bleiben?«

»Eine ganze Menge, liebe Charly«, sagte ich. »Außerdem muss

nicht ich Patrick dankbar sein, sondern er mir, denn sonst würde er mühsam nach einem Nachmieter suchen und außerdem noch drei Monatsmieten zahlen müssen.«

»Wir haben aber doch so viel Spaß! Und wenn du wieder allein wohnst, kommst du vielleicht auch wieder auf dumme Gedanken. Hier kann ich auf dich aufpassen ...« Charly hatte Tränen in den Augen. Das war typisch für sie in letzter Zeit: In der einen Minute tanzend und lachend, in der nächsten plötzlich das heulende Elend. Aber das waren nur die Schwangerschaftshormone, kein Grund zur Sorge. »Hoffentlich ist es so ein hässliches Dreckloch. Wo die anderen Mieter die ganze Zeit Xavier Naidoo hören und einen Beo haben, der ein landendes Flugzeug imitieren kann. In Originallautstärke.«

»Nein, bestimmt nicht! Charly, ich glaube nämlich, ich habe gerade eine Glückssträhne«, sagte ich. »Übrigens: Ole liebt mich.«

Charly ließ sich sofort ablenken. »Natürlich tut er das. Wir alle lieben dich. Wir brauchen dich. Unser Leben wäre ohne dich traurig, öde und leer. Wir ...«

»Nein, nein«, sagte ich. »Nicht diese Bringdichbloßnichtnochmal-um-Liebe. Er liebt mich so *richtig*. Im klassischen, romantischen Sinn. Mia ist zu ihren Eltern gezogen, und Ole will sie nicht mehr wieder haben. Sagt er jedenfalls.«

»Na, das sind aber doch mal erfreuliche Nachrichten«, rief Charly aus und strahlte wieder. »Herzlichen Glückwunsch!«

»*Hallo?*« Was war denn nur mit allen los? Irgendwie übersprangen sie immer ganze Kapitel, nur ich nicht. »Das ist doch wirklich *bedenklich*! Der arme Mann weiß doch nicht, was er redet.«

»Also, Ole ist nun wirklich nicht der Typ, der leichtfertig *Ich liebe dich* sagt«, sagte Charly und führte wieder ein kleines, ausgelassenes Tänzchen auf, diesmal ohne mich. »Endlich hat er's geschnallt, da warten wir schon seit Jahren drauf! Caro wird ausflippen vor Freude. Und ausgerechnet jetzt willst du dir eine neue Wohnung suchen? Reine Zeitverschwendung wäre das! Überleg doch mal: Da bist du gerade umgezogen und würdest gleich wieder umziehen müssen: Zu

Ole. Oh, ich hoffe doch sehr, dass er diese Superwohnung behält. Allein diese megahohen Rundbogenfenster sind der Wahnsinn.«

»Spinnst du, Charly? Siehst du denn gar nicht, wie bescheuert das alles ist?« Ich schüttelte den Kopf. »Ole ist total durch den Wind. Der weiß doch gar nicht, was er fühlt. Erst vor ein paar Tagen hat er herausgefunden, dass seine Frau ihn betrügt. Der bräuchte eine Therapie, um seinen Schock erst mal zu verarbeiten.«

»Manchmal brauchen wir einfach so ein bisschen Schwung in unserem Leben, um unsere Gefühle neu zu sortieren und eine längst fällige andere Richtung einzuschlagen«, sagte Charly. »Dafür braucht man dann keine Therapie. Du magst ihn doch auch, oder etwa nicht?«

»Natürlich mag ich ihn«, sagte ich. »Sehr sogar.«

»Na also«, sagte Charly. »Dann genieß es doch einfach, dass du endlich mal bekommst, was du willst. Oh, und Sex im Zahnarztstuhl! Du musst mir dann unbedingt erzählen, wie das so ist!«

Ich wurde rot. »Habe ich dir jemals …?«

»Ja, Gerri-Mausilein, das hast du!« Charly lachte. »Du warst aber ziemlich betrunken an diesem Abend. Und ich habe dir im Gegenzug die superpeinliche Story mit Leo Kernmann in der Flugzeugtoilette erzählt.«

»Oh, und davon weiß ich gar nichts mehr.«

»Ja, darauf habe ich gebaut«, sagte Charly. »Es gibt nämlich Dinge, die man besser immer für sich behält.«

»Ich habe heute auf Oles Zahnarztstuhl gelegen«, sagte ich. »Und du kannst mir glauben, dass ich dabei nicht an Sex gedacht habe.« Ich hatte sogar den Kopf zur Seite gedreht, als Ole versuchte mich zu küssen, direkt im Anschluss an seine Liebeserklärung.

»Tut mir leid, Ole, aber das geht mir alles viel zu schnell«, hatte ich gesagt.

Ole hatte ein bisschen enttäuscht ausgesehen. »Ich verstehe, dass du … – es ist ja auch erst eine Woche her, seit du dich …«, hatte er gesagt. »Aber du fühlst es doch auch, oder? Zwischen uns, da gibt es dieses ganz besondere Band … und das ist auch der Grund für all diese scheinbaren Zufälle, die uns zu dieser Zeit in dieses Hotel geführt haben. Eine magische Nacht …«

»Ole, ich habe dir das schon ein paar Mal gesagt: In dieser Nacht ist zwischen uns nichts gewesen! Ich hatte Schlaftabletten genommen, und du warst betrunken. Da war nichts Magisches dran, außer dem, was du dir eingebildet hast.«

»Möglicherweise sind mir nicht mehr alle Einzelheiten im Gedächtnis geblieben«, hatte Ole zugegeben. »Aber eins weiß ich genau: Meine Gefühle für dich sind keine Einbildung.«

Ich hatte ihn lange und sehr skeptisch angeguckt. Er sah zum Anbeißen aus, mit seinen ernsten blauen Augen, dem widerspenstigen blonden Haar, das ihm in die Stirn fiel, und diesem wirklich kleidsamen weißen Kittel. Wäre ich unter einem anderen, einem leidenschaftlicheren Sternzeichen geboren worden, hätte ich vermutlich alle meine Bedenken beiseitegeschoben und mich ihm an die breite Brust geworfen. Aber man kann eben nicht aus seiner Haut. Uns Jungfrauen ist der Skeptizismus nun mal angeboren. Wir trauen dem Braten prinzipiell erst mal nicht.

»Gehst du eigentlich auf die Sonnenbank?«, hatte ich schließlich gefragt.

Ole hatte geseufzt. »Ich verstehe, dass du Zeit brauchst, Gerri. Du hast nicht gerade die besten Erfahrungen mit Männern gemacht.«

Da hatte er wohl Recht. Unter anderem hatte ich nicht gerade die besten Erfahrungen mit ihm höchstpersönlich gemacht. Es war kein besonders erhebendes Gefühl, sich in jemanden zu verlieben und dann zuzusehen, wie dieser Jemand eine andere heiratete.

»Du … solltest erst mal klären, was mit dir und Mia ist«, hatte ich gesagt und war zur Tür gegangen. »Ich weigere mich, der Grund für eure Trennung zu sein. Das ist – unfair!«

»Ich kann warten«, hatte Ole hinter mir her gerufen.

Frau
Gerri Thaler
Dornröschenweg 12

Liebe Gerri,

vielen Dank für deinen Brief. Ich war sehr erstaunt, von dir zu hören, denn immerhin ist es anderthalb Jahre her, dass du mich in dem Café hast sitzen lassen. Ich hatte damals eine sehr unschöne Diskussion mit der Kellnerin und dem Geschäftsführer, weil ich mich geweigert habe, deinen Latte macchiato zu bezahlen. Am Ende habe ich mein gutes Recht durchgesetzt und musste nicht zahlen, dafür bekam ich aber lebenslanges Hausverbot in diesem Café. Das war keine besonders gute Erfahrung, wie du dir vielleicht vorstellen kannst. Aber Schwamm drüber.

Was du geschrieben hast, hat mich sehr nachdenklich gemacht. Ich habe mich nämlich noch mit vielen anderen Frauen getroffen, einige davon waren sogar noch hübscher als du. Aber nur eine einzige wollte mich näher kennen lernen. *Jessica, 24, sexy, natürlich blond.* Aber Jessica heißt in Wirklichkeit Hildegard, ist vierunddreißig, und zwar natürlich blond, aber auch natürlich dick. Oder zumindest pummelig. Sie ist ganz nett, aber ich hatte mir meine zukünftige Frau immer anders vorgestellt.

Nachdem ich nun »Der Sommer, in dem Lara die Liebe fand« gelesen habe, werde ich sie vielleicht doch noch einmal anrufen. Es stimmt schon, dass Erotik letzten Endes von anderen Dingen transportiert wird als von Äußerlichkeiten wie Aussehen, Alter und Namen. Wie Lara sich langsam, aber sicher in Nathan verliebt hat, war ungeheuer spannend zu lesen. Und es hat so gut getan, als Nathan diesem eingebildeten Torsten am Ende einen Kinnhaken verpasst hat, dass er gegen die Kaffeetafel getaumelt ist und das ganze Meißner Porzellan heruntergerissen hat. Die Autorin kennt sich wirklich aus mit der Liebe.

Jetzt werde ich Schluss machen und vielleicht bei Hildegard anrufen. Sie hat übrigens einen schönen Nachnamen: Katz. Ich könnte sie »Kätzchen« nennen, was meinst du?

In diesem Sinne
Herzlichst

Dein Didi Mergenheimer

P. S. Wenn das mit Hildegard nicht klappen sollte, hättest du eventuell noch einmal Lust auf ein Treffen? Ich könnte dir dann auch deine fünf Euro wiedergeben.

Fünfzehn

Patricks Wohnung war schöner, als ich es mir erhofft hatte. Besonders die praktischen Einbauschränke im Flur und im Schlafzimmer gefielen mir.

»Ich habe sie selber abgeschliffen und weiß lackiert«, sagte Patrick. Mir fiel auf, dass er mir nicht in die Augen schaute. Vielleicht war ihm ja inzwischen wieder eingefallen, dass er mir noch einen Cappuccino schuldete, vielleicht schämte er sich aber auch einfach nur ganz allgemein. Ich achtete darauf, nicht mit ihm allein in einem Raum zu sein, denn ich hatte ein bisschen Angst vor ihm. Da, wo er mich am Arm gepackt und geschüttelt hatte, hatte ich blaue und grüne Flecken bekommen.

Die ganze Wohnung war in Schwarz-Weiß gehalten, Fliesen im Schachbrett-Muster, weiß gestrichene Bodendielen, weiße Wände, eine schwarze Einbauküche mit Hochglanzfronten und Edelstahlarbeitsplatte, schwarze Ledersofas, weiße Bücherregale, ein Zebrafell auf dem Boden, gerahmte Schwarz-Weiß-Fotografien an den Wänden.

»Pervers«, murmelte Charly, die darauf bestanden hatte mitzukommen.

Ich fand es eigentlich ziemlich cool. Und der Balkon war richtig groß. Man konnte eine kleine Sitzgruppe dort aufstellen und hatte dann immer noch Platz für einen Liegestuhl. Oder eine Hängematte. Ach, wie hatte ich es nur all die Jahre ohne einen Balkon aushalten können?

Die Vermieterin war eine sympathische Frau um die fünfzig, die mit ihrer Lebensgefährtin den Käseladen im Erdgeschoss betrieb. Charly hatte auffällig die Nase in die Luft gehoben und geschnüffelt, als wir durch den Hausflur gegangen waren, aber der Käsegeruch störte mich überhaupt nicht. Ich liebe Käse! In der Wohnung war ohnehin davon nichts zu merken. Das Wichtigste aber war, dass der Auflösungsvertrag für die Vermieterin kein Problem darstellte: Zum ersten Juni konnte ich einziehen. Einen Verdienstnachweis wollte sie auch nicht sehen, sie fand es völlig in Ordnung, dass ich als Freiberuflerin so etwas nicht hatte.

Das einzige Problem war die Kaution von drei Monatsmieten. Das würde meine Master Card wohl nicht mehr verkraften.

»Ich leihe dir das Geld«, sagte Charly, großzügig wie immer. Sie hatte aber überhaupt kein Geld, wenn überhaupt, dann sprach sie wohl von Ulrichs Geld. Und das konnte ich nun wirklich nicht annehmen.

»Das ist nicht nötig«, sagte Lulu. »Papa kommt für die Kaution auf.«

»Ho, ho, ho«, machte Charly.

»Was?« Ich war einer Ohnmacht ziemlich nahe. Ich hatte seit meinem ersten und letzten Semester an der Uni kein Geld mehr von meinen Eltern bekommen. Nicht mal an Weihnachten oder zum Geburtstag. Meine Mutter zog es vor, mir zu diesen Gelegenheiten Dinge zukommen zu lassen, die ich ihrer Meinung nach dringend benötigte: Wintermäntel, Twin-Sets aus graumelierter Angora-Wolle und den Saftomat 2020, der aus ungeschältem Obst im Nu gesunden Saft presste.

»Das kannst du ruhig annehmen«, sagte Lulu.

»Ich will aber keine Almosen«, sagte ich.

»Halt bloß den Mund«, sagte Charly.

»Du müsstest die Küche übernehmen«, sagte Patrick. »Da will ich noch dreitausendfünfhundert Minimum für haben.«

»Patrick!«, sagte Lulu mahnend. »Gerri hat doch kein Geld, und sie ist meine kleine Schwester.«

»Aber die Küche hat mich achtfünf gekostet«, sagte Patrick. »Und das auch nur, weil ich *Monster-Prozente* gekriegt habe. Allein der Kühlschrank …«

»Patrick!«, sagte Lulu. »Wir sind doch jetzt eine Familie. In einer Familie knöpft man sich doch gegenseitig kein Geld ab.«

»Die Küche ist sowieso scheußlich«, sagte Charly. »Wie von Frankenstein. Auf diesem Hochglanz sieht man jeden Fingerabdruck. Da würde ich keinen müden Cent für zahlen.«

Ich fand die Küche eigentlich gar nicht übel. Ehrlich, ich fand sie sogar super. Diese geschmeidig gleitenden Apothekerauszüge, der geniale amerikanische Kühlschrank, das supertolle Gas-Kochfeld ... – Endlich würden wir unsere Kochabende auch mal wieder in meiner Küche stattfinden lassen können. Und Flo, Gereon und Severin konnten nebenan im Schlafzimmer in meinem Bett liegen. Das Schlafzimmer war nicht besonders groß, aber durch die Einbauschränke wirkte es sehr großzügig, und im Wohnzimmer nebenan konnte man für Martas und Marius' Kinder auch noch Betten aufstellen, wenn es nötig war.

»Die Regale müsste ich auch verkloppen«, sagte Patrick. »Das sind Designerteile.«

»EBay«, sagte Charly. »Du kennst dich doch im Internet hammerhart gut aus.«

»So schnell geht das aber nicht«, sagte Patrick und warf Charly einen vernichtenden Blick zu. »Und die Einlagerung von Möbeln kostet ein Vermögen.«

»Es ist gar nicht so einfach, aus zwei Wohnungen eine zu machen«, seufzte Lulu. »Jeder muss sich von einigen Sachen trennen, das ist nun mal so. Ich muss zum Beispiel mein geliebtes Sofa aufgeben. Du willst es nicht zufällig haben, Gerri?«

»Geschenkt?« Lulu liebte ihr auberginefarbenes, neobarockes Samtsofa über alles. Es hatte vergoldete Löwenfüße und eine Stickerei mit einer goldenen Krone. Es stand vor einer lavendelfarben gestrichenen Wand neben einer mit Serviettentechnik aufgepeppten Ikeakommode. Serviettentechnik war eins von Lulus Hobbys. Patricks schwarze Ledersofas würden sich sicher ein bisschen komisch in ihrer Wohnung vorkommen.

»Natürlich geschenkt«, sagte Lulu. »Ich brauche es ja nicht mehr.«

Ich musste nicht lange überlegen: Mein altes rotes Sofa in der Dachstube gab ich mit Freuden her. Genau wie die alte Küche. Vielleicht konnte Tante Evelyn über die Kirche ein paar Bedürftige dafür finden.

»Okay«, sagte ich beschwingt.

Die Vermieterin brachte die Verträge herein, und wir setzten uns alle an Patricks gläsernen Esstisch, um zu unterschreiben. Charly bestand darauf, dass Patrick mir auch einen handschriftlichen Schenkungsvertrag für die Küche ausstellte.

»Nicht, dass du Gerri am Ende doch noch Geld dafür abknöpfen willst«, sagte sie. »Ich meine, wenn Lulu gerade mal nicht zuhört!«

»Wir sind doch jetzt eine Familie«, sagte Lulu wieder. »So ein Vertrag ist wirklich überflüssig.«

»Vorsicht ist die Mutter der Porzellankiste«, sagte Charly. »Bei solchen Dingen bin ich immer *hammerhart*.«

»Von mir aus«, sagte Patrick, scheinbar gelangweilt.

Auf der Straße vor der Haustür hatte er dann doch noch mal Gelegenheit, mit mir allein zu sprechen, während Charly und Lulu sich von der Vermieterin das Geheimnis der üppig blühenden Geranien vor der Ladentür erklären ließen.

»Ich habe dich gewarnt, *Schlampe*«, sagte er. »Sie glaubt mir mehr als dir.«

»Das stimmt leider«, sagte ich. »Übrigens hatten wir nie was miteinander, Arschloch, also nenn mich nicht Schlampe. Du warst sauer, dass ich deinen Gummihammer nicht mal anfassen wollte, und hast mich deinen Cappuccino bezahlen lassen, nachdem du mich sehr unschön beschimpft hast.«

»Dafür habe ich dir ja eben meine Küche geschenkt«, sagte Patrick. »Ich denke, damit sind wir ja wohl quitt, du Schla… frigide Kuh.«

Ja, das stimmte allerdings. Im Grunde hatte ich ein gutes Geschäft gemacht. Für so eine Küche und diese großartige Wohnung konnte man sich ruhig auch mal als frigide Kuh beschimpfen lassen.

Ich hatte noch nie einen »Business-Lunch« in einem eleganten Restaurant wie dem *Beethoven* gehabt, aber ich wusste, dass man nicht in einem »Podolski – ich will ein Kind von dir«-T-Shirt dort aufkreuzen konnte. Also nahm ich meine Master Card, ignorierte das Wissen um die roten Zahlen auf meinem Konto und kaufte mir ein paar neue Klamotten, auch Unterhosen. Es war ein gutes Gefühl, zur Abwechslung mal wieder etwas zu tragen, das nicht durchsichtig, kaputt oder unanständig bedruckt war. Die hellgraue, leichte Hose und der gleichfarbige Kurzarmpullover waren vielleicht nicht besonders peppig, aber sie sahen edel aus, schmeichelten meiner Figur und neigten nicht zum Knittern. Bevor ich aus dem Auto stieg, überprüfte ich im Rückspiegel noch einmal, ob kein Lippenstift auf den Zähnen klebte und nicht noch ein Lockenwickler im Haar saß (Charly passierte das ständig: Die Hälfte der Hochzeit von Caroline und Bert hat sie mit einem Lockenwickler auf dem Hinterkopf erlebt, ich entdeckte ihn erst, als ich wissen wollte, worüber die Leute die ganze Zeit so kicherten). Ich nahm auch den Zahnpflegekaugummi aus dem Mund, es war manchmal schwierig, ihn in einem Restaurant loszuwerden, ohne ihn hinunterschlucken zu müssen.

Im Radio hatten sie Gewitter angekündigt, die das warme Frühlingswetter vorerst vertreiben würden, aber noch war es trocken, was auch das Tragen der fantastischen neuen Schuhe rechtfertigte, die ich mir gekauft hatte: schwarze Slingpumps im Retrolook, die für die Höhe ihres Absatzes erstaunlich bequem waren.

Das *Beethoven* war ein wirklich hübsches Restaurant, jedenfalls von außen, und als ich einen Blick durch das Fenster warf, staunte ich, wie viele Leute hier mitten in der Woche zu Mittag aßen.

Ich war – wie immer – auf die Minute pünktlich und überlegte, ob ich vielleicht noch einmal um den Block gehen sollte, um nicht als Erste am Tisch zu sitzen. Das sah so übereifrig aus, und ich wollte gern ein bisschen cool wirken. Außerdem wusste ich nicht, ob Lakritze einen Tisch reserviert hatte oder nicht.

»Da sind Sie ja«, sagte ein warmer Bariton neben mir. Es war Adrian, in Jeans und einem grünen Polo-Shirt, das auf die Nuance genau die Farbe seiner Augen hatte. Ich war mir ziemlich sicher, dass das eine Frau für ihn ausgesucht hatte, eine, die ihm tief in die Augen geschaut hatte. Vielleicht auch seine Mutter. »Schön, dass Sie pünktlich sind.«

»Das bin ich immer«, sagte ich. »Das ist mein Sternzeichen.«

»Jungfrau«, sagte Adrian.

Ich nickte verblüfft. »Wieso, sind Sie auch eine?«

»Nein«, sagte Adrian. »Ich bin Schütze.«

»Ist das gut oder schlecht?«, fragte ich.

»Es ist völlig egal«, sagte Adrian, öffnete die Tür ins Restaurant und ließ mich zuerst eintreten. »Ich glaube nicht an Horoskope.«

»Ich eigentlich auch nicht«, log ich, während ich versuchte mich zu erinnern, ob Jungfrau und Schütze gut miteinander harmonierten. Zu Hause musste ich sofort mal im Internet nachgucken. Der Kellner führte uns an einen Tisch in der Ecke, der für zwei gedeckt war.

»Sind wir beide allein?«, entfuhr es mir, ehe ich es verhindern konnte.

»Frau Krietze lässt sich entschuldigen«, sagte Adrian. »Familiäre Angelegenheiten.«

»Oh«, sagte ich. »Aber nichts Schlimmes, hoffe ich.«

Adrian schüttelte den Kopf. »Was möchten Sie essen? Das Menü ist hier immer sehr lecker, nur die Portionen sind etwas klein.«

Ich studierte die Speisekarte. Internationale Küche bedeutete wohl auch, dass in der Karte alle möglichen Sprachen vertreten waren. »Was war noch gleich Abalone?«

»Das sind Seeschnecken, glaube ich«, sagte Adrian.

»Und Emincé?«

»So was wie Geschnetzeltes«, sagte Adrian. »In dünne Streifen geschnittenes Fleisch.«

Ich warf ihm einen beeindruckten Blick zu. Das war wirklich nicht schlecht. Mal sehen, was er sonst noch wusste. »Scoparolo?«

»Ein Käse. Vom Schaf.« Adrian hatte die Augenbrauen gehoben

und musterte mich über den Rand der Speisekarte hinweg. »Wollen Sie das wirklich wissen, oder ist das ein Quiz?«

»Chiffonade?«

»Das ist, äh … Ich weiß es nicht«, sagte Adrian.

»War aber schon sehr gut«, sagte ich. »Sie gehen wohl oft fein essen, oder?«

»Ja«, sagte Adrian. »Aber ich gucke auch gerne diese Kochsendungen im Fernsehen.«

»Die liebe ich auch«, rief ich aus und konnte nicht verhindern, dass ich ihn anstrahlte. »Kochen ist richtig spannend. Wir treffen uns jeden Samstagabend, um zusammen zu kochen, meine Freunde und ich.«

»Oh, so etwas ist schön«, sagte Adrian. »Das haben wir früher auch manchmal gemacht. Gekocht oder gespielt … Aber mittlerweile haben sie fast alle Kinder, und irgendwie …« Er verstummte.

»Ja, wenn sie Kinder haben, werden sie seltsam«, sagte ich verständnisvoll. »Aber was soll man machen? Nur weil sie Kinder haben, kann man sich doch keine neuen Freunde suchen, nicht wahr?«

»Aber man kann auch nicht die ganze Zeit mit diesen glücklichen Familien verbringen«, sagte Adrian. »Das hält doch kein Mensch aus.«

»Man kommt sich manchmal vor wie von einem anderen Stern«, sagte ich. »Oder noch schlimmer: Als habe die Welt sich weitergedreht, nur man selber ist stehen geblieben.«

»Genau«, sagte Adrian. »Sie behaupten immer, sie seien neidisch auf einen, aber in Wirklichkeit haben sie nur Mitleid mit uns Singles.«

»Ja, und ständig wird man zur Patentante ernannt, quasi als Ersatzbe… Aber Sie sind doch gar kein Single«, fiel mir da ein, und ich wurde im gleichen Augenblick rot. »Ich meine, äh, Entschuldigung …«

»Sie meinen wegen der Sache mit Marianne? Ich wusste nicht, dass alle darüber Bescheid wissen, bis ich Ihren Brief bekam.« Adrian rieb sich verlegen die Nase. Sofort vergaß ich meine eigene Peinlichkeit.

»Aber so eine Büro-Affäre kann man doch nicht geheim halten«, sagte ich in mütterlichem Tonfall.

»Nein, vermutlich nicht. Ich habe es jedenfalls beendet.«

»Was? Etwa meinetwegen?«, rief ich und wurde gleich noch eine Nuance röter. »Wegen meines Briefes, meine ich? Wegen dem, was ich geschrieben habe … über, äh …?«

»Ja«, sagte Adrian. »Wegen dem, was Sie geschrieben haben. Und weil es sowieso nur eine ziemlich schäbige, überflüssige Affäre war. Wissen Sie jetzt wieder, was Sie geschrieben haben?«

Ich schüttelte meinen hochroten Kopf. »Nur ungefähr.« Ich hätte ihn gern gefragt, was an der Affäre schäbig und überflüssig gewesen war, aber ich traute mich nicht. Diese Marianne Schneider ließ vermutlich ihre Stiefel beim Sex an. Schäbig und überflüssig.

Der Kellner kam an unseren Tisch, um die Bestellung aufzunehmen, und ich hatte Zeit, wieder eine normale Gesichtsfarbe anzunehmen. Als wir wieder allein waren, nahm Adrian einen Umschlag aus seiner Aktentasche und reichte ihn mir. »Ich habe Ihnen einen Vertrag mitgebracht, der Sie mit fünf Prozent am Umsatz der Ronina-Reihe beteiligen wird. Abgerechnet wird einmal im Jahr. Ich habe deshalb eine Garantie-Honorar-Klausel einarbeiten lassen, damit Sie nicht bis Februar auf Ihr Geld warten müssen. Bei Vertragsabschluss erhalten Sie fünfzig Prozent des Garantiehonorars.«

»Dann sollte ich schnellstens unterschreiben«, sagte ich und versuchte, ganz lässig zu wirken. Oh mein Gott! Vertrag! Garantiehonorar! Geld!!!!! Jetzt konnte ich die Kaution für die Wohnung vielleicht doch bezahlen, ohne eine Bank auszurauben oder das Angebot meines Vaters annehmen zu müssen. »Mein Konto ist durch unvorhergesehene Ausgaben leider im Minus. Wie viel ist es denn?« Ich öffnete den Umschlag und nahm einen Stapel bedruckter Din A 4 Blätter aus schwerem Papier heraus. Meine Hände wollten zittern, aber ich ließ sie nicht. Ich war ein Profi. Oder auf bestem Weg, einer zu werden.

»Lesen Sie sich alles in Ruhe durch«, sagte Adrian. »Mit diesem Vertrag übernehmen Sie nicht nur Rechte, sondern auch Pflichten. Sind Sie sicher, dass Sie dieser Belastung auch gewachsen sind?«

»Natürlich.« Ich verstand kaum ein Wort von dem, was ich las, ungeduldig überflog ich die Seiten und suchte nach der Zahl, die mein Konto wieder ins Plus bringen würde. Als ich sie endlich auf Seite drei fand, hätte ich beinahe laut aufgekreischt. »*Vierundzwanzigtausend Euro!*«

»Die Hälfte davon sofort«, sagte Adrian. »Es ist nur die Garantiesumme – wir wollen doch sehr hoffen, dass Ronina mehr Geld einspielen wird. Sehr viel mehr.«

Jetzt zitterten meine Hände doch. »Vierundzwanzigtausend jährlich. So viel hatte ich noch nie!«

Adrian hob seine Augenbrauen. »Das ist relativ! Erstens müssen Sie das noch versteuern, zweitens müssen Sie dafür zwei Romane im Monat abliefern und drittens – haben Sie mal Ihren Stundenlohn ausgerechnet? Ich glaube, nur polnische Spargelstecher bekommen weniger.«

»Aber es ist eine klare Verbesserung gegenüber vorher«, sagte ich. »Und ich mache das wirklich *gern*.«

»Ich möchte trotzdem sicher sein, dass Sie der Belastung gewachsen sind«, sagte Adrian.

»Na hören Sie mal«, sagte ich. »Ich habe zehn Jahre lang für Aurora geschrieben, zwei Romane im Monat, und ich habe jeden einzelnen von ihnen pünktlich abgegeben. Fehlerfrei und druckreif.«

»Ja, schon«, sagte Adrian. »Aber, äh, im Interesse des Verlages muss ich mich absichern, dass Sie nicht noch einmal versuchen werden, sich umzubringen. Dann hätten wir nämlich wirklich ein Problem.«

»Tja«, sagte ich. »Da kann man aber nie ganz sicher sein. Ich meine, ich könnte ja auch eine Krankheit bekommen oder einen Unfall haben. Und Sie genauso. Jedem kann jederzeit etwas passieren.«

»Sie wollen sich also nicht noch einmal umbringen?«

»Ähm – vorerst wohl nicht«, sagte ich.

»Gut«, sagte Adrian. Ich wartete darauf, dass er fragen würde, warum ich es hatte tun wollen, aber er fragte nicht.

»Ich bin gar nicht neurotisch depressiv«, sagte ich. »Ich hatte nur eine langanhaltende schlechte Phase. Liebesleben, Arbeitsleben, sonstiges Leben – alles war ohne Perspektiven. Aber das hat sich jetzt geändert.«

»Das freut mich für Sie«, sagte Adrian.

»Nicht, dass jetzt *alles* großartig wäre«, setzte ich hinzu. »Es ist nur – besser geworden.«

»In allen Bereichen?«

»Wie bitte?«

»Liebesleben, Arbeitsleben, sonstiges Leben«, zählte Adrian auf.

Ich dachte kurz nach. »Ja«, sagte ich dann. »Kann man so sagen.«

Das Essen kam, und es war sehr lecker. Unter Chiffonade muss man sich übrigens eine Suppeneinlage vorstellen: in Streifen geschnittener grüner Salat. Adrian hatte eine Spargelcremesuppe mit Bärlauch zur Vorspeise und Heilbutt zur Hauptspeise. Ich hätte gern mal probiert, aber natürlich traute ich mich nicht zu fragen. Mein Perlhuhn war aber auch sehr gut. Wir redeten nicht viel während des Essens, aber das machte nichts. Es war ein angenehmes Schweigen.

»Woher wussten Sie eigentlich, dass Jungfrauen pünktlich sind?«, fragte ich, als wir beim Nachtisch waren.

»Das wusste ich doch gar nicht«, sagte Adrian.

»Aber Sie haben mein Sternzeichen *geraten*!«, sagte ich. »Vorhin, draußen vor der Tür, wissen Sie nicht mehr? Sie haben was von meiner Pünktlichkeit gesagt, und ich habe gesagt, das liegt an meinem Sternzeichen, und da haben Sie gesagt …«

»Ich weiß noch, was ich gesagt habe«, sagte Adrian. »Ich hatte mir gemerkt, dass Sie am vierzehnten September Geburtstag haben, das ist alles.«

»Ach so.« Ich nahm meinen letzten Löffel Erdbeerparfait. *Ach so?*

Adrian lehnte sich in seinem Stuhl zurück. »Noch einen Espresso?«

»Woher kennen Sie denn meinen Geburtstag?«, fragte ich.

»Keine Ahnung. Vielleicht aus den alten Verträgen, die ich mir angeschaut habe, vielleicht stand es auch in Frau Krietzes Kalender. Ich merke mir immer alles Mögliche, wenn ich es lese. Espresso?«

»Ja, gerne.« Das war aber merkwürdig. Ich war mir ziemlich sicher, dass Lakritze meinen Geburtstag nicht kannte, und in den Verträgen hatte niemals mein Geburtsdatum gestanden. Sonst wäre Lakritze wohl kaum so überrascht über mein Alter gewesen.

Ich sah Adrian genau in die Augen. Er guckte beiseite.

»Okay, ich habe Sie gegoogelt«, sagte er.

»Mich? Aber wo steht denn im Internet mein Geburtstag?« Ich war ein bisschen geschmeichelt. Wie nett! Er hatte mich gegoogelt. Er hatte mehr über mich erfahren wollen. Auf die Idee, das umgekehrt mit ihm zu machen, war ich gar nicht gekommen. Hm, musste ich zu Hause unbedingt nachholen.

»Auf der Homepage Ihrer alten Schule«, sagte Adrian. »Da standen auch Ihre Abiturnote und Ihre Leistungskurse.«

»Das ist aber sicher gegen das Datenschutzgesetz«, sagte ich.

»Ja, bestimmt sogar«, sagte Adrian. »Ich würde meine Schule verklagen, wenn die meine Abiturnote veröffentlichen würde. Aber in Ihrem Fall – eins Komma sieben, das ist ziemlich gut.«

»Es wäre besser gewesen, wenn dieser neofaschistische Glatzkopf von Rothe mir nicht die ganzen Vornoten versaut hätte«, sagte ich. »So war es mit Abstand das schlechteste Abitur, das je jemand in unserer Familie nach Hause gebracht hat. Außer meiner Mutter natürlich, die hat überhaupt keins. Trotzdem war sie ziemlich enttäuscht, dass ich nicht unter den drei Besten meines Jahrgangs war, so wie Tine, Rika und Lulu vor mir. Das sind meine Schwestern. Sie sind einfach in allem besser als ich. Sie sind blond, klug und verheiratet. Oder zumindest verlobt.« Ich verstummte. Hoffentlich hatte das nicht bitter und neidisch geklungen.

»Ich habe zwei Brüder«, sagte Adrian unvermittelt.

Ich lächelte ihn an. »Ist das genauso schlimm?«

»Einer hat seinen Doktor in Kernphysik und war in Seoul bei der

Olympiade im Ruderteam dabei, seine Kinder spielen alle Geige und Klavier, der zweite hat das Unternehmen meines Vaters übernommen und ein Fotomodel geheiratet. Meine Eltern sind sehr stolz auf meine Brüder.«

»Und auf Sie nicht? Aber Sie ...«

»*Ich* sitze bei Aurora in einer Abstellkammer«, unterbrach mich Adrian. »Was offiziell natürlich niemand erfahren darf. Es heißt, *unser Gregor hat eine Führungsposition in der Verlagsbranche*, der Name *Aurora* ist dabei tabu.«

»Das ist ja verrückt«, sagte ich. »Wie alt sind Sie?«

»Vierunddreißig«, seufzte Adrian. »Und ich muss immer noch jeden Sonntag bei meinen Eltern zum Mittagessen erscheinen.«

Ich beugte mich vor. »Ich *auch*! Und dass nur, um mich zur Schnecke machen zu lassen. Haben Sie je daran gedacht, in eine andere Stadt zu ziehen?«

»Oh ja«, sagte Adrian. »Ich habe zwei Jahre in England studiert.«

»Na, sehen Sie! Darauf müssen Ihre Eltern doch ...«

»Während mein Bruder eine Stelle als Gastdozent in Oxford hatte«, unterbrach mich Adrian wieder.

»Hm, ich merke schon, Ihre Brüder sind harte Nüsse«, sagte ich. »Aber sie können unmöglich so gut aussehen wie Sie!« Letzteres sagte ich sehr siegesgewiss.

»Alban hat neben dem Studium gemodelt«, sagte Adrian. »Und Nikolaus ist erst vor vier Wochen im Internet zum bestaussehenden Wissenschaftler Europas gewählt worden.«

»Dafür heißen sie aber *Nikolaus* und *Alban*«, sagte ich, weil mir sonst nichts mehr einfiel. »Und ich kann mir einfach nicht vorstellen, dass sie besser aussehen als Sie. Warum haben *Sie* denn nicht gemodelt während des Studiums? Was *Alban* kann, können Sie doch schon lange.«

»Zu klein«, sagte Adrian. »Ich bin nur einen Meter einundachtzig. Meine Brüder ...«

»Wissen Sie was?«, unterbrach ich ihn. »Ich will kein Wort mehr von ihren Brüdern hören! Wenn *ich* sage, dass Sie der bestaussehende

Mann sind, der mir seit Jahren untergekommen ist, nein, der bestaussehende Mann, der mir *je* untergekommen ist, dann müssen Sie mir das einfach glauben. Und ich kenne *einige* gutaussehende Männer.«

»Aber Sie haben meine Brüder ja noch nie gesehen«, sagte Adrian. »Alle meine Freundinnen waren bisher von ihnen hingerissen. Jedenfalls die, die ich mit zum sonntäglichen Mittagessen geschleppt habe.«

»Marianne Schneider auch?«

»Marianne habe ich doch nicht meiner Familie vorgestellt«, sagte Adrian entsetzt. »Das hätte sie wohl auch niemals gewollt. Ich sagte doch bereits, dass das nur eine unbedeutende Affäre zwischen uns war.«

»Sie sagten schäbig und überflüssig«, korrigierte ich ihn.

Der Kellner kam und nahm unsere Espresso-Bestellung auf.

»Wieso sind alle Ihre Schwestern blond, nur Sie nicht?«, fragte Adrian, als der Kellner wieder gegangen war.

»Meine Tante Evelyn meint, ich wäre wohl vom Briefträger«, sagte ich. »Aber in Wirklichkeit bin ich die Einzige, die auf meinen Vater kommt. Die braunen Haare, die braunen Augen …«

»Aber Ihre Augen sind doch nicht *braun*«, sagte Adrian und beugte sich vor. »Sie sind wie – Karamellsirup, den man gegen die Sonne hält.«

Hm, das war aber mal ein hübscher Vergleich, besser als der mit Bernstein, den ich sonst manchmal zu hören bekam. »Meine Schwester Tine hat die gleichen Augen, aber zu blondem Haar sehen sie irgendwie besser aus«, sagte ich, um meine Verlegenheit zu kaschieren.

»Wissen Sie was?«, sagte Adrian und lachte. »Ich will kein Wort mehr von Ihren Schwestern hören.«

Ich hätte meinen neuen Vertrag darauf verwettet, dass keiner seiner Brüder ein derartig nettes Lachen hatte. Man musste einfach mitlachen.

Der Espresso kam und damit so langsam auch das Ende unseres »Business-Lunches«, was ich sehr bedauerlich fand. Aber Adrian musste zurück in seine Abstellkammer, und ich musste zu Charly, die eine Flasche Champagner besorgt hatte, um auf meinen Vertrag anzustoßen. Und vorher wollte ich noch meinem Vater einen Besuch abstatten.

»Es war sehr nett mit Ihnen«, sagte Adrian vor dem Restaurant und hielt dabei seine Hand so merkwürdig, dass ich nicht wusste, ob ich sie schütteln oder abklatschen sollte. Ich machte nichts von beidem.

»Das fand ich auch«, sagte ich nur, plötzlich ein wenig beklommen. »Vielen Dank für die Einladung. Wiedersehen.«

»Bis bald«, sagte Adrian.

Als ich mich ein paar Schritte entfernt hatte, rief er: »Warten Sie!«

Ich kam wieder zurück und sah ihn gespannt an.

»Ich finde, ähm, ich dachte, jetzt, wo wir sozusagen Kollegen sind, könnten wir uns eigentlich doch beim Vornamen nennen, oder?«, sagte er.

»Gut«, sagte ich. »Obwohl mir Adrian besser gefällt als Gregor. Zumal ich ja diesen Vampir auch Gregor getauft habe.«

»Es geht ja hauptsächlich um das du«, sagte Adrian. »Wie du mich dann nennst, ist eigentlich egal.«

Mein Vater hatte wieder sein Steingesicht aufgesetzt, als er mich sah. »Gerri, was für eine Überraschung, es ist doch gar nicht Sonntag. Komm rein, deine Mutter ist beim Bridge. Möchtest du einen Tee?«

»Lulu hat gesagt, dass du für die Kaution aufkommen willst, Papa«, sagte ich. »Ich bin gekommen, um dir zu sagen, dass ich das Geld nicht annehmen kann. Auch wenn es sehr nett von dir war, es anzubieten.«

»Das hat nichts mit Nettigkeit zu tun«, sagte mein Vater. »Ich habe das Geld längst überwiesen.«

»Wirklich, Papa, ich komme auch alleine klar. Ich bin *immer* alleine klargekommen.«

»Mein liebes Kind, vor zwei Wochen erst hast du versucht, dir das Leben zu nehmen«, sagte mein Vater. »Das nenne ich *nicht* gut alleine klarkommen.«

Ich wurde rot. »Ja, aber davon mal abgesehen … Im Augenblick läuft es wirklich gut für mich. Ich habe gerade heute einen neuen Vertrag mit Aurora unterschrieben. Einen, der mich am Umsatz beteiligt. Ich bekomme allein vierundzwanzigtausend Euro im Jahr Garantiehonorar.«

»Das macht dann zweitausend brutto im Monat«, sagte mein Vater. »Das ist nicht die Welt. Vor allem, wenn man bedenkt, wie wenig du in deine Rentenkasse einzahlst. Zufälligerweise habe ich dir auch genau vierundzwanzigtausend Euro auf dein Konto überwiesen.«

»Wie bitte? Aber die Kaution beträgt nur …«

Mein Vater hob die Hand. »Es ist exakt die Summe, die dir zusteht«, sagte er. »Ich hätte dir das Geld längst geben sollen.«

»Aber ich will überhaupt nicht …«

Wieder unterbrach er mich. »Vierundzwanzigtausend Euro hat mich jede deiner Schwestern während ihres Studiums gekostet. Du hast das Studium im ersten Semester abgebrochen und dich fortan selber versorgt. Es ist nur recht und billig, dass du das Geld jetzt bekommst.«

Ärgerlicherweise musste ich weinen. »Obwohl du so sauer auf mich warst … Tut mir alles so leid, Papa. Ich hatte dir nicht mal einen Abschiedsbrief geschrieben.«

Mein Vater machte eine Bewegung, als wolle er mich umarmen, dann nahm er aber nur meine Hand. »In den letzten Wochen habe ich viel über uns und dich nachgedacht. Ich habe mir schwere Vorwürfe gemacht, dass das überhaupt hatte passieren können. Du hattest Recht mit dem, was du mir an den Kopf geworfen hast, draußen im Garten: Wir haben dir niemals gezeigt, wie stolz wir auf dich sind. Ich war sauer, dass du das Studium hingeschmissen hast, weil du genauso klug und begabt bist wie deine Schwestern. Ich habe all diese Jahre gedacht, du wirfst dein Leben weg …«

»Aber es können doch nicht alle Leute Lehrerinnen und Diplom-dolmetscherinnen werden«, sagte ich.

»Das stimmt«, sagte mein Vater. »Außerdem finde ich deine Romane gar nicht so übel. Wirklich. Wenn ich mal für eine Minute vergessen konnte, dass meine eigene Tochter sich das alles ausgedacht hat, war ich richtig gefesselt. Du könntest ruhig mal versuchen, ein *richtiges* Buch zu schreiben.«

»Papa …«

»Ja, schon gut, das sollte nicht abwertend klingen. Wie wäre es mit einem Buch über eine junge Frau, die sich umbringen will und an alle, die sie kennt, Abschiedsbriefe schreibt?«

»Zuerst einmal muss ich zweiunddreißig Vampirromane schreiben«, sagte ich. »Vampire sind nämlich schwer im Kommen.«

»Das wird deine Tante Alexa freuen«, sagte mein Vater. »Sie ist doch auch einer von denen.«

An das
Trauerhaus Thaler
Hasenacker 26

Liebe Frau Thaler, lieber Herr Thaler,

zum Tode Ihrer Tochter Gerda möchte ich Ihnen mein allerherzlichstes Beileid aussprechen. Gerri und ich sind vom fünften Schuljahr an in einer Klasse gewesen und standen uns immer sehr nahe. Leider haben wir uns in den letzten Jahren aus den Augen verloren (ich habe in München Sozialpädagogik studiert, nach dem Examen mit behinderten Kindern gearbeitet, bis ich heiratete, einen großen Gutshof bezog und zwei Kinder, Luise, 4, und Friedrich, 1, gebar), sodass ich von Gerris Problemen leider gar nichts mitbekommen habe.

Ach, hätte sie sich doch an mich gewandt, ich habe ihr schon zu Schulzeiten so manches Mal aus der Patsche geholfen. Nun ist es leider zu spät, und uns Hinterbliebenen bleiben zum Trost nur die Worte des Dichters: »Es ist schwer, einen Menschen zu verlieren, aber es ist ein Trost zu wissen, dass viele ihn gern hatten.«

Und so halte auch ich mich nun an das Zitat von Otto von Leixner »Trösten ist eine Kunst des Herzens, sie besteht oft darin, liebevoll zu schweigen und schweigend mitzuleiden« und bin in Gedanken bei Ihnen.

Ihre
Britt Freifrau von Falkenstein, geborene Emke

Sechzehn

»Ist dir immer noch schlecht, arme Charly, ich habe dir was besorgt, das hat mir immer sehr geholfen und ist absolut nebenwirkungsfrei, Ulrich, rasier dich doch endlich mal, du Bär, du siehst fantastisch aus, Gerri, sind die Schuhe neu, ich habe Lamm besorgt, aber sie hatten nirgendwo Auberginen, bei denen man sicher sein konnte, dass sie nicht aus genmanipuliertem Anbau stammen, Severin, lass das, du bist doch kein Hund, kommt durch, Marta und Marius sind auch schon da, macht bitte keine dumme Bemerkung über ihre geschwollenen Knöchel, sie weint dann und hört nicht mehr damit auf, es wird wirklich höchste Zeit, dass dieses Elefantenbaby geboren wird, Ole ist auch gekommen, ohne Mia, die beiden haben sich getrennt, aber das wisst ihr sicher längst, ich kann nicht sagen, dass ich traurig darüber bin ...« Caroline hielt ihren üblichen Samstagabendbegrüßungsmonolog, und wir bahnten uns einen Weg durch Spielzeug und Klamottenberge.

Flo und Gereon lagen schon im Bett, und Flo war gerade noch wach genug, um mein Mitbringsel, eine Haarspange mit einer rosa Glitzerlibelle, an sich zu nehmen und »du bist die Beste der Welt« zu murmeln, bevor sie einschlief.

»Ausflug ins Siebengebirge«, erklärte Caroline dieses Phänomen. »Vierzehn Kilometer rund um den Drachenfels, wir sind alle total groggy, nur Severin nicht, der saß die ganze Zeit gemütlich in der Rückentrage.«

»Was bedeutet, dass Bert heute wahrscheinlich schon um halb neun einschlafen wird«, raunte Ole mir zu.

»Hallo«, sagte ich etwas verlegen. Seit meiner zahnärztlichen Behandlung am Montag hatte ich ihn nicht mehr gesprochen.

Ole lächelte sein charmantestes Oberarzt-Goswin-Lächeln. »Hallo, du.« Das klang sehr zärtlich. *Zu* zärtlich, in meinen Ohren.

»Mia wohnt immer noch bei ihren Eltern?«, fragte ich, um ihn und mich ein wenig zu ernüchtern.

»Ja. Sie hat noch ein paar Sachen abgeholt und mir bei dieser Gelegenheit noch einiges an den Kopf geworfen. Verbal, meine ich.«

»Und da hast du hoffentlich die Gelegenheit genutzt und sie mal gefragt, was sie an dem alten Knacker im Hotel so toll fand?«

Ole schüttelte den Kopf. »Das habe ich doch gar nicht nötig. Am Ende denkt sie noch, wir hätten uns getrennt, weil *sie* eine Affäre hat.«

»Aber so ist es doch, Ole.«

»Nein, so ist es nicht«, sagte Ole stur. »Und irgendwann wirst du das hoffentlich auch begreifen.«

»Wie wäre es, wenn ihr zwei das Gemüse klein schneidet?«, fragte Caroline und warf Ole zwei Zucchini zu, die er geschickt auffing. Caroline zwinkerte mir zu und lächelte vielsagend.

»Fantastische Schuhe«, sagte Marta zu mir.

»Danke. Die sind neu«, sagte ich.

»Sie sehen wunderbar aus«, sagte Marta und fing an zu weinen. »Stell dir mal meine fetten Füße zwischen diesen Riemchen vor! Ach, was würde ich nicht alles dafür geben, noch mal solch schmale Fesseln zu haben. Oder so einen wunderbaren kleinen Busen. Ich kann wirklich nicht verstehen, warum jemand wie du sich …«

»Marta!«, fauchte Caroline.

Marta schniefte.

»Ach, Marta, das ist doch nur vorübergehend«, sagte ich. »Bald sehen deine Füße wieder normal aus.« Obwohl man sich das, ehrlich gesagt, kaum vorstellen konnte, wenn man sich Martas Füße in Marius' riesigen Birkenstocklatschen jetzt so ansah.

»Ja, ja«, schniefte Marta. »Aber auch nur die Füße. Der ganze Rest … – Beim Stillen werden die Brüste sogar noch fetter.«

»Aber dafür hast du dann ein wunderbares Baby im Arm«, sagte ich.

»Genau«, sagte Caroline. »Und jetzt hör auf zu heulen, und schneide diese Zwiebel in kleine Würfelchen.«

»Aber wie soll ich denn dabei aufhören zu heulen?«, schniefte Marta, und da mussten wir alle lachen.

Bert legte eine alte CD von den *Gipsy Kings* auf und drehte sie lauter auf als sonst, weil er die Kinder wegen der ungewohnt guten Siebengebirgsluft im Tiefschlaf wähnte. Der Rhythmus war mitreißend, und wir alle tanzten durch die Küche, schnitten das Gemüse mit wackelndem Hintern, rührten im Takt in den Töpfen und schnipsten zwischendurch mit den Fingern. Severin krähte fröhlich auf Berts Arm. Selbst Marta entspannte sich und wagte eine Drehung um ihre eigene Achse.

»Geht doch, Elefantinchen«, sagte Marius und tanzte einmal um sie herum, was ziemlich lange dauerte. Marta lachte.

Jemand klopfte an das Küchenfenster. Offenbar hatten wir die Klingel nicht gehört.

»Wer kann denn das sein?«, fragte Caroline.

Bert tanzte Samba bis zur Haustür und kam mit Mia an seiner Seite zurück.

»Hallo, alle zusammen«, sagte Mia. Sie sah gut aus, wie immer, vielleicht noch eine Spur besser, in einem wasserblauen Sommerkleid, das sowohl ihre Augen als auch ihre wunderbar schmale Figur betonte. Ich hätte schwören können, dass es brandneu war, ebenso die dazu passenden Sandalen.

Es versteht sich von selbst, dass wir aufgehört hatten zu tanzen, nur die Musik spielte weiter.

»Was machst du denn hier?«, fragte Ole.

»Oh, ich dachte, heute ist unser wöchentlicher Kochabend«, sagte Mia. »Und ich hatte nicht abgesagt, oder, Caroline?«

»Nein«, sagte Caroline.

»Warum seid ihr dann alle so erstaunt, mich zu sehen? Letzte Woche war ich doch auch da.«

»Hör auf damit«, sagte Ole.

»Womit denn?« Mia warf ihr rotglänzendes langes Haar in den Nacken.

»Möchtest du was trinken, Mia?«, fragte Bert.

»Danke, ja«, sagte Mia. »Ich habe zwar schon reichlich zu Hause getrunken, aber ich möchte auf keinen Fall wieder nüchtern werden. Also her mit den harten Sachen.«

»Du bist doch wohl hoffentlich nicht mit dem Auto da«, sagte Ole.

»Ooooh, machst du dir etwa Sorgen um mich? Hast du Angst, ich könnte vor einen Brückenpfeiler fahren?«, sagte Mia. »Du stehst auf Selbstmörderinnen, nicht wahr? Das macht dich irgendwie an.«

»Mia«, sagte Caroline. »Ich fände es besser, wenn du …«

»Was?«, fauchte Mia sie an. »Wenn ich wieder verschwinden würde, damit ihr hier ohne mich eine Party feiern könnt? Wie fändest du das denn, wenn es nicht Ole wäre, sondern Bert, der mit Gerri ins Bett ginge, hm?«

»Halt den Mund, Mia«, sagte Ole. »Ich rufe dir jetzt ein Taxi.«

»Das hast du wirklich super hingekriegt, Gerri«, sagte Mia. »Wie fühlt man sich denn, wenn man eine Ehe auf dem Gewissen hat?«

»Lass Gerri in Ruhe«, sagte Caroline. »Sie kann doch nichts dafür, dass Ole und du euch auseinander gelebt habt.«

»Auseinander gelebt, hahaha«, sagte Mia. »Ich sehe, ihr seid noch nicht auf dem neusten Stand, was? Ihr wisst nicht, dass Gerri und Ole es miteinander treiben, oder?«

»Das ist absolut nicht wahr«, sagte Charly.

»Eure Ehestreitigkeiten könnt ihr wirklich woanders …«, sagte Marius, aber Mia fuhr ihm über den Mund.

»Du Blödmann mischst dich da besser nicht ein! Soll ich Marta mal erzählen, wie oft deine Hand schon zufällig auf meinem Hintern gelandet ist und wie du mir immer in den Ausschnitt glotzt?« Sie sah zu Marta hinüber und verzog verächtlich den Mund. »Ihr seid ja alle so was von heuchlerisch!«

»Wenn hier einer heuchlerisch ist, dann doch wohl du«, sagte Ulrich.

»Oh, weswegen das denn? Weil ich all die Jahre so getan habe, als fände ich diese Samstagabende nicht mal halb so öde, wie sie waren?«, fragte Mia. »Ich sag euch jetzt mal was, was ihr alle nicht wisst: An diesem Freitag, an dem Gerri sich angeblich umbringen wollte, hat sie in Wirklichkeit mit meinem Mann im *Regency Palace* eine heiße Liebesnacht verbracht. Und das weiß ich, weil eine Freundin von mir die beiden gesehen hat. Knutschend beim Frühstück.«

»Während du nichtsahnend auf einer Fortbildung in München warst, nicht wahr«, sagte Charly.

»In Stuttgart«, verbesserte Mia. »Ja, genauso war's. Ole hat das übrigens nicht abgestritten, meine lieben *Freunde*. Er hat zugegeben, dass er in Gerri verliebt ist.«

»Das bin ich auch«, sagte Ole. »Das ist kein Geheimnis.«

Caroline nahm ihre Hand an den Mund. »Oh«, machte sie.

»Ja, *oh*«, äffte Mia sie nach. »Und deshalb bin ich ausgezogen. Aber das kommt dir doch sicher nicht ungelegen, oder, Caroline? Du hast doch die ganze Zeit versucht, Ole mit Gerri zu verkuppeln, und du hast mir nie verziehen, dass ich ihn ihr weggeschnappt habe. Aber jetzt hat sie ja den Spieß wieder umgedreht. Hat Ole mit ihren Selbstmordplänen ins Hotel gelockt, eure liebe, harmlose Gerri ... Und ihr habt sie noch bemitleidet und mit Samthandschuhen angefasst. Aber seid ruhig auf ihrer Seite. Spielt doch keine Rolle, dass sie mein Leben zerstört hat, Hauptsache, der armen, vom Leben benachteiligten Gerri geht es gut.«

»Jetzt mach aber mal einen Punkt, Mia!«, sagte Charly. »Wir wissen, dass es nicht deine Freundin war, die Ole und Gerri zusammen gesehen hat: Du warst es selber!«

»Aber sie war doch in München«, sagte Marius.

»Stuttgart«, verbesserte Marta.

»War sie nicht«, sagte Ulrich. »Sie hat sich im *Regency Palace* mit einem Liebhaber ein Zimmer genommen.«

»Oh«, machten jetzt Caroline, Marta und Marius im Chor. Mia sah erschrocken aus.

»Und das war nicht das erste Mal«, sagte Charly. »Sie hat Ole gesagt, sie sei auf Fortbildung, aber in Wirklichkeit hat sie sich jedes Mal mit ihrem Liebhaber getroffen.«

»Einem alten, faltigen *Sack*«, sagte Ole.

»Er ist nicht alt«, fauchte Mia, die ihren Schrecken offenbar schnell überwunden hatte. »Und er ist zehnmal besser im Bett als du! Du hast doch von nichts eine Ahnung! Du bist ein Stümper.«

»Dann geh doch zu ihm«, sagte Ole. »Worauf wartest du noch? Ich will dich jedenfalls nicht mehr haben.«

»Nein, weil du ja jetzt Miss Fettarsch hast«, sagte Mia. »Wenn ich gewusst hätte, dass es das ist, was dich anmacht, hätte ich mir einfach ein paar Kilos draufgefuttert.«

»Ehrlich gesagt verstehe ich kein Wort«, sagte Caroline.

»Ich auch nicht«, sagte Marta. »Mia und ihr Liebhaber waren im selben Hotel wie Ole und Gerri?«

»*Nein!*«, sagte ich.

»Doch«, sagte Charly. »Aber Gerri wollte dort nichts weiter als sich ungestört umbringen. Sie ist absolut unschuldig. Ole ist Mia auf die Schliche gekommen und ihr und ihrem Liebhaber in das Hotel gefolgt. Und dort hat er dann zufällig Gerri getroffen, die ihn getröstet hat, weil er total unter Schock stand.«

»Und unter Whiskey«, sagte ich.

»Ha, ha«, machte Mia, sah aber irgendwie verunsichert aus.

»Das war eine Fügung des Schicksals«, sagte Ole. »Es war *Karma*. Von allen Hotels der Stadt musste es ausgerechnet dieses sein. Wer da noch von Zufall redet, hat wirklich keine Ahnung.«

»Hä?«, machte Marta. »Kann mir denn mal einer erklären, warum Gerri überhaupt in diesem Hotel war und wie sie und Ole sich dort getroffen haben?«

»*Karma!*«, antworteten Bert und Marius wie aus einem Mund.

»Im Grunde können wir Mia also dankbar sein«, sagte Ulrich. »Denn wenn sie *wirklich* auf einer Fortbildung gewesen wäre, wäre Ole niemals in dieses Hotel gekommen und hätte Gerri auch nicht vom Selbstmord abhalten können.«

»Mann!«, sagte Marius. »Was für eine Geschichte.«

»Ich verstehe sie immer noch nicht«, sagte Marta. »Woher wusste Ole denn, dass Gerri sich umbringen wollte? Und warum haben sie am Frühstückstisch geknutscht?«

»Er wusste es doch gar nicht«, sagte Bert. »Er war einfach nur zur richtigen Zeit am richtigen Ort.«

»Wegen Mia«, sagte Ulrich.

»Karma eben«, sagte Caroline.

»Auf Mia«, sagte Bert und hob sein Glas. »Auf Mia, die mit ihrem Seitensprung Gerri das Leben gerettet hat.«

»Auf Mia!«, sagte Ulrich feierlich.

»Auf Mia!«, sagte Marius.

Mia warf einen giftigen Blick in die Runde. »Ihr könnt mich alle mal«, sagte sie und warf ihr prachtvolles Haar in den Nacken. »Ihr seid echt das Allerletzte!«

Und damit rauschte sie aus der Küche. Eine Sekunde später bebte das ganze Haus, so fest schlug Mia die Haustür zu.

»Wiedersehen«, sagte Caroline.

»Ich verstehe immer noch nicht, warum ihr beim Frühstück geknutscht habt«, sagte Marta.

»Weil Gerri so einen Möhrensaftbart an der Oberlippe hatte und einen so süßen Mund«, sagte Ole.

»Weil Mia uns sehen sollte«, sagte ich. »Was ja auch der Fall war.«

»Genial«, sagte Caroline.

»Hast du wirklich Mias Hintern begrabscht?«, fragte Marta und sah Marius finster an.

»Da gibt es doch nichts zu begrabschen«, sagte Charly.

»Das stimmt auch wieder«, sagte Marta und fing an zu weinen.

»Jetzt bist du hoffentlich zufrieden«, sagte Ole vor der Tür. Charly und Ulrich saßen bereits in Ulrichs Auto und warteten auf mich.

»Wie meinst du das?«

»Na, jetzt, wo Mia endlich weiß, dass ich weiß, dass sie mich betrogen hat«, sagte Ole. »Das hat dich doch die ganze Zeit gestört.«

»Ja, hat es auch«, sagte ich. »Trotzdem hätte man Mia vielleicht diese peinliche Szene ersparen können.«

»Aber das war doch nicht meine Schuld«, sagte Ole. »Ulrich und Charly haben damit angefangen.«

»Weil es einfach nicht korrekt war, Mia in dem Glauben zu lassen, ich sei der Grund für eure Trennung«, sagte ich.

»Aber du bist der Grund«, sagte Ole.

Ich seufzte. »Warum habe ich gerade ein Déjà vu?«

»Weil wir das gleiche Gespräch schon mal vor ein paar Tagen hatten«, sagte Ole. »Ich liebe dich, Gerri, und ich möchte mit dir zusammen sein. Was ist daran so schwer zu verstehen?«

»Ole, das ist – tut mir leid! Ich kann das nicht ernst nehmen«, sagte ich. »Ich meine, du musst dich doch selber mal fragen, wo deine Gefühle so plötzlich herkommen! Vor vier Wochen, hast du mich da auch schon geliebt?«

Für einen Moment wirkte Ole verunsichert. Dann sagte er: »Im Grunde ja. Ich habe es nur nicht gewusst. Und selbst wenn nicht: Was spricht dagegen, sich plötzlich und unerwartet in jemanden zu verlieben?«

»Im Grunde nichts«, sagte ich. »Ich finde das Timing nur etwas unglücklich. Du hast dich ungefähr sechs Stunden, nachdem du erfahren hast, dass deine Frau dich betrügt, in genau die Frau verliebt, die dir als Erstes über den Weg gelaufen ist. Das kann man *Karma* nennen, aber auch *Kurzschlussreaktion, Projektion* und *Trotzreaktion.*«

»Warum lässt du nicht auch einfach mal das Positive in deinem Leben zu?«, fragte Ole. »Spring doch *einmal* über deinen Schatten, Gerri. Jetzt ist dein Glück zum Greifen nah, und du solltest zugreifen. Glaub mir, jede andere wäre froh, wenn sie an deiner Stelle wäre.«

»Wie meinst du das, Ole?«

»Ja, meinst du, ich mache mir da was vor? Die Frauen stehen auf mich, das war immer schon so. Große, blonde, gutaussehende Zahnärzte stehen hoch im Kurs. Und daran ändert sich auch nichts, nur weil Mia Probleme mit ihrer Sexualität hat und sich anderweitig orientiert. Wer weiß, vielleicht sind das vorgezogene Wechseljahrbeschwerden. Wie dem auch sei: Du findest keinen Besseren als mich. Das sollte dir klar sein.«

»Aber vielleicht jemand *Bescheideneren*«, sagte ich. »Hallo? Kann es sein, dass du ein bisschen viel von dir hältst?«

»Bescheidenheit ist hier fehl am Platz«, sagte Ole ernst. »Überleg doch mal, Gerri! Ich bin das Beste, das dir jemals passieren wird, denn ich sehe dich so, wie du bist, mit all deinen wunderbaren Charaktereigenschaften und deinen komischen kleinen Macken. Und ich liebe dich dafür. Ich werde dich ein Leben lang auf Händen tragen, und alle werden dich um mich beneiden.«

Ich hätte mich gerne nach meinen wunderbaren Charaktereigenschaften und komischen kleinen Macken erkundigt, aber stattdessen sagte ich: »Tja, und was ist, wenn ich noch ein bisschen Zeit brauche, um mir über *meine* Gefühle klar zu werden?«

»Wie viel Zeit?«, fragte Ole.

»Keine Ahnung, Ole«, sagte ich.

Ole kaute eine Weile auf seiner Unterlippe. »Ich werde sicher nicht ewig warten«, sagte er. »Das ist mir zu blöd.«

»Tja, das kann ich verstehen«, sagte ich.

»Du bist dumm«, sagte Ole. »Du bist richtig dumm!«

»Vielen Dank«, sagte ich. »Ist das auch eine meiner wunderbaren Charaktereigenschaften: Dummheit?«

»Vielleicht denkst du mal darüber nach, wie ich mich fühle, wenn du mich die ganze Zeit zurückweist und an meinen Gefühlen zweifelst«, sagte Ole.

»Aber das tue ich doch die ganze Zeit«, sagte ich.

»Wir beide sind füreinander wie geschaffen«, sagte Ole. »Wir haben denselben Freundeskreis, dieselben Vorlieben und Interessen, und wir harmonieren im Bett. Was willst du denn noch?«

»Lieber Ole, ob wir im Bett miteinander harmonieren oder nicht, muss sich wohl erst noch herausstellen, *denn wir hatten nichts miteinander!*«, sagte ich, wobei ich die letzten Worte sehr langsam und deutlich aussprach.

Ole schwieg einen Moment. »Und was ist mit unserem Kuss?«,

fragte er dann. »Du kannst mir nicht erzählen, dass du das Kribbeln nicht gespürt hast.«

»Hm«, sagte ich. Der Kuss war in der Tat sehr schön gewesen. Aber das waren doch eigentlich alle Küsse, oder? Wenn man nicht gerade jemanden küsste, den man nicht mochte oder der einem gleich die Zunge in den Hals steckte, kribbelte es doch immer. Oder meistens. Also, zumindest bei fünfzig Prozent aller ersten Küsse. Oder fünfundvierzig. Das ist jedenfalls immer noch eine gute Quote.

Ole deutete mein Schweigen falsch und lächelte zufrieden. »Denk mal eine Nacht darüber nach«, sagte er, küsste mich auf die Wange und ging zu seinem Auto. Es war ein schwarzer Porsche Carrera, Ole nannte ihn sein »Zahnarztauto«, und Bert, Ulrich und Marius beneideten ihn glühend darum. Ich sah zu, wie er geschickt aus der Parklücke rangierte und die Straße hinunter beschleunigte.

»Gerri! Er ist weg, du kannst jetzt einsteigen«, rief Charly aus Ulrichs Auto.

Ich kletterte auf den Rücksitz. »'tschuldigung«, murmelte ich.

»Schon gut«, sagte Charly. »Es war ja ein wichtiges Gespräch, so viel Zeit muss sein.«

»Habt ihr etwa alles gehört?«

»Erst als Charly die Fenster runtergelassen hat«, sagte Ulrich.

»Und Ole hat Recht, Gerri«, sagte Charly. »Warum möchtest du diese Situation mit deinen Zweifeln kaputt machen? Was soll dieses misstrauische Analysieren? Du solltest das Glück einfach mal mit beiden Händen packen und festhalten.«

»Blödsinn«, sagte Ulrich. »Gerri hat Recht: Diese Gefühle kamen wirklich ein bisschen plötzlich. Wenn Mia ihn nicht betrogen hätte, wäre Ole noch heute mit ihr zusammen. Und wenn er es wirklich ernst mit Gerri meint, dann soll er nicht so einen Druck machen, sondern den Dingen einfach ihren Lauf lassen.«

»Außerdem geht es nicht um Oles Gefühle«, sagte ich. »Es geht um *meine* Gefühle!«

»Aber du magst Ole doch!«, sagte Charly.

»Ja, und ich war auch mal in ihn verliebt«, sagte ich. »Nur, das ist Jahre her!«

»Du kannst mir nicht erzählen, dass du ihn nicht mehr scharf findest«, sagte Charly.

»Scharf finde ich auch Robbie Williams und Giovanni di Lorenzo und David Beckham«, sagte ich. »Sogar Ulrich – jedenfalls manchmal.«

»Danke, Baby«, sagte Ulrich. »Wenn du willst, laufe ich zu Hause nur noch in Boxershorts herum, solange du noch bei uns wohnst.«

»Aber …«, fing Charly wieder an.

»Lass sie in Ruhe«, sagte Ulrich. »Wenn das was Ernstes ist mit Ole und ihr, dann hat sie alle Zeit der Welt, das herauszufinden.«

»Wenn es dann mal nicht zu spät ist«, sagte Charly. »Und nachher kriegt sie wieder solche Selbstmordanwandlungen, und keiner will's gewesen sein!«

✉

»Wir haben hier drei Coverentwürfe vorliegen und müssten dazu Ihre Meinung einholen«, sagte Lakritze am Telefon.

»*Meine* Meinung?«

»Ja, Kindchen, haben Sie denn Ihren Vertrag nicht durchgelesen? Sie haben ein Mitspracherecht bei diesen Dingen, und Sie werden es auch brauchen, denn auf dem einen Cover sieht Ronina aus wie Madonna in den Achtzigern, einschließlich des Aerobic-Outfits, und auf dem anderen fließt auf einem Quadratmeter mehr Blut als bei der Schlacht von Watergate. Kommen Sie doch Montag mal vorbei, dann kann ich Sie gleich in der Grafikabteilung vorstellen.«

»Gut«, sagte ich und nahm mir vor, etwas über die Schlacht von Watergate rauszubekommen.

Mann! Ich hatte Mitspracherecht bei den Covern. Das war ja revolutionär! Dann würden meine Protagonistinnen endlich mal die gleiche Haarfarbe haben wie die Frauen vorne auf dem Bild. »Sind

Ihre familiären Angelegenheiten wieder, äh, ich meine, es war doch hoffentlich nichts Schlimmes?«

»Was meinen Sie?«

»Na, Sie konnten doch letzten Mittwoch nicht mit zu dem Lunch kommen«, sagte ich.

»Ach so, *das*«, sagte Lakritze. »Ja, da brauchte ich dringend mal einen freien Tag, und ich dachte, Ihnen und dem Jungen tut es gut, mal allein zu sein. Wussten Sie, dass er nicht mehr mit der Schneider zusammen ist?«

»Ja«, sagte ich. »Das war nur eine schäbige, überflüssige Affäre.«

»Ich weiß nicht, ob sie das auch so sieht«, sagte Lakritze. »Aber auf jeden Fall scheint ihm das gut zu bekommen, er ist gerade dabei, seine Abstellkammer zu räumen und das Eckbüro zu beziehen.«

»Oh«, sagte ich. »Da hat er aber mal Ellenbogen gezeigt.«

»Nicht wirklich«, sagte Lakritze. »Das Büro stand ja leer, seit die Kollegin den Nervenzusammenbruch erlitten hat. Aber es ist ein Anfang. Ich wünsche Ihnen ein schönes Wochenende, Gerri, wir sehen uns dann am Montag.«

»Ich freue mich«, sagte ich und meinte damit den Montag, nicht das Wochenende. Denn das stand ganz im Zeichen von Tante Alexas Silberhochzeit.

Die Woche war sehr schnell vergangen. Ich hatte ungefähr vierzigmal mit Ole telefoniert, fünfzig Seiten am zweiten Ronina-Roman geschrieben und Patrick und Lulu beim Umzug geholfen. Letzteres nur, weil ich unbedingt als Erster sehen wollte, wie sich Patricks CD-Regal aus gebürstetem Edelstahl neben Lulus Serviettentechnik-kommode machen würde.

Donnerstagabend, nachdem wir Lulus Sofa hinein- und Patricks Sofas hinausgetragen hatten, überreichte mir Patrick die Schlüssel.

»Sind das auch alle?«, fragte ich misstrauisch.

»Natürlich«, sagte Patrick. »Wovor hast du Angst? Dass ich nachts hier reinschleiche und mich an dir vergreife?«

»Exakt!«, sagte ich.

Patrick verzog verächtlich das Gesicht. »Keine Sorge! So eine wie dich würde ich nur im Notfall bumsen.«

Selbstverständlich war Lulu bei diesem Wortwechsel außer Hörweite – wenn sie zuhörte, war Patrick immer zuckersüß zu mir. Einmal nannte er mich sogar »kleine Schwester«.

»Du könntest ihm ruhig mal ein bisschen entgegenkommen«, sagte Lulu. »Er gibt sich solche Mühe mit dir.«

»Tut mir leid, Lulu, in diesem Fall weiß ich es ausnahmsweise mal besser als du: Der Typ ist und bleibt ein Arschloch!«

»Was dich aber nicht daran hindert, seine Wohnung und seine Küche zu übernehmen«, sagte Lulu. »Du solltest dich was schämen!«

»Ich habe selber lange darüber nachgedacht, ob ich das moralisch vertretbar finde«, sagte ich. »Aber – ja! Das ist es.«

Freitagmorgens wurde das Schloss ausgewechselt. Die Vermieterin war ein bisschen erstaunt darüber, aber ich übernahm selbstverständlich die Rechnung und erklärte, das hätte etwas mit Feng Shui zu tun. Neben dem neuen Schloss ließ ich auch gleich noch einen Sicherheitsriegel installieren. Anschließend fuhr ich zu meinen Eltern.

Meine Mutter hatte einen Hosenanzug für mich bestellt und darauf bestanden, dass ich zur Anprobe vorbeikam.

»Ich habe dir doch schon gesagt, dass ich ein Kleid habe«, sagte ich.

»Ein *rotes*!«, sagte meine Mutter. »Das habe ich nicht vergessen. Wahrscheinlich mit Spaghettiträgern und so eng, dass sich der Slip abmalt.«

»Nein«, sagte ich. »Es ist ein tolles Kleid, wirklich.«

»Das ist auch ein toller Hosenanzug«, sagte meine Mutter. »Genau den gleichen hatte die Hanna auf Annemaries Sechzigstem an. Schlüpf doch mal schnell rein.«

Seufzend tat ich ihr den Gefallen. Der Hosenanzug war beige, machte einen käsigen Teint und hing an mir herunter wie ein Sack.

»Das verstehe ich nicht«, sagte meine Mutter. »Es ist Größe zweiundvierzig! Halt dich doch mal gerade.«

»Ich habe Größe achtunddreißig, Mama«, sagte ich.

»Wirklich? Also, normalerweise habe ich so ein gutes Augenmaß, und du bist doch die Dicke in der Familie. Na ja, macht nichts, die haben einen 24-Stunden-Service, wenn ich da jetzt sofort anrufe, hast du ihn morgen Vormittag in Größe achtunddreißig.«

»Mama …« Mein Handy klingelte. Ich sah auf dem Display, dass es Ole war. Wieder mal.

»Nein, keine Widerrede, das ist mir sehr wichtig, dass du morgen anständig aussiehst, denn alle werden dich genau anschauen, da kannst du dir sicher sein«, sagte meine Mutter. »Ich möchte, dass du hocherhobenen Hauptes dort stehen kannst. Und ich auch! Du hast hoffentlich nicht vergessen, in was für eine unmögliche Position du mich gebracht hast, eine Mutter, deren Tochter sich das Leben nehmen wollte … Geh doch mal dran, Kind, das Ding macht ja einen furchtbaren Lärm.«

»Hallo?«

»Hallo, meine Schöne, ich wollte nur mal kurz hören, wie es dir geht«, sagte Ole.

»Wer ist denn da?«, fragte meine Mutter.

»Mir geht es gut, ich bin gerade bei meiner Mutter«, sagte ich.

»Hast du ihr schon von mir erzählt?«, fragte Ole.

»Ole, da gibt es nichts zu erzählen«, sagte ich.

»Mach schnell!«, sagte meine Mutter. »Sag, dass du zurückrufst. Wir haben zu tun!«

»Du überspannst den Bogen wirklich allmählich«, sagte Ole. »Soll ich dir mal sagen, wie viele Frauen mir in dieser Woche signalisiert haben, dass sie sofort bereit wären, Mias Stelle zu übernehmen? Mit allen Rechten und Pflichten?«

»Ich wette, jede einzelne deiner Sprechstundenhilfen«, sagte ich. »Wie viele sind das?«

»Hoho, ist da etwa jemand eifersüchtig?«, fragte Ole.

»Diese Handys sind eine Unsitte«, sagte meine Mutter. »Die müssten wirklich verboten werden. Überall und jederzeit erreichbar sein – das ist doch fürchterlich. Und diese SOS-Schreiberei. Selbst Habakuk und Arsenius fangen schon damit an.«

Ich seufzte. »Ole, ich muss Schluss machen, wir sehen uns ja am Samstag bei Caroline und Bert.« Ich legte das Handy wieder in meine Handtasche zurück.

»Endlich! Hast du passende Schuhe?«, fragte meine Mutter. »Schlichte schwarze mit einem kleinen Absatz wären gut. Deine Haare sehen ausnahmsweise mal ganz ordentlich aus, muss ich sagen. Wenn du sie schön über die Rundbürste föhnst, wird es schon gehen. Und wenn dich jemand fragt, wo du im Augenblick wohnst, dann sag bitte nicht, dass du bei der schrecklichen Charlotte wohnst, du weißt ja, was sie dann alle denken ... – und Charly hat diese Tätowierung am Arm ...«

»Mama! Niemand kann sich was dabei denken, dass ich vorübergehend bei meiner verheirateten, schwangeren Freundin und ihrem Mann wohne.«

»Ha, da kennst du die Leute aber schlecht«, sagte meine Mutter. »Weißt du, der schmutzigen Fantasie der Menschen sind leider keine Grenzen gesetzt. Unbestätigten Gerüchten zufolge soll zwischen deiner Cousine Diana und dem Börsenmakler alles aus sein. Aber, wie gesagt, diese Gerüchte konnten bis jetzt nicht bestätigt werden.« Meine Mutter seufzte. »Stell dich lieber darauf ein, morgen Abend die Einzige ohne Begleitung zu sein. Ich bin froh, dass wenigstens Rigelulu diesmal nicht allein kommen muss. Alexa platzt vor Neid, weil Patrick *Akademiker* ist, wo doch ihre Claudia nur einen Beamten mittlerer Laufbahn erwischt hat. Als ich ihr gesagt habe, wie viel man als Eiti verdienen kann, ist sie ganz blass geworden.«

»Was ist eigentlich besser: ein Eiti oder ein Zahnarzt?«, fragte ich nachdenklich.

»Dumme Frage, ein Zahnarzt natürlich«, sagte meine Mutter. »Da weiß wenigstens jeder, worüber man redet. Aber die sind wirklich schwer zu kriegen. Man muss auch realistisch bleiben.«

Ich konnte nicht verhindern, dass meine Gedanken abschweiften: Ich stellte mir vor, wie ich im schwarzen Porsche Carrera beim Hotel vorfuhr und wie Ole und ich gemeinsam über den roten Teppich schritten. Meinen Tanten und Großtanten würden bei seinem prächtigen Anblick die Kinnladen herunterklappen, und wenn sie dann auch noch hörten, dass er Zahnarzt war, würden ihre Gebisse vor lauter Schreck zu klappern anfangen, und meine Mutter würde vor Stolz auf mich sogar vergessen, wegen des roten Kleides zu meckern …

»Und mach dir die Fingernägel«, sagte meine Mutter. »Sag mal, knibbelst du etwa immer noch an der Nagelhaut herum? Du weißt doch, dass man das nicht machen soll!«

»Mama, ich knibble wo und wann ich will, und ich werde diesen langweiligen Hosenanzug *nicht* anziehen!«, wollte ich sagen und meiner Mutter dabei fest in die Augen schauen. Aber ich schaffte es einfach nicht.

Zu Hause bei Charly hätte ich mir deswegen vor Wut in den Hintern beißen können.

»Ich muss es doch *einmal* schaffen, ihr etwas entgegenzusetzen«, jammerte ich. »Aber wenn sie so vor mir steht, bringe ich es nicht fertig. Wahrscheinlich werde ich mich morgen in diesem beigefarbenen Ding totschwitzen.«

»Hey, wo ist denn die kleine Revoluzzerin hin?«, sagte Charly. »Die Gerri, die diese aufwühlenden Abschiedsbriefe verschickt hat? Die Gerri, die den schönsten Zahnarzt der Stadt mit ihrem Charme erobert hat und ihn am ausgestreckten Arm verhungern lässt? Die Gerri, die knallhart mit der Vampirromanbranche aufgeräumt hat? Die Gerri, die als Erstes das Schloss in ihrer neuen Wohnung hat auswechseln lassen!«

»Du meinst die Gerri, die morgen eiskalt in einem roten Kleid auf Tante Alexas Silberhochzeit erscheinen wird?«

»Ja, genau die«, sagte Charly. »Hol sie sofort her, und schick diese Memmen-Gerri hier in die Wüste. Kopf hoch! Bauch rein! Brust raus! Fäuste hoch!«

»Okay«, sagte ich, griff nach dem Telefon und ließ meiner Mutter kaum Zeit, sich vollständig zu melden: »Mama, ich danke dir sehr für deine Hilfe, aber ich werde doch das rote Kleid anziehen.«

»Sei nicht albern, Rigelu«, sagte meine Mutter. »Morgen früh liefern sie den Hosenanzug in der kleineren Größe, ich schicke deinen Vater mit dem guten Stück vorbei.«

»Aber ich …«

»Es ist ein Geschenk von mir, nein, nein, du musst dich nicht bedanken, dafür sind Mütter doch da. Oh, da klingelt es auf der anderen Leitung, es ist sicher Evelyn, sie hat doch tatsächlich hinter meinem Rücken versucht, mit deinem Vater über Mietzahlungen für deine alte Wohnung zu verhandeln. Diese grabschige, geldgierige Person. Ich musste deinem Vater erst mal erklären, dass sie nachweislich zu Provinzialität neigt, meine fromme Schwester.«

»Provin… – oh, du meinst Promiskuität, oder?«

»Wie auch immer, ich muss Schluss machen«, sagte meine Mutter. »Wenn du ein Fremdwort nicht kennst, frag Lulu danach, sie kennt sie alle.«

Charly hielt einen Daumen in die Luft. »Der hast du es aber gegeben«, sagte sie.

»Wenn ich morgen das rote Kleid anziehen will, muss ich mindestens eine Stunde vorher anfangen, mich zu betrinken«, sagte ich. »Vielleicht sollte ich mir Wachs in die Ohren träufeln wie Odysseus' Leute bei den Sirenen. Dann höre ich nicht, wie meine Verwandten mich beleidigen und meine Mutter mich beschimpft, und ich kann die ganze Zeit über entspannt lächeln.«

»Ach, Gerri-Mausilein, bleib doch einfach zu Hause, leg die Beine hoch, und guck mit mir eine DVD«, sagte Charly.

»Das wäre aber auch nicht gerade revolutionär«, sagte ich.

»Es wäre eine stille Revolution«, sagte Charly. »Ich finde, das ist erlaubt.«

Hallo Gerri!

Mama sagt wir sollen dier schreiben das wir fro sind das du diech nich umgebracht hast und das wir diech lieb haben.

Wir finden es aba total gemein das du Chisola alle guten Sachen verärben woltest aba uns nich. Wenn du diech noch mal umbringst sei bite gerecht. Du kanst Chisola ja die Kete geben aba wir möchten das Notebook und den I-pod haben und wenigstens etwas Geld um noch einen I-Pod zu kaufen weil wir sind ja Zwillinge und brauchen ales dopelt.

Viele Grüße Von Deinem diech liebenden Arsenius und deinem diech liebenden Patentkind Habakuk

P.S Den Fernseher nehmen wir auch gerne wenn ihn sonst keiner wil.

Siebzehn

Ich bin stolz darauf, sagen zu können, dass ich mir keinen Mut antrinken musste, um am Freitagabend in das rote Kleid zu klettern. Stocknüchtern trug ich den glänzenden roten Lippenstift auf, föhnte mir die Haare (über die Rundbürste, aber so, dass man das hinterher nicht sah) und schlüpfte zum Schluss in die wundervollen, roten Schmetterlingssandaletten. Stocknüchtern hörte ich mir Charlys und Ulrichs Komplimente an, stocknüchtern verließ ich ihre Wohnung, stocknüchtern kam ich im *Lexington – Fünf Jahreszeiten* an. Hier aber wünschte ich mir so ziemlich sofort, ich hätte mich nicht so verdammt tapfer angestellt, sondern lieber doch ein paar Gläser Wodka in mich hineingekippt.

»Sieh doch, Heinrich, da ist die Gerri«, rief meine Großtante Elsbeth, als ich gerade mal das Foyer erreicht hatte und nicht rechtzeitig hinter dem monströsen Fontänenbrunnen in Deckung gehen konnte. »Die Gerri, die das Meißner Porzellan der Familie auf dem Gewissen hat und sich vorige Woche *umbringen* wollte.«

Überflüssig zu sagen, dass sich nicht nur Großonkel Heinrich nach mir umschaute. »Aber nicht deswegen, Großtante Elsbeth«, sagte ich. »Außerdem ist das schon was länger her.«

»Ich bin nicht deine Großtante Elsbeth, sondern deine Großtante Adelheid«, sagte Großtante Elsbeth oder von mir aus auch Großtante Adelheid. Ich sagte ja bereits, dass sie alle gleich aussahen. »Du siehst gut aus, liebes Kind, bist du ein wenig fülliger geworden?«

»Nein«, sagte ich.

»Das steht dir aber gut«, sagte Großonkel Heinrich, schnalzte mit der Zunge und kniff mich in die Taille.

»Stimmt es wirklich, dass du diese Pornohefte schreibst, die sie unter der Ladentheke verkaufen?«, fragte Großtante Adelheid.

»Sie werden nicht unter der Ladentheke verkauft«, seufzte ich. »Man kann sie in jedem Kiosk bekommen. Und im Supermarkt. Es ist kein Porno.«

»Ach ja, die Zeiten haben sich geändert«, sagte Großtante Adelheid. »Heutzutage verteilen sie den Schweinkram wirklich überall offen, auch an Minderjährige. Du erinnerst mich irgendwie an meine Schwester Hulda, als sie jung war. Die hatte auch so einen Hang zum Skandalösen. Wusstest du, dass sie mal Striptease-Tänzerin war? Sie hatte nur solche Bommeln auf ihren Brustwarzen, bei denen man nie weiß, wie sie eigentlich halten. Vielleicht mit doppeltem Klebeband?«

»Das glaube ich aber nicht«, sagte ich.

»Nein, ich auch nicht«, stimmte Großtante Adelheid zu. »Es ist sicher ein anderer Trick dabei.«

»Ich meinte, ich glaube nicht, dass Großtante Hulda Striptease-Tänzerin war«, sagte ich.

»Kann auch sein, dass ich das in einem Film gesehen habe«, gab Großtante Adelheid zu und hakte sich bei mir ein. »In meinem Alter ist es schwer, die Erinnerungen auseinander zu halten. Ach, ich freue mich so. Solche gediegenen Festivitäten werden ja immer seltener, heutzutage feiern die Leute ihre Feste lieber im *Wohnzimmer*. Aber in so einem feinen Hotel ist das doch viel feierlicher. Und es ist so herrlich, alle wiederzusehen. Ich bin schon sehr gespannt auf den jungen Mann deiner Schwester Lulu. Man erzählt sich ja nur die besten Dinge von ihm. Deine Cousine Franziska heiratet jetzt wohl doch nicht den Friseur, habe ich gehört. Gott sei Dank, er hatte eine fürchterliche Frisur, nicht wahr, Heinrich? Wie ein Stinktier.«

»Franziska ist wieder solo?« Vorübergehend hob sich meine Laune. Vielleicht war ich heute Abend doch nicht die Einzige ohne Begleitung. Ich sah mich im Foyer um, ob Mia vielleicht irgendwo zu sehen war. Sie arbeitete hier ja als stellvertretende Empfangschefin, und ich hatte mich innerlich darauf eingestellt, ihr begegnen zu müssen. (Was auch ein Argument gegen den beigefarbenen Langeweileranzug und für das sexy rote Kleid gewesen war.) Aber ich sah sie nirgendwo. Hoffentlich hatte sie heute frei.

»Der Spiegelsaal ist wunderschön«, sagte Großtante Adelheid. Sie hielt sich weiterhin an meinem Arm fest, während wir die breite Freitreppe aus Marmor hinaufschritten, die zu den Festsälen führte. »Aber der Kristallsaal nebenan ist noch viel schöner. Dummerweise war der schon für eine andere Feier gebucht. Die arme Alexa hat alles versucht, zu tauschen, aber der andere muss schrecklich stur gewesen sein. Dabei ist es nur ein siebzigster Geburtstag, auf dem nicht mal getanzt werden soll.«

»Was – getanzt wird auch wieder?«

»Natürlich, mein Kind. Wiener Walzer, genau wie auf der Hochzeit damals. Als du das Porzellan heruntergerissen hast. War das ein Geschepper, weißt du noch, Heinrich? Es ist wirklich nichts heil geblieben, unfassbar. Nur ein einziges Milchkännchen, ich möchte mal wissen, wo das abgeblieben ist. Übrigens kommt Hulda gar nicht, sie hat es vorgezogen, nach Sardinien zu fliegen. Mit einem Mann, der ihr *Enkelsohn* sein könnte.«

»Ich dachte, das wäre der Pfleger«, sagte Großonkel Heinrich.

»Unsinn«, sagte Großtante Adelheid.

Wir waren noch nicht auf der Hälfte der Treppe angekommen, da sah ich meine Mutter in einem fliederfarbenen Kostüm an der Tür zum Spiegelsaal stehen, zusammen mit meinem Vater und Lulu und Patrick. Lulu trug einen schwarzen Hosenanzug, der bis auf die Farbe identisch mit meinem beigefarbenen war.

Mich verließ urplötzlich der Mut, ich machte mich von Großtante Adelheid los und sagte: »Ach, ich habe etwas vergessen, geht doch schon mal vor.«

Großtante Adelheid klammerte sich am Geländer fest. »Huch, wo will sie denn so schnell hin?«

»Vielleicht hatte sie gerade eine gute Idee für einen neuen Porno«, sagte Großonkel Heinrich.

Eilig stolperte ich die Treppe wieder hinab. War ich denn von allen guten Geistern verlassen? Wenn ich jetzt nach Hause fuhr und mich schnell umzog, konnte ich zurück sein, bevor Onkel Fred seine Rede gehalten und das Büfett eröffnet hatte. Und dann konnte ich den Rest des Abends friedlich und unbehelligt in einer Ecke stehen und mich besaufen.

Auf der vorletzten Stufe stolperte ich direkt in einen Mann hinein, der mich entgeistert anschaute. Es war Adrian.

»Was um Himmels willen machen Sie denn hier?«, fragte er.

Ich schaute ihn mindestens so entgeistert an wie er mich. Er trug Anzug und Krawatte, und wenn mich nicht alles täuschte, waren seine sonst eher leicht zerrauft wirkenden dunklen Locken im Pierce-Brosnan-Achtzigerjahrelook gescheitelt und glatt gekämmt. Auf der einen Seite bogen sie sich nach außen, auf der andern nach innen.

»Oh nein!«, sagte ich. »Jetzt sagen Sie *bitte* nicht, dass Sie Cousine Franziskas Neuer sind! Das ist mehr, als ich ertragen kann!«

»Das kann ich mit Sicherheit verneinen«, sagte Adrian. »Cousine Franziska ist mir gänzlich unbekannt. Und Sie – sind Sie am Ende mit Cousin Martin hier? Groß, schlank, IQ von 180, mit leichter Neigung zur Glatzenbildung?«

Ich schüttelte den Kopf. »Leider nein«, sagte ich.

»Gott sei Dank«, sagte Adrian. »Martins Freundinnen sind immer dürre Brillenschlangen mit Kurzhaarschnitten, die aussehen, als hätten sie sie sich selber verpasst. Das ist zwar besser, als allein zu kommen, aber mir persönlich sind diese Brillenschlangen immer ein Trost, auch wenn sie in der Regel einen Doktortitel haben und das Bundesverdienstkreuz, weil sie ihre Eizellen der Wissenschaft zur Verfügung gestellt haben.«

»Sie sind also auch zu einer Familienfeier hier?«

»Ja«, sagte Adrian. »Im Kristallsaal.«

»Oh, der siebzigste Geburtstag«, sagte ich.

»Genau«, sagte Adrian. »Mein Vater.«

»Wir sind nebenan im Spiegelsaal und feiern Tante Alexas Silberhochzeit«, sagte ich. »Mit kleinem Streichorchester.«

»Wir haben eine a-capella-Band und einen Zauberer.«

»Dafür haben wir eine fünfstöckige Hochzeitstorte«, sagte ich. »Mit Silberglasur!«

»Mein Onkel wird ein dreihundertstrophiges Gedicht vortragen«, sagte Adrian.

»Wir singen selbstgedichtete Reime auf die Melodie von *Horch was kommt von draußen rein*«, sagte ich.

»Meine Mutter wird eine Laudatio auf meinen Vater und seine drei wunderbaren Söhne halten, sie wird Nikolaus in den Himmel loben, Freudentränen über Alban vergießen und dann seufzen und sagen *nicht zu vergessen unser Jüngster, Gregor, der es wieder mal nicht geschafft hat, sich seine Krawatte ordentlich zu binden*, worüber alle lachen werden.«

»Meine Tante und mein Onkel werden einen Walzer tanzen, und alle müssen mitmachen«, sagte ich. »Ich bin vermutlich wieder mal die einzige Single-Frau auf dieser Party, und der einzige Single-Mann ist mein Großonkel August, demnächst dreiundneunzig. Beim Tanzen muss ich seinen Urinbeutel halten.«

»Okay, Sie haben gewonnen«, lachte Adrian.

»Ihre Krawatte ist wirklich nicht richtig gebunden«, sagte ich.

»Ich weiß«, sagte Adrian. »Ich habe in den Gelben Seiten nachgeschaut, aber es gab keinen Krawattenbinde-Notfalldienst.«

»Ich könnte Ihnen helfen«, sagte ich.

»Woher können Sie denn einen Krawattenknoten binden?«, fragte Adrian misstrauisch.

»Oh, das hat meine Mutter uns beigebracht«, sagte ich. »Sie meint, so etwas muss ein anständiges Mädchen können.« Ich löste vorsichtig das knubbelige Krawattengebilde an seinem Hals und strich die Krawatte glatt. »Wir durften an meinem Vater üben. Er bekam seine Krawatte jeden Morgen gleich viermal gebunden. Er musste dafür eine Viertelstunde früher aufstehen. Aber es hat sich gelohnt. Sehen Sie? Ein perfekter Knoten.«

Adrian fasste sich an den Hals. »Oh, Sie sind ein Engel. Wirklich! Ich wette, jetzt weiß meine Mutter überhaupt nicht, wie sie mir in ihrer Rede einen reinwürgen soll.«

»Ach, da wird ihr doch sicher was anderes einfallen«, sagte ich. »Wenn ich Ihre Mutter wäre, würde ich eine gemeine Bemerkung über Ihre Frisur machen.«

»Was stimmt damit nicht?«

»Es sieht so – gebürstet aus«, sagte ich.

»Oh, *das* mag meine Mutter«, sagte Adrian.

»Sind Sie sich da sicher?«

»Waren wir nicht eigentlich längst beim Du?«, fragte er zurück.

»Tiluri? Bist du das?«, rief jemand hinter mir auf der Treppe.

»Oh nein!«, sagte ich, ohne mich umzudrehen. »Meine Mutter.«

»Die Dame in Lila?«

»Flieder«, sagte ich.

»Lavendel«, verbesserte meine Mutter, die jetzt neben mir stand und einen intensiven Duft von *Calèche* verströmte. »Wir können aufatmen, Kind! Deine Cousine Diana ist allein gekommen – Marie-Luise sagt zwar, der Börsenmakler liegt zu Hause krank im Bett, aber wir wissen doch alle, dass es zwischen den beiden aus ist! Was stehst du hier denn noch herum? Alle warten auf dich.«

»Ich habe nur … Ich wollte …«, stotterte ich.

»Sie wollte nur mal kurz hallo sagen«, sagte Adrian. »Guten Abend – Frau Thaler, nehme ich an. Doktor Gregor Adrian. Gerri und ich haben uns hier zufällig getroffen. Meine Familie feiert heute im Kristallsaal.«

»Doktor?«, wiederholte ich perplex, während meine Mutter ihm die Hand schüttelte.

»Freut mich«, sagte sie und musterte ihn so genau, wie sie eine Paprika im Supermarkt betrachtete, bevor sie sie in den Einkaufswagen legte. »Sind Sie Lurigerris Zahnarzt?« Hier machte mein Herz einen Riesensatz, weil ich für einen Moment glaubte, meine Mutter wisse von Ole und mir.

»Oder der Gynäkologe?«, fuhr sie fort, und bei der Vorstellung daran, wie Adrian mich gynäkologisch untersuchen würde, wurde mein Gesicht so rot wie mein Kleid.

»Ich hoffe doch, sie ist gesund?«, sagte meine Mutter. »In letzter

Zeit war sie leicht – angeschlagen … Oh, nein, Sie sind doch hoffentlich kein *Psychotherapeut?*« An dieser Stelle wäre ich noch röter geworden, aber eine Steigerung war schon nicht mehr möglich.

»Ich bin kein Arzt. Ich habe meinen Doktor in Kunstgeschichte gemacht«, sagte Adrian. »Leider.«

»Oh, wie interessant«, sagte meine Mutter. »Meine Zweitjüngste, Tigelulu, hat einen Doktor in Germanistik. Und sie ist Studienrätin. Woher kennen Sie Riluge, wenn ich fragen darf?«

»Äh, bitte wen?«, fragte Adrian.

»Sie meint mich«, sagte ich mit glühenden Wangen, während ich ihn stumm beschwor: »*Sag es nicht! Sag es nicht! Sag es nicht!*«

»Oh, wir kennen uns vom … – vom Museum«, sagte Adrian mit gerunzelter Stirn.

Ich verdrehte die Augen. Adrian hob in einer entschuldigenden Geste die Schultern.

»Vom Museum?«, wiederholte meine Mutter. »Ach natürlich, Sie als Kunsthistoriker … – aber was macht Lugeri in einem *Museum?*«

»Äh, bitte wer?«

»Sie meint mich«, sagte ich verzweifelt.

»Oh, Gerri ist öfter aus Recherchegründen im Museum«, sagte Adrian.

Ich schlug mir mit der Hand vor die Stirn.

»Für ihren historischen Roman«, fuhr Adrian fort.

»Ach so«, sagte meine Mutter und packte meinen Arm, als wolle sie mich verhaften. »Das war nett, Sie hier zu treffen, leider müssen wir jetzt gehen, meine Schwester legt nämlich sehr viel Wert auf Pünktlichkeit, und Gerri muss sich am Eingang noch für das Gästebuch fotografieren lassen. Ausgerechnet in diesem Kleid. Ich wusste, dass du versuchen würdest, mich zu blamieren, was habe ich dir nur getan, dass du niemals auf mich hören willst? Und was ist das für ein Lippenstift? Bist du ein Bremslicht oder eine junge Frau?«

»Ein Bremslicht, Mama«, sagte ich. Während sie mich die Treppe hinaufzog, warf ich Adrian über meine Schulter einen Blick zu. Er lächelte und hielt seinen Daumen in die Höhe. Gott, was sah er süß aus mit seiner bescheuerten Frisur.

»Vielleicht sehen wir uns nachher mal! Nach dem Walzer mit Großonkel August«, sagte ich.

»Ja«, sagte Adrian. »Ich werde sicher öfter mal frische Luft schnappen müssen.«

»Netter Mann«, sagte meine Mutter. »Verheiratet?«

»Nein«, sagte ich.

»Andersherum?«

»Auch nicht«, sagte ich.

»Da siehst du es mal«, sagte meine Mutter. »Man sollte doch ruhig öfter ins Museum gehen.«

Die Zeit bis zur Büfett-Eröffnung zog sich zäh wie Kaugummi, zumal ich mein Platzkärtchen zwischen Großonkel August und Großonkel Heinrich gefunden hatte und beide mich abwechselnd in die Wange, die Taille oder den Schenkel kniffen. Onkel August hätte auch noch woanders hineingekniffen, aber als er es versuchte, schlug ich ihm mit meinem Suppenlöffel fest auf die Hand.

»Aua!«, sagte er. »Mit uns Alten könnt ihr es ja machen!«

»Das nächste Mal nehme ich die Gabel«, sagte ich warnend.

Mir gegenüber saßen Tine und Frank mit Chisola, Habakuk und Arsenius. Tine trug den gleichen Hosenanzug wie Lulu, nur in blassbraun.

»Hunger, Hunger!«, riefen Habakuk und Arsenius und trommelten mit ihren Gabeln auf den Tisch. Ich hatte ihnen vorhin zwei iPods überreicht – pädagogisch gesehen vielleicht nicht besonders klug, aber ich hatte doch gerade das Geld, und sie hatten Recht mit dem, was sie geschrieben hatten. Vor lauter Überraschung waren sie mindestens eine Viertelstunde lang ganz brav gewesen. Ich rechnete es ihnen hoch an, dass sie weder nach dem Fernseher noch nach dem Notebook fragten.

Aber jetzt waren sie wieder ganz die Alten.

»Sind wir hier bei den Hottentotten?«, fragte Großtante Adelheid, die zwei Plätze weiter saß als ich. »Heutzutage wissen die Kinder gar nicht mehr, wie man sich benimmt. Wir wurden früher mit einem Stock geschlagen, wenn wir nicht still saßen.«

Das fanden Arsenius und Habakuk hochinteressant. Sie baten Großtante Adelheid um Details. Sie erzählte, wie der Lehrer sie so fest geschlagen hatte, dass ihr das Blut die Beine heruntergelaufen sei. Arsenius und Habakuk waren hellauf begeistert.

»Wann soll denn das bitte gewesen sein?«, fragte Großtante Elsbeth (ich *glaube* jedenfalls, dass es Elsbeth war) vom anderen Tischende.

»Hm, neunzehnhundert … Na, kann sein, dass ich das auch in einem Film gesehen habe«, sagte Großtante Adelheid.

»Das Kleid ist toll«, sagte Tine zu mir. »Es steht dir wirklich gut. Hast du abgenommen?«

»Ein bisschen vielleicht«, sagte ich.

»Ich hätte auch lieber ein Kleid angezogen«, sagte Tine. »Aber Mama hat auf diesem Hosenanzug bestanden …«

»Er sieht nicht schlecht aus«, sagte ich.

»Schade nur, dass er eine Farbe wie Kacke hat«, sagte Habakuk, und Arsenius grölte: »Wie Durchfall! Mama hat sich vollgemacht. Mama hat sich vollgemacht.«

Onkel August kramte einen Zettel aus seiner Anzugtasche. »Meine Verse«, sagte er. »Ich kann sie nicht sehen ohne Brille. Kannst du sie mir noch mal vorlesen, süße Großnichte?«

»Horch, was kommt von draußen rein, holla hi holla ho«, las ich. »Wird wohl mein Feinsliebchen sein, holla hihaho. Onkel August, das ist der Originaltext: Du solltest einen eigenen dichten.«

»Ja, ja«, sagte Onkel August. »Aber mir ist nichts eingefallen.«

Mein Handy spielte in der Handtasche die Jupitersinfonie.

»Jetzt will mich dieser Korinthenkacker von Harry gar nicht auftreten lassen«, jammerte Großonkel Gustav. »Dabei singe ich doch so gerne. Das ist wirklich ungerecht. Ich kann so viele schöne Lieder, und ich singe wie Hans Albers. Die Frauen lagen mir zu Füßen, wenn ich sang.«

»Wo kommt denn die schöne Musik her?«, fragte Großtante Adelheid.

»Aus Gerris Handtasche«, sagte Tine. »Gerri! Wir sollten doch unsere Handys ausmachen.«

Ich nahm das Telefon aus meiner Tasche. »Ja«, flüsterte ich.

»Hallo, meine Schöne, was machst du gerade?«, fragte Ole.

»Ausbooten will er mich, der Harry! Will sich von mir nicht die Show stehlen lassen«, sagte Großonkel Gustav. »Mit seinem blöden Klavierspiel!«

»Ole, es ist gerade schlecht, ich bin hier auf der Silberhochzeit im *Lexington,* von der ich dir erzählt habe, und Handys sind hier bei Todesstrafe verboten«, flüsterte ich.

»Im *Lexington* – ist dir Mia schon über den Weg gelaufen?«

»Nein, bis jetzt nicht«, sagte ich. »Aber ich habe mein Pfefferspray dabei, für alle Fälle.«

»Wie kann denn eine Handtasche so schöne Musik machen?«, fragte Großtante Adelheid. »So eine möchte ich auch haben, Heinrich. Frag Gerri mal, wo es so etwas zu kaufen gibt.«

»Charly hat gesagt, du hast einen Mietvertrag für eine neue Wohnung unterschrieben, stimmt das?«, fragte Ole.

»Ja, das stimmt. Es ist eine Superwohnung in der Südstadt«, sagte ich. »Hatte ich das noch nicht erzählt? Gestern habe ich die Schlüssel bekommen.«

»Nein, das hattest du mir nicht erzählt«, sagte Ole. »Das hast du wohl irgendwie vergessen. Findest du das nicht ein bisschen seltsam?«

»Was denn?«

»Na, dass alle Bescheid wissen, dass du umziehst, nur ich als dein Freund nicht?«

»Ole, du bist nicht mein Freund – ich meine, natürlich bist du mein Freund, nur eben nicht in diesem Sinne …«

»Was willst du denn mit einer neuen Wohnung? Du kannst bei mir einziehen – sofort!«

»Danke für das Angebot«, sagte ich. »Aber – nein danke.«

»Gerri, dieses Spiel auf Zeit ist deiner nicht würdig«, sagte Ole.

»Ole, das ist kein Spiel!«

»Du hältst mich seit Wochen hin – wenn das kein Spiel ist, was denn dann?«

»Bitterer Ernst«, sagte ich, aber Ole lachte nicht.

»Ich will nichts weiter als eine klare Antwort«, sagte er. »Liebst du mich, oder liebst du mich nicht? Willst du mit mir zusammen sein oder nicht?«

»Ich habe dich wirklich sehr, sehr lieb, Ole, aber ich …«

»Gerri! Steck das Ding weg, Tante Alexa ist im Anmarsch!«, zischte Tine.

»Äh – weißt du … ich kann hier gerade wirklich nicht …«, flüsterte ich und ging hinter Großonkel Heinrich in Deckung.

»Ja oder nein?«, sagte Ole. »Du musst nur ja oder nein sagen. Das wird doch wohl nicht so schwer sein.«

»Und wie war noch mal die Frage?«

»Gerri! Treib es nicht zu weit!«

»Bitte, Ole, ich …«

»Willst du mit mir zusammen sein? Ja oder nein.«

»Hat hier am Tisch vielleicht jemand sein Handy nicht ausgeschaltet?«, hörte ich meine Tante Alexa fragen.

»Ole …«

»Gerris Handtasche kann Musik machen«, sagte Großtante Adelheid.

»Ja oder nein?«, fragte Ole.

»Im Augenblick wohl eher nein«, sagte ich. »Tut mir leid. Ich mag es nicht, wenn man mir die Pistole auf die Brust setzt.«

»Okay«, sagte Ole. »Du willst also weiter Spiele spielen.«

»Du wolltest eine Antwort«, sagte ich, aber da hatte Ole das Gespräch schon beendet. Ich warf das Handy zurück in die Handtasche, gerade rechtzeitig, bevor Tante Alexa es entdecken konnte.

»Ich möchte keinen Mucks mehr aus deiner Handtasche hören«, sagte sie streng.

»Wie die Mutter, so der Sohn«, sagte Großonkel August weinerlich. »Von mir will der auch keinen Mucks hören. Aber mit uns Alten können sie's ja machen.«

»Sollen wir für dich dichten, Urgroßonkel August?«, erbot sich Arsenius. »Habakuk und ich, wir können super Reime machen. *Hab ich auch ein Räucherbein, holla hi, holla ho, wollte ich heut bei euch sein, holla hi ha ho.*«

»Und dann noch was mit Kacke«, schlug Habakuk vor.

»Nicht schlecht«, sagte Großonkel August. »Nur schade, dass ich kein Räucherbein habe. Versucht mal was zu finden, was sich auf *künstlicher Blasenausgang* reimt.«

Daran bissen sich Habakuk und Arsenius eine ganze Weile die Zähne aus.

»Weißt du was?« Ich hatte eine geniale Idee. »Ich schenke dir meine Reime, Großonkel August. Schau mal, ich habe sie so groß ausgedruckt, dass du sie sogar ohne Brille lesen kannst.« Und scheinbar waren sie nur halb so schlimm, wie ich gedacht hatte, denn Cousin Harry hatte sie ohne Zensur in seine Festschrift übernommen, der Depp.

Großonkel August war gerührt. »Das würdest du für mich tun? Mir deinen großen Auftritt schenken? Du bist ein wirklicher Engel, Großnichte.«

»Ja, ich weiß«, sagte ich. »Aber das ist kein Grund, mir an den Schenkel zu fassen!«

»Huch«, sagte Großonkel August. »Hab ich ja gar nicht gemerkt. Tanzen wir zwei denn nachher den Wiener Walzer?«

»So sieht es wohl aus, Großonkel August«, sagte ich.

»Das Büfett ist eröffnet«, rief Onkel Fred, und da sprangen Arsenius und Habakuk auf und sprinteten nach vorne.

»Nehmt nur, was ihr auch mögt«, rief Frank ihnen nach. Der Ärmste musste schließlich die Reste essen.

»Geh lieber mit ihnen«, sagte Tine. »Sonst fangen sie wieder beim Nachtisch an, und Tante Alexa hält mir einen Vortrag über Erziehung.« Das letzte Mal hatten Arsenius und Habakuk ganz allein eine

Eisbombe aufgefuttert, die für zirka zwanzig Personen berechnet gewesen war. Das allein wäre wohl nicht so schlimm gewesen, aber sie hatten die Hälfte davon später wieder erbrochen. Ich sage Ihnen jetzt nicht, wohin, falls Sie gerade selber beim Essen sind.

Ich wartete, bis der erste Ansturm vorbei war, dann ging ich zusammen mit Chisola zum Büfett. Das Essen war auf diesen Familienfeiern traditionell hervorragend und reichlich, um auch mal etwas Positives zu sagen.

»Ich zeig dir, was man unbedingt essen muss, wenn man auf so ein Fest geht«, sagte ich. »Manche Sachen sehen nicht so aus, aber sie schmecken wunderbar. Andere wiederum kann man getrost links liegen lassen.«

»Ich kann sowieso nichts essen wegen der doofen Zahnspange«, sagte Chisola.-

»Oh, du Ärmste. Wie lange musst du die denn noch tragen?«, erkundigte ich mich.

»Vier Monate!«, sagte Chisola. »Auf der letzten Klassenfete ist Blattspinat drin hängen geblieben, und ich hab's nicht gemerkt. Seitdem nennen sie mich Pizza spinaci. Kein Junge will eine Pizza küssen.«

»Oh, das würde ich so nicht sagen. Je älter sie werden, desto wichtiger wird ihnen das Essen«, sagte ich.

»Gerri?« Chisola sah mit großen Augen zu mir herauf. »Mama sagt, als Kind warst du auch mal hässlich, stimmt das?«

»Nein«, sagte ich. »Aber deine Mama war hässlich! Sie hatte abstehende Ohren, die sogar aus den Dauerwellen herausragten, die sie damals gut fand. Und sie hatte immer Sachen mit Schulterpolstern an, in denen sie aussah wie ein testosterongedopter Preisringer.«

»Meinst du, ich werde vielleicht auch noch mal hübsch, wenn ich groß bin?«, fragte Chisola.

»Ich finde dich jetzt schon hübsch, Sissi«, sagte ich. »Und wenn du erst diese Zahnspange los bist, wirst du dich viel besser fühlen – ich wette, dann sehen die Jungs auch endlich, wie hübsch du bist. Allerdings ist es wirklich wichtig, sich gerade zu halten. Man muss die

Schultern zurücknehmen, das Kinn etwas in die Luft heben und den Leuten direkt in die Augen sehen. Kopf hoch, Brust raus – siehst du, so wie ich.«

Ich rammte meinen Teller gegen Lulu, die mit Cousine Diana bei den dreierlei Braten stand und den Verkehr aufhielt. Chisola kicherte, während ich hastig eine Scheibe Mozzarella von Lulus Jackett klaubte.

»Hallo, Gerri, du siehst ja fantastisch aus«, sagte Diana. »Liegt das an dem Museumsdirektor, mit dem du liiert sein sollst?«

»Wie bitte?«, fragte Lulu.

»Meine Mutter hat mir dieses Gerücht eben unter Tränen mitgeteilt«, sagte Diana. »Oder ist es etwa gar kein Gerücht?«

»Doch«, sagte ich. »Ich kenne überhaupt keinen Museumsdirektor.«

Diana seufzte. »Das ist eine fürchterliche Familie, ständig erfinden sie irgendwelche Sachen über einen und mischen sich in das Privatleben ein. Ich und Nick, wir hatten eine schreckliche Beziehung. Jede andere Mutter hätte sich gefreut, als ich endlich Schluss gemacht habe. Aber meine Mutter hat geheult. *Ein Börsenmakler, Kind, so einen bekommst du nie wieder!*«

»Ja, es gehört wirklich Mut dazu, auf so einer Scheißfeier hier allein aufzukreuzen«, sagte Lulu.

»Du hast gut reden, du hast ja jetzt diesen – was macht er noch mal beruflich?«

»IT«, sagte Lulu. »Wir wohnen übrigens zusammen. Er ist wirklich toll. Ich stell ihn dir gleich mal vor.«

»Nur keine Eile«, sagte Diana. »Franziska hat gesagt, sie würde sich eher eine Hand abhacken, als sich dieser Meute als Single zu präsentieren, mal gespannt, mit wem sie hier aufgekreuzt ist.«

»Ich habe sie vorhin mit einem gutaussehenden Mann gesehen«, sagte Lulu. »Mama sagt, er wäre Tierarzt.«

»Und wo soll sie den so schnell hergezaubert haben?«, fragte Diana. »Nee, nee, das ist nur wieder so ein Gerücht.« Sie sah sich um. »Wo ist sie denn? Ich habe sie heute noch gar nicht gesehen! Man hat mich neben Cousine Claudia und ihren Finanzbeamten gesetzt, und gegenüber sitzen alle elf Kinder von Cousine Miriam.«

»Fünf«, sagte Lulu.

»Vier«, sagte Chisola.

»Ist doch auch egal«, sagte Diana. »Miriam hat ihnen beigebracht zu ticken wie eine Uhr. Immer, wenn sie sagt ›Aber Diana, du bist doch auch schon über dreißig, hörst du nicht deine biologische Uhr ticken‹, dann machen alle Kinder ticktackticktack, wie das Krokodil in Peter Pan. Oh, da ist ja Franziska! Da hinten bei euren Eltern!«

»Patrick und ich sitzen bei Volker und Hilla und ihren Kindern«, sagte Lulu. »Wir haben schon zwei Tischgebete gesprochen, obwohl das Büfett noch gar nicht eröffnet war. Sie leiern alle so merkwürdig. Und wusstet ihr, dass Hilla wieder schwanger ist?«

»Das wird dann sicher diesmal ein Benedict«, sagte Diana. »Ich glaub's ja nicht! Da! Der Typ neben Franziska!«

»Der Tierarzt?«

»Ich werd nicht mehr!«, rief Diana. »Von wegen Tierarzt! Den kenne ich!«

»Wo sind sie denn?« Lulu und ich reckten unsere Hälse.

Diana lachte. »Und wie ich den kenne! Das ist doch wohl nicht wahr! Meine Schwester hat sich einen Typen im Internet besorgt! Ausgerechnet den!«

»Wo? Wo?«, riefen Lulu und ich aufgeregt. Wir hatten Cousine Franziska und ihren Neuen immer noch nicht geortet.

»Ich lach mich tot«, sagte Diana. »Der Kerl ist das Letzte! *Hammerhart35* oder so! Ich hab den voriges Jahr bei dating-café.de kennen gelernt. Ja, guckt nicht so entsetzt, ihr beiden! Ich hatte gerade eine wirklich, wirklich schlechte Phase, und das Internet ist durchaus eine legitime Methode, um Männer kennen zu lernen. Nicht alle Typen waren solche Fehlgriffe wie *hammerhart35*.«

»Einunddreißig«, sagte ich leise. Jetzt hatte ich Cousine Franziska hinten im Saal im Gespräch mit meinen Eltern entdeckt. Patrick stand auch dort.

»Von wegen *einunddreißig*«, sagte Diana. »Das war stinknormaler

Durchschnitt – sechzehn allerhöchstens. Mit seinen einunddreißig Zentimetern hat er mich nur geködert. Ich lach mich weg, echt! Wenn das kein Zufall ist. Erst erwischt er mich, und jetzt meine Schwester!«

Lulu war leichenblass geworden. »Ich glaube, ich werde ohnmächtig«, sagte sie.

»Es tut mir so leid«, sagte ich.

»Entschuldigt mich mal, ja? Ich geh da jetzt hin und sag hallo«, sagte Diana. »Das Gesicht möchte ich nämlich gern sehen!«

»Kann sein, dass er dich nicht wiedererkennt«, sagte ich hinter ihr her. »Er hat kein besonders gutes Gedächtnis.«

»Oh mein Gott!«, sagte Lulu. »Ich glaube, ich muss mich übergeben.«

Liebe Großnichte Gerri,

da wir uns ja leider nicht auf der Silberhochzeit von Alexa sehen werden, da ich mich auf Reisen begeben werde, möchte ich dir die Antworten auf die Fragen in deinem Brief gerne schriftlich geben.

Zuerst einmal: Ich bin froh, dass du dich entschlossen hast, weiterzuleben. Das Leben ist ein großes Abenteuer, mein Kind, und Probleme sind nichts weiter als Gelegenheiten zu zeigen, was man kann. Zeig's ihnen, Schätzchen, du bist jung und schön und voller Fantasie – ich würde sofort mit dir tauschen, wenn ich könnte.

Ich habe nie geheiratet, weil der Mann, den ich geliebt habe, bereits verheiratet war. Mit einer Frau, die so krank war, dass wir ihr auf keinen Fall Kummer zufügen wollten. Ich wollte keinen anderen Mann haben (auch wenn es andere gegeben hat) – wir waren wie Spencer Tracy und Katharine Hepburn: ein heimliches Paar, das die große Liebe miteinander teilte, aber niemanden daran teilhaben lassen konnte. Anders als die beiden konnten wir nicht mal Filme miteinander drehen. Aber ich habe es nicht bereut, diesem Mann die Treue zu halten. Vor über zwanzig Jahren starb er – und seine kranke Frau lebt heute noch.

Es ist sehr vernünftig von dir, auf die große Liebe zu warten – lass dich nicht von dieser Familie und ihrer dummen Panikmache in die Irre führen: Man muss sich nicht mit dem Zweitbesten zufriedengeben, niemals. Versuche zu kriegen, was du liebst, sonst bist du gezwungen, das zu lieben, was du kriegst.

Deine Romane haben mir sehr gut gefallen, und auch die Frauen im Seniorenstift waren ganz begeistert. Hast du noch mehr geschrieben? Wenn ja, würden wir uns alle riesig darüber freuen. Ich finde es sehr schade, dass sie auf so dünnem, billigem Papier gedruckt sind, deshalb habe ich einen Freund gebeten, alles Wort für Wort abzutippen, auf Bütten auszudrucken und binden zu lassen. Beiliegend erhältst du eine Sammelausgabe von Kinderkrankenschwester Angela in feinem roten Saffianleder mit Goldschnitt. Ich bin sicher, in dieser Aufmachung würden deine Bücher auch noch ein anderes Publikum finden. Vielleicht schlägst du das deinem Verlag einmal vor.

Angeregt durch die Lektüre habe ich selber zu schreiben angefangen und einiges von meiner eigenen Erfahrung einfließen lassen. Wenn du so freundlich wärst, deinem Lektor oder deiner Lektorin das beiliegende Manuskript zukommen zu lassen, wäre ich dir sehr dankbar. Ich habe es »Die vergessenen Tage an der Riviera« genannt, aber das ist natürlich nur ein Arbeitstitel. Wenn es ihnen gefallen sollte, kann ich noch mehr liefern. Falls sie die Liebesszenen zu gewagt finden, dürfen sie sie selbstverständlich gerne kürzen.

Dir, mein liebes Kind, wünsche ich ab jetzt ein wunderschönes Leben, denk immer daran: Sein Herz zu verlieren ist die schönste Art festzustellen, dass man eins hat!

Deine Großtante Hulda

P. S. Bitte nimm diesen Scheck an, und kauf dir ein paar schöne Hüte oder was dir sonst gefällt. Es ist keine todsichere Methode, aber ich empfehle auch den Kauf eines Cabriolets und/oder eines Hundes. Beides erleichtert den ersten Kontakt mit dem männlichen Geschlecht erheblich. Und beides macht das Leben ohne Mann erträglicher.

Achtzehn

Lulu musste sich nicht übergeben. (Das tat sie später noch, allerdings erst nach einer Flasche Scotch). Sie schaufelte sich auf der Toilette literweise kaltes Wasser ins Gesicht, aber sie weinte nicht. Nicht eine einzige Träne.

»Es tut mir ehrlich leid, Lulu«, sagte ich. »Das habe ich doch nicht gewollt.«

»Du kannst nichts dafür«, sagte Lulu. »Du hast ja versucht, mich zu warnen.«

»Weißt du, ich denke, diese hammerharten Zeiten liegen längst hinter Patrick«, sagte ich, obwohl ich alles lieber wollte, als den Mistkerl in Schutz zu nehmen. »Er hat sich sicher geändert. Und er liebt dich wirklich.«

»Er ist ein verlogenes Arschloch«, sagte Lulu. »Du glaubst ja nicht, wie eiskalt er geleugnet hat, dich zu kennen.«

»Na ja, er hatte mich auch völlig vergessen«, sagte ich. »Das hat er nicht nur gespielt.«

»Weil du nur eine von unvorstellbar vielen warst«, sagte Lulu. »Wie Diana.«

»Nein, bitte«, sagte ich. »Im Gegenteil zu Diana habe ich gar nicht erst überprüft, inwieweit seine Zentimeterangaben der Wahrheit entsprachen. Er hat mich eine frigide Kuh geschimpft und ist aus dem Café gestürmt. Ich musste seinen Cappuccino bezahlen.«

»Ich war ja so blind«, sagte Lulu und ließ wieder kaltes Wasser laufen. »Tut mir leid, dass ich nicht auf dich gehört habe, Gerri! Und was ich dir alles an den Kopf geschmissen habe! Wie konnte ich nur!«

»Schon gut«, sagte ich. »Es wäre mir ehrlich lieber gewesen, wenn er noch einen Doppelgänger gehabt hätte.«

»Was mache ich denn jetzt nur?«, fragte Lulu.

»Tja – weiß ich auch nicht«, sagte ich und unterdrückte alle meine spontanen Antworten. »Manchmal, wenn man sich liebt, kann man solche Missverständnisse einfach überwinden …«

»Bist du irre?«, schnauzte Lulu mich an. »Soll ich etwa mit so einem verlogenen Drecksack zusammenbleiben? Meinst du nicht, dass ich dazu ein bisschen zu schade bin?«

»Doch, natürlich«, sagte ich. »Aber denk doch auch mal …«

»Was denn? Daran, dass ich zweiunddreißig bin? Daran, dass meine Mutter einen Schreikrampf erleiden wird, wenn ich wieder Single bin? Daran, dass mich die ganze Familie behandeln wird, als sei ich aussätzig?«

»Zum Beispiel«, sagte ich.

»Phhh«, machte Lulu. »Das ist mir doch so was von scheißegal. Im Gegensatz zu dir denke ich nicht sofort an Selbstmord, wenn's schwierig wird. Ich werde diesen Kerl auf den Mond schießen, ganz egal, was meine Mutter sagt!«

»Gut«, sagte ich erleichtert. »Du musst ihn sofort aus deiner Wohnung schmeißen, hörst du? Und dann machst du ein neues Schloss rein, wie ich.«

»Nein! Das geht nicht!«, sagte Lulu. »Wenn ich ihn jetzt rausschmeiße, geht er in seine alte Wohnung zurück. Sein Mietvertrag läuft doch noch bis zum Ersten.«

»Aber er kann nicht rein. Ich habe das Schloss erneuern lassen«, sagte ich triumphierend.

»Das ist doch egal: Rechtlich gesehen darf er bis nächsten Donnerstag in diese Wohnung!«, sagte Lulu und rieb sich die Augen. »Vielleicht hätte er sogar die Möglichkeit, den Auflösungsvertrag anzufechten … Das darf auf keinen Fall passieren.«

»Lulu, ich verzichte auf die Wohnung! Mach einen sauberen Schnitt: Schmeiß ihn raus.«

»Auf keinen Fall«, sagte Lulu. »So billig kommt er mir nicht davon.« Sie richtete sich auf. »Wie sehe ich aus?«

Wie eine Angestellte vom Beerdigungsinstitut Feldmann, wollte ich sagen, aber ich sagte: »Wie immer, nur ein bisschen nass im Gesicht. Brauchst du Make-up? Ich habe welches in meiner Handtasche.«

»Danke«, sagte Lulu. »Ich möchte nämlich nicht, dass irgendjemand was merkt.«

»Das wirst du nicht durchhalten bis nächsten Donnerstag«, sagte ich.

»Ha, da kennst du mich aber schlecht«, sagte Lulu. »Ich halte alles durch, sogar die Kohlsuppendiät. Und jetzt geh wieder rein, und tu so, als ob nichts gewesen wäre. Diana kannst du das mit den astrologischen Zwillingen auf die Nase binden. Ich komme gleich nach.«

✉

Vor der Toilette, an die Brüstung gelehnt, stand Adrian und hielt eine selbstgedrehte Zigarette in der Hand.

»Rauchen Sie etwa?«, fragte ich.

»Nein«, sagte Adrian. »Aber ich überlege ernsthaft, ob ich es nicht tun sollte. Das ist nämlich ein Joint, den ich eben meinem sechzehnjährigen Neffen weggenommen habe.«

»Ha! Da haben wir es doch!«, sagte ich. »So perfekt sind Ihre Brüder also gar nicht.«

»Meine Brüder schon, nur ihre Kinder nicht«, sagte Adrian.

»Ja, wegen dem vielen Geigenunterricht«, sagte ich. »Das ist doch klar! Das würde ich meinem Bruder aber mal ganz schnell auf die Nase binden, dass er bei seiner Erziehung offenbar ein kleines bisschen versagt hat.«

»Ich musste versprechen, nicht zu petzen«, sagte Adrian.

»Schade. Hat Ihre Mutter schon ihre Rede gehalten?«

Adrian nickte und drehte den Joint unschlüssig zwischen seinen Fingern.

»Oh! War es sehr schlimm?«, fragte ich mitleidig.

»Oh, nein, diesmal ging es: Sie hat nur am Ende eine Art öffentlichen Aufruf gestartet, um mir eine Frau zu beschaffen. *Unser Gregor wird demnächst fünfunddreißig, und vielleicht kennt ja einer von euch eine nette junge Frau, die sich seiner annehmen kann.«*

Ich lachte. »Das ist doch prima. Sicher werden sich in den nächsten Wochen eine Menge Frauen bei dir melden.«

Adrian lachte auch. »Und wie war es bei dir? Hast du schon mit dem Urinbeutel getanzt?«

»Noch nicht«, sagte ich. »Aber es ist auch so spannend genug!« Ich freute mich, dass wir so unkompliziert zum »du« gefunden hatten, und lächelte ihn an.

Lulu kam aus der Toilette. »Ich hatte doch gesagt, du sollst vorgehen«, sagte sie ungehalten.

»Du hast links ein bisschen viel Rouge aufgelegt«, sagte ich.

Lulu rieb sich über die Wange. »So besser?« Jetzt erst bemerkte sie Adrian und musterte ihn von oben bis unten. »Wer sind Sie denn? Franziskas Tierarzt?«

»Nein«, sagte Adrian. »Ich bin, äh, …?« Er sah mich fragend an.

»Liebe Güte«, sagte Lulu. »Sie werden doch wohl wissen, wer Sie sind!«

»Gregor Adrian ist der Cheflektor bei Aurora«, sagte ich. »Sein Vater feiert nebenan im Kristallsaal Geburtstag. Gregor, das ist meine Schwester Lulu. Sie ist gerade wieder Single geworden und steht noch unter Schock, normalerweise ist sie ein bisschen netter.«

»Noch bin ich *nicht* Single«, sagte Lulu. »Erst ab nächsten Donnerstag. Sagen Sie mal, ist das ein Joint?«

»Ja«, sagte Adrian.

»Kann ich den haben?«

»Sicher – hier, bitteschön.«

»Danke!« Lulu warf den Joint in ihre Handtasche. »Für später! Wiedersehen. Ich gehe da jetzt rein.«

»Kopf hoch, Bauch rein, Brust raus«, sagte ich, und Lulu marschierte von dannen.

Meine Handtasche spielte die Jupiter-Sinfonie.

»Dein Handy!«, sagte Adrian. »Du Glückliche hast noch eins! Bei uns wurden am Eingang alle gefilzt, damit man auf keinen Fall eins mit hineinschmuggeln konnte.«

»Möchtest du es haben?« Ich fischte das Handy aus der Handtasche.

»Hast du denn ein paar gute Spiele drauf?«, fragte Adrian.

»Warte mal, ich muss drangehen. Hallo?«

»Ich habe mir das überlegt«, sagte Ole. »So wird das nie was.«

»Was meinst du?«

»Ich meine uns«, sagte Ole. »Dich und mich!«

»Ja, das hatten wir doch vorhin schon geklärt«, sagte ich.

»Aber das hast du nicht ernst gemeint«, sagte Ole. »Ich kenne dich doch.«

»Tust du leider nicht.«

»Oh doch, Gerri Thaler, ich kenne dich wie meine Westentasche. Und ich weiß, dass dir das noch sehr leidtun wird, wenn du mal wieder klar denken kannst.«

»Du kennst vielleicht meine Zähne, Ole, aber was den Rest angeht ...« Ich sah zu Adrian hinüber, der sich umgedreht hatte und über die Brüstung hinab ins Foyer schaute. »Warum diskutieren wir das eigentlich immer wieder?«

»Weil ich auf eine Antwort warte, schon vergessen?«

»Ich habe dir vorhin eine Antwort gegeben, schon vergessen?«

»Aber keine, die du dir besonders gründlich überlegt hast«, sagte Ole.

»Genau das ist ja das Problem«, sagte ich. »Du lässt mir keine Zeit zu überlegen.«

»Weil es da nichts zu überlegen gibt«, sagte Ole. »So etwas muss man aus dem Herzen heraus entscheiden.«

»Tja«, sagte ich und sah zu Adrian hinüber. Im Licht des gewaltigen Kronleuchters hatten seine glatt gestriegelten Haare einen rötlichen Glanz. Immer noch bogen sie sich auf der einen Seite nach innen und auf der anderen nach außen. Ich hatte plötzlich das unwiderstehliche Verlangen danach, mit beiden Händen hineinzugreifen und alles gründlich durchzuwuscheln.

»Tja? Ist das alles, was du sagen kannst?«

»Wahrscheinlich hast du Recht, Ole«, sagte ich nachdenklich, während ich Adrians Hinterkopf betrachtete. »Wenn ich dich lieben würde, dann wüsste ich es wohl. Dann hätte ich dieses seltsame Ziehen in der Magengegend, wenn ich dich nur ansehen würde. Dann würde ich immer in deiner Nähe sein wollen und dich in Schutz – oh mein Gott!« Natürlich! Genau das war es, was ich empfand.

Aber nicht für Ole.

»Heißt das, du liebst mich nicht?«

»Nicht so, wie du das gerne hättest«, sagte ich. »Aber wir können immer die besten Freun…«

»Sag das nicht!«, schrie Ole mich an. »Sag das nicht!«

»Dass wir Freunde blei…?«

»Ich habe gesagt, du sollst das nicht sagen!«, brüllte Ole, so laut, dass Adrian sich zu mir umdrehte und mich fragend anschaute. »Ich komme jetzt zu dir, dann reden wir endlich mal darüber! Du weißt doch gar nicht, was du sagst.«

»Ole! Untersteh dich herzukommen!«, rief ich, aber da hatte Ole schon aufgelegt.

»Wer war das denn?«, fragte Adrian.

»Ein – mein Zahnarzt«, sagte ich, und mein Herz machte einen Satz, als ich ihm in die Augen sah. »Musst du nicht mal langsam wieder rein? Sicher vermissen sie dich schon.«

»Und dich auch«, seufzte Adrian. »Ich meine, deine Leute.«

»Ja, ganz bestimmt sogar. Ich bin mir sicher, Cousine Hilla will mir noch einen Vortrag über Jesus halten, Großtante Elsbeth einen über die Pornos, die ich schreibe, und Tante Marie-Luise möchte ganz sichergehen, dass ich wirklich nicht mit einem Museumsdirektor liiert bin. Ach, und die Großonkel wollen bestimmt wissen, was man denn als Lesbe mit einer anderen Frau genau macht.«

Adrian lachte. »Die Gerüchte, dass ich schwul bin, sind bei mir von der Meldung verdrängt worden, man habe mich mit einer Prostituierten gesehen.«

»Das war sicher Marianne Schneider«, sagte ich und schlug mir die Hand vor den Mund. »Entschuldigung. Ich dachte nur, wegen des vielen schwarzen Leders …«

»Ja, genau«, sagte Adrian. »Eine Domina soll es gewesen sein.«

»Ich könnte ja mit dir hineingehen und sagen, dass du gar nicht auf SM stehst«, sagte ich. »Aber ich fürchte, eine Vampirromanautorin ist auch nicht gerade das, was deine Eltern sich für dich vorstellen, oder?«

»Na, hör mal«, sagte Adrian. »Die sind so verzweifelt, dass sie sogar die Domina akzeptiert hätten. Von dir wären sie hingerissen.«

»Aber ich habe nicht mal studiert«, sagte ich. »Und ein Model bin ich auch nicht.«

»Glaub mir, sie wären entzückt, wenn ich eine Freundin wie dich hätte«, sagte Adrian. »Aber wie fände deine Familie es wohl, wenn du mit dem Cheflektor von Aurora liiert wärst?«

»Oh, Aurora! Sind das nicht die, die diese schlimmen Heftchen herstellen, die sie unter der Ladentheke verkaufen?«, sagte ich. »Auf der anderen Seite: Sie ist jetzt dreißig, und sieh dir ihre Haare an: Einen Zahnarzt wird sie damit jetzt nicht mehr an Land ziehen können.«

»Ist Zahnarzt gut?«, fragte Adrian.

»Ja, Zahnarzt wird nur noch getoppt von adeligem Großgrundbesitzer«, sagte ich. »Hast du eigentlich wirklich einen Doktor in Kunstgeschichte, oder hast du den vorhin nur erfunden?«

»Den habe ich wirklich«, sagte Adrian. »Nur genutzt hat er mir bis jetzt noch nicht viel. Ich war heilfroh, als ich den Job bei Lauros bekam. Und jetzt, als Cheflektor bei Aurora, verdiene ich wirklich nicht schlecht.«

»Na ja, aber mit Kunstgeschichte hat das doch nicht besonders viel zu tun.«

»Jetzt hack du nicht auch noch darauf herum«, sagte Adrian.

»Ich wäre die Letzte, die das tun würde«, sagte ich und erschrak ein bisschen darüber, wie zärtlich meine Stimme klang. »Ich bin heilfroh, dass du diesen Job bei Aurora hast. Sonst wären wir uns niemals begegnet.«

»Ja, das stimmt. Das war überhaupt bis jetzt das Beste an diesem Job.« Adrian machte einen halben Schritt auf mich zu. »Mit einem Stöhnen riss er sie an sich und küsste sie wild und verzweifelt.«

»Wie bitte?« Ich wurde mit einem Schlag ganz kurzatmig, weil er so nah vor mir stand.

»So lange hatte er gebraucht, um zu erkennen, dass nur sie es war, die seine Seele zu öffnen und seinem Körper wahre Ekstase zu verschaffen verstand«, sagte er.

»Wirklich?« Jetzt wurden auch meine Knie butterweich. Ich musste mich an der Balustrade abstützen.

»Sie war das Licht in seiner Dunkelheit«, fuhr Adrian fort.

»Oh Scheiße, ist das von mir? Das ist ja – furchtbar kitschig!«

»Aber jetzt wird es gut«, sagte Adrian. »Er trägt sie auf seinen starken Armen in sein Bett, lässt sie dort auf das Bärenfell fallen und …«

»Oh mein Gott, ich erinnere mich«, sagte ich. Meine Brustwarzen waren hart wie zwei kleine Kieselsteine geworden.

»Seit ich das gelesen habe, träume ich davon, genau das mit dir zu tun«, sagte Adrian leise, und jetzt endlich berührte er mich, wenn auch nicht da, wo ich wollte, dass er mich berührte. Er streichelte mir ganz vorsichtig eine Haarsträhne vom Haaransatz nach hinten.

»Das hier ist ein Hotel«, sagte ich, und es klang, als hätte ich gerade einen 100-Meter-Lauf hinter mir. »Hier kann man Zimmer mieten!«

»Mit Bärenfell?«, fragte Adrian, und sein Mund war jetzt so nahe an meinem Gesicht, dass ich seinen Atem riechen konnte. Er roch nach Erdbeeren.

»Das Bärenfell müssen wir uns eben denken«, sagte ich.

»Bist du sicher, dass – oh, wer ist denn das?«

Neben uns waren unvermittelt Habakuk und Arsenius aufgetaucht, die offenbar nach mir ausgeschickt worden waren. »Gerri! Oma sagt, du sollst wieder reinkommen, weil wir jetzt singen. Sollen wir ihr sagen, dass du lieber rumknutschen willst?«

»Ja«, sagte ich. »Ich meine, nein! Sagt ihr, ich komme gleich.«

Habakuk und Arsenius verschwanden.

»Los, lass uns verschwinden«, sagte ich, nahm Adrians Hand und zog ihn zur Treppe.

»Aber du hast doch gesagt …«

»Ich habe gesagt, ich komme gleich«, sagte ich. »Und das tu ich auch.«

Da blieb Adrian wie angewurzelt stehen, zog mich an sich und küsste mich – ach, von mir aus: wild und verzweifelt. Ich presste mich so eng an ihn, dass nicht mal mehr eine Heftromanseite zwischen uns gepasst hätte.

Dieser Kuss dauerte klassischerweise eine Ewigkeit, und anschließend nahmen wir uns an den Händen und rannten zur Rezeption hinunter.

»Ein Doppelzimmer, bitte«, sagte Adrian. »Mit Badewanne, wenn es möglich ist.«

Meine Beine knickten weg, als ich das hörte. Ich konnte mich gerade noch am Tresen festklammern. »Doch nicht die *Badewannenszene*!«, flüsterte ich.

»Ich dachte, wir schauen mal, wie weit wir kommen«, sagte Adrian. Ich war unendlich dankbar, dass es nicht Mia war, die uns den Zimmerschlüssel aushändigte und uns neugierig hinterhersah, als wir eng umschlungen zu den Aufzügen gingen.

✉

»Tilugerri! Jetzt hast du den Bogen aber wirklich überspannt! Wo um alles in der Welt warst du?«, rief meine Mutter. »Onkel August musste für dich singen, und Diana hat den Walzer mit ihm getanzt, und irgendwas Fürchterliches ist mit seinem Urinbeutel passiert …, und dann ist dieser junge Mann aufgetaucht und hat behauptet, er wäre dein Zahnarzt und müsse dringend mit dir sprechen!«

»Oh nein!«, sagte ich. Ole! Den hatte ich völlig vergessen. »Wo ist er denn jetzt?«

»Das weiß ich doch nicht«, sagte meine Mutter. »Lulu und Patrick haben sich um ihn gekümmert. Wir dachten ja, du kommst jeden Augenblick zurück! Wo warst du?«

»Ich … hatte etwas zu Hause vergessen«, sagte ich und fuhr mir mit den Fingern über die Lippen. Sie waren ganz wund vom Küssen. »Wie lange war ich denn weg?«

»Über zwei Stunden!«, rief meine Mutter.

Adrian und ich wären auch noch länger weggeblieben, aber uns war beiden klar gewesen, dass wir dringend eine Pause benötigten.

»Schon aus gesundheitlichen Gründen«, hatte Adrian gesagt, und ich hatte mir vorgenommen, bei der nächsten Gelegenheit im Internet nachzulesen, ob zu viele Orgasmen schädlich waren.

»Wenn wir uns jetzt wieder hineinschleichen, haben sie vielleicht gar nicht gemerkt, dass wir weg waren«, hatte Adrian gesagt. »Wir plaudern noch ein Stündchen mit Tanten und Cousins, und dann hauen wir ab und treffen uns wieder hier.«

Das war an und für sich eine gute Idee gewesen, aber natürlich war mein Verschwinden nicht unbemerkt geblieben.

»Das ist wieder mal typisch für dich«, schimpfte meine Mutter. »Ach, da sind ja Lulu und der Zahnarzt. Ist er eigentlich verheiratet?«

»Ja, aber er lebt von seiner Frau getrennt«, sagte ich.

»Dann halt dich gerade«, zischte meine Mutter.

»Hallo, Gerri«, rief Ole mir entgegen. »Nette Party. Und ein super Scotch. Ich und deine Schwester, wir haben schon eine Flasche leergetrunken. Und weißu was? Lulu möchte sich demnächst auch von mir die Zähne machen lassen.«

»Lulu trinkt sonst nie Alkohol«, sagte Patrick leicht verstimmt.

Lulu hielt ein Glas in die Höhe und sagte: »Ach, sei doch still du – Eiti du!«

»*Lurige!*«, sagte meine Mutter.

»Prosit! All' susamm'! Auf diese herrlich'n, herrlich'n Tage im Mai«, sang Lulu. »Mama, wusstest du eigentlich, dass Gerri und dieser hübsche blonde Zahnarzt hier *beinahe* ein Paar gewesen sind?«

»Jawoll, jawoll, jawoll«, sagte Ole. »Ich war bereit, ihr mein Herz zu schenken und den Beifahrersitz meines Porsches dazu. Aber Gerri hat ja den bösen Satz mit F gesagt.«

»Habe ich gar nicht«, sagte ich. Mit F? Was sollte das für ein Satz gewesen sein? Ferschwinde?

»Hast du wohl«, sagte Ole. »Du hast meine Gefühle mit Füßen getreten.«

»Hat sie nicht«, sagte meine Mutter. »Das ist sicher nur ein Missverständnis. Entschuldige dich!« Letzteres sagte sie zu mir.

»Entschuldigung«, sagte ich sofort. Das war ein einstudierter Reflex, gegen den ich einfach nicht ankam.

»Jetzt isses zu spät«, sagte Ole. »Ich hatte dich gewarnt. Auch meine Gefühle haben Grenzen.«

»Und deswegen bist du extra hergekommen?«

»Jawoll! So was sagt man einem Mädchen doch nicht am Telefon«, sagte Ole. »Ich weiß doch, was sich gehört.«

Lulu lachte. »Jawoll! So isses richtig! Wer zu spät kommt, den bestraft das Leben.«

»Pech gehabt!«, sagte Ole und lachte auch.

»Na, dann ist ja alles geklärt«, sagte ich. »Ich hoffe sehr, dass wir Fr…«

»Da!«, schrie Ole. »Sie will es wieder tun! Der Satz mit F.«

»Wir können doch Freunde bleiben«, sagte Lulu. »Oh ja, diesen Satz hasse ich auch!« Sie und Ole kringelten sich vor Lachen bis auf den Tisch hinab.

»Aber du wirst diesen Satz doch sicher noch niemals gehört haben, so wie du aussiehst«, sagte Ole, als er sich wieder beruhigt hatte. »Ich wette, dir liegen die Männer zu Füßen!«

Lulu kreischte vor Lachen. »Ja«, japste sie. »Und wie!« Und dann beugte sie sich zu Ole hinüber und flüsterte ihm etwas in sein Ohr.

»Oh – bis Donnerstag noch«, sagte Ole kichernd. »Bis dahin ist mein gebrochenes Herz vielleicht wieder geheilt.«

Lulu hob ihr Glas. »Prosit«, sagte sie. »Los, Eiti, trink doch auch was.«

»Das kann man ja nicht mit ansehen«, sagte Patrick und stand auf.

»Wenn du nichts dagegen hast, gehe ich und unterhalte mich mit deinem Vater. Der ist wenigstens nüchtern.«

»Da habbich absolut überhaupt nichts dagegen«, sagte Lulu, und Ole fand das so komisch, dass er vor Lachen um ein Haar vom Stuhl gekippt wäre.

»Recht hat der Patrick«, sagte meine Mutter. »Ritilulu, ich schäme mich für dich!«

»Du mich aber auch«, sagte Lulu. Jetzt sah sie aus, als ob sie sich vor Lachen in die Hosen machte.

»Ich wusste gar nicht, dass du so eine obersüße Schwester hast, Gerri«, sagte Ole.

»Ich habe sogar drei obersüße Schwestern«, sagte ich und versuchte unauffällig, Abstand zu gewinnen.

»Wo gehst du hin?«, fragte meine Mutter.

»Mir ist gerade eingefallen, dass ich noch etwas vergessen habe«, sagte ich.

»Wirst du wohl …« Meine Mutter folgte mir. »Tirilu! Es reicht, wenn eine deiner Schwestern mich hier bis auf die Knochen blamiert, du wirst dich jetzt ordentlich benehmen. Oh nein, da kommt Alexa! Wehe, du verlierst ein Wort über den besoffenen Zahnarzt! Wir sagen, wir kennen ihn nicht.«

»Wo warst du denn beim Singen, Gerri-Kind?«, fragte Tante Alexa. »Ich habe dich vermisst.«

»Oh, Onkel August war so traurig, dass er nicht singen konnte, da habe ich ihm meinen Part abgetreten«, sagte ich.

»Gutes Kind«, sagte Tante Alexa. »Marie-Luise sagt, du seiest jetzt mit einem Naturkunde-Museumskonservator liiert. Ist das denn das Richtige, so schnell nach deinem Selbstmord? Ich könnte mir vorstellen, dass es deinem angeschlagenen Seelenzustand nicht gerade zuträglich ist, mit einem Tierleichenpräparator zu verkehren.«

»Aber nein«, sagte ich und ignorierte die Gestik meiner Mutter, die so tat, als würde sie sich selber den Hals abschneiden. »Gregor ist Kunsthistoriker. Er arbeitet nicht im Museum, sondern im Verlagswesen. Ich hätte ihn ja heute Abend gern der Familie vorgestellt, aber er feiert nebenan im Kristallsaal den siebzigsten Geburtstag seines Vaters.«

»Der ist einer von den *Adrians*?«, fragte meine Tante. »Dieser stinkreichen Professorenfamilie?«

»Ja«, sagte ich. »Gregor ist der Jüngste.«

Tante Alexa blieb der Mund offen stehen. Meiner Mutter auch.

Ich nutzte die Gelegenheit zur Flucht. »Ich muss jetzt auch mal schnell hinüber und nach ihm sehen«, sagte ich. »Bis später mal!«

Als ich vor die Tür trat, spielte ich einen Augenblick wirklich mit dem Gedanken, Gregor nebenan im Kristallsaal abzuholen. Aber das war gar nicht mehr nötig. Er stand nämlich schon da, an die Balustrade gelehnt, und wartete auf mich.

»Das ging aber schnell«, sagte er. »Wir hatten doch eine Stunde Pause vereinbart.«

»Ach weißt du – ich fühle mich eigentlich schon wieder ganz erholt.«

»Ich auch«, sagte Adrian und lächelte mich an. Seine Haare waren jetzt wieder wie sonst immer, ich hatte im Hotelzimmer genug Gelegenheit gehabt, sie ausgiebig durchzuwuscheln.

Lulu und Ole kamen nebeneinander aus dem Saal getaumelt.

»Jetzt muss ich mich, glaube ich, wirklich übergeben«, rief Lulu mir fröhlich zu.

Und Ole sagte: »Ich werde ihren Kopf halten. Was ein wahrer Gentleman ist, der lässt ein Mädchen nicht alleine kotzen.«

»Auf keinen Fall siehst du dabei zu«, sagte Lulu und machte ihm die Toilettentür vor der Nase zu. »Es gibt Dinge, bei denen ein Mädchen allein sein muss, das hat mir meine Mutter beigebracht.«

»Ich kann warten«, sagte Ole und lehnte sich an die Toilettentür. Zu mir sagte er: »Tja, das nächste Mal werde ich wohl nicht da sein, um dich vom Selbstmord abzuhalten. Das ist dir doch hoffentlich klar.«

»Ein nächstes Mal wird es nicht geben, Ole«, sagte ich, nahm Gregors Hand und lief mit ihm die Treppe hinunter.

»Wer war das denn?«, fragte Gregor, aber erst, als wir unten waren.

»Das war – äh«, sagte ich. »Das war Oberarzt Goswin.«

»Ah«, sagte Adrian. »Muss ich jetzt noch mal hin und ihm einen Kinnhaken verpassen?«

»Das ist nicht nötig«, sagte ich und zog ihn weiter zum Aufzug. »Diese Stelle überspringen wir einfach.«

Und das Letzte, was ich sah, bevor die Aufzugtüren sich hinter uns schlossen, war das total verdutzte Gesicht der intriganten rothaarigen Oberschwester Alexandra hinter dem Empfangstresen.

Nachwort

Handlung und Personen sind völlig frei erfunden, alle eventuellen Ähnlichkeiten reiner Zufall und vollkommen unbeabsichtigt.

Danken möchte ich wie immer allen, die mich unterstützt haben: meiner Schwester Heidi fürs ideenreiche Brainstorming. Silke, Sigrid und meiner unermüdlichen, großartigen Mama fürs »Baby«-Sitten. Elke Hurtz und Ednor Mier für ihre wertvolle Hilfe bei der Recherche. Meinen Kolleginnen von DeLiA, der Vereinigung deutschsprachiger Liebesromanautoren für die vielen inspirierenden Postings und die Ratschläge gegen akute Schreibblockade: Fensterputzen hilft wirklich! Eva Völler, wegen deren E-Mails ich beinahe täglich vor Lachen meine Brennnesseltee-Bachblütenmischung auf die Tastatur gespuckt habe. (Die Tastatur ist jetzt allergiefrei, hat keine Pickel mehr und mag sich selbst genauso, wie sie ist.)

Das dickste Dankeschön geht an die weltbeste Lektorin Claudia Müller von den Lübbe TUS Neldas, die wieder mal sehr viel Geduld, Humor und Engagement bewiesen hat und auch nicht aus der Ruhe kam, als ich wegen uneingeplanter Schultütenbastel- und ähnlich gearteter Termine leicht in Panik geriet. »*Gäbe es die letzte Minute nicht, so würde niemals etwas fertig*«, hat schon Mark Twain gesagt. Ich habe mir fest vorgenommen, das nächste Buch auf die letzte Minute, aber pünktlich abzugeben.

Die Schultüte ist zwar nicht so schön wie in meinen kühnsten Träumen, aber gemessen an den Umständen (zwei linke Hände und ein Kind, das sehr genaue Vorstellungen von dem Ding hatte) preisverdächtig gut geworden. Es ist eine »Gefährlicher-Drache-mit-Glitzeraber-nicht-Mädchenglitzer-sondern-Zauberglitzer«-Schultüte, kontaktieren Sie mich, falls Sie an einer Bastelanleitung interessiert sind.

Eine Komödie zum Thema Selbstmord zu schreiben war ein viel schwierigeres Unterfangen, als ich vorher angenommen hatte. Auf keinen Fall war es nämlich meine Absicht, mich über Depressionen, depressive Menschen und Menschen, die den Freitod wählen, lustig zu machen oder das Thema in irgendeiner Weise zu verharmlosen.

Während der Arbeit habe ich mich so sehr mit meiner Heldin identifiziert, dass ich selber angefangen habe, Abschiedsbriefe zu schreiben. Da das Buch dann überraschenderweise doch noch fertig wurde, habe ich sie nie abgeschickt. Hier ein paar Auszüge:

Elke – ich war jung und brauchte das Geld.

Herr Fischer – Buchs ist keineswegs ein Friedhofsgewächs, und schieben Sie sich Ihre Blaufichte sonst wohin!

Renate, Barbara, Janine, schön, dass es euch gibt.

Mike – du kannst mich mal.

Chrissi – ich bin vielleicht dick, aber du bist doof.

Bernhard, alter Freund – ich vermisse dich.

Frank, Lennart, Mama, Werner, Heidi, Harald, Florian, Benjamin, Leonie, Dagmar, Biggi, Rosine – ich liebe euch.

Kerstin Gier im Sommer 2006

*Das ultimative Buch für die Urlaubszeit –
zum Entspannen komisch.*

Kerstin Gier
ACH, WÄR ICH NUR
ZU HAUSE GEBLIEBEN
Roman
208 Seiten
ISBN 978-3-404-15711-2

Wie man Postkartentexte richtig deutet, warum es sinnvoll ist, die Sprache des Urlaubslandes zu sprechen, was man unter »authentischem Ambiente« versteht und wer einem in der schönste Zeit des Jahres den letzten Nerv rauben kann … Kerstin Gier schildert lauter urkomische Missgeschicke, die einem bevorzugt im Urlaub passieren und kennt auch die Antwort auf die Frage, warum sie eigentlich jedes Jahr wieder auf Reisen geht: Damit Sie mal so richtig was zum Lachen haben.

Dieses Buch gehört in jede Reisetasche!

Bastei Lübbe Taschenbuch

Eine Mutter ist gut.
Mehrere Mütter auf einmal sind die Hölle!

Kerstin Gier
DIE MÜTTER-MAFIA
Roman
320 Seiten
ISBN 978-3-404-15296-4

Constanze ist Anfang dreißig, bildhübsch, chaotisch – und frisch geschieden. In der adretten Vorstadtsiedlung, in die sie mit ihren beiden nicht weniger chaotischen Kindern nun zieht, um ein neues, besseres Leben zu beginnen, scheint es hingegen nur Vorzeigefamilien zu geben, Bilderbuch-Ehen, Bilderbuch-Kinder und Bilderbuch-Mütter. Allerdings merkt Constanze bald, dass dieser Eindruck trügt – und schneller als ihr lieb ist, steckt sie mittendrin in einem turbulenten Verwirrspiel aus Konkurrenz, Intrigen und Seitensprüngen. Hier überlebt nur, wer Mitglied der streng geheimen Mütter-Mafia wird. Wenn Frauen zusammenhalten, können sie tatsächlich die Welt verändern – zumindest in einer kleinen Vorstadtsiedlung.

Bastei Lübbe Taschenbuch

Die streng geheime Mütter-Mafia schlägt zurück
... Ein Angriff auf Ihre Lachmuskulatur!

Kerstin Gier
DIE PATIN
Roman
320 Seiten
ISBN 978-3-404-15462-3

Wer sagt denn, dass der Pate immer alt, übergewichtig und
männlich sein und mit heiserer Stimme sprechen muss? Nichts
gegen Marlon Brando, aber warum sollte der Job nicht auch mal
von einer Frau gemacht werden? Einer Blondine. Mit langen
Beinen. Gestählt durch die Erziehung einer pubertierenden
Tochter und eines vierjährigen Sohnes. Und wahnsinnig verliebt
in Anton, den bestaussehenden Anwalt der Stadt. Constanze ist
»die Patin« der streng geheimen Mütter-Mafia. Gegen intrigante
Super-Mamis, fremdgehende Ehemänner und bösartige Sorge-
rechtsschmarotzer kommen die Waffen der Frauen zum Einsatz.

Bastei Lübbe Taschenbuch